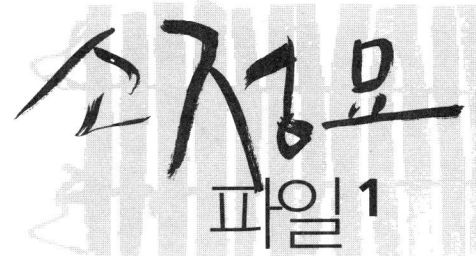

파일 1

소정묘 파일 1

초판 1쇄 인쇄_2006년 1월 20일
초판 1쇄 발행_2006년 1월 27일

지은이_임종욱
펴낸이_김영곤
기획 • 편집_임병주 류혜정
영업 • 마케팅_정성진 안경찬 이종률 김진갑 이희영 박진모 유정희
관리_이인규 한경일 이도형 고선미 이연정 박창숙
제작_강근원 이영민 김순옥
디자인_코레디트

펴낸곳_(주)북21 달궁
주소_경기도 파주시 교하읍 문발리 파주출판문화정보산업단지 518-3 (413-756)
전화번호_031-955-2100(대표)
팩스번호_031-955-2251
이메일_dalgoong@dalgoong.com
홈페이지_http://www.dalgoong.com
출판등록_2000년 4월 10일 제16-1646호

ISBN 89-5877-202-6
ISBN 89-5877-201-8(세트)

값 9,000원

임종욱 장편소설

소정묘 파일 1

달궁

임종욱 장편소설

소정묘 파일 1

프롤로그

별로 진지하지 않은 것들이 가지고 있는 가장 중요하고 고귀한 기능 중의
하나는 바로 지나치게 진지한 것들에 의혹의 그림자를 던지는 것이다.
－움베르토 에코

앎은 모르는 것에서 출발한다고 한다. 궁금한 것이 없으면 새
로운 지식은 탄생하지 않는다. 과거를 돌아보면 놀라운 발견이
나 심오한 이론들, 역사의 진보가 사소한 궁금증에서 출발한 경
우를 자주 본다. 그래서 인간의 가장 위대한 점을 들라면 나는
당연히 호기심을 든다.

내가 이 책에서 하려는 긴 이야기도 그런 나의 궁금증과 호기
심에서 발단이 되었다. 한 권의 책과 한 사람의 생애에 대한 내
궁금증은, 아주 긴 내력을 가진 것은 아니지만, 근래 내 생각의
많은 부분을 차지한 것이었다. 그리고 그것 때문에 나는 누구도
겪어 본 적이 없는 경험을 듣게 되었고, 역사에는 드러나 있지
않은 진실을 알게 되었다. 그것이 무엇이냐고? 혹시 궁금하다면
당신도 이미 그 진실을 알 자격이 있다고 나는 자신 있게 말할
수 있다. 내가 이끌 향도를 주저 없이 따라와 준다면 말이다.

대학에 부임하던 해 여름 방학 때 나는 공자의 고향 산동성 곡
부曲阜를 찾았다. 그의 생가와 공자가 삶과 죽음을 함께 했던 공

간을 참배하고, 늘 마음속에 담았던 의문에 대한 해답을 그의 혼령 앞에 문의할 기회를 가지고 싶었기 때문이었다. 비록 2,500년이라는 시간이 지났지만, 그가 호흡했던 숨결의 한 자락이라도 남아 있을지 모르는 그곳에서 나는 근래 몇 년 동안 나의 뇌리를 맴돌고 있었던 의문을 털어버리고 새로운 대안을 모색하고 싶었다. 과연 공자와 그의 학당, 제자들을 둘러싸고 무슨 일이 벌어졌던 것일까?

처음 계획을 세울 때는 우리 과 학생 몇몇과 동행할 생각이었다. 처음 나서는 중국행이라 단신으로 가기에 두려운 마음도 없지 않았고, 또 긴 일정에 비해 말동무 한 사람 없다면 너무 무료하리라는 염려도 들어서였다. 여행사에서 제공하는 일정을 좇을 수도 있었다. 하지만 그럴 경우 내가 원하는 장소를 충분히 답사하지 못하거나 아예 비껴갈 우려도 있었다. 그래서 학생들에게 제안을 했더니 다행히 몇몇이 내 뜻에 동참해 주었다.

그런데 출발을 앞두고 차질이 생겼다. 방학 아르바이트 스케줄을 조정할 수 없다면서 한 학생이 빠지더니, 한 학생은 갑자기 아버지가 심장마비로 별세하고 말았다. 마지막 희망이었던 대학원생은 오랫동안 사귀어 오던 여자 친구와의 교제가 삐걱거려 고민하더니 출발을 코앞에 두고는 아예 연락조차 끊어버렸다. 이래저래 그들의 예매표는 취소되었고, 결국 나의 결정만 남고 말았다. 아직 공자와 나는 같은 공간에서 대면할 인연이 닿지 않았는가? 그런 생각이 들면서 나 또한 포기하거나 연기할 생각도 했었다. 따로 일행을 물색할 짬이 없었다.

그러나 외국 여행이란 한 번 결심이 섰을 때 감행하는 것이 좋다는, 제 딴에 외국물을 꽤 먹었다고 자부하는 후배의 말을 듣고 나는 단독 여행을 추진하기로 결심했다. 중국은 그렇게 두려워할 나라가 아닐 뿐더러 곡부 일대는 워낙 알려진 여행지라 외국인을 위한 편의 시설이 잘 갖춰져 있다는 것이 이유였다. 충분히 준비하고 중국인들의 교묘한 상술에 넘어가지 않을 약간의 지혜만 갖춘다면 별 어려움이 없을 것이라면서 후배는 거듭 여행을 부추겼다. 그래서 나는 아내와 아이들의 배웅을 받으면서 북경행 비행기에 몸을 실었다.

당초 일정은 공자의 사당인 공묘孔廟와 공자의 가족, 그 후손들이 살고 있다는 공부孔府, 공자의 묘인 공림을 비롯해서 공자의 삼대 제자로 불리는 안연과 자로, 자공 등과 관련된 지역을 두루 답사할 예정이었다. 기왕이면 공자가 14년 동안 떠돌았다는 길목들까지 순례할 심산도 있었다. 그러나 일정을 대폭 줄이다 보니 혼자 답사하기에 찜찜한 유적지들은 일단 다음 기회로 미룰 수탁에 없었다. 결국 나의 여행은 수박 겉핥기식에서 벗어나기 어렵게 되었다.

북경에 도착한 나는 청도靑島로 가는 비행기로 갈아탔다. 청도에서부터 제남濟南까지는 열차편을 이용해야 했다. 성수기인 방학철에는 차편을 잡기가 쉽지 않다고 했는데, 운이 좋아 어렵지 않게 열차표를 구할 수 있었다. 다시 제남에서 곡부까지 버스편을 이용한 끝에 나는 목적지에 도착하게 되었다.

예약한 호텔에 여장을 푼 나는 공자의 고향에 닿은 첫날을 곡부시의 오후와 저녁 풍광을 산책하는 것으로 마무리 지었다. 여행하기 좋은 계절인 탓인지 정말 많은 관광객들을 만날 수 있었다. 같은 아시아인이라고 해도 중국인과 일본인, 한국인은 금방 식별이 가능했다. 일본인들은 워낙 떼지어 다니기를 좋아하는 족속인지라 일사불란한 게다짝 소리가 들리는 듯했다. 호기심이 많은 한국인들은 이곳저곳을 두리번거리며 뭔가 남들이 발견하지 못한 명소를 찾으려는 자세가 완연했다. 같은 수학여행을 온 일행이라고 해도 두 나라 학생의 행군 방식은 국적을 그대로 드러냈다. 물론 언어가 다르니 쉽게 구별이 되긴 했지만, 체취에서 인상까지 세 나라 사람들의 그것에는 개성이 분명하게 드러났다. 나에게는 중국이라는 대국의 문물보다 세계 각국에서 몰려온 사람들을 관찰하는 일이 더 흥미로웠다. 호텔로 돌아와 샤워를 한 뒤 앞으로의 여정을 계획하려고 했는데, 장시간 비행과 이동에 심신이 지친데다 긴장이 풀린 탓인지 나는 금방 곯아떨어지고 말았다.

다음 날 나는 공묘를 찾았다. 상세한 안내 지도와 미리 준비한 사전 지식이 있어 쉽게 찾을 수 있었다.

날씨는 더할 나위 없이 좋았다. 쾌청한 하늘에는 구름 한 점 없었고, 조경수와 유물들로 적당히 조화를 이룬 공묘 주변은 인파로 넘쳐났다. 공묘와 공부는 서로 인접해 있어 두 번 할 수고를 덜어주었다. 위대한 정신의 산실이긴 했지만, 공묘 일대는 유서 깊은 고적이 갖추어야 할 엄숙함이나 경건함과는 거리가 멀어 보였다. 중국인들은 공자보다는 공자와 관련된 이런저런 상품들을 팔려는 호객 행위에 바빴고, 물건이란 것도 기대보다 조악해 보였다. 자전거를 개조한 삼륜차를 끄는 인력거꾼들은 싸게 태워주겠다며 지나가는 관광객들을 목청껏 불러댔다. 나는 그들을 뒤로 한 채 공묘로 숨어 들어갔다.

공묘 앞에 들어서자 붉게 칠한, 문짝이 세 개 달린 출입구가 나를 반겼다. 우리나라의 솟을대문 모양을 한 그것은, 상징적인 문이지 출입을 위한 것은 아니었다. 나는 그 문을 비껴 돌면서 경내로 들어갔다. 관광 안내원을 좇는 일군의 순례객들이 병아리 떼처럼 우르르 지나가자 공묘는 잠시 정적에 휩싸였다. 나는 역시 붉은 색으로 벽을 칠한 사당 앞에 서서 상념에 잠겼다.

몇 년 전에 나는 『논어』를 번역해 출간한 적이 있었다. 그때 나는 여러 가지 엉뚱하면서도 무모한 상상을 줄곧 했다. 그것은 내 나름의 풀리지 않는 의문에 대한 해답이긴 했지만, 아무런 근거도 없었고 남이 들으면 비웃음거리가 되기 딱 좋은 내용들이었다. 그랬기 때문에 나는 노골적으로 의구심을 책에 풀어놓을 수 없었다. 그저 이곳저곳 원문에 대한 해설을 달면서 아주 가볍게 지적하거나 암시적으로 처리하는 식으로 개인적인 의심을 풀어나갈 수밖에 없었다. 내가 굳이 공자의 사당에 오고 싶었던 이유도 거기 있었다. 그 때 내가 『논어』를 번역하면서 품었던 의구심들의 답안은 어디에 있는가? 혹시라도 이곳이라면 공자의 답변을 들을 수도 있겠다는 순진한 희망을 나는 품고 있었다.

그러나 가당찮은 내 희망에 어떤 대답도 들려오지 않았다. 그런 것이다. 이미 2,500년도 더 지난 과거에 세상을 떠난 공자와 그와 관련된 일들은 오로지 몇몇 역사서들이나 『논어』를 통해서밖에는 알 수 없는 일이 되고 말았다. 이제 와서 무엇이 진짜고 무엇이 가짜인지 판별하는 것은 부질없는 짓일 뿐이다. 또 그런 행위가 무슨 소용이 있겠는가. 나는 내 의문과 그에 대한 해답을 좇는 어리석음을 씁쓸해 하면서 사당으로부터 등을 돌렸다.

그때 나는 나와 마찬가지로 사당 앞에 서서 이야기를 나누고 있는 두 남녀를 보게 되었다.

그들은 나와는 조금 떨어져 있었지만, 표정이나 몸짓으로 보아 한국인임이 분명했다. 아무리 많이 쳐도 두 사람 모두 서른을 넘어 보이지는 않았다. 둘 다 여행객 차림이었고, 그런 사람이라면 으레 들고 다닐 만한 가방이며 사진기 등등을 어깨에 걸거나 메고 있었다. 얼핏 보아 연인 사이 같기도 했고, 같은 직장의 동료처럼 보이기도 했다. 아니면 여행 잡지사나 출판사의 기자 같기도 했다. 그들은 자못 심각한 표정으로 사당 처마를 올려다보면서 무슨 말인가를 부지런히 주고받았다. 대화가 끊어질 때면 먼 눈길로 사당 주변을 훑어보기도 했다. 그 때 남자가 팔을 들어 사당 안 어느 지점을 손짓으로 가리키는데, 옆구리에 끼고 있던 책 한 권이 떨어졌다. 그 책의 윤곽이 나를 놀라게 했다. 그것은 바로 내가 몇 년 전에 번역했던『논어』였다.

머나먼 중국 땅, 공자의 고향 곡부에서 내가 번역한『논어』를 옆구리에 끼고 있는 사람을 만나리라고 어떻게 상상이나 했겠는가. 놀랍기도 했지만 먼저 반가웠다. 남자는 떨어진 책을 집어 올려 먼지를 털더니 다시 한 번 책의 앞뒤를 살폈다. 남자는 보통 키였지만 체격은 건장했다. 머리를 깎은 지 꽤 시간이 지났는지 덥수룩한 편이었지만 얼굴 표정은 그가 진지하면서도 낙천적인 사람이란 인상이 들게 했다.

이런 기분 좋은 우연을 앞에 두고 그냥 발길을 돌릴 수는 없다. 어쨌거나 나는 그들과 인사라도 나누고 싶었고, 내가 그 책의 역자임을 밝히면서 내 책을 구입해 준 것에 대해 사례하고 싶었다. 솔직히 그 심정 속에는 역자로서 그들 앞에 나서보고 싶다는 헛된 욕심도 없지는 않았다. 책을 애써 번역한 사람으로서 그 정도 호사는 탓할 일이 아닐 것이다.

어떻게 다가갈까 고민하다가 그냥 부딪쳐보기로 했다. 나는 대뜸 그들 곁으로 다가갔다.

"한국서 오셨습니까?"

내 인사에 두 사람은 낯선 사람을 만났을 때 으레 보이는 의심의 눈길보다는 반갑다는 표정부터 지었다.

"네. 선생님도 한국에서 오신 모양이군요?"

질문은 남자에게 던진 것인데, 대답은 여자가 했다. 긴 머리를 흰 색 리본으로 묶고 있는 그녀는 활달했다. 목소리도 맑았고, 옷차림 역시 분방한 젊은 여성의 모습을 그대로 보여주고 있었다. 하지만 남자 쪽은 뭔가 행동이 부자연스러워 보였다. 나와 눈이 마주치자 어색한 웃음을 지으면서 눈길을 돌렸다. 내가 누군지 알 리도 없을 텐데, 적극적으로 나서는 성격이 아닌 모양이었다. 나는 공연히 이 두 남녀의 실체가 궁금해졌다.

"예. 곡부에 꼭 한 번 와 보고 싶었습니다. 두 분도 초행길인가 봅니다."

마땅한 화제 거리가 없었던 나는 인파가 지나간 뒤 갑자기 황량해진 경내를 바라보며 질문을 던졌다. 공동의 관심사로 이야기를 풀어나가는 것이 서먹한 분위기를 푸는 데는 제격이었다.

"저희들은 중국 자체가 아예 처음인걸요."

그녀는 남자를 돌아보며 동의를 구하듯이 눈을 꿈쩍거렸다. 남자는 동의한다는 뜻으로 다시 어색한 미소를 지었다. 두 사람이 함께 서 있는 것을 누군가에게 들키는 것을 무척 꺼려하는 것이 분명했다. 숫기가 없어서인지 낯선 사람을 피하는 성격 때문인지 요령부득이었다.

"기대했던 것만큼 웅장하지는 않군요. 저는 사실 공묘가 자금성紫禁城에 버금가는 규모일 줄 알았는데 말입니다."

나는 조금 과장된 몸짓으로 내 실망감을 표시했다.

"그러게요. 옛날에는 공자의 학당도 상당한 규모였던 것 같은데, 공묘가 이 정도일 줄은 몰랐어요. 적잖이 실망하셨죠?"

역시 여자가 대답했다. 그녀는 호기심에 찬 눈으로 나를 살피면서 자연스럽게 남자의 팔짱을 끼었다. 두 사람 사이가 각별하다는 짐작을 하면서 나는 어떻게 하면 남자를 대화에 끼워 넣을까 고민했다. 그래야만 내 책에 대해서도 질문할 기회가 생길 것이었다.

"중국인들이 너무 관광용으로만 공자를 부각시키는 게 원인일 수도 있겠죠. 공자가 결코 팬더곰은 아닌데 말입니다. 죽순이나 건져주려고 사람들이 이곳을 찾는 건 아니잖습니까?"

나는 조금은 과장되게 공자의 현재 위상에 대한 내 실망을 말했다. 그제야 남자도 할 말이 있다는 듯 입을 열었다.

"그렇습니다. 공자에 대해 우리가 잘못 알고 있는 것이 많습니다."

나는 속으로 안도의 숨을 내쉬며 남자에게로 눈길을 돌렸다. 그가 좀더 말을 꺼내길 기다렸지만, 그것으로 다였다. 그는 다시 입을 닫았다. 남자는 어눌하다기보다는 말을 신중하게 내뱉는 성격인 듯 보였다. 생소한 대상에 대한 막연한 경계심. 평소 말을 잘 하는 사람도 처음 대면하는 사람에겐 호의와 달변을 딱 끊어버리는 경우가 있다. 여자와 달리 남자의 마음을 열기 위해서는 시간이 걸릴 것처럼 보였다. 오히려 저런 사람이 한 번 마음을 트면 훨씬 친근해진다는 사실을 나는 경험으로 알고 있다.

"그렇죠. 공자는 『논어』 속에서만 존재하는 것은 아닙니다. 물론 논어를 떠나서는 공자를 찾을 수 없는 것도 분명하지만 말이죠. 공자의 실체를 안다면 우리는 공자에 대해 좀더 다양한 평가를 할 수 있을 겁니다. 이런 공묘 같은 유사상표가 그의 모든 것을 대변해서는 안 되죠."

"그렇지만 우리가 공자를 알 수 있는 유산이라곤 남은 게 이게 전부니 어쩌겠어요. 『논어』나 이런저런 책에 공자의 말은 담겨 있지만, 그 속에서 그의 삶을 찾기는 어렵잖아요?"

나는 두 사람이 단순한 관광객이 아닌 것을 느꼈다. 언행으로 미뤄보건대 그들은 공자와 『논어』에 대해 관심이 많았다. 나는 왠지 동지를 만난 듯한 기분이 들었다. 이들은 공자에 대해 무슨 호기심을 가지고 있는 것일까?

"그런데, 이 머나먼 중국 초행길을 어쩌다가 공묘로 잡은 겁니까?"

나는 무심을 가장한 채 슬쩍 떠보았다.

드 사람은 서로의 얼굴을 쳐다보더니 뜻을 알기 어려운 미소를 주고받았다.

"글쎄요. 일 년 전만 하더라도 우리가 이곳에 오리라고는 상상도 못했겠죠. 사실 일 년 전만 하더라도 우리 둘조차 서로 만난 적도 없는 생판 남남이었으니까요. 지금 선생님처럼요."

븐위기가 이렇다면 통성명을 주고받아도 될 것 같았다. 나는 내 신분을 밝히기로 했다.

"그러고 보니 서로 인사가 없었군요. 저는 의인기라고 합니다. 대학에서 교수로 재직하고 있죠."

내 이름이 남자가 들고 있는 책의 역자와 동일인임을 금방 깨닫기를 바라면서 나는 환하게 웃음을 머금은 채 손을 내밀었다. 반응은 즉각 왔다. 남자는 바로 자기 옆구리에 끼웠던 책을 뽑아 들었다.

"아니, 그럼 이 책을 번역하신 분이신가요?"

"그렇습니다."

나는 조금 자랑스럽게 대답했다.

"어머나! 어쩌면 이렇게 기가 막힌 일……."

여자가 수다스럽게 놀라면서 손뼉을 쳤다.

"안 그래도 선생님을 한 번 뵙고 싶었어요. 귀국하면 찾아뵈려고 했는데, 세상에 여기서 만나게 되네요."

여자의 호들갑이 오히려 나를 뜨악하게 만들었다. 역자를 만났다는 기쁨이 일반 독자에게 이렇게 큰 것이리라고는 상상을 못한 탓이었다. 따져보면 세상에 널린 게 역자이지 않은가? 더구나 『논어』라면 번역본이 100여 종도 넘게 나와 있고, 나는 그 가운데 이름 없는 역자일 뿐이었다.

"정말 놀랄 일입니다. 여기서 교수님을 만나게 될 줄이야……. 어떻게 이런 우연이 있을 수 있죠?"

남자 역시 경악을 금치 못하겠다는 표정을 지으면서 내 손을 덥석 잡았다. 조금 전의 서먹했던 거리감은 자취없이 사라졌다.

"환대가 지나친 것 같은데요. 저도 아까 선생께서 제 책을 들고 있는 것을 보고 무척 놀랐습니다."

"이러지 말고, 어디 가서 차라도 한 잔 하면서 얘기해요."

여자가 우리 둘을 끌 듯 밖으로 몰아갔다.

이렇게 해서 나는 우연찮은 상황에서 두 사람과 조우하게 되었다.

찻집에서 그들이 내게 들려준 이야기는 더욱더 상상을 초월하는 것이었다.

그들은 먼저 내가 『논어』를 번역하게 된 경위와, 『논어』 속의 여러 정황에 대해 왜 암시적으로 의구심을 표명하고 있는지 캐물었다. 놀랍게도 그들은 나와 아주 비슷한 의문을 품고 있었다. 더욱 나를 놀라게 한 것은 그들은 이미 그 의문에 대한 해답을 알고 있다는 것이었다. 짧은 시간 그들이 내게 들려준 이야기는 경악할 만한 내용을 담고 있었다.

우리는 찻집을 나와 내가 묵고 있는 호텔로 장소를 옮겼다. 그들이 들려준 이야기가 찻집에 앉아 듣고 넘어가기에는 너무나 복잡했고 충격적이었다. 기억력에 한계를 느낀 나는 가능하면 상세하게 그들의 말을 수첩에 적었다.

두 사람의 이야기는 지난해 어느 대학가에서 일어났던 연쇄살인사건에서 출발했다. 나도 그 사건은 잘 알고 있었다. 비록 사건의 현장에 가봤던 것은 아니지만, 세상에 끼친 충격이나 반향이 워낙 컸다. 지식인 사회의 추하고 복잡한 내면을 여과 없이 보여준 사건이었다. 신문이나 방송에서 한동안 연일 대서특필한 사건이었으니, 사건의 진행 상황이나 결말은 누구라도 어느 정도는 알고 있었다. 더구나 나는 그 때 전임으로 임용되길 기다리면서 노심초사의 세월을 보내고 있을 때였다. 이런저런 편견과 연줄에 밀려 탈락의 고배를 마셨던 뒤끝이라 남의 일 같지가 않았다. 그러니 그 사건이 내 뇌리에서 지워질 까닭이 없었다.

이어 나는 동석한 여자가 당시 사건과 관련해서 특종을 터뜨린 대한일보 사회부 기자인 이소정李昭貞이라는 사실도 알게 되었다. 그리고 남자는 그 사건에서 핵심적인 인물이었던 사람의 운전사인 마번지馬樊遲라는 사실도 알았다. 그러나 언론에서 보도된 내용은, 사건의 본질을 아는 사람에겐 변죽을 울린 데 지나지 않았다. 나는 그 사건의 배후에 숨겨져 있던 놀라운 사실들을 두 사람의 증언을 통해 생생하게 들을 수 있었다. 그리고 내가 공자에게 그토록 묻고 싶었던 의문의 해답이 무엇인가도 확인하게 되었다.

두 사람이 나를 만나 그렇게 놀라워하고 반가워했던 까닭도 곧 밝혀졌다.

"저희들은 교수님도 우리와 똑같은 자료나 정보를 가지고 있는 것으로 판단했어요. 단지 지나친 억측을 한다고 추궁 당할까 책에서는 암시적으로 거론했다고 보았죠. 그래서 꼭 만나 확인하려고 했던 것입니다."

두 사람은 자신들이 신주단지처럼 비장하고 있던 몇 가지 문건들을 내게 보여주었다. 나는 그것들을 양해를 구한 다음 모두 복사했다. 우리는 오래 전에 헤어진 친구를 만난 것처럼 함께 곡부 일대를 여행하고 다녔다. 서로 일정이 달랐기 때문에 귀국 날짜는 그들이 먼저였지만, 우리는 귀국한 뒤에도 몇 차례 더 만나 그 사건의 후일담에 대해 상세한 이야기를 나눌 수 있었다.

자신들이 겪은 일들을 책으로 내자는 제의는 그들이 먼저 나에게 했다. 더구나 그들은 내 손을 빌려 그 책을 내고 싶어 했다. 가장 믿을 수 있는 저자라는 것이 그 이유였다. 제안을 들으면서 나는 주저하지 않을 수 없었다. 그들이 내게 들려준 모든 일들이 사실이라고 해도, 그것을 뒷받침할 만한 증거는 아무 데도 없었다. 더구나 아쉽게도 원본도 그들 수중에는 없지 않은가! 자칫 정신 나간 학자의 궤변 아니면 과대망상으로 치부되기 딱 알맞을 내용이었다. 그것이 공자의 위상이나 권위를 위태롭게 할 일은 전혀 아니었지만, 생각하기에 따라서는 엄청난 도전이나 왜곡으로 받아들여질 수도 있었다. 지금 시대에 사문난적斯文亂賊으로 몰려 약사발을 마실 위험은 전혀 없었지만, 명색이 대학교수인 사람이 터무니없는 억설을 조작해 혹세무민惑世誣民한다는 공격에서 벗어나기 어려울 듯했다.

그들이 들려준 이야기나 문건 속의 사건이 사실이라는 확신은 나에게도 있었다. 그것은 내가 『논어』를 번역하면서 느꼈던 일련의 의문을 티끌 하나 남기지 않고 다 해결해 주었다. 그러나 사실을 믿는 일과 이 사실을 공표하는 일은 경우가 달랐다. 대중의 호기심을 자극할 만한 내용이고 적지 않은 파란을 일으키기에 충분할 만큼 충격적인 부분도 있으니, 책이 대중의 관심을 끌 것은 분명했다. 그렇지만 나는 장사를 위해 책을 쓰는 매문가賣文家는 아니고, 그렇게 되고 싶은 마음도 없었다. 그러니 이 이야기는 차라리 기자가 르뽀 형식으로 쓰는 것이 적절해 보였다. 또 온전히 그들 두 사람의 경험이지 않은가.

그런데도 불구하고 두 사람은 그 역할을 완강하게 거절했다. 아니 완강하기보다는 완곡한 것이었지만, 의지가 결연한 것만은 분명했다. 그들은 더 이상 세상 사람들의 이목을 끌고 싶지 않으며, 사건의 피상적인 내용보다는 『논어』와 공자의 삶이 가진 당대적 의미와 현대적 의미를 재현하는 데는 나의 손길이 더 적절하리라는 궁색한 변명도 늘어놓았다. 내가 짐작하기에 그들의 뜻은 이소정 기자보다는 마번지씨의 주장인 것처럼 느껴졌다. 대단한 학력이나 깊은 사색의 세계를 완성한 인물은 아니었지만, 그는 대중의 스포트라이트보다는 조용히 인생을 관조하며 지내기를 바라는 듯했다. 아무나 할 수 없는 경험이긴 했지만 그것 때문에 오히려 자신을 은폐하고 싶을 수도 있었다. 그리고 자신이 잘 알고 지내던 사람의 비화를 가십이나 스캔들처럼 제 입으로 떠들어 관심을 끄는 것에 대해 죄의식과 함께 큰 결벽증을 가지고 있었다. 이소정 기자도 분명한 주장을 가진 성격과는 달리 이 문제에 대해서만은 남자에게 모든 결정을 양보했다.

이렇게 해서 나는 본의 아니게 그 사건의 본말을 책으로 옮기는 임무를 맡게 되었다. 그렇지만 그것으로 모든 문제가 해결된 것은 아니었다. 도대체 어떤 형태로 이 책을 세상에 공개할 것인가? 그것이 더욱 큰 문제로 대두되었다.

논문이나 저술의 형태로 공개한다면 상당 부분이 백일몽에 가까운 넋두리로 채워져야 할 판이었다. 핵심적인 사건에 대해 증거로 제시할 근거나 사료는 아무 것도 없었다. 유일한 증거물이라고 하는 고서古書조차도 우리 손에는 없었다. 나라도 제삼자라면 코웃음을 칠 내용인데, 그것을 주석도 없이 들이밀었다가는 돌아올 결과가 불 보듯 뻔했다. 한심한 광신도의 넋두리로 치부될 것이 뻔했다.

이 문제에 대해서는 두 사람도 아무런 도움이 되지 못했다. 단지 마번지씨가 자신이 그간 틈틈이 쓴 글들을 보여주며 일기 형식으로 출판하면 어떠냐고 조심스럽게 의견을 내놓았다. 좋은 대안이긴 했지만, 그의 일기를 내가 쓸 수는 없는 노릇이었다.

오랜 고민 끝에 우리는 결국 소설의 형태로 이 이야기를 출판하자는 쪽으로 의견을 모았다. 우리들 중 누구도 소설을 써본 경험은 없지만, 완전한 창작이 아닌 반은 사실이고 반은 창작의 형태를 취한다면 굳이 쓰지 못할 것도 없다는 생각이 들었다. 누구나 나면서부터 소설가는 아니지 않은가. 만만하게 볼 일은 아니지만, 고등학교 시절 소설가를 지망했던 나인지라 이 기회에 소설에 도전하고 싶다는 부질없는 만용도 생겼다.

　그리하여 나는 꽤 긴 분량의 소설(?)을 썼다. 초고를 완성하는 데만 꼬박 넉 달이 걸렸다. 두 사람이 들려준 이야기에, 소설이라는 장르를 이용해 내 나름의 상상력을 최대한 부여했다. 소설이란 어차피 도청도설道聽塗說이 아닌가. 길을 가다가 들은 이야기에 살을 조금 더 붙여 말했다고 해서 큰 흠은 안 될 것이다. 소설이 마무리된 뒤 헤아려보니 원고 분량은 3,300매를 조금 넘었다. 여러 사람의 조언을 들어 거듭 수정을 하면서 분량이 2,800여 매로 줄긴 했지만, 몹시 지루한 소설이 될지 한달음에 읽히는 글이 될지 적이 두려웠다.
　완성된 소설을 읽어보고 두 사람이 어떤 반응을 보일지 궁금했지만, 아쉽게도 지금으로서는 알 수 없다. 이 일과 관련된 모든 자료를 넘긴 뒤 그들과의 연락이 갑자기 끊어졌다. 답답하고 불안도 해서 신문사로도 연락을 취해봤지만 이소정 기자 역시 회사를 사직하고 행방을 감추고 말았다. 그 이유는 나도 모른다. 하지만 머지않아 웃는 얼굴로 다시 나타날 것으로 나는 믿는다.
　이 소설이 독자들에게 어떤 반향을 불러 일으킬지 나는 여전히 궁금하다.

1
첫 번째 살인

연구실 문을 열고 들어서자 A는 등을 보인 채 안락의자에 앉아 있었다. 늦은 시각인데도 방안에는 불이 꺼져 있었다. 게다가 두터운 커튼이 쳐져 있어 어둠에 눈이 익는 데 한동안 시간이 필요했다. 아무도 그가 여기 온 것은 알지 못할 것이다. 그는 그만큼 약속을 철저하게 지켰다.

"앉게."

이윽고 A가 말을 꺼냈다. 그 소리는 땅 끝에서 들려오는 것처럼 음산하고 무거웠다.

그는 소가죽으로 만든 가방을 긴 탁자 위에 올려놓고 의자에 앉았다.

그리고도 A는 한동안 침묵을 지켰다. 그도 먼저 말을 꺼내지는 않았다. 무슨 말을 하려는지 그도 어느 정도 짐작하고 있었고, 그 말을 꺼내지 않기를 바랐다.

이윽고 A는 자리에서 일어나더니 그 앞으로 걸어왔다.

"자네가 말하던 그 문서는 가져왔나?"

"예."

"먼저 좀 보지."

"문서는 가방 속에 들어 있습니다. 선생님 생각부터 듣고 싶습니다."

그는 책상에 있던 가방을 집어 품안으로 가져왔다. A는 대답 없이 묵묵히 서 있었다. 서 있는 게 귀찮았는지 버거운 짐을 내려놓듯이 다시 입을 열었다.

"좋아. 그럼 먼저 내가 말하겠네. 꼭 그 문서를 공개해야 되겠나? 자네한테 이득이 되는 것도 아니고, 여러 사람이 다칠 수도 있는데."

"저는 이미 그에게 기회를 주었습니다. 제가 몰랐다면 모를까, 안 이상 반드시 공개되어야 한다고 생각합니다."

"그래, 나도 들었네. 하지만 그것은 그에게 치명적인 일이야."

"어쩔 수 없죠. 스스로 자초한 일입니다."

다시 대화는 끊겼다. 그의 뒤편으로 돌아간 A는 그의 어깨 위로 손을 올렸다. 무척이나 차갑게 느껴지는 손길이었다.

"세상일이란 게 항상 옳은 자의 편으로만 흘러가진 않네. 그리고 이번 일에는 나에게도 어느 정도 책임이 있네.……우리 이러면 어떨까? 그 문서를 나에게 넘기게. 그러면 내가 응분의 보상을 하겠네. 그만 고집 피우고……."

그는 그의 어깨에 드리워진 손을 털어 내듯 거부했다. 그의 어깨는 약간 떨리고 있었다.

"안됩니다. 기회를 준 만큼 책임도 그의 몫입니다."

그는 손을 뿌리치고 자리에서 일어나려고 했다.

그러나 어깨를 누르는 힘이 더 강했고, 곧이어 그의 목으로 가늘지만 완강한 밧줄이 감겨 들어왔다.

그는 비명 한 번 지르지 못하고 버둥거리다가 숨이 끊어졌다. 숨이 완전히 끊어진 것을 확인한 뒤 A는 밧줄을 풀었다.

"스스로 자초한 건 자네야."

A는 의자 위에 축 늘어진 그의 상체에 양복 상의를 걸쳐놓았다. 멀리서 보면 마치 고개를 떨군 채 졸고 있는 듯이 보였다.

일을 마친 A는 소가죽 가방을 들어 메더니 창문을 열고 밖으로 사라졌다. 마지막으로 화단으로 뛰어내리기 직전, A는 다시 한 번 이제는 고인이 된 그를 돌아보았다.

"미안하네. 유감이야."

A가 던진 마지막 말이었다.

2
번지, 공자를 만나다

번지樊遲는 동녘에 해가 채 떠오르기도 전에 침상에서 일어났다. 아침부터 해야 할 일이 많은 오늘 하필이면 늦잠을 잤다. 스승의 집까지는 잰걸음으로 달려도 족히 20리는 넘는 거리였다. 세수를 마치고 아침을 먹은 다음 입성을 갖추고 달려가도 외출 시간에 맞추기가 빠듯할 듯했다. 스승은 형식이 반듯하게 갖춰지지 않는 것을 몹시 싫어했다.

"형식만 중요한 것은 아니다. 내용이 제대로 담겨야 형식도 빛을 발하는 법이지. 그러나 내용만 실하다고 다인 것도 아니다. 형식이 잘 꾸며줄 때 내용도 아름답게 드러나는 것이야. 이것은 꼭 문장만 아니라 사람 됨됨이도 마찬가지니라."

스승이 그에게 자기 수레를 맡기면서 처음 다짐한 말이었다. 스승은 한때 노魯나라의 사공司空으로 발탁되었다가 대사구大司寇가 되어 정승의 직무까지 겸임했던 적도 있는 명망 있는 분이었다. 그야말로 막강한 권력을 손에 쥔 적이 있었던 거물이었다. 비록 그 후 천하에 뜻을 얻기 위해 수레바퀴가 천하를 달린, 이른바 철환천하라는 14년간의 기나긴 주유 생활을 거치면서 세간의 명성이 예전만 못하지만, 그래도 그런 스승의 명성을 아는 사람이라면 누구도 범상하게 대하진 못했다. 그러니 그런 분의 수레를 모는 일이라면 하찮은 직무일망정 아무나 맡을 수 있는 자리는 아니었다. 나무가 크면 그늘도 넓은 법이다. 그늘에 들지 않고서는 나무를 만질 수 없듯이, 마부의 자리란 은근히 권력을 누리는 자리이기도 했다.

스승은 마부의 자리를 맡기면서 번지에게 넌지시 그렇지만 엄한 충고의 말을 잊지 않았다.

"자네는 내 문하에 학도로 들어와서 공부하겠다는 큰 뜻을 품은 사람일세. 그러니 마부의 자리가 무슨 대단하겠는가? 그렇지만 세상 사람들은 권세가의 측근에서 수레를 몬다니 청탁이라도 넣어볼까 자네를 추켜세울 게 분명해. 지난 날 안자晏子의 마부가 겪었던 일을 거울삼아 진중하게 행동해야 하네. 작은 지위에 만족해서 방자하게 굴어선 안 될 일이야."

그 말을 명심한 번지는 한 치의 흐트러짐도 없이 진중하게 할 일에만 충실했다. 행장을 꾸리고 길을 나서면서 번지는 잠시 자신의 지난 삶을 돌이켜보았다.

그는 유복자로 태어났다. 유력가의 집안도 아니었고, 외가 역시 평범하다 못해 한미했다. 가장마저 덜컥 세상을 떠나자 어머니는 어린 형과 젖먹이인 그를 키우면서 갖은 고생을 했다. 힘에 부친 노동에 밤에는 자식들까지 돌봐야 했던 어머니는 꽃다운 청춘의 나이였음에도 환갑을 넘긴 노파처럼 야위어만 갔다. 피곤에 지쳐 잠이 들었다가 새벽이면 다시 일감을 찾아 집을 나서곤 했다.

그런 가정 형편 때문에 번지는 어릴 때부터 공부보다는 생계에 더 매달렸다. 그는 성실하긴 했지만 영리하거나 약삭빠른 인간은 못되었다. 주어진 일이면 누구보다 열심히 했지만 철이 들면서 일보다는 공부를 하고 싶은 마음이 간절했다. 그러나 그의 처지는 그런 희망을 사치스럽게 만들었다. 그는 그런 아쉬움을 털어내기 위해 묵묵히 일했다.

바쁜 중에도 읽을 만한 서권書卷이 생기면 피곤한 몸을 이끌고 달빛을 벗삼아 책을 읽었다. 그러나 책에 쓰인 내용만 읽고 이치를 깨우치기에 그는 너무 어렸고 총명하지 못했다. 답답한 마음은 날로 커져갔다. 가끔 짬이 생기면 마을의 어른을 찾아뵙고 서권의 애매한 뜻을 묻기도 하고 강독하는 것을 귀동냥으로 듣기도 했지만, 갈증이 가셔지지 않기는 마찬가지였다.

"내가 하나를 들으면 열을 아는 지혜는 없는 게 분명하다. 하지만 진리를 배우고 도를 깨치겠다는 마음만은 누구에게도 뒤지지 않는다고 자신할 수 있어. 집안 형편이 이러니 내놓고 서당을 찾아 공부하겠다고 할 수도 없고 그냥 접자니 억장이 무너지는 고통을 잠재울 길이 없구나."

그의 한숨은 나날이 늘어갔다.

그는 날품팔이와 농사일 돕기, 땔나무 해오기, 집짓기 등 닥치는 대로 일을 맡아 돈을 모았다. 하루라도 빨리 돈을 모아야 공부에 전념할 수 있다는 요량 때문이었다. 그러나 가난한 집안 형편을 바로 세우기에 그가 버는 돈은 밑 빠진 독에 물 붓는 격이었다. 더구나 형이 겨울 부역에 징발되어 일을 하다가 실족해서 몸져누운 뒤로 살림은 더욱 엉망이 되었다. 아무리 애를 써도 사람에게 주어진 운명은 어쩔 수 없는 것인가? 그런 깊은 회의에 빠졌던 그가 이웃 고을에 공자孔子란 분이 계시다는 사실을 들은 것은 나이 스물을 훌쩍 넘긴 때였다.

번지가 살던 시대는 후대에 춘추시대란 이름으로 불리던 때였다. 이때는 귀족이나 왕족이 아니면 어디서도 행세하기 힘들던 시대였다. 권위며 정의란 것도 허울 뿐 모든 것이 권문세가의 깃발 아래 장악되어 있었다. 천하는 주周왕조의 것이었지만, 천자天子는 이미 미운 오리새끼나 애물단지 취급을 받았다. 백성의 운명이란 것도 제후들의 이해에 따라 목숨이 좌우될 만큼 하찮은 것이었다. 그런 가운데 인권이니 생명의 가치 따위는 공염불에 지나지 않았다.

가난한 선비 집안 출신인 번지는 차라리 농민만도 못한 처지였다. 몰락한 가문을 다시 일으키겠다는 거창한 야망을 품고 있었던 것도 아니었다. 다만 배우고 싶었다. 어쩔 수 없이 그도 선비의 핏줄이었던 것이다.

오랜 유랑 생활을 끝내고 고국으로 돌아온 공자는 미래의 젊은 세대에게 기대를 걸고 후진을 양성하는 일에 최후의 시간을 보내고자 결심했다. 그는 성의가 있고 의욕만 넘친다면 신분의 귀천이며 고하를 가리지 않고 제자로 받아들였다. 가는 고기 열 개를 한데 묶어 폐백으로 가져오면 누구라도 배움의 기회를 주었다. 가난하지만 배움에 대한 의욕이 불탔던 번지 같은 사람에게는 더할 나위 없는 기회였다.

이 소식을 접한 번지는 흥분된 마음을 가라앉히고 차분히 어머님께 상의를 드렸다.

"어머니, 공자라는 분은 사람의 귀천을 가리지 않고 배우려는 의욕만 있다면 누구나 제자로 받아주신다고 합니다. 제 처지가 배움을 논할 상황이 아닌 것은 잘 알지만, 배울 때란 한 번 기회를 놓치면 다시는 돌아오지 않는다고 들었습니다. 저는 그 분 밑에 들어가서 제 꿈을 이루고 싶습니다. 제가 떠나면 몸져누운 형님과 늙은 어머님을 누가 봉양할까 걱정이 앞서지만 가서도 틈틈이 일한다면 생계가 그렇게 깜깜해지진 않으리라 생각됩니다. 부디 허락해 주십시오."

그의 어머니는 현명한 분이었다. 이미 마음이 공문孔門에 가 있는 아들을 잡기란 불가능하리란 것을 한 눈에 알아보았다.

"그래 배움에 뜻을 둔다는 것이 얼마나 갸륵한 일이냐. 내가 늙었다지만 아직 몸은 성하고, 큰애도 조만간 자리를 털고 일어날 것이다. 또 네가 가끔 와서 집안을 돌보겠다면 가서 공부하는 일에 무슨 어려움이 있겠느냐. 너무 염려하지 말고 열심히 배워 큰 뜻을 이루도록 해라. 더구나 공자란 분은 나도 익히 그 존함을 들은 분이다. 때를 얻지 못해 비분의 삶을 살고 계시지만 학문이나 경륜은 누구나 천하제일로 손꼽는 분이 아니더냐. 그런 분의 문하에서 배운다면 그 자체가 영광일 것이다. 다만 그분이 너를 제자로 받아주실지 그것이 걱정이구나."

어머니의 허락을 받아내자 번지는 길일을 택해 조상의 사당에 고하고는 목욕재계한 뒤 공자를 뵈러 길을 나섰다.

공자는 우람한 체격에 부리부리한 눈을 가진, 말 그대로 당당한 위장부偉丈夫의 풍채를 지니고 있었다. 이미 일흔에 가까운 나이였음에도 형형한 안광은 젊은 사람 못지 않았고, 꼿꼿하게 허리를 편 채 입가에는 부드러운 미소를 머금고 있었다. 처음 보면 위압감을 느끼지 않을 수 없지만, 친절하고 잔잔한 말투를 들으면 그의 인품이 풍겨 나와 절로 고개가 숙여졌다. 얼굴은 넓적한 편이었는데 특히 양쪽으로 돌출해 있는 이마가 인상적이었다. 사람들이 공자를 두고 '공짱구'라고 한 까닭을 번지는 대번에 알 수 있었다. 조촐한 폐백과 함께 사정을 간단히 아뢰자 몇 가지 물어보시더니 공자는 입을 여셨다.

"어려서 부친을 여읜 어려운 형편에서도 낙담하지 않고 배움에 임하는 자세가 참으로 기특하구나. 그런 열의를 가지고 있다면 배움에 무슨 꺼릴 게 있겠느냐. 다만 네 나이가 스물세 살이니, 배움의 길을 나서기에 결코 이르지 않은 나이다. 먼저 공부한 사람들을 따라잡으려면 그만큼 각고의 노력을 해야 할 것이야. 네 학문을 시험해보니 아직 부족한 점이 많구나. 무작정 강학講學에 들어가면 반벙어리로 지낼 게 분명하니, 우선 내 곁에 있으면서 귀동냥부터 하는 것이 순서일 듯하구나. 내가 한 때 이 나라의 정승의 반열에 올랐고 또 대부를 지낸 몸이라 밖에 나갈 때면 걸어 다닐 수 없는 몸이다. 그러니 수레를 타고 다녀야 하는데, 마침 이를 몰 사람이 마땅찮구나. 네가 허드렛일도 하면서 수레도 몰아봤을 터이니, 당분간 집을 오가면서 내 수레를 몰도록 하거라."

그렇게 해서 그는 스승님의 수레를 몰게 되었다. 혼자 익힌 학문이 깊지 못하다는 것은 누구보다 번지 자신이 잘 알던 일이었다. 게다가 그는 수레를 몰고 말에게 꼴을 먹이는 일을 무척 좋아했다. 스승의 집에 있던 말과 수레는 그리 튼실한 편도 아니고 화려하지도 않았지만, 스승을 가까이서 모시고 다닌다면 직접 해타咳唾를 맞으면서 배울 테니 그보다 좋을 수 없는 기회였다. 기쁨에 젖어 그는 다음날부터 새벽에 집을 나와 스승의 집에 도착해 출타에 대비했다.

그즈음 스승에게는 많은 제자들이 모여들었다. 스승은 인생살이어 풍부한 경험을 가지고 있었고, 경륜이며 지식은 이미 어깨를 겨눌 사람이 없었다. 특히 제자의 개성을 살려주는 자유로우면서도 적절한 교육 방법이 상당한 인기를 끌고 있었다. 더구나 번지처럼 가난하지만 배움에 대한 열망이 넘치는 사람이라면 당연히, 이 차별이 없는 스승을 좇을 수밖에 없었다.

또 다른 장점이 있다면 당시 스승이 써준 추천장이 권력가들에게 대단한 영향력이 있다는 점이었다. 스승의 추천장은 출세의 지름길이나 다름없었다. 스승께서는 함부로 추천장을 남발하지는 않았지만 노나라나 제나라의 권력자들은 유능한 관료가 필요해지면 스승의 학당을 기웃거릴 정도였다. 관리가 되고 싶었고, 또 우수한 관리를 양성하는 것을 목적으로 삼은 스승의 방침은 많은 예비 관료들을 불러 모았다. 그들은 여느 관료 지망자들과는 달리 정의감과 도덕으로 무장된 인물들이었다. 항상 가신들이 벌이는 암투와 위협을 두려워했던 권력자들에게 이들은 매력적인 신하들이었다. 그런 부차적인 이득을 기대하면서 스승을 추종한 것은 아니지만, 학당의 분위기는 미래에 대한 희망으로 꿈틀대는 사람들로 북적였다. 이런 분위기를 몸으로 접하면서 번지는 꿈에 그리던 소망을 이룰 수 있다는 설렘에 밤잠을 떨치면서 열심히 서권을 읽고 익혔다.

그러나 근래 학당에는 음습한 분위기가 감돌고 있었다. 스승의 수레를 몬 지 반 년이 채 못 되긴 했지만, 활기차고 활발한 토론의 장이었던 학당은 근원을 알 수 없는 어둡고 삼엄한 그림자가 짙게 깔려 있는 공간으로 바뀌어가고 있었다. 제자들의 태도에도 뭔가를 두려워하는 듯한 기색이 완연했다. 여기저기 삼삼오오 모여 웅성거리거나 아예 외따로 떨어져 눈치를 살피는 등 밝은 낯빛은 찾아보기 어려웠다. 원래 학당의 분위기가 이렇지 않았다는 것은, 입문한 지 얼마 되지 않은 번지도 알고 있었다. 얼마 전에 스승이 무척이나 아꼈던 제자 백우 伯牛(기원전 544-?), 염경冉耕이 몹쓸 병에 걸려 스승보다 먼저 세상을 떠나는 일이 있었기는 했다. 스승께서는 제자들을 편애하시지는 않았지만, 남다르게 아꼈던 제자의 때 이른 죽음을 접하며 어찌 스승으로서의 통탄스러움이 없었겠는가? 스승은 그 슬픔을 조용히 거두고 담담하게 영결의 예를 격식에 맞춰 치렀다. 제자들 모두 숙연하고 엄숙하게 소탈했던 동료를 황천의 길로 떠나보냈다. 갓 입문한 번지로서는 말석에 기대 겨우 의식을 살필 기회밖에 없었지만, 공문의 법도와 의리가 어떠하다는 것을 그 때 새삼 실감할 수 있었다.

그러나 백우가 사망할 그 무렵을 전후해서 학당 전반에 심상찮은 변화가 왔다는 것은 학당 생활에 익숙하지 않은 번지도 어렴풋하게나마 간파할 수 있었다. 그렇지만 학당은 그런 가운데서도 평온을 유지하고 있었다.

스승의 태도에 무슨 크게 달라진 점이 있는 것은 아니었다. 언제나 온화하고 평화로우면서도 근엄한 자세는 여전했다. 제자들과 대화를 나누고 그들의 질문에 차근차근 답변하면서 호기심과 학구열에 불타는 그들을 따뜻하게 지도했다. 물론 게으름을 피우거나 믿음직한 자세를 보여주지 못하는 제자에 대해서는 엄한 꾸지람과 불호령이 떨어지기도 했지만, 이 역시 평상시의 모습이기는 마찬가지였다.

다만 근래 들어 스승의 외출이 완연히 줄어들었다. 가까운 친지들의 경조사라면 먼저 나서서 축하하고 위로하던 스승이었다. 시국의 안정을 흔들 만한 일이 일어나면 누가 부르지 않더라도 조정에 출사하는 것이 스승의 평소 모습이기도 했다. 그러나 근래에 들어서는 그런 발걸음이 뚝 끊겼다. 수레를 모는 번지가 그 사실을 가장 먼저 알 수밖에 없었다. 달리 까닭을 알 수 없었던 번지는 혹시 건강에 문제가 생긴 것이 아닐까 염려되었다. 봄철 날씨와 노인네 건강은 하루를 알기 어렵다고 하지 않던가? 갓 입문해 많은 것을 배워야 할 그로서는 스승의 건강이 나빠져 제대로 가르침에 임하지 못하면 어쩔까 크게 신경이 쓰였다. 마구간에 말도 좀이 쑤시는지 성난 울음소리로 몸부림을 쳤지만, 한 번 닫힌 스승의 방문은 좀체 열리지 않았다. 우직한 그는 스승의 부름을 하염없이 기다리면서도 꼬박꼬박 학당에 나와 스승의 침실인 중미재中美齋 주변을 서성이며 동태를 살폈다. 마구간도 청소하고 가끔 빗으로 말 잔등을 깨끗이 쓸어내기도 했다. 혹시 수레에 탈이라도 날까 연장을 들고 이곳저곳을 살펴보기도 하며 시간을 보냈다.

특별히 집에 일이 없으면 번지는 학당 안에 밤늦게까지 머물면서 서책을 읽었다. 지혜가 부족하니 성실로 메우자는 심산도 있었지만, 집에는 마땅히 읽을 만한 책이 없었다. 비단이야 말할 것도 없지만 글을 적어 엮어놓은 죽간竹簡은 귀하고 비싼 물건이었다. 그리고 양도 만만치 않았다. 집에 있는 몇 권의 책은 이미 그가 바지런히 읽어 가죽 끈이 세 번이나 끊길 지경이었다. 새 서책을 사야 하지만 형편이 따라주질 않았다. 그러니 언제라도 자유롭게 읽을 수 있는 서권이 넉넉한 스승의 집이 그에게는 둘도 없는 공부방이었다.

그는 책 창고에서 책을 빌려 등불을 돋우고 깊은 독서삼매경에 젖어들었다. 내용을 다 이해할 수는 없었지만, 그는 특히 시詩를 좋아했다. 스승도 시를 알아야 생각을 일으킬 수 있다고 누차 강조했었다. 깊은 철리야 아직 범접할 깜냥이 못되니 기초나 튼실히 다져두어야겠다는 것이 그의 생각이었다.

때로 너무나 깊이 독서에 몰두하다가 깜빡 잠들어 등불에 머리카락을 태운 적도 있었다. 그을음이 앉은 이마를 만지면서 번지는 화상으로 화끈거리는 이마보다는 대견함을 느꼈다. 빨리 학업을 마쳐 좋은 자리를 구하면 늙은 어머니와 몸이 성치 않은 형을 잘 보살필 수 있다는 기대에 몸이 피곤한 줄도 몰랐다.

그 날도 저녁 늦게까지 책을 읽다가 귀가하기 위해 책 창고로 서권을 반납하러 가는 중이었다. 마당을 지나가는데 스승의 침소에도 아직 불이 꺼지지 않고 있었다. 저녁 때 특별히 할 일이 없으시면 늘 독서와 명상으로 시간을 보내는 스승인지라 그러려니 하고 지나가려 했다. 그런데 스승은 혼자 방에 계시지 않았다. 누군가와 밀담을 나누고 있는 중이었다. 굳이 엿들으려 한 것은 아니지만 창밖으로 말소리가 새어 나왔다.

"어떻게 하든 그 작자들이 누군지 알아내야만 하네."

스승의 목소리에는 전에 없던 긴장감과 비장함이 묻어 있었다. 어쩔 수 없이 번지는 걸음을 멈추게 되었다.

"물론입니다. 놈들이 아무리 본색을 감쪽같이 숨기고 암행한다 해도 꼬리는 반드시 드러날 겁니다. 저희들도 눈 뜬 장님은 아니니 그놈들도 끝까지 정체를 숨기지는 못하겠지요. 계강자 어른께서도 심려가 아주 크십니다. 나름대로 조처를 취하고 계시는 모양인데, 뾰족한 방안은 아직 세우지 못하신 모양입니다."

자로子路의 목소리였다. 그는 스승의 문하에서 가장 나이가 많은 축에 속하는 학도였다. 스승과 고작 아홉 살 터울밖에 나지 않았다. 괄괄한 성격에 검붉은 얼굴이며 짙은 구레나룻을 보면, 학창의에 장보관章甫冠을 쓴 선비라기보다는 힘깨나 쓰는 우직한 장정을 연상시켰다. 회갑을 지낸 나이였음에도 힘으로 따질 때 문도 가운데 그를 이길 사람이 아직까지도 나오지 않은, 대단한 완력의 소유자였다. 그런 자로와 스승이 이 야심한 시각에 나누는 대화의 내용이 영 심상치 않았다.

"고마운 일이로구나. 내 젊었을 때 혈기를 이기지 못해 작은 실수를 저질렀고, 계획을 잘 다잡지 못해 오랜 세월 천하를 떠도는 통분한 일까지 당했지만, 저들이 옳지 못했던 것은 분명한 사실이다. 도대체 어떤 자들이 검은 장막 뒤에 숨어 있는지, 또 몇 놈이나 패거리를 짓고 있는지 알 수 없으니 답답하구나. 자네도 항상 경계를 늦추지 말고 집 안팎의 동태를 살피게나."

"여부가 있겠습니까? 감히 그 놈들이 이곳까지 범하진 못하겠지만, 만사 조심해야지요. 제가 데리고 있던 수하 몇을 학당 주변에 잠복시켜 두었습니다. 이 점만은 염려치 않으셔도 좋을 것입니다."

장담하는 호기가 대단했지만 자로의 목소리에도 어두운 그림자가 드리워져 있었다.

다시 두 사람의 목소리는 잦아들었고, 행여 누가 자신의 모습을 볼까 하는 두려움에 번지도 곧 자리를 떴다.

서고 당번에게 책을 반납하고 돌아 나오면서 다시 스승의 방문을 지나가는데, 그새 스승은 잠자리에 드셨는지 불이 꺼져 있었다. 혹시 자로를 만날까 싶어 학당 주변을 어슬렁거렸지만, 그의 자취는 잡히지 않았다.

번지는 잠시 마루에 걸터앉아 두 사람이 나누던 대화를 되새겨 보았다. 요즘 들어 번지에게 느껴지던 불길한 기운이 괜한 것이 아니라는 심증은 굳혔지만, 두 분이 무엇을 저렇게 두려워하고 있으며, 젊은 시절 스승이 저질렀다는 실수란 무엇이고 이루지 못한 계획이란 무엇일까 하는 의구심이 바짝 고개를 쳐들었다. 그가 본 스승은 결코 실수를 하실 분이 아니었다. 물론 스승께서도 군자라고 해서 실수를 하지 않는 것은 아니라고 말씀하시긴 했다. 군자란 실수를 않는 사람이 아니라 실수를 하면 바로 고치는 사람이라고 하셨다. 젊었을 때 혈기를 참지 못해 저지른 실수였다면 진작 고치셨을 것이다. 그 허물을 아직까지 못 버리실 분이 아니었다. 그런데 그 일로 지금도 두려워하고 불안해한다면 상당히 치명적인 실수였음에 분명했다. 도대체 스승은 젊었을 때 무슨 큰 실수를 저질렀던 것일까?

생각이 꼬리에 꼬리를 물고 퍼져나가자 번지는 갑자기 어지럼증을 느꼈다. 깊은 생각은 그의 지력이 견뎌내기 어려운 부담이었다. 앞으로 좀 더 관심을 두고 학당의 분위기나 스승의 언행을 살펴야겠다고 생각하면서 그는 자리를 털고 일어났다. 벌써 밤도 1경更을 지나 2경에 접어들고 있었다. 너무 늦으면 어머니가 또 밤잠을 설치실 것이다. 효란 자식들이 병이나 들지 않을까만 근심하도록 하는 것이라 했는데, 언제나 제대로 효를 할지 개탄스러웠다.

학당을 돌아 대문을 향해 가는데, 달빛이 참으로 훤하니 밝았다. 그러고 보니 며칠 뒤면 보름이었다. 이번 달 기망既望날이 바로 돌아가신 아버님의 제사였다. 항상 변변찮은 제수 때문에 죄스러운 마음이었는데, 이번에는 어떻게 제사상을 준비해야 하나 하는 근심이 떠올랐다. 그러면서 언제나 근심 없이 행복하게 살까 하는 번뇌가 그를 에워쌌다. 망념을 떨치려고 머리를 휘젓고 있는데, 대문 옆 풀숲 사이에서 뭔가 달빛에 번쩍이는 물건이 보였다.

'저게 뭐지?'

번지는 아무 생각 없이 다가가 풀숲을 헤치고 긴 나무쪽처럼 생긴 물건을 집어 들었다. 죽간이었다. 네모지고 깎은 면이 반듯한 것으로 보아 상당한 고급품이었다. 아마 누군가 서권을 읽다가 한 쪽을 흘린 모양이었다. 이슬에 젖은 면을 소매로 닦아내니 죽간에 쓰인 글자가 눈에 들어왔다. 뒤쪽은 깨끗했고, 앞면에만 검은 먹 글씨로 다섯 자가 쓰여 있었다. 고작 다섯 자였지만, 번지로서는 그 뜻을 알 수 없었다. 죽간에는 이렇게 쓰여 있었다.

'作俑者無後작용자무후.'

3
소가죽 가방의 행방

"당신이 처음 사건을 신고한 사람이오?"

반장이라며 자신을 소개한 사람은 처음부터 고압적인 자세로 질문을 던졌다. 비만이라기보다는 부은 듯한 느낌을 주는 통통한 얼굴에, 짜증기가 가득 담긴 몽롱한 눈을 가진 그는 첫인상부터 호감을 주진 않았다. 허름한 점퍼 차림에 더군다나 입에서는 술 냄새까지 풍겼다.

'요즘 경찰은 근무 중에도 술을 처먹는 모양이군.'

드라마나 영화에서 근무 중에는 결코 입에 술을 한 방울도 안 대는 모범 경찰만 보아온 나는, 그가 결코 훌륭한 경찰도 아닐뿐더러 무능한 데다 수틀리면 욕조에 물이나 받으려는 그런 폭한 쯤으로 여겨졌다.

"그렇습니다."

불쾌한 감정이 잔뜩 묻어나는 내 대꾸를 듣더니 그는 연신 볼펜 꼭지를 똑딱거리면서 나를 올려다보았다. 나는 비교적 키가 큰 편이었고, 그도 작은 키는 아니었지만 육덕肉德이 넉넉한 품새 때문인지 보기보다 작아 보였다. 볼펜 소리가 내내 신경을 거슬렸다.

"이름이 어떻게 됩니까?"

"마번지라고 합니다."

"마번지? 이름 참 희한하구만."

반장은 얼굴을 잔뜩 찌푸리면서 소리 죽인 웃음을 토해냈다. 악의는 없었지만 익살스러워 보이지는 않았다. 나는 더욱 기분이 언짢아졌다. 이름 때문에 놀림감이 된 게 어제 오늘의 일은 아니지만, 이런 자리에서 험한 꼴을 당하고 싶진 않았다.

반장은 표정을 고치더니 다시 점잖게 물어왔다.

"몇 시쯤이었습니까?"

이미 경관에게 다 한 얘기를 그는 반복해서 물을 심산이었다. 그가 충실한 경찰이 아니라는 것은, 스스로 노트에 메모하려고도 하지 않고 부하인 듯한 사람이 대신 연필을 꼬나든 채 받아 적을 태세를 취한 것으로도 알 수 있었다. 30대 중반쯤 되어 보이는 그는 숨소리라도 놓치지 않고 적으려는 듯 귀를 바짝 들이댄 채 나와 반장을 응시하고 있었다. 반장과는 대조적으로 그는 깔끔한 양복 차림이었다.

"이미 다른 분께 다 얘기했는데요."

나는 퉁명스럽게 대답했다.

"정복? 걔네들이 뭘 알아! 서류에 적혀 있으면 다 진짜라고 믿는 놈들인데. 번거롭겠지만 한 번 더 말해 주면 고맙겠소. 현장을 처음 발견한 사람의 증언은 어떤 증거보다 중요하니까 이해해 주시구려. 나는 글보다는 말을 더 믿는 사람이거든."

부탁이라기보다는 강압에 가까운 억양이었다. 초점 없이 몽롱해 보이는 눈매였지만 그 속에는 거부할 수 없는 힘이 숨겨져 있었다. 경찰의 눈매란 것이 바로 저런 것이로구나 하는 생각이 들면서 갑자기 긴장감이 몸을 싸안았다. 어쩔 수 없는 나는 이미 반복한, 새벽부터 오전까지 겪은 일들을 다시 설명하기 위해 입을 열었다.

"전화를 받은 것은 아침 일곱 시쯤이었을 겁니다. 막 세수를 마치고 머리를 털면서 방안에 들어오는 중이었죠. 이른 시간에도 가끔 이 교수님께서 전화를 하시긴 했지만, 그건 대개 인터폰이었지 핸드폰을 쓰시진 않았습니다. 저는 당연히 교수님 연락일 거라고 생각했습니다. 제 핸드폰 번호를 아는 사람은 다섯 명도 되지 않으니까요."

"그래, 누구 전화였나요?"

"김오명 교수라고, 이준섭李峻燮 교수님과 같은 과에 계신 분이었습니다."

"그 사람은 당신 핸드폰 번호를 알고 있었나 보군?"

"예. 전에 한 번 제게 물어보더군요. 이 교수님이 가끔 지방 출장을 가시면 연락처가 마땅치 않으니 알려달라고 했습니다. 지방 출장은 늘 제가 모시고 갔으니까요."

"교수가 무슨 지방 출장을 그렇게 자주 다닙니까?"

"교수님은 고문서를 찾고 계십니다. 고문서가 서울에만 있으란 법은 없지 않습니까?"

"그렇군요. 그래 무슨 내용이었습니까?"

"이 교수님께서 오늘 아침에 급히 보셔야 할 서류가 있는데, 그걸 어제 전해드리지 못했다는 겁니다. 그러니 학교로 나와서 그 서류를 받아 교수님께 전해 주면 고맙겠다는 거였습니다."

"그런 일이 자주 있었습니까?"

"아뇨. 처음 있는 일이었습니다."

"그래요? 그런데 왜 그 교수 연구실로 가지 않고 이준섭 교수 연구실로 온 겁니까?"

"굳이 거기서 만나자고 했습니다. 저도 좀 이상하게 생각하긴 했죠. 하지만 그 교수 연구실은 4층이고 교수님 연구실은 1층이라 가까운 곳에서 만나려고 그러나 보다 생각했습니다."

"그래요? 차라리 건물 입구에서 만났으면 더 빨랐을 텐데? 아니면 중간쯤에서 만나든가? 그래서 곧장 이곳으로 온 겁니까?"

"먼저 교수님께 말씀을 드리고 가려고 했습니다. 안채로 와 보니 교수님은 마침 새벽 등산을 나가시고 계시지 않더군요. 그래서 일하는 아주머니한테 말해 두고 나갔습니다. 이른 시간이고, 학교까지 거리도 얼마 되지 않아 금방 돌아올 수 있을 것이라 여겼습니다."

"그래서 김오명인가 하는 교수는 만났습니까?"

"아뇨. 그 분은 와 계시지 않았습니다. 조금 기다리다가 혹시 서류만 놔두고 갔나 싶어 수위실에 말을 하고 열쇠를 받아 연구실 안으로 들어왔습니다. 그런데……"

"그런데, 웬 중국인의 시체가 덩그러니 던져져 있었다, 그 말인가요?"

'시체'란 말을 듣자 다시 온몸으로 경련이 스치고 지나갔다. 어둠이 가시지 않은 연구실. 사방엔 책과 책꽂이, 책상과 의자들이 둘러쳐져 있고, 두터운 커튼이 쳐진 사이로 희미한 빛의 윤곽만이 스며들어 오는 공간 속이었다. 새벽 한기가 돌아 안 그래도 으스스한 곳에서 시체를 만졌을 때의 섬뜩한 기분이 손등을 타고 가슴 속까지 파고들어 왔다. 오싹 소름이 돋았다. 해병대 근무를 하면서 가끔 사고로 죽은 시체는 본 적이 있었고, 만진 적도 있었다. 한강 상류에서도 심심찮게 시체가 떠내려 오곤 했었다. 익사체나 자살한 시체, 어쩌다가 북한 공작원으로 보이는 듯한 시체도 있었다. 이미 죽은 지 오래된 시체는 부패 때문에 냄새도 역한 데다 거머리며 잘라, 메기 같은 것들이 다닥다닥 붙어 있었다. 그러나 구역질이 나긴 했어도 그것은 시체인 줄 알고 만진 것이었다. 산 자의 몸인 줄 알았던 그것이 싸늘한 시신임을 자각했을 때의 전율이란 상상 이상의 고통과 절망, 두려움을 몰고 왔다. 더구나 시체의 주인공이 위천익韋天翼 선생이란 사실을 알았을 때는 놀랐다기보다는 황당했다.

그는 이준섭 교수의 차에 자주 동승하던 유일한 중국인이었다. 중국 북경대학교에서 유학 온 젊은 학자였다. 서지학이 전공인데, 한중 고서적 교류사를 주제로 논문을 준비하고 있었다. 이 교수는 그와 중국어로 유창하게 대화를 나누었다. 나로서는 무슨 말을 하는지 전혀 짐작도 할 수 없었지만, 까만 피부에 눈빛이 여우처럼 반짝이는 그 중국인의 인상은 아주 특이했다. 그는 북한 사람들이 즐겨 입을 듯한 인민복 같은, 장식이 거의 없는 진고동색 상하의를 입고 다녔다. 중국인답게 다소 안하무인인 듯한 태도를 털어 버리진 못했지만, 이 교수 옆에 앉은 그는 고분고분한 하인처럼 다소곳하게 말을 경청했고 이따금 대꾸인 듯이 몇 마디를 던지곤 했다. 그는 항상 옆구리에 황갈색 소가죽 서류 가방을 끼고 차안으로 들어와 여러 가지 물품을 꺼내 놓았다. 신해혁명 때도 누군가 끼고 다니지 않았을까 여겨질 만큼 정말 낡은 가방이었다. 나중에야 나는 그의 이름이 위천익인 것을 알았다.

두 사람 사이의 일은 단순한 대화보다 책이나 서류, 고문서 따위를 펼쳐 놓고 뭔가 진위를 찾는 일이 대부분이었다. 때로 고문서들은 뒷좌석에 그대로 팽개쳐져 있는 적도 있었는데, 나는 손길은커녕 눈길조차 한 번 주지 않았다. 티끌을 주으려다 공연히 남의 의심을 받기는 싫었다. 적어도 운전사로 밥을 빌어먹으려면 그저 자동차의 한 부속품처럼 처신해야 한다는 것쯤은 나도 알고 있었다. 예로부터 똑똑하고 머리 좋은 놈을 제 운전사로 삼지 말라는 격언도 있다. 제 주인의 일거수일투족을 누구보다 잘 알 수밖에 없는 운전사는 그 정보를 나중에 악용할 수도 있는 법이다. 과묵하면서 약간은 아둔해 보이는 듯하고, 충직하면서 꿍꿍이속이 없는 사람이 운전사로서는 제격이었다. 나는 내 자신을 최대한 그 조건에 맞추려고 노력했다. 게다가 천성적으로 나는 남의 일에 별 관심이 없는 편이었다.

그렇다고 위천익이 우리말을 못하는 것은 아니었다. 이 교수가 바쁠 때면 이따금 그만 태우고 지방을 가는 경우가 있었다. 도로 사정이야 내가 더 잘 알았지만, 그가 만나는 사람들이 전부 중국어를 할 줄 아는 것은 아니었다. 나 역시 중국어에는 눈 먼 장님이었으니, 그가 직접 그들을 상대해야 했다. 옆에 앉아 그들 사이의 대화를 듣진 못했지만, 잠깐 잠깐 듣게 되는 말 조각만으로도 그가 유창한 한국어 실력을 가진 것은 알 수 있었다. 그는 정말 필요한 경우가 아니라면 중국어를 쓰려고 했다. 대국인의 자존심이었을까.

언젠가 한 번은 그가 중국에 갈 일이 있어 인천 공항으로 그를 태워다 준 적이 있었다. 무슨 일이었는지 북경행 비행기가 출발 시간을 지키지 못했다. 비행기에 문제가 생겨 한 시간 정도 이륙이 늦어지게 되었다.

그를 그냥 공항에 떨어뜨려 놓고 올 생각을 하니 조금은 미안한 생각이 들었다. 그래도 어쨌거나 외국인이 아닌가. 무슨 친절 봉사 정신을 의식한 것은 아니었지만 갑자기 인민군 복장의 그가 화려한 공항 청사 한 가운데서 멍하니 서 있을 모습이 떠오르자 안쓰럽게 여겨졌다. 나는 그가 만류하는 것도 뿌리치고 함께 로비 의자에 앉아 탑승 절차가 시작되기를 기다리기로 했다.

별달리 나눌 화제가 없었던 나는 습관처럼 책을 뽑아들고 읽기 시작했다. 해설판 『명심보감』이었다. 며칠 전 대학 구내서점에서 우연히 샀던 책이었다. 그의 시선을 조금은 느끼면서 나는 책 여기저기를 뒤적이며 건성으로 읽었다. 이미 몇 해 전에 한 번 읽어본 책이라 새삼스러운 내용은 없었다. 다만 이 책은 해설이 상세하고 친절한 데다 구절을 이해하는 관점이 조금 새로웠다. 그러다가 나는 문득 『명심보감』과 관련해서 궁금하게 여겼던 문제가 떠올랐다. 그가 이런 하찮은 책에 관련된 대수롭지 않은 궁금증까지 풀어줄지는 의심스러웠지만, 무료한 합석을 때우기에 괜찮을 거란 생각이 들었다. 나는 그에게로 고개를 돌렸다.

"위천익 선생님."

나는 일부러 유쾌한 말투를 가장했다.

"무슨 일입니까?"

그는 잠시 궁리를 하는 듯하더니 이내 표정을 바꾸면서 대답했다. 한국어를 써야할지 망설였을 것이다.

"이 책 아십니까? 『명심보감』이란 책인데……"

나는 책 표지를 그에게 보여주었다. 그러나 표지 어디에도 『명심보감』을 한자로 써놓은 데는 없었다. 그러나 그는 흘낏 책을 보더니 말했다.

"예, 압니다. 그런데요?"

"이 책은 중국의 옛 선현들의 명구들을 모아놓은 책이지 않습니까? 원나라 말에서 명나라 초기 때까지 살았다고 하는 범립본 范立本이란 사람이 편찬했다고 쓰여 있더군요."

그는 질문의 의도가 무엇인지 모르겠다는 듯 뜨악한 표정을 지었다.

"맞습니다."

"그런데 정작 이 책이 가장 많이 읽힌 곳은 우리 나라였다네요. 고려 말, 충렬왕 시대를 살았던 추적秋適이라는 학자가 범립본의 원서를 3분의 1 정도 추려내 지금의 『명심보감』을 엮었다고 합니다. 그런데 이상하게도 중국에서는 이 책이 거의 읽히지 않아 완전히 사라지고 말았다는군요."

눈에 거의 띄진 않았지만 위천익의 얼굴에는 못마땅한 표정이 스치고 지나갔다. 그러나 그는 곧 감정을 거두어들이더니 다시 내 입을 주시했다.

"그런데 제 궁금증은 시대가 잘 맞지 않는다는 겁니다."

"시대가 안 맞다니요?"

"중국사나 우리 역사를 잘 아는 것은 아니지만, 찾아보니 원나라가 망하고 명나라가 들어선 해가 서기 1368년이더군요."

"맞습니다. 그 해 중국의 주인이 바뀌었지요."

이번엔 그의 얼굴에 득의의 표정이 잠깐 흘렀다. 오랑캐 몽고족의 나라 원나라가 망하고 다시 한족의 제국 명나라가 들어선 것이다.

"그런데 고려 충렬왕의 재위기간은 1274년부터 1308년까지였습니다. 그 사이에 잠시 세자에게 선위禪位한 적도 있지만, 34년 동안 통치했죠."

"그렇다고 알고 있습니다."

위천익은 숫자가 열거되자 조금 더 관심을 가지는 듯했다. 그는 골을 내 쪽으로 조금 돌렸다.

"그런데 원저자인 범립본이 살던 시대가 1368년을 전후한 시기인데, 축약본을 낸 저자인 추적이 살던 시대는 그보다 적어도 60년 전쯤입니다. 얼마간의 시간차를 고려한다고 해도 이상하지 않습니까? 원저보다 축약본이 먼저 나왔다니 말입니다."

위천익은 내 말을 곰곰이 되새기는 눈치였다. 수재답게 그는 대답하기 전에 먼저 문제의 핵심부터 정리하기 시작했다. 마침내 해답이 나왔는지 그가 말문을 열었다.

"말씀대로라면 이상하긴 하군요. 하지만 우선 생몰연대가 분명치 않은 사람의 생존 시기는 때로 큰 오차가 있을 수 있습니다. 심한 경우 몇 백 년의 오차가 나는 사람도 있으니까요. 그렇지만 명나라 초기라면 그렇게 큰 오차는 없었을 것 같군요. 추적이라는 사람에 대해서는 잘 모르겠지만, 실제로 한국에서 나온 『명심보감』은 고려 말이 아니라 조선 초가 아니었을까 싶습니다. 제가 알고 있기로 한국에서 나온 『명심보감』의 가장 오래된 판본은 조선 초에 판각된 청주본淸州本 『명심보감』입니다."

나는 그의 해박한 서지학적 지식에 속으로 뜨끔했다. 이상한 인연으로 야간 대학 국문학과를 졸업하긴 했지만, 군대를 제대하고 운전사란 직업을 가진 이후 그 쪽에 관한 전문 지식을 쌓을 시간은 거의 없었다. 고작 손에 잡히는 대로 고전 번역본을 읽은 내 지식에 깊이가 있을 리 없었다. 나는 다시 질문을 계속했다.

"그런데 왜 추적이란 학자가 편자로 올라갔을까요? 분명 축약한 사람이 따로 있었을 텐데 말입니다?"

"알 수 없는 일입니다. 굳이 해명한다면 저서도 아니고 축약본이라 자신이 직접 했다고 내세울 만큼 대단한 업적이 아니니 과거 학자의 이름을 빌린 것이 아니었나 싶군요. 그러다가 전후 사정을 모르는 후세 사람들에게는 기정사실이 되어버렸겠지요."

"그럴 수도 있겠군요."

"장담은 할 수 없는 일입니다. 혹시 다른 이유나 사정이 있었을 수도 있겠지요."

그는 이것으로 제 할 일은 마쳤다는 듯 입을 다물었다. 그러나 나로서는 한 가지 더 짚고 넘어가고 싶은 문제가 있었다.

"그런데 말입니다. 또 하나 궁금한 것은 이 책이 중국에서는 거의 읽히지 않았다는 점입니다. 제가 읽어본 『명심보감』은 훌륭한 책이었습니다. 마치 『논어』와 같다고 할까요. 편수도 모두 20편이고 내용도 간략하지만 유익하고 의미심장한 경구들로 짜여져 있습니다. 물론 원래 『명심보감』은 훨씬 방대했다지만 말입니다. 그런 책이 어쩌다가 그렇게 쉽게 사라질 수 있었을까요? 조선에 들어와서는 그렇게 많이 읽혔는데 말이죠."

그는 또 자존심이 상한 듯 표정이 굳어졌다.

"『명심보감』이 중국보다는 조선에서 광범위하게 읽힌 것은 사실입니다. 그렇지만 이 책이 중국에서 완전히 자취를 감췄다고 하는 주장은 틀린 말입니다. 청나라 초의 통속문학 작가로 석성금石成金이란 사람이 있습니다. 1658년에 태어났죠. 일상생활에서 소재를 빌려와 통속적인 언어로 글을 써서 당시 대중들의 환영을 받은 작가입니다. 혹시 기회가 있으면 『전가보傳家寶』라든가 『소득호笑得好』 같은 그의 책을 읽어보기 바랍니다. 마번지씨처럼 고전에 관심이 있는 분이 읽으면 아주 흥미 있을 겁니다."

갑자기 얘기가 방향을 잃은 것처럼 느껴졌다. 뜬금없이 석성금은 누구란 말인가?

내 낌새를 알아차렸는지 그는 곧 본론으로 돌아왔다.

"그가 쓴 책 중에 『속채근담續采根譚』이 있습니다. 『채근담』의 뒤를 이어 쓴 책이란 말이죠. 이 책도 『명심보감』처럼 많은 경구들이 모여 있습니다. 그런데 이 책에 보면 『명심보감』에 나오는 어구가 거의 그대로 쓰이는 경우가 여러 군데 보입니다. 물론 『명심보감』도 여러 책에 실린 명구를 뽑은 것이니, 같은 책에서 나온 것일 수도 있지만, 석성금이 『명심보감』을 참고했다고 해도 틀린 말은 아닐 겁니다. 그러니까 『명심보감』이 출간된 이후 중국어서 완전히 자취를 감추었다는 것은 꼭 올바른 지적은 아닌 것이지요."

나는 그가 동양 고전에 대한 서지에 대단히 밝은 인물이란 것은 짐작했지만, 이렇게 즉흥적인 순발력까지 있으리라고는 예상치 못했다. 뒷날 나는 대학 도서관을 뒤져 그가 말한 석성금의 『속채근담』을 찾아냈다. 그는 나를 곁눈으로 쳐다보더니 묘한 미소를 지으며 말을 이었다.

"마번지씨는 우리 경전에 대해 관심이 많은가 봅니다. 그런 궁금증까지 가지다니요."

그가 말한 '우리'는 '중국'을 가리키는 것이었다.

"꼭 그런 것은 아닙니다. 이 교수님을 모시고 운전을 하다 보면 빈 시간이 많이 납니다. 독서는 차 안에서 시간을 보내기에 가장 좋은 소일꺼리죠. 그리고 동양 고전은 이상하게 제 마음을 끄는 구석이 있습니다."

"나도 잘 알고 있습니다."

그런 얘기를 하는 가운데 시간은 흘러 북경행 여객기의 탑승 수속이 시작되었다는 방송이 흘러나왔다. 위천익 선생은 가방이며 소지품을 챙기더니 내게 고개를 한 번 까딱하고는 서둘러 발길을 옮겼다.

이것이 내가 그와 가장 긴, 그리고 진지한 얘기를 나눈 유일한 기회였다.

"내 말이 틀렸습니까?"

물끄러미 나를 올려다보고 있는 반장의 얼굴이 들어왔다.

"아, 예. 잠시 딴 생각을 하고 있었네요. 처음엔 저도 김 교수님인 줄 알았습니다. 의자에 앉아 고개를 푹 숙이고 있어서 졸고 있나 했죠?"

이상한 낌새를 느끼긴 했지만, 누가 연구실을 들어오면서 시체가 의자에 앉아 있을 것이라고 상상이나 했겠는가? 더구나 희미하긴 했지만 그는 평소 입고 있던 인민복 차림도 아니었고, 상반신에 양복을 걸치고 있었다. 다가가 툭 밀자 그는 낡아 속이 다 빠진 인형처럼 맥없이 바닥으로 굴러 떨어졌다. 본능적으로 그가 죽었음을 알 수 있었다. 그리고 그가 김오명 교수가 아니라

인민복을 입은 위천익 선생인 것도 알았다. 누군가 양복을 걸쳐 둔 것이다. 새하얗게 질린 얼굴은 창백했고 반쯤 열린 시선이 허공을 향하고 있었다. 머리가 쭈뼛쭈뼛 서는 끔찍한 순간이었다. 나는 즉시 수위실로 달려가 경비를 불러 경찰에 연락했고, 시신을 다시 한 번 확인한 뒤 문을 닫았다. 재수가 오지게도 없는 날이었다.

"알아봤더니 김오명 교수는 그런 전화를 건 적이 없답니다. 집에서 전화를 받더군요. 굉장히 놀라는 기색이었습니다. 분명 그 사람의 목소리였나요?"

옆에서 열심히 메모를 하던 양복쟁이 형사가 처음으로 말문을 열었다.

이번에는 내가 놀랄 차례였다. 전화 음성이 때로 가늠하기 어려운 경우도 있지만, 나는 분명 그 목소리가 김오명 교수의 것으로 확신했다. 잠이 덜 깼고, 막 샤워를 해서 혼선을 빚을 수도 있긴 했다. 하지만 그가 아니라면 달리 누가 내게 그렇게 구체적인 내용으로 전화를 한단 말인가?

"제 기억엔 틀림없습니다."

"기억이란 게 항상 정답은 아니죠."

그는 볼펜을 머리 옆쪽으로 쑤셔 넣더니 아래위로 긁었다. 그의 코트 위로 허연 비듬이 떨어져 내렸다.

"여하간 좋습니다. 지금 그가 오고 있는 중이니까 누군가 거짓말을 했다면 곧 드러나겠죠. 그런데, 전화를 핸드폰으로 받았다고 했는데, 그러면 상대방 번호가 찍히지 않습니까?"

"예. 찍히죠. 그런데 번호가 조금 이상했습니다. 개인 전화번호는 아닌 것 같더군요. 여기 있으니 확인해 보시면 알 겁니다."

나는 주머니 속에서 핸드폰을 꺼냈다.

"정말 그렇군. 조 형사. 이 번호 발신지가 어딘지 확인해 봐."

옆에서 연신 대화를 적던 양복쟁이가 핸드폰에 찍힌 번호를 적더니 밖으로 나갔다.

　　반장의 질문을 받던 곳은 이 교수의 연구실 맞은편에 있는 방이었다. 연구실로 쓰여야 할 방이었지만 무슨 까닭인지 지금은 비어 있었다. 밖에서는 경찰과 수사관들이 오가면서 북적거리는 소리가 문틈 사이를 비집고 들어왔다. 방 안이 을씨년스러운 탓인지 기분 탓인지 바깥의 소음이 마치 천 리 밖에서 들려오는 것 같았다.

　　"피살자와는 평소에 알고 지내던 사인가요?"

　　커튼이 쳐진 창문을 물끄러미 응시하고 있던 내게 반장이 별안간 질문을 던졌다.

　　"글쎄, 안다기보다는 모르지는 않는 사이라고 해야겠죠."

　　"그게 무슨 뜻입니까?"

　　"제가 알기로 그는 중국에서 이 대학으로 유학을 온 사람입니다. 이 교수님께서 중국에 교환교수로 갔을 때 만난 인연으로 유학을 온 것으로 알고 있습니다. 가끔 이 교수님 차에서 이야기를 나누었는데, 물론 중국어라 알아들을 순 없었습니다. 그가 중국을 왕래할 때 공항까지 태워주거나 태워오곤 했습니다. 지방 여행을 갈 때 태우기도 했고요. 하지만 개인적으로 대화나 이야기를 나눈 적은 많지 않습니다."

　　"그렇군요. 그런데 언제부터 이준섭 교수의 차를 몰았습니까?"

　　"한 일 년 반쯤 돼 가는 것 같습니다. 제대하고 얼마 뒤부터니까요."

　　"그래요? 육군이었습니까?"

　　"아니요, 해병댑니다."

　　내 대답에 그는 눈을 위로 쓱 치켜 떠올렸다.

"해병대라? 고된 군 생활을 했겠군요. 나는 땅개 출신이지만, 해병대 훈련이 꽤 험악하다고 하던데요?"

"아무 생각 없이 보냈습니다."

"주특기는 뭐였습니까? 운전병이었나요?"

"아뇨. 일반 하사관이었습니다."

그는 나를 아래위로 다시 한 번 훑어보더니 대충 심문이 끝난 듯 볼펜을 속주머니에 집어넣었다.

"연락처나 주소는 아까 적은 게 확실하겠지요? 신촌이라고 했던가? 이준섭 교수의 집에서 기숙한다고 들었는데 맞습니까?"

"그렇습니다."

"좋습니다. 어쨌든 사건이 사건이니 만큼 앞으로 몇 번 더 출두를 해야 할 것 같군요. 번거롭더라도 협조해 주시기 바랍니다. 아, 그리고 이건 형식적인 질문입니다만, 죽은 피해자를 마지막 본 게 언제였습니까?"

연구동 밖을 나오자마자 나는 길게 심호흡을 했다. 피비린내가 나는 현장은 아니었지만 폐광 속에 매몰되었다가 며칠 만에 구조된 기분이었다. 반장이란 사람의 마지막 질문은 어떻게 대꾸했는지조차 기억나지 않았다. 그 때 막 올라온 택시에서 이준섭 교수가 나오더니 나를 보자 손을 흔들었다.

"이게 도대체 무슨 일입니까? 위천익 선생이 죽었다고요? 그것도 살해당했다니, 그게 사실인가요? 마군이 처음 발견했다고 들었는데."

이 교수 역시 적지 않게 당황한 표정이었다. 얼마나 급했는지 등산용 단화를 미처 갈아 신지도 못한 채 그대로 신고 있었다. 왼손을 연신 쥐었다 폈다 하면서 불안한 심정을 감추지 못했다. 자초지종을 설명하면서 말을 나누기에는 사방이 너무 어수선했다. 경찰차며 구급차, 게다가 구경나온 교직원들과 학생으로 연구동은 북새통을 이루고 있었다.

사정 얘기를 막 꺼내려고 하는데 누군가가 이 교수에게 다가오더니 손목을 잡으며 말했다.

"교수님. 너무 놀라시지 마시고, 일단 제 방으로 가시지요. 경찰도 교수님을 찾고 있습니다. 이게 무슨 난립니까!"

"아, 학장님. 도대체 이게 무슨 괴변인지 모르겠습니다."

"글쎄, 오래 살다보니 별 일을 다 당하네요. 마음을 가라앉히고 제 방으로 가시지요. 차 한 잔 드시면 기분이 좀 나아지실 겁니다."

"마군. 멀리 가지 말고 여기서 꼼짝 말고 있어야 합니다. 그런데 내 차는 어디 있지요?"

대답을 하기도 전에 이 교수는 학장의 손에 이끌려 맞은 편 건물로 들어가 버렸다. 그의 동그란 짱구 머리가 오늘따라 유난히 크게 보였다. 갑자기 나는 부모를 잃어버린 외톨이가 된 기분이었다. 사건의 신고자임에도 아무도 더 이상 나에겐 관심이 없는 듯했다. 자판기에서 커피를 뽑아 현장에서 멀찍이 떨어진 교내 도로 벤치에 앉았다. 뜨거운 커피를 목구멍으로 삼키면서 찬찬히 오늘 새벽부터 지금까지 벌어진 일을 반추했다.

김오명 교수의 전화로 시작된 일이었다. 그런데 그는 나에게 전화를 건 적이 없다고 했다. 그게 사실이라면 나는 도대체 누구의 전화를 받은 것일까? 또 그는 왜 내게 전화를 걸어 위천익 선생의 시체를 발견하게 만든 것일까? 어쨌든 그는 내 핸드폰 번호를 아는 사람이 분명했다. 물론 조금만 노력한다면 핸드폰 번호야 쉽게 알 수 있었겠지만, 왜 그게 나란 말인가? 알 수 없는 불안과 우울하고 불길한 예감이 밀려 왔다.

항상 힘없이 어깨를 떨어뜨리고 뭔가를 탐색하는 듯한 표정으로 사방을 두리번거리며 다니던 위천익 선생의 모습이 떠올랐다. 30대 초반의 나이인 것으로 나는 알고 있다. 결혼도 했고, 중국에 애까지 있다고 들었다. 중국 북경대학 출신의 전도유망한 젊은 학자 한 사람이 이역만리 한국 땅에서 괴상하게 생애를 마감하고 말았다. 그는 왜 죽은 것일까? 누가 죽였을까? 원한이나 치정이라면, 도대체 왜 이 교수의 연구실에서 죽인단 말인가? 경비는 그가 들어오는 것을 봤을 텐데. 그럼 살해한 사람도 본 것일까? 하긴 누군지 모르니 봤는지 안 봤는지도 모르겠군. 자세히 보지는 못했지만, 절명絶命을 확인하기 위해 잠깐 그를 살폈을 때 목을 두르며 선명하게 나 있는 밧줄 자국을 분명히 보았다. 해병대 훈련을 받으면서 침투, 엄폐, 사격과 함께 기본적으로 받는 교육이 살상 훈련이었다. 주로 대검으로 급소를 찌르거나 베는 것이긴 했지만, 군화 끈이나 밧줄 따위로 교살하는 방법을 익히기도 했다. 기습을 당했다면 그는 큰 반항도 하지 못한 채 죽었을 것이다. 끔찍한 게 아니라 나는 괜히 화가 났다. 깊이를 모를 늪 속으로 빨려 들어가는 듯한 불쾌감이 좀체 떨쳐지지 않았다.

그나저나 모든 것은 경찰이 잘 알아 수사를 할 것이다. 그냥 재수 없는 일이라고 치부하자. 나는 단지 피살자를 발견했을 뿐이다. 그의 죽음에 내 책임은 없다. 나도 따져보면 피해자가 아닌가. 멀리 떨어져 있던 세상이 갑자기 코앞에 닥친 기분이었다.

경찰 구급차가 초록색 불빛을 반짝이며 시동을 길게 거는 소리가 들려왔다. 하얀 천에 감싸인 위천익 선생의 주검이 구급차 속으로 들어가는 모습이 보였다.

인생은 저렇게 가는 것이다. 그는 조금 일찍, 엉뚱한 동네에서 뜨는 것뿐이다. 번지수를 잘못 찾아 엉뚱한 골목을 헤매다 애매하게 교통사고로 일생을 마감한 꼴이지. 자동차 백미러 너머로 항상 피로에 지친 듯한 표정으로, 아니면 인생에 몹시 염증을 내는 듯한 표정으로 이 교수와 이야기를 나누고, 공항을 향해 또는 공항에서 차를 타고 오갈 때 물끄러미 차창 밖 풍경을 바라보던 그의 모습이 떠올랐다. 힘겹게 도서관에서 복사물을 안고 오던 모습도 겹쳐졌다. 도와주겠다고 나서도 마다하던 그였다. 그 사람, 이젠 다시 소가죽 가방에서 문서를 꺼내 읽지도 못하겠구나. 그게 그 사람의 유일한 재산인 것 같았는데. 죽은 자 앞에서는 모든 게 평등한 것인가.

그 때 나는 갑자기 어떤 사실을 깨닫게 되었다.

그래? 소가죽 가방은 그의 분신이나 마찬가지였다.

그런데 아무리 기억을 되새겨도 죽음의 현장에서 그 가방을 본 기억이 나지 않았다.

소가죽 가방. 그건 어디 있었지?

4
번지, 자로를 만나다

　다음 날도 학당은 여전히 평온했다. 어제 집에 돌아가 죽간에 적힌 문구의 의미를 살피느라 잠을 설친 번지는 또 늦잠을 자고 말았다. 서둘러 집을 나왔지만 강학 시간에 맞춰오기는 이미 틀린 시각이었다. 근래 거의 집밖으로의 거동을 하지 않는 스승의 일과로 봤을 때 별 일은 없으리라 여겼지만, 몹시 죄스러웠다. 서둘러 학당에 도착하고 보니 놀랍게도 스승은 출타 중이셨다. 그는 간이 한 길 아래로 떨어질 만큼 놀랐다.

　'그렇지만 걱정 말게. 스승님께서는 아예 자네를 찾지도 않으셨으니까. 아마 요 앞 강가로 가벼운 원족遠足을 나가신 것 같네. 요즘 학당 분위기가 좀 그렇지 않았나?'

　두려움과 근심으로 발을 구르고 있는 그를 보더니 서고인 집현고集賢庫의 담당지기가 달래 듯 말했다. 원족을 나가기에는 너무 이른 시각이었고, 늦가을 날씨가 제법 쌀쌀했다. 뒤따라 강가로 나가보려고 하다가 번지는 발길을 학당 쪽으로 돌렸다. 어제 밤에 스승님과 함께 얘기를 나누던 자로가 생각났기 때문이었다. 혹시 자로가 학당에 나와 있을지도 모르는 일이었다. 그를 만나면 죽간을 보여주고 의미를 물어볼 심산이었다.

학당으로 쓰이는 창인당彰仁堂 안에는 몇몇 생도들이 모여 잡담을 나누고 있었다. 주로 그와 비슷한 시기에 입문을 한 젊은 제자들이 일과 준비에 분주했을 뿐 젊은 축들이 노제자老弟子라 부르는 이들은 보이지 않았다. 안연이며 자로, 자공 같은, 스승님과 그 고된 14년 동안의 궁핍의 시간을 함께 한 이들을 일컫는 말이었다. 물론 지금 그들이 모두 스승의 문하에 있지는 않지만, 틈이 날 때마다 학당을 찾아와 후배들도 격려하고 스승님께 자문을 구하기도 했다. 더구나 오늘은 보름마다 한 번씩 있는 정례 강학이 있는 날이었다. 특별한 이유가 없는 한 이 날 빠지는 제자는 한 명도 없었다. 오늘은 스승께서 출타를 하셨으니, 강학은 오후에나 진행될 모양이었다.

스승은 제자들과 대화를 나누기를 즐겼다. 서권이나 주제를 정해놓고 일방적으로 강독하거나 토론하는 방식은 달가워하지 않았다. 제자들 스스로 의문을 못 이겨 질문을 하거나 문제를 두고 씨름하지 않으면, 먼저 나서서 화제를 꺼내는 일도 좀체 없었다. 한 가지를 알려주어 세 가지 일을 미루어 알지 못하면 배울 자격이 없다는 것이 스승의 지론이었다. 그렇기 때문에 강학은 자유로운 분위기에서 진행되었지만, 스승의 기대에 부응하지 못하는 학도들에게는 좌불안석의 자리이기도 했다. 아침 일로 마음이 뒤숭숭했던 데다가 기대했던 자로도 만나지 못한 번지는 학당의 패들과 어울리지 못하고 겉돌다가 결국 밖으로 나왔다.

세상은 완연히 늦가을의 정취를 풍기고 있었다. 학당 뜰 가운데 우뚝 서 있는 은행나무도 누렇게 물들어 가며 가는 가을을 전송하고 있었다. 한 잎 한 잎 은행나무 잎이 뜰을 적시고 있었다. 그 중 가장 샛노란 은행잎 하나를 들어 만지작거리다가 담 건너 새로 신축한 학당인 충덕전 쪽에 인기척이 있기에 문을 열고 들어갔다. 계강자季康子 어른이 사재를 털어 지어준 건물이었다. 갓 구운 기와 냄새가 묻어나올 듯한 지붕이 하늘로 솟아올랐고, 목재에서는 송진의 향이 그대로 배어 있었다. 스승은 건물에 채색하는 것을 좋아하지 않았다. 자연목의 무늬가 용이 꿈틀거리는 것처럼 기둥과 대들보를 감싸며 승천하고 있었다. 그곳에서 번지는 다소곳이 정좌를 한 채 묵상에 잠겨 있는 안연顔淵을 발견했다.

그는 마치 한 마리 학처럼 앉아 있었다. 스승께서 가장 아끼는 제자가 바로 그였다. 스승도 그가 앞으로 나아가는 것만 보았지 뒤로 물러나는 것을 보지 못했다면서 찬탄을 아끼지 않았다. 앞으로 스승의 뒤를 이어나갈 재목감으로 일찌감치 스승께서 점찍어 놓았다는 것은 학당 안에서는 누구나 아는 공공연한 비밀이었다.

다만 그는 너무 병약했다. 깡마른 그의 몸은 바람이라도 불면 쓰러질 듯 위태로워 보였다. 찬 기운이 감도는 마루에 앉아 명상에 잠긴 그의 모습은 경건해 보이긴 했지만, 백지장처럼 하얀 얼굴에 깡마르고 수척한 몸체의 안연이었기에 적이 염려스러웠다. 번지가 느꼈던 인기척이란 것도 이따금 그가 내뱉은 가파른 기침 소리였다. 애써 기침을 참으며 묵상에 몰입하는 모습이 안쓰럽다 못해 외줄타기를 바라보는 듯한 불안해 보였다.

입문한 지 얼마 되지 않은 번지는 그가 언제 스승의 문하에 들어왔는지 잘 알지 못했다. 올해 나이가 서른두 살이니, 스승께서 천하를 순례하기 전부터 모셨다는 말이 사실이면 물경 십대 후반의 나이에 스승을 모신 셈이었다. 한창 사춘기의 청소년이었을 그 나이부터 안연은 떡잎이 다른, 될 성 부른 나무였던 것이다.

그리 많지 않은 나이였음에도 불구하고 그에게는 도학자다운 기상과 훈향薰香이 짙게 서려 있었다. 번지는 조숙한 천재의 형상을 그에게서 느낄 수 있었다. 관료로 출신해도 늦진 않았다는 주변의 권고도 뿌리친 채 그는 스승의 곁을 떠나지 않았다. 소문에 그가 폐병에 걸렸다는 말도 있었지만, 안연이 눈에 띄게 여위어 가는 것은 분명했다.

잠시 후 명상을 마쳤는지 안연은 천천히 눈을 떴다. 자신에게 쏟아지던 시선이 따가웠을까, 안연은 문가에 숨어 지켜보고 있던 번지를 곧 찾아냈다.

"들어오게나. 뭘 그리 훔쳐보는가."

번지는 물건을 훔치다가 들킨 사람처럼 화들짝 놀라며 안연의 앞으로 달려가 머리를 조아렸다.

"송구하옵니다. 제가 명상을 방해했나 봅니다."

안연은 명상의 긴장이 채 풀리지 않았는지 긴 호흡을 뱉었다.

"아닐세. 번지지? 자네가 스승님의 마차를 몬다고 들었는데?"

가볍게 지나가는 질문이었지만, 번지에게는 마치 심문을 당하는 듯한 중압감이 느껴졌다.

"예. 얼추 반년이 지나갑니다. 찾아뵙고 인사를 드렸어야 하는데, 미욱한 후배가 결례를 범하고 말았습니다."

"거 무슨 되도 않은 소린가. 인사라니. 사람은 모두 평등한 것이지. 선배가 어디 있고, 후배는 또 어디 있는가? 스승께서는 참으로 소중하고 거룩한 분일세. 내가 굳이 말하지 않아도 어련히 잘 알겠지만, 전에도 없었고 앞으로도 안 계실 성인聖人이시네. 각별히 정성을 다해 모시도록 하게나."

"명심하겠습니다. 그저 제 능력이 부족한 것이 한스러울 따름입니다."

"그래. 옳은 말이네. 스승님은 너무나 높아 아무리 우러러도 더욱 높고, 워낙 단단하셔서 아무리 뚫어도 더욱 견고하신 분이야. 앞에 계신 줄 알았더니 어느새 뒤에 계시는 분이지. 항상 글로써 우리를 넓혀 주시고, 예로서 우리를 이끌어 주시지. 내 힘이 미치지 못하는 것이 안타까울 뿐이야. 워낙 우뚝하셔서 좇으려고 해도 어디서 시작해야 할지 갈피를 잡을 수 없는 분이 바로 스승님일세."

늘 곁에서 스승을 모셨던 번지도 생각하지 못한 말이었다. 그저 곰을 낮추고 조심했을 뿐 스승이 어떤 분이라고 평을 내리는 일은 번지로서는 감히 상상도 하기 어려운 일이었다. 안연의 묘사는 스승의 평소 언행과 덕행을 제대로 짚은 지적이었다.

'공문의 제자들은 한낱 행정만 배우지 않고 철리의 바다 속을 노닌다더니, 바로 저것을 두고 하는 말이었구나.'

번지는 깊이 머리를 조아리면서, 그런 분의 마두馬頭를 잡게 된 자신이 더욱 자랑스러워졌다. 안연은 다시 저 멀리 명상의 세계로 빠져드는 듯했다. 지그시 눈을 감더니 입가에 온화한 미소를 지은 채 미동도 하지 않았다.

"스승께서는 잠시 원족을 나가신 모양입니다. 강학은 오후께나 있을 듯합니다."

더 이상 방해가 되지 않으려고 한 마디 말을 남겨둔 채 학당 문을 되나오려는데 왼편 담을 끼고 파놓은 조그마한 연못가에 자로가 망연히 서 있는 모습이 보였다. 조금 전에 지나올 때 보이지 않았는데 그새 발걸음을 옮겨왔던 모양이었다. 그는 깊은 상념에 잠겨 미동도 않은 채 호수에서 일렁이는 잔물결만 지그시 응시하고 있었다.

자로는 동료들 사이에서 두려움과 따돌림을 동시에 받는 대상이었다. 스승 못지 않게 기골이 장대했고, 거무칙칙한 얼굴에 숱이 많은 눈썹은 하늘로 치켜져 있어 얼핏 저승사자를 방불케 했다. 목소리도 걸걸한 데다 말투에 거침이 없어, 그가 흥분해서 입을 열면 산 너머에서도 육성이 들릴 정도라고 했다. 문생 가운데 가장 나이가 많아 대접은 받고 있지만 워낙 예의와 격식이 몸에 밴 여느 문생들과는 품행이 달라 경원시되기도 했다. 게다가 스승이 그를 대하는 품새에도 폄하하는 태도가 완연해 몇몇 문생들은 아예 늙은이 취급을 하며 멸시하는 판국이었다.

자로는 입문하는 과정 자체가 남달랐다.

아주 오래 전의 일이었다. 스승께서 문도들과 함께 강학을 하고 있을 때였다. 그 때 날건달 같은 깡패가 불쑥 강학장 안으로 뛰어들었다. 수탉 꼬리로 만든 관을 쓰고 수퇘지 가죽으로 엮은 주머니를 옆구리에 두르고 있었다. 게다가 시퍼런 날이 선 장검을 뽑아든 채였다. 그 서슬에 스승을 존경하기는 했지만 문약했던 제자들은 입이 굳어 버린 듯 말도 제대로 꺼내지 못하고 부들부들 떨었다. 뜻밖의 괴한의 침입에 당황하던 스승은 곧 평정을 되찾고 물었다.

"누구신가? 학자들이 평화롭게 강학을 하고 있는데, 너무 무례한 방문이 아닌가?"

자신을 자로라고 밝힌 그는 한마디로 오만방자했다.

"선생의 소문은 들어 알고 있소. 얼치기 먹물들을 모아놓고 세상을 어지럽히면서도 천하에 가장 학식이 높다고 자부한다니, 오늘 이 칼끝을 걸고 시비를 가려봅시다."

자로를 물끄러미 바라보던 스승이 이윽고 말문을 열었다.

"보아하니, 천하에 둘도 없는 호협인 듯하구려. 그러나 칼로 치자면 그대보다 날랜 검을 휘두르는 검객들이 강호마다 넘쳐흐를 것이니, 그들과 겨뤄보는 것이 좋을 것이오. 또 용맹과 기개를 주체 못할 지경이라면 천하에 용사들은 또 얼마나 많소. 이곳은 칼의 힘으로 시비를 가리는 곳이 아니니 썩 물러나시오!"

섬광이 번뜩이는 칼날을 보고도 눈 하나 깜짝 안 하는 스승을 본 자로는 기세가 다소 꺾이는 듯했다. 눈시울을 씰룩이더니, 학당 대들보가 주저앉을 만한 목소리로 고함을 질렀다.

"허, 공문의 얼간이들은 주둥이로는 쌀 열 가마도 진다더니, 바로 그대의 입놀림을 두고 나온 말이로구나. 피죽도 못 먹은 낯짝으로 무슨 진검 승부를 하겠는가? 그래, 그대는 무엇으로 적군을 상대하는지 말해 보라!"

득달같은 호령에 눌리지 않고 스승은 당당하게 말을 받았다.

"우리는 사람을 상대할 때 예로서 하오."

스승은 준엄한 목소리로 대답한 뒤 가볍게 목례를 하면서 읍했다.

"예라? 그 예라는 것은 무엇을 어떻게 하는 수작인지 너무나 궁근한데?"

"남의 집을 찾을 때 칼을 뽑아들고 오지 않고, 폐백을 들고 오는 것이 예요."

이 말에 자로는 얼굴이 머쓱해지더니 엉거주춤 칼을 칼집에 쑤셔 넣었다. 여기저기서 쿡쿡 하는 웃음소리가 터져 나왔다. 잔뜩 무안해진 얼굴로 주저하더니 다시 반격을 가했다.

"장검의 칼날 아래 모든 힘이 나오거늘 그깟 붓방아나 찧는 학문에 무슨 유익함이 있겠는가? 남산에 대나무가 있는데, 쉽게 휘지도 않고 절로 곧아서, 이를 잘라 쓰면 물소의 가죽도 꿰뚫는다고 들었소."

이 말에 공자는 다시 한 번 넉넉한 웃음을 머금으며 대답했다.

"그 남산에 난 대나무를 묶어 살깃과 살촉을 달고 잘 갈면 물소 가죽만 꿰뚫는 정도가 아니겠지요."

자로는 의표를 찔린 표정이 되어 두 손을 떨어뜨리더니 터벅터벅 발길을 돌리고 말았다.

다음 날 자신의 부하들이라면서 몇몇 어깨들을 끌고 온 그는 앞으로는 예를 배우겠다면서 무릎을 꿇었다고 한다. 공자는 훗날을 도모하라며 일부 무리들은 돌려보내고 일부만 받아들였다. 그 후 그는 한 번도 유복儒服을 벗은 일이 없었다. 얼추 이십 년도 지난 옛날에 일어난 일이었다.

다른 문생들과 마찬가지로 번지 역시 자로가 두렵고 껄끄럽기는 마찬가지였다. 귀골로 자란 것은 아니지만, 명색이 법도와 혈통을 중시하는 선비 출신인지라 자로 같은 사람은 대면하기가 좀체 불편했다. 그러나 어젯밤에 엿들었던 말도 있고 해서 동정을 살필 겸 조심조심 다가갔다.

"어르신, 안녕하신지요. 번지라 하옵니다."

저도 모르게 공대하는 말이 튀어나왔다.

"아! 번지로구나. 제법 바람이 시원한데……. 스승께서 요즘은 별 거동이 없어 너도 무료하겠구나. 그래도 스승은 존귀한 분이시니 항상 마음의 긴장을 놓으면 안 될 것이야. 그래 그놈의 망아지는 요즘도 잘 뛰어 다니느냐?"

자로는 학당에서 가장 연장자이면서도 조금도 어른인 체 하지 않았다. 그의 목소리는 항상 밝고 힘에 넘쳤다. 회갑을 넘긴 사람의 언행으로서는 파격이라면 파격이었는데, 문생들은 그런 자로의 태도를 달갑게 여기지 않는 편이었다. 한 마디로 말에 무게가 없다는 것이었다. 그러나 자로는 한번 약속을 하면 이것을 묵히는 일이 없는 사람이었다. 때문에 그의 말은 확실한 보증서나 마찬가지였다. 심지어 이런 일까지 있었다.

공자와 자로가 망명생활을 마치고 노나라로 돌아왔을 때(기원전 481년)의 일이었다. 이웃 나라인 소주의 한 성읍을 다스리는 관리가 노나라에 와서 성읍을 노나라에 병합시키는 대가로 자기에게 일정한 보상을 해달라고 제의한 사건이 벌어졌다. 사실 이런 일은 당시에는 흔히 있었다. 하극상은 지탄의 대상이 아니라 지혜로운 자만이 실천할 수 있는 미덕으로 인식되던 세상이었다. 스승은 이런 불의가 스스럼없이 자행되는 현실을 개탄했다.

여하간 이런 식의 약속은 맹약을 통해 맺어지는 것이 관례였다. 그런데 그는 맹약 대신 자로와의 구두 약속만 요구했다. 정부의 맹약보다 자로 개인의 약속을 믿겠다는 것이었다. 하지만 자로는 그와 만나기를 거부했다. 일이 묘하게 꼬이자 계강자는 자로의 친구인 염유를 보내 설득하도록 했다.

"이것이 어찌 자네에게 수치가 되는 일이겠나? 그는 대국의 맹약은 믿으려 하지 않고 자네의 말 한 마디를 신용하겠다는 것이 아닌가. 자네의 위신을 한껏 높일 수 있는 기회인데 왜 만나지 않겠다는 것이야? 계강자께서도 자네의 약속이라면 무조건 수용하겠다고 다짐하셨네."

그러자 자로는 이렇게 답변했다.

"만약 노나라가 소주와 전쟁을 한다면 나는 이유를 따지지 않고 기꺼이 그 도성 아래서 죽을 각오가 되어 있네. 그러나 그 사람은 소주의 반역자가 아닌가? 반역자인 그가 원하는 대로 행동하고 그를 정직한 사람으로 대접하는 일은 나로서는 차마 못 할 짓이네."

그 후 일이 어떻게 마무리되었는지 번지는 잘 알지 못하지만 자로가 얼마나 신의를 중시했고, 당시 사람들이 그의 말에 무게를 두었는지 증명해주는 사건이었다.

번지는 스승께서 자로를 이렇게 칭찬하는 소리도 들었다.

"몸에 누더기를 걸치고도 사치스런 옷을 입은 사람과 나란히 서서 태연스럽게 행동할 수 있는 사람은 자로뿐일 것이다."

그는 약속대로 일을 실천하지 못하는 것을 부끄럽게 여겼지 옷치장 따위로 남에게 꿀릴 사람이 아니었다. 자로가 뜬금없이 말 얘기를 꺼낸 것은 그도 한때 스승의 수레를 몬 적이 있었기 때문이었다. 번지가 알기에 스승과 함께 기나긴 망명 생활을 할 때 주로 자로가 수레를 몰면서 스승을 모셨다고 들었다.

"예. 원래 좋은 종자는 아니니 천리마일 수야 없지만, 스승님을 모시기에는 충분한 기력을 가지고 있는 놈이지요."

"그래, 우리 학당이 이젠 여유가 생겼으니 실한 놈을 사서 바꿀 수도 있는데 말이다. 스승께서도 굳이 새 말은 필요없다며 마다하시니 어쩔 수 없구나. 하여간 스승님의 고집도 어지간해야 말이지."

자로는 돌을 하나 집어 연못으로 던졌다.

"스승께서 잠시 외출을 했다고 들었는데, 멀리 가시지는 않은 모양이지? 날도 찬데 혼자 다니시는 게 좀 꺼림칙하구나."

명색이 마부가 스승의 행적을 좇지 않은 것을 탓이라도 하는 양하여 번지는 허리를 공손하게 숙였다.

"송구합니다. 제가 오늘 조금 늦게 학당에 나와 미처 스승님을 모시지 못했습니다. 다시는 이런 일이 없도록 하겠습니다."

깊이 사죄하는 마음으로 고개를 숙이자 자로가 껄껄 웃으면서 말했다.

"하하하! 내가 자네를 탓하는 게 아닐세. 그렇게 말하면 나도 불실하기는 마찬가지지. 어련히 일찍 나왔어야 하는데, 이런저런 일로 생각을 좀 하다가 그만 출발이 늦었지 뭔가."

그 말을 들으니 번지는 자신이 왜 자로를 만나보고 싶어 했는지 용건이 떠올랐다.

"저, 어르신. 사실은 여쭐 말이 있어 뵙고자 했습니다."

"응, 그래 뭔데?"

그는 차마 어젯밤에 두 분의 대화를 몰래 엿들었다고 고백할 수는 없었다. 그래서 그 부분은 빼고 말했다.

"제가 어제 밤 늦게 귀가하려고 하는데, 학당 정문 옆 담장에서 기이한 물건을 주웠습니다. 죽간 한 쪽인데, 거기에 씌여 있는 글귀가 도무지 무슨 소린지 알 수가 없어서요. 혹시 어르신은 알까 싶어 여쭈려고 합니다."

자로의 얼굴이 긴장으로 굳어지는 것을 번지도 알 수 있었다.

"죽간 한 쪽이라고 했는가? 그래 뭐라고 적혀 있었는데? 아니야, 지금 그것을 가지고 있는가?"

번지는 품속에 넣어두었던 죽간 쪽이 꺼내 건넸다. 자로는 빼앗다시피 죽간을 채가더니, 앞뒤를 꼼꼼하게 살폈다. 그의 눈에는 분노 같기도 하고, 불안 같기도 한 묘한 기운이 무섭게 흩어지고 있었다. 죽간을 다 살핀 자로는 무거운 한숨을 내쉬었다. 아주 낭패한 모습이었다. 그러다가 자기 앞에 번지가 있다는 사실을 깨달았는지 표정을 밝게 고치며 명랑한 목소리를 애써 지어냈다.

"다, 뭐 별 거 아닌 것 같구나. 문서에서 한 조각 떨어진 모양이군. 내가 서고지기에게 서권을 잘 살펴보라고 할테니 걱정할 거 없다. 이건 내가 처리할 테니 넌 스승님이 어디 계신지 어서 찾아보아라. 날씨가 꽤 쌀쌀하구나. 감기라도 걸리면 큰일이야. 얼른 가서 모시고 들어오도록 하여라."

눈썰미가 좋은 번지는 아니었지만, 자로의 언동에서 뭔가 심상치 않은 기색은 느낄 수 있었다. 짐짓 더 묻고 싶었지만 일단 참고 스승을 찾으러 뒷문 밖으로 길을 잡았다.

뒷문을 나서면 바로 울창한 숲이 나왔고, 조금 더 샛길을 따라가면 황하黃河의 지류인 강줄기가 펼쳐졌다. 그 곳 모래언덕 위에서 스승은 홀로 강물을 바라보고 있었다. 강바람에 옷깃이 휘날렸고, 이제는 하얗게 센 수염도 함께 일렁거렸다.

스승은 넋이 나간 사람처럼 뒷짐을 진 채 미동도 하지 않았다.

그는 잠시 멀찍이 스승을 지켜보기로 했다. 그런 스승의 모습을 보고 있으려니 좀 전에 안연이 스승의 깊은 마음세계를 표현한 말이 생각났다. 번지는 가만히 두 손을 모은 채 스승이 상념에서 깨어나기를 기다렸다.

바로 그 시각, 갈대숲에서도 검은 옷을 휘감은 사내 한 사람이 공자를 노려보고 있는 것을 번지는 전혀 눈치채지 못했다.

5
탈취당한 시체

"반장님. 일이 이상하게 꼬이는데요. 우선 서장님부터 만나셔야 될 것 같습니다."

오후 늦게 서로 들어오자 강력1계 반장보인 조동찬趙東燦 경사가 반장 최동술崔東述 경위에게 다가오며 말했다.

"무슨 일인데 그래? 그리고 낮에 그 친구, 뭐야 마번지던가, 그 전화 번호 발신지는 확인해 봤나?"

"그게 급한 게 아닙니다. 잘못하면 피살자 사체가 날아갈 판입니다."

그는 굉장히 난처하게 되었다는 듯이 두 팔을 벌렸다. 수첩 사이에 끼어놓은 볼펜이 튕겨나갈 뻔하다가 손가락 끝에 걸리는 바람에 간신히 멈췄다. 반장은 그를 잠깐 응시하더니 손사래를 쳤다.

"알았어. 서장님 뵙고 곧바로 내려갈 테니 사건 개요 보고할 준비나 하라고."

서장이 사건 때문에 그를 찾는 일은 거의 없었다. 최 반장은 구제할 길 없는 고주망태고 개떡 같은 성미를 가진 사람이었지만, 일에 있어서는 누구보다 기민하고 정확한 사람이었다. 그는 자신에게 할당된 사건이면 분야를 막론하고 —주로 살인 사건이었지만— 신속하게 범인을 검거해 냈다. 검거율이 워낙 높아 함정 수사를 한다는 악의적인 소문까지 나돌 지경이었다. 그러나 상관으로서 골치 아픈 범죄를 속 시원하게 해결해주는 부하는 아무리 칭찬해도 아깝지 않을 귀중한 보배였다. 서장은 그에게 웬만한 사건은 간섭하지 않고 하고 싶은 대로 하도록 재량권을 주었다. 그런 서장이 자신을 찾는다는 게 좋은 조짐은 아니었다.

"들어와 앉게. 커피라도 한 잔 들겠나?"

후줄근하게 젖은 반장의 차림새를 훑어보면서 서장이 말문을 열었다. 철저하게 엘리트 과정을 밟아 지금 서장 자리에 앉은 그는, 최 반장보다 한참 어린 나이였지만 빈틈이 없었고 깔끔했다. 당연하긴 했지만 그는 정장 차림도 아닌 경찰 정복을 입고 있었다. 그의 정복 속에는 출세를 위한 야망이 똬리를 틀고 있었다. 최 반장과 나이차가 꽤 나면서도 그는 결코 말을 높이지 않았다. 엄연히 부하는 부하라는 것이 그의 지론이었다.

"무슨 일로 부르셨습니까?"

그는 이런 자리가 늘 편치 않았다. 빨리 용무를 마치고 제 자리로 돌아가고 싶었다.

"오늘 대학교에서 일어난 살인사건 있지 않나? 자네가 맡았다고 하던데?"

서장은 심중을 떠보려는 듯 눈썹을 살짝 치켜 올리며 물었다.

"그렇습니다. 본격적인 수사에 들어가려고 합니다. 외형상 사인은 분명하지만 부검도 할 생각입니다."

"그래 좋네. 그런데 말이야. 그 수사에 조금 차질이 생길 것 같아서 말이지."

"차질이라 하시면……?"

"그게 말이야. 경찰청으로부터 전문이 왔는데, 그 피살자 말이야. 왜 중국인이지 않나. 중국대사관에서 시신을 가급적 빠른 시일 안에 인도하기를 바라는 협조 요청을 해왔다고 하는군. 그리고 자기들 입장에서는 어떤 방식으로든 시신을 훼손하는 일은 용인할 수 없다는 거야. 온전하게 유족들에게 전달하고 싶다는 걸세. 중국 애들, 거 생떼를 쓰면 꽤나 골치 아프지 않나. 가급적이던 빨리 사건을 종결짓고 시신을 인도해 주라는군. 나도 그렇게 하는 게 바람직하다고 생각하고."

서장은 질문 아니면 대답을 기다리는 표정으로 말을 마쳤다.

어이가 없는 일이었다. 오늘 새벽에 피살된 피살자의 시신을 당장 돌려달라는 것은 수사를 하지 말라는 얘기나 마찬가지였다. 최 반장의 입이 한 자나 나왔다.

'아니, 그 작자들은 범인에 대해서는 관심이 없나요? 이건 엄연한 월권이 아닙니까? 아무리 중국인이라지만 한국 땅에서 죽었으니, 수사권은 당연히 우리한테 있는 거지요. 왜 달라 말라 하는 건지 이유를 알 수 없습니다. 공조 수사를 한다면 모를까, 시신부터 빼가겠다니 도무지 이해가 되지 않습니다."

"나도 웃긴다고는 생각해. 그렇지만 이건 형사 사건이기 이전에 외교 문제야. 외교에서 사람 목숨이 뭐 그리 중요하겠나. 수십만 명이 죽어나가도 눈 하나 깜빡 안 하는 게 외곤데. 경찰청이나 외교부 쪽에서도 일이 무난하게 처리되었으면 하는 눈치고. 어차피 피살자가 한국인도 아니니 적당히 수사를 마무리하고 종결지을 수도 있지 않을까?"

대충 사건을 덮어버리자는 심사였다. 최 반장으로서는 외교인지 뭔지는 잘 모르는 사안이지만, 일단 할당된 사건을 이렇게 처리하는 것은 자존심과 명예가 달린 문제였다. 그는 단도직입적으로 물었다.

"위에서 그렇다면 그런 거겠지만, 저로서는 이렇게 종결짓고 싶지는 않습니다. 아니, 아직 시작도 안 했는데 말입니다. 이건 뭔가 구린 냄새가 납니다. 쟤네들이 언제부터 그렇게 자국인 시체를 챙겼습니까? 공개 처형도 마다 않는 놈들인데. 사건 속에 뭔가 복잡한 사연이 숨겨져 있을 거란 육감도 듭니다. 이상한 구석이 꽤 많습니다. 저에게 얼마나 시간을 주실 수 있는 겁니까?"

"시간?"

"예, 시간입니다."

"시신만 넘기면 수사는 맘대로 해도 되네. 당연히 범인을 잡을 때까지 해야지."

잠시 뜸을 들였다가 최 반장이 대답했다.

"알겠습니다."

서장실을 나온 최 반장은 가래침부터 뱉었다. 시류의 변화에 누구보다 약삭빠르게 대응하는 서장이긴 했지만, 그도 경찰이었다. 이렇게 대충 수사를 종결짓자는 것을 보면 상부에서의 압력이 만만치 않다는 증거였다. 도대체 그 작자들은 어떻게 아침에 접수된 사건을 그렇게 빨리 알아챘을까? 의문도 의문이지만 자칫 손도 못 써보고 관 뚜껑을 덮게 생겼으니 무엇보다 수사를 서둘러야 했다. 최대한 신속하게 알아내야 할 것은 알아내야지. 그럼 어디서부터 시작해야 한다? 이런 생각을 하면서 최동술 반장은 강력1계 출입문을 박차듯 열고 들어갔다. 조동찬 형사가 몇몇 형사들과 이야기를 주고받다가 그가 들어오는 것을 보더니 차렷 자세를 취했다.

"무슨 얘기였습니까?"

"중국대사관 쪽에서 사건 냄새를 먼저 맡은 것 같아. 어떻게 그렇게 빨리 정보를 캐냈는지는 모르겠지만, 얼쩡대다가는 닭 쫓던 개 지붕 쳐다보는 꼴이 나겠어. 피살자가 묵었던 숙소 주소는 알고 있겠지?"

"예."

"그럼 피살자 숙소부터 수색하도록 해. 중국대사관에서 먼저 손을 쓸지도 모르니까 빨리 수색영장부터 발부 받으라고. 그 자식들이 왜 수사를 방해하려는지 모르겠지만, 위천익의 숙소를 뒤져보면 뭔가 나오겠지. 수색 영장은 다른 형사한테 발부받으라 하고, 자네는 사건 경위나 보고하게."

지시를 받은 형사가 밖으로 나가자 조동찬 형사는 최 반장의 자리로 건너왔다. 옆에서 의자를 끌어 당기며 수첩을 꺼냈다.

"사건 자체는 그렇게 복잡할 게 없습니다. 신고가 접수된 시간은 오전 7시 30분이었습니다. 대학 경비원이 신고했습니다. 피살자는 의자에 앉은 채로 뒤쪽에서 가는 끈에 의해 목이 졸렸습니다. 뒤쪽에서 교살된 점이나 반항한 흔적이 없는 것으로 볼 때 면식범일 가능성이 높습니다. 꽤 완력이 센 놈이었겠지만, 그런 습격이라면 굳이 큰 힘을 들이지 않고도 절명시킬 수 있었겠죠. 현장에서는 십여 개 이상의 지문이 발견됐습니다. 확인이 끝나려면 시간이 걸리겠지만, 피살자와 이준섭 교수, 그리고 조교나 학생, 그밖에 동료 교수나 청소부 등의 것이 아닐까 예상됩니다. 계획된 살인이었던 만큼 범인이 지문을 남겼을 가능성은 낮아 보입니다. 검시의 말로는 사망 시간은 전날 10시에서 12시 사이일 것으로 보고 있습니다."

조동찬 형사가 일단 말을 끊었다. 반장의 반응이 너무 조용해 혹시 졸고 있는 게 아닐까 여겨졌기 때문이었다. 반장은 눈을 반쯤 감은 채 보고를 듣고 있다가 눈을 뜨면서 물었다.

"경비원은 뭐 본 게 없다던가? 피살자는 언제 연구실에 들어왔대?"

"그게 말입니다. 경비원은 그 친구를 그 날 본 적이 없답니다.

보통 연구동은 여덟 시가 넘으면 거의 인적이 끊긴다는군요. 늦게까지 남아 있거나 밤을 새는 교수들도 있는 모양이지만, 그렇게 자세히 출입자들을 살피지는 않는답니다. 하긴 대학 연구동에 뭐 훔칠 게 있다고 절도범이 들어오겠습니까."

"심야에 경비원이 순찰은 돌았을 거 아냐? 그때 수상한 사람은 본 적 없대?"

"야간 순찰은 밤 10시에 한 번 돌고, 새벽 6시경에 또 한번 돈답니다. 밤 10시 순찰 때는 일일이 연구실에 들어가 인적을 확인한 다음 '일일 화재 점검표'에 날인을 하지만, 새벽에는 각 층을 한 바퀴 둘러보는 정도랍니다. 그리고 8시를 전후해 청소 용역 회사 아주머니들이 각방 청소를 한다는데, 시체는 그 전에 발견된 거죠. 추정컨대 범인과 피살자는 밤 10시 이후 연구실로 들어왔고, 범인은 피살자를 살해한 뒤 곧바로 빠져나간 듯합니다."

"건물 출입문은 몇 군데야?"

"정확하게 말하면 두 군뎁니다. 경비원이 있는 수위실을 지나가는 정문이 있고, 반지하 층에서 빠져나가는 쪽문이 있습니다. 쪽문은 밤 10시경이면 잠그고 정문도 밤 11시를 전후해서 셔터를 내린답니다."

"그럼, 밤 11시 이후에는 경비원의 눈에 띄지 않고는 아무도 출입을 할 수 없다는 말인가?"

"그렇긴 하지만, 맘만 먹으면 얼마든지 출입은 가능합니다. 연구실마다 창문이 있는데, 창문만 열면 바로 외부랍니다. 2층 이상이야 위험하겠지만, 이준섭 교수의 연구실은 1층이니 껑충 뛰면 바로 잔디밭이죠."

"그럼 그 연구실 창문은 열려 있었나?"

"예. 문은 닫혀 있었지만 걸쇠는 풀려 있었습니다. 아마 범인이 창문을 열고 나간 뒤 다시 문을 닫았겠죠. 창문에서도 지문은 발견됐는데, 범인의 것이 있을 가능성은 낮습니다. 그런데 이준섭 교수 말에 따르면 전날 오후에 퇴근하면서 분명히 창문 걸쇠를 채웠다는 겁니다."

"그럼 나올 때야 창문으로 뛰어내린다 치고 들어갈 땐 어떻게 들어갈 수 있었을까? 위천익한테는 연구실 열쇠가 있었나?"

"예, 있었습니다. 그 방 열쇠는 이준섭 교수하고, 위천익, 김오명 교수 세 사람이 여벌로 하나씩 복사해서 가지고 있다고 하더군요."

"운전사라는 마번지는?"

"가지고 있지 않았습니다. 하지만 연구실 열쇠는 누구나 경비실에서 빌릴 수 있을 테니 맘만 먹으면 몰래 복사하기는 어렵지 않았을 겁니다."

"그렇겠지. 피살자의 옷에서는 뭐 나온 게 없나?"

"뭐 그렇고 그런 것들이었습니다. 지갑과 수첩, 외국인 등록증과 현금카드, 국제전화 카드, 명함 몇 장하고, 잔돈 푼 얼마가 들어 있었습니다."

보고를 들은 반장은 실망스런 표정을 지었다. 외견상으로는 너무나 평범한 살인 사건이었다. 누군가 피살자를 만나 목을 졸라 죽이고 달아났다는 것이 사건의 시말이었다. 다만 장소가 특이했고, 피살자의 신원이 중국인일 뿐이었다. 수사 방향을 어떻게 잡아야 할지 난감하다는 표정이 역력했다.

"좋아. 그럼 사건을 신고한 마번지 쪽은 어떤가? 새벽에 무슨 교수의 연락을 받고 나와 보니 연구실 안에 시체가 나동그라져 있고, 그래서 혼비백산 신고를 했다는 것이잖아? 정작 전화를 한 당사자는 이것을 부인하고. 그 누구지? 그 교수 이름 말이야?"

"예, 김오명 교숩니다. 전임강사라고 하던데, 이준섭 교수와 같은 학과 소속이라더군요. 작년 3월에 임용됐답니다."

"전화를 걸지 않은 건 분명한가?"

"어쨌거나 본인은 그렇게 주장하고 있습니다. 그리고 어제 저녁부터 오늘 연락을 받기까지 줄곧 집에만 있었답니다. 집에 아내와 아이, 그리고 가정부가 그것은 증명할 수 있다더군요. 조만간 방문해서 확인할 예정입니다만 거짓말은 아닌 것 같습니다."

"아, 그리고 그 핸드폰 발신지는 어디였어. 확인해 봤나?"

"예. 확인했는데, 공중전화라는데요."

"뭐야! 공중전화? 아, 공중전화에도 고유 번호가 있지."

"그렇습니다. 공중전화에도 일반 전화와는 다르지만 모두 일련번호가 있습니다. 신촌 쪽 주택가에 있는 공중전화였습니다."

"그래? 그럼 마번지에 대해서도 알아봤겠지?"

"아직 많이 확인하진 못했습니다만 이력이 요란하더군요. 어머니는 어릴 때 가출했고, 아버지는 실종 신고가 된 상태더군요. 현주소는 확인이 안 됐습니다. 본인은 아버지가 죽은 것으로 치부하고 있더군요. 그리고 할머니가 계셨는데, 10여 년 전에 사망했습니다. 공고를 졸업한 뒤 한동안 자동차 정비소에서 일하다가 해병대에 입대해 재작년 겨울에 제대했습니다. 한국대학교 야간 국문학과를 졸업했더군요. 공고를 졸업한 운전사가 국문학과를 졸업했다니? 좀 이상하죠?"

"이상할 게 뭐 있나? 강력계 반장인 나도 사학과 졸업인데."

"그렇긴 하네요."

조동찬 형사가 입맛을 쩝쩝 다시며 수첩을 덮었다. 그로서는 현재까지 할 수 있는 보고는 다한 셈이었다. 연신 머리를 긁던 최 반장이 손톱에 낀 비듬을 털어 내면서 말했다.

"좋아. 그러면 방향을 좀 바꿔서 접근해 보지. 위천익은 그 시각에 뭐 때문에 연구실엔 기어들어 갔던 거지? 또 왜 피살된 것일까?"

"글쎄요. 저도 정말 알고 싶습니다. 경비원이 못 본 것으로 봐선, 우연일 수도 있겠지만, 일단 남의 눈에 띄지 않게 잠입했던 것 같습니다. 범인이거나 아니면 제3자를 만나기 위해서였겠죠. 범인 또는 제3자와 약속이 있었던 것이 아닐까 싶습니다. 늦은 밤 대학 캠퍼스라면 남의 눈에 잘 안 띌 테니 비밀도 보장될 테고요."

"오히려 눈에 더 잘 띌 수도 있어. 그 인민군 복장을 하고 돌아다니면 눈 먼 장님이라도 이상하게 여길 걸. 그러니 학생들을 상대로 탐문조사를 한 번 해보라고."

"그렇기도 하겠군요. 내일 당장 나가보겠습니다. 좌우간 위천익은 이렇다 할 게 없는 평범한 유학생이었던 것 같습니다. 그러니 무슨 원한을 살 일이 있을 것 같지도 않습니다. 전공이 서지학인가 뭔가라고 하던데, 아마 책에 대해 공부하고 있었던 것 같습니다."

"서지학? 흥, 따분한 놈들이 주로 재미있어 하는 분야지."

"그런가요? 박사과정에 다니고 있었는데, 지도교수가 이준섭 교수였답니다. 이준섭 교수는 회갑을 넘긴 원로급 교수인데, 굉장히 당황하고 있었습니다. 제 질문에 대답하면서 담배를 피우는데 연방 손가락을 떨더군요. 지난주에 본 게 마지막이었다고 합니다. 서지학에 밝아서 학위 논문도 그 쪽에 대해 쓰고 있는데, 그것 때문에 북경에서 처음 만났답니다. 논문과 함께 여러 가지 일을 도와주고 있었다네요."

그 때 사무실 문이 열리면서 정복 경관이 머리를 들이밀었다.

"수색영장이 곧 나온 답니다. 준비하고 나오시죠."

두 사람은 대화를 중단하고 복도로 나왔다. 복도 끝에 커피 자판기가 있었다. 자판기 옆 소파에는 피의자의 애인쯤으로 보이는 여자가 쭈그리고 앉아 커피를 마시고 있었다. 커피를 뽑아들고 조동찬 형사에게 건네면서 최동술 반장이 다짐하듯 말했다.

"샅샅이 조사하고, 특히 사진 촬영을 꼼꼼하게 하도록 해. 자칫하면 다시 못 볼 수도 있으니까. 아무래도 저쪽 애들 낌새가 이상해. 제 국민이 피살됐는데 사건을 대충 덮어버리라고 하니 말이 안 되잖아."

"알겠습니다. 개미 한 마리도 놓치지 않고 뒤져보겠습니다."

"그리고, 당연히 알겠지만, 마번지라는 친구에 대해서 철저하게 조사 좀 해보도록 해. 나도 알아보겠지만, 아무래도 그 자식이 좀 수상해. 핸드폰에 찍힌 전화번호가 공중전화라는 것도 이상하잖아. 그 시간에 누가 나와서 공중전활 쓰겠어. 아, 맞아. 이준섭 교수 집도 신촌 어디라고 하지 않았나? 제가 공중전화에 들어가 제 번호에다 눌렀을 수도 있을 거야. 핑계가 마땅찮으니 김오명 교수를 들먹였을 수도 있어. 이런 상황에서 가장 의심스러운 놈은 운전사인 마번지야. 해병대 출신이라니 사람 하나 목 졸라 죽이기야 손바닥 뒤집길 테지. 잘 추궁해보면 그 놈에게서 뭔가 흘러나올지도 몰라. 알겠나? 범인은 항상 가까운 데 있어. 그리고 피살자를 처음 발견한 사람이 가장 유력한 용의자일 때가 많아."

6
죽음은 예고없이 오지 않는다

번지가 뒷문으로 빠져나가는 것을 본 자로는 바로 스승이 거처하는 중미재로 발걸음을 옮겼다. 가슴이 쿵쾅거리는 것이 거의 숨이 막혀 쓰러질 것 같았다. 심장을 무거운 돌로 누르는 듯한 통증이 밑바닥에서부터 몰려 올라왔다. 찬 날씨임에도 이마에는 식은땀이 송송 맺혔다.

'이것이 또 나타났구나. 한동안 없더니, 죽음의 전주가 다시 시작되었어.'

벌써 15년을 두고 끈질기게 던져지고 있는 경고 표시였다. 똑같은 크기와 재질로 된 고급 죽간. 테를 둘러서 가는 먹선이 쳐 있고, 중간 허리쯤에 철끈을 묶을 수 있는 홈도 제대로 파여진, 그야말로 왕실에서나 사용함직한 제품이었다. 죽간 밑에 새겨져 있었을 문장紋章이 깨끗하게 지워져 있는 것도 오래 전에 받았던 죽간과 동일했다. 지금까지는 경고가 있은 뒤 자행된 암살 음모를 용기와 기지로, 때로는 운이 좋아 피할 수 있었다. 그러나 정체도 모르는 이들은 스승에게만 향해졌던 위해를 제자들에게도 뻗치기 시작하고 있었다.

자로는 올 봄에 있었던 염백우의 죽음을 떠올렸다. 사람들은 그가 문둥병에 걸려 죽은 것으로 알고 있었다. 그도 그렇게 말했고, 스승도 그렇게 알았다. 그러나 그것은 시신을 수습했던 의원에게 금붙이 얼마를 집어주고 입을 다물게 한 덕분이었다. 염백우의 시신을 마지막에 살핀 그와 의원의 소견은 종류를 알 수 없는 약물에 중독된 죽음이었다. 얼굴이 검게 탔고, 사지의 피부가 벗겨져 짓무르는 것이 영락없이 문둥병처럼 보이긴 했지만, 자로가 알기에 문둥병은 그렇게 갑자기 발병해서 죽는 병이 아니었다. 그가 누군가에게 원한을 사서 독살을 당했는지는 모르지만, 그가 죽기 전 공문에 던져진 죽간을 보았던 자로는 이를 심상하게 넘길 수 없었다. 더구나 염백우는 덕행이 뛰어나 스승의 칭찬을 한몸에 받고 있었다. 사경을 헤매던 그를 문병하고 마지막 결별을 했던 스승의 모습이 다시금 떠올랐다.

　　문병을 가던 날 스승은 아침부터 정좌로 마음을 가다듬은 뒤 목욕재계한 다음 깨끗한 흰옷으로 갈아입었다. 스승은 그 날 곡을 했으면 같은 날 노래를 부르지 않으셨다. 군자의 애도하는 마음은 그래야 한다는 것이었다. 앞길이 창창한 젊은이가 뜻밖의 질병으로 세상을 등져야 하는 것을 지켜보는 늙은 스승의 마음은 찢어질 듯이 아팠을 것이다. 길을 나서면서 스승은 자로에게 푸념처럼 말했다.

　　"자로야. 내가 너무 오래 사는가 보구나. 이룬 일이라고는 하나도 없으면서 제자의 죽음까지 거둬야 하다니, 내가 너무 오래 사는가 보구나."

　　차분히 가라앉은 음성이었지만 애절한 마음이 자로의 뼛속까지 전해져 왔다. 그러면서 스승께서 직접 염백우를 대면하지 않았으면 하고 바랐다. 누구보다 세상의 신산을 많이 겪은 스승인지라 분명 그를 직접 본다면 단순한 질병이 아닌 것을 눈치 챌까 걱정스러웠다. 자로는 자기 품안에 있는 죽간을 만지작거리면서 다시 한 번 긴 한숨을 내쉬었다.

죽간이 그의 손에 들어온 것이 고작 닷새 전이었다. 다행히 그가 직접 발견했다. 학당 정문 모서리에 끼여 있었다. 한 모서리만 삐쭉 나와 있어 아무도 발견하지 못했던 모양이었다. 그 패쪽에는 이렇게 쓰여 있었다.

'不得其死부득기사'

'제대로 된 죽음을 얻지 못하리라.' 이 무슨 불길한 저주일까? 노나라에 돌아와서는 처음 받아본 경고였다. 하지만 이 말 속에는 스승의 죽음을 가리키는 암시가 담겨 있었다. 스승의 비명횡사를 각오하라는 흉한들의 협박이나 다름없었다.

지난 날 천하를 대비 없이 떠돌던 때와 비교하면 지금 스승의 사정은 많이 좋아졌다. 학당으로 쓰이는 건물도 창인당과 충덕전 두 채나 갖추었고, 스승이 거처하기에 한 치의 불편이 없는 중미재까지 마련되어 있었다. 처소와 학당은 사방이 제법 높은 담으로 둘러쳐져 있어 잡인이 쉽게 출입할 수 없을뿐더러 가까운 곳에 아드님인 공리孔鯉의 집도 있었고, 집현고를 지킨다는 명분 아래 계강자가 보내준, 무예와 담력을 갖춘 서고지기도 있었다. 또 학당에는 밤늦게까지 귀가하지 않고 독서와 토론에 열중하거나 아예 이부자리를 가져와 밤샘을 하는 제자들도 항상 있었다. 이미 철환천하의 고충을 겪으면서 스승에게 위해를 가하려는 불령不逞한 세력이 있다는 것을 알고 있는 제자들은 학업과 함께 스승의 안위에 대한 경계도 늦추지 않았다. 그러니 저들도 쉽게 나서지는 못하겠지만 어떤 경우에나 허점은 있는 법이었다. 더구나 요즘은 제자들도 부쩍 늘어 과연 누구를 믿고 의심해야 할지도 분간이 안 가는 형편이었다. 사정이 이렇다 보니 자로로서는 근심이 배로 늘었고, 그만큼 경계에 치중하지 않을 수 없었다. 그런 가운데 느닷없이 염백우가 병에 걸린 것이다.

처음에는 질병으로 치부했던 자로였지만, 그의 병세가 심상치 않다는 의원의 귀띔이 죽간에 쓰여 있던 경고 문구를 떠올리게 만들었다. 스승에게 직접 위해를 가하기 어려워지자 이제는 제자들에게 마수를 뻗친 것은 아닐까? 이런 우려가 그의 머리를 쥐고 흔들었다.

집에 도착해보니 걱정은 자로의 기우였다. 무슨 까닭인지 염백우의 가족들은 환자를 남쪽 아랫목에 내려두고 있었다. 대개 환자는 남쪽 창으로 들어온 따뜻한 햇볕을 잘 받게 하기 위해 북쪽 윗목에 두는 것이 상례였다. 이것을 본 스승은 급히 얼굴빛을 바꾸더니 환자의 방안으로 들어가기를 거절했다. 가족들이 굳이 끌어올려도 스승은 끝내 거절하고는 창 밖에서 마지막 인사를 나누었다.

"이럴 수는 없는데, 운명이로구나. 이런 사람이 이런 병에 걸리다니, 이런 사람이 이런 병에 걸리다니!"

통한의 말이 거듭 이어졌고, 자로의 만류를 듣고서야 스승은 울부짖음을 멈추었다.

학당으로 돌아오면서 자로가 스승에게 여쭈었다.

"스승님께서는 어찌하여 방안에 드는 것을 사양하셨습니까? 문병을 갔는데 예가 그런 것은 아니지 않습니까?"

공자는 우울한 표정을 고치지 않은 채 자로를 보더니 말했다.

"자로, 네가 아직 예를 다 익히지 못했구나. 예에 보면, '병든 사람은 북쪽 창에 누워 있다가 임금이 문병을 하면 남쪽 창 아래로 옮겨서 임금을 남쪽으로 향하게 해야 한다'고 하였다. 그것이 무슨 말이냐. 임금이 문병을 왔을 때는 남면南面하게 하기 위해 병자의 침상을 아랫목으로 내린다는 말이지 않느냐. 조금 전에 염백우의 가족들이 그 아이를 아랫목으로 내린 것은 나를 남면하게 하여 군주의 예로 모시려고 한 것이었다. 내가 어찌 그런 참람한 일에 동참할 수 있겠느냐? 내가 어찌 하늘을 속일 수 있겠느냐? 그것이 두려워 방에 들지 않고 창가에서 결별을 한 것이니라. 나는 스승과 제자로 그를 보려는 간 것이었지 군신의 관계로 볼 생각은 전혀 없었다."

그제야 자로는 스승의 태도를 이해할 수 있었다. 그 황망한 경황 속에서도 예에 어긋나는 일은 저지르지 않는 분이 스승이었다. 사실 입방아를 찧기 좋아하는 무리들 속에서 스승의 이 행동을 두고 병이 무서워 제자와의 마지막 이별도 꺼려하는 졸장부요, 형편없는 선생이라는 힐난이 들리기도 했다. 그러나 스승의 참뜻을 알고 있는 자로는 일소에 부칠 수 있었다.

염백우의 죽음이 가진 비밀은 그와 함께 영원히 땅속으로 묻혀 들어갔다. 그 날 이후부터 자로는 제자들에게 특별히 경계를 당부했고, 서로 몸조심을 해야 할 때임을 거듭 강조했다. 스승만이 아니라 만약 제자들에게까지 마수가 뻗치는 것이라면 이것은 공문孔門 전체의 큰 위기가 될 일이었다. 스승의 춘추가 어느덧 일흔을 바라보고 계시니, 공문의 고제들 사이에 조금씩 후계 문제가 거론되고 있는 시점이기도 했다. 이런 가운데 자칫 자중지란˙이라도 일어난다면, 칼을 든 적에게 창까지 쥐어주는 결과를 가져올 것은 불 보듯 뻔했다.

자로는 다시 손에 쥔 죽간에 눈을 주었다. 손에서 흐른 땀이 배어 죽간 표면은 물기로 축축했다. 이제 이것은 또 누구를 향한 죽음의 초대장일까? '용을 만든 자에게는 후손이 없을 것이다.' 이것이 죽간에 담긴 글귀의 뜻이었다. 제자를 지목한 것일까, 아니면 스승을 지목한 말일까? 제자라면 이번엔 누구를 가리키는 것일까? 도무지 종잡을 수 없는 문구였다.

자로는 죽음 따위는 두렵지 않았다. 죽을 고비를 수십 번

넘긴 그였다. 군자가 죽음을 두려워해서는 안 되고 도를 이루지 못한 것을 두려워해야 한다고 스승은 누차 말씀하셨다. 그 역시 동감이었다. 오죽하면 '아침에 도를 들으면 저녁에 죽어도 괜찮다'고까지 말씀하셨을까. 그는 그런 저녁이 빨리 오기를 고대하는 사람 중 하나였다.

그러나 이 죽간 쪽은 자신이 죽는 것보다 더 무서운 사건이 일어날 것임을 암시하고 있었다. 그런 와중에도 자로의 뇌리를 떠나지 않는 의문은 여지없이 고개를 들었다. 대체 이런 엄혹한 공포를 조성하고 냉혹하게 살인을 자행하는 자들은 누굴까? 그리고 그 목적은 무엇인가? 무슨 원한이 있기에 이렇게까지 지독하게 죽음의 고삐를 늦추지 않는 걸까? 15년 전부터 위기가 닥칠 때마다 끊어지지 않는 의문이었다. 그가 스승을 모신 지도 벌써 20년을 헤아리고 있지만, 스승이 남에게 그렇게 모진 일을 한 적은 없었다. 물론 스승도 사람이니 때로 분결에 험담이나 악행을 전혀 범하지 않았다고 말할 수는 없었다. 그러나 그것은 이렇게까지 집요한 복수를 불러일으킬 사안은 아니었다. 한때 무협의 세계에서 칼을 써본 적이 있는 자로는 이런 일련의 응징 행위에는 깊은 원한이 서려 있는 것을 본능적으로 느낄 수 있었다. 그렇기 때문에 자로는 더 무서운 것이다. 피 때문에 벌어진 복수극은 피에 의해서만 씻길 수 있음을 그는 잘 알고 있었다.

자기 수하들이 항상 스승의 주변을 지키고 있으니 적들도 쉽게 운신하지는 못하리라고 자로는 믿었다. 무예와 격투로 단련된 치들이니 누구를 대적한다고 해도 호락호락 선수를 뺏기지는 않을 것이다. 그러나 열 포졸이 한 도적을 막지는 못하는 것이 정한 이치였다. 스승의 바깥출입을 더욱 줄여야겠다고 자로는 다짐했다. 그러면서 누구와 이 문제를 상의해야 할지 난감했다.

가장 믿을 만한 사람은 역시 자공子貢이었다. 그렇지만 자공은 현재 노나라에 없었다. 젊은 나이에 노련한 외교가로 정평을 얻은 그는 조정의 일로 진晉나라에 가 있었다. 기별을 보내 귀국을 독촉한다고 해도 달포는 걸려야 얼굴을 볼 수 있었다. 우선 급한 일은 스승의 신변을 잘 지키는 일이었다. 그러자면 가장 믿을 만한 사람은 스승의 수레를 몰고 있는 번지였다. 아둔한 편이긴 하지만 충직한 번지라면 스승을 보호하는 일에 몸을 돌보지 않고 신명을 바칠 것이다. 번지는 한 입으로 두 생각을 할 만큼 민첩한 사람이 아니었다.

혼자 거실에 앉아 이런저런 생각을 정리한 자로는 몸을 일으켜 중문 쪽으로 발길을 잡았다. 강가로 산책을 나갔다니 번지 역시 그 쪽으로 갔을 것이다. 중문을 지나 새로 지은 학당을 돌아 뒷문을 막 빠져나오는데, 마침 스승과 번지가 함께 귀로에 올라 있었다. 먼발치서 자로가 심어 놓은 수하 한 사람이 뒤편에 숨어 두 사람의 거동을 몰래 지켜보고 있는 낌새를 느낄 수 있었다.

자로는 단걸음으로 스승에게 다가갔다.

"스승님. 날씨가 꽤 쌀쌀합니다. 어서 안채로 드시지요."

자로를 보자 스승은 반갑게 손부터 잡았다. 어제 밤에 밀담을 나누었으면서도 마치 한동안 만나지 못한 사람을 대하는 듯했다. 스승 역시 긴장하고 있었던 것이다.

"자로구나. 가을 강물이 꽤나 넘실거려 볼 만하더군. 언제 날이 좋으면 천렵이나 하면서 술추렴을 벌여도 좋을 듯하더구나."

애써 태연을 가장하는 스승의 모습에서 자로는 책임감과 함께 일말의 연민도 느꼈다.

오랜 동안 생사고락을 함께 한 처지지만 스승은 쉽게 자로에게 마음의 문을 열지 못했다. 인생의 절정을 넘어선 시기에 잔뼈가 다 굵어 만난 탓일까. 기질적으로 선비일 수 없는 자로의 품성을 스승은 경원시했다. 칭찬보다는 독설에 가까운 채찍이 그에게 더 많이 쏟아졌다. 애정이 있으면 엄격하게 대하기 마련이라고 스승도 말했다. 때로 섭섭하다가도 존숭의 마음이 변하지 않는 것은 자로가 생각해도 이상한 일이었다. 그런 스승이 약한 소리를 입에 담다니, 그만큼 스승도 마음이 많이 여려진 것이다.

처소로 들어가는 것을 본 자로는 번지에게 눈짓을 주어 자신을 따르도록 했다.

7
두 사람의 만남

대한일보 사회부 기자 이소정은 약이 잔뜩 오른 상태에서 신문사 건물을 나왔다. 그녀가 신문사에 입사한 지도 벌써 4년째였다. 특종까지는 아니더라도 누구보다 발 빠르게 사건을 좇아 신속하게 기사를 송고하는 민완 기자 중 한 사람이었다. 때로 선배 기자들도 혀를 내두를 정도로 수완 좋은 베테랑이 자신이라고 자부하고 있었다. 세상이 많이 개방되었다고 하지만 사건 현장을 뛰는 여기자의 숫자는 여전히 손가락으로 헤아렸다. 그런 가운데 그녀는 남녀 불문하고 현장을 찾아가 취재원을 확인하고 보도하는 데 누구에게도 뒤지지 않았다.

그녀는 명문대학 광고학과를 우수한 성적으로 졸업했다. 재학하는 동안 몇 차례 광고대상을 수상하기도 했다. 굵직한 스카우트 제의를 마다하고 공채로 신문사에 입사한 것은 그녀 나름대로 세운 계획 때문이었다. 남들은 선망할지 모르지만 고작 시내 경찰서를 들락거리면서 강도나 강간, 간통, 살인 같은 추잡한 사건의 꽁무니나 쫓아다니려고 입사한 것은 아니었다. 이 사회가 가지고 있는 거대한 모순과 부정을 폭로해서 몰염치한 사회지도 충들의 가면을 벗기는 일을 하고 싶었다.

　그런데 무슨 까닭인지 사회부 부장은 그녀를 한사코 붙잡으며 놓아주질 않았다. 그녀가 원하는 파트는 기자로서는 한직에 가까운 자리였다. 아무도 가려고 하지 않았고, 발령이 날 경우 좌천 케이스로 여기는 자리였다. 기자로서 명성을 얻기에 유리한 구석도 없는 데다가 대서특필할 특종거리가 있는 곳도 아니었다. 그런데도 자원하는 그녀를 부장은 끝까지 외면했다. 거기에 편집국장까지 한몫 거들어 그녀를 괴롭혔다. 아직까지 일정한 출입처도 없이 부장과 국장의 명령에 따라 경찰서 유치장이나 조잡한 사건 현장을 오가는 신세였다. 부당한 조치였다. 고작 교통사고 기사를 쓰기 위해 기자가 된 것은 아니었다. 미운 털이 박혀도 단단히 박힌 것이다. 성차별이란 외침이 목구멍까지 오르는 것을 참은 적이 한두 번이 아니었다.

　오늘도 부장은 그녀를 불러 어김없이 경찰서 행을 외쳤다.

　"서부경찰서 관내에서 살인사건이 터졌다더군. 모 대학교 교수연구실에서 중국인이 시체로 발견되었다는 거야. 재미있잖아? 대학교에서 중국인이 피살되었으니. 자네도 알다시피 지금 경제 부총리가 연루된 비리사건으로 신문사마다 난리지 않나? 서부경찰서 담당 기자가 원래 경제통이었으니까, 걔가 이쪽으로 빠지면 그 사건을 취재할 사람이 부족해. 자네가 가서 취재하고 기사를 송고하게."

　"또 살인 사건인가요? 부장님, 혹시 잊어버리고 계신 모양인데, 저도 여자라고요. 무슨 억하심정으로 썩어가는 변사체나 만지는 일만 제게 맡기시는 거죠? 그거 아니면 간통이잖아요?"

　부장은 전화기를 들어 단추를 누르다 말고 수화기를 얹어놓더니 기이한 듯 말했다.

　"기자가 뭔들 못 만지나? 인력이 부족하니까 경험 삼아 취재하라는데, 웬 여자 타령이야? 날 안티페미니스트로 몰 생각이면, 아예 단념하는 게 좋을 거야. 난 내 아내와 딸 이외의 모든 여자들은 다 평등하게 싫어하니까."

부장은 약을 올릴 속셈인지 전화기 단추를 누르며 말했다.

"경험은 저도 쌓을 만큼 쌓았다고요. 저도 엄연히 4년찬데, 언제까지 경찰서 화장실이나 찾아다니면서 이런 허접한 일이나 해야 하나요?"

"허접한 일이라니, 말이 좀 지나친걸. 내가 나만 아는 비밀을 하나 얘기해 줄까? 그건 세상의 모든 사건은 경찰서에 있다는 거야. 특히 화장실에 말이지. 그 곳을 알면 세상 돌아가는 이치를 다 알 수 있다고. 나도 한땐 10년 동안이나 경찰서에서 굴렀던 몸이야. 알잖아?"

'그건 부장님이 무능했으니까 그랬죠.'

이 말이 혓바닥 위를 구르다가 들어갔다.

"그래. 좋다고요. 원하신다면 경찰서 화장실 아니라 지옥 화장실이라도 가서 취재를 하겠어요. 어차피 어딜 가나 제가 원하는 곳은 아닐 테니 무슨 상관이겠어요. 썩을 인간들밖에 만날 일이 없으니 가서 마음껏 썩은 내를 맡고 오죠. 썩은 내가 풀풀 나는 기사라야 부장님 취향에 맞을 테니 세상 돌아가는 이치도 결국 썩은 악취 속에 있겠군요. 쓰레기 속의 장미가 피는 게 그 이친가요? 아니면 장미도 썩는다는 게 이친가요?"

이소정은 더 이상 부장과 말씨름으로 시간을 낭비하고 싶지 않았다. 신문사 내의 인사권은 어쨌거나 부장과 국장의 몫이었다. 그에게 밉보여 이로울 건 없었다. 결국 부장의 명령에 복종해야 하는 신세임을 절감하면서 취재 가방을 둘러맸다.

점심을 먹기엔 너무 늦은 시간이었고, 하늘은 그녀를 비웃기라도 하듯이 햇살을 작렬시키고 있었다. 취재 차량을 타고 갈까 하다가 그냥 걷기로 했다. 지하철로 몇 정거장만 가면 사건 현장인 대학이었고, 그녀가 졸업한 대학에서 멀지 않았기에 지리는 훤한 곳이었다.

숨을 헐떡거리면서 사건 현장에 닿아보니 경찰은 이미 철수하고 난 뒤였다. 사체가 발견된 연구실 문은 노란 테이프로 차단막이 쳐져 있었고, 정복 경관 한 사람만 하릴없이 오가고 있었다. 기자증을 보이면서 잠시 들어가겠다고 하자, 한참 동안 신분증을 보던 경관이 귀찮은 듯이 테이프를 걷어 올렸다.

"아무 것도 건드리시면 안 됩니다. 그냥 보기만 하십시오."

건드리고 자시고 할 것도 없었다. 원래 연구실이 지저분했는지는 알 수 없지만, 정돈과는 거리가 먼 곳이었다. 사단 병력이 들쑤시고 지나간 전쟁터도 이보다는 깨끗할 것이다. 벽에 걸린 모딜리아니의 〈눈 먼 여인의 초상〉만 그녀를 응시하고 있을 뿐 모든 배치가 착시 속에서 보는 것처럼 어수선했다.

사건 개요와 기사에 필요한 몇 가지 내용을 경관에게 확인한 뒤 이소정은 바로 연구동을 빠져나왔다. 아침부터 부장과 악다구니를 쓴 데다가 점심도 건너 뛴 처지여서 배도 고팠고 갈증도 심했다. 헝클어진 머리를 끈으로 조여 매면서, 항상 말은 하면서도 실천은 못하는 생각을 다시 했다.

'언젠간 단발로 확 밀어버릴 꺼야.'

경찰서로 돌아갈까 하다가 늦은 점심부터 때우기로 마음을 바꾸었다. 이 대학 구내식당은 음식 맛이 좋기로 소문이 나 있었다. 대학에 다닐 때도 그녀는 가끔 이곳 식당에 와서 점심을 먹곤 했다. 남산 산자락이 한 눈에 펼쳐지는 라운지 식당은 어지간한 호텔 이상의 정취를 제공했다. 더구나 인공이 아닌 자연 경치라면 먼 길을 걸어서 올 만한 충분한 값어치가 있었다.

푸른 나뭇잎이 햇볕에 반짝이는 숲을 바라보면서 그녀는 늦은 점심을 들었다. 시간이 시간인지 라운지는 사람들 발길이 거의 없었다. 두세 명씩 짝들을 지어 밥을 먹고 있었는데, 유독 그녀와 테이블 두 개를 건너뛰고 마주 보면서 혼자 밥을 먹고 있는 남자가 눈에 띄었다. 굉장히 맛없는 밥을 먹고 있는 사람처럼 그는 거의 음식을 입안에 억지로 쑤셔 넣고 있었다.

'이 맛있는 음식을 어쩌면 저렇게 맛없이 먹을까. 사형수의 식사가 따로 없겠군.'

남자는 엷은 남색 셔츠를 입고 있었고, 가르마를 바꾼 지 얼마 되지 않았는지 머리가 조금 떠 있었다. 그는 거의 배식 쟁반만 바라본 채 맛없는 식사에 골몰하고 있었다. 가끔 머리를 쳐들고 잠시 천장을 멍하니 바라보다가 머리를 흔들면서 식탁 아래로 떨어뜨렸다. 밝은 얼굴이긴 했지만 뭔가 사연이 많은 사람임에 틀림없었다. 기자 생활 오래하면 관상쟁이 다 된다는 선배의 말을 상기하면서 그녀는 다시 자기만의 시간을 즐기는 일로 돌아왔다.

식당을 나서는데 마침 택시가 한 대 들어왔다.

"서부 경찰서로 가요."

그 때 핸드폰이 울렸다. 신문사였고, 부장이었다. 이 양반이 나한테 관심이 있나 왜 자꾸 전화질이지?

"지금 어디야?"

실망스럽게도 부장의 목소리에는 윤기가 전혀 흐르지 않았다.

"사건 현장에 들렀다가 밥 먹고 서부 경찰서로 가는 중인데요."

"그래? 좀 전에 경찰서 친구하고 통활했는데, 그 사건 점점 재미있어 질 것 같아. 피살자가 중국인이라고 했잖아. 그런데 중국 대사관에서 수사고 뭐고 빨리 시신을 인도해 달라고 생떼를 쓰는 모양이야. 적국이나 다름없는 남한 땅에서 유학생이 죽었는데, 외교 문제로 삼기는 커녕 대충 무마하려고 하다니, 뭔가 어설프잖아? 죽은 친구는 중국에서도 꽤 엘리트였던 모양이던데. 강력 1반에서 사건을 맡았다니까 형사들하고 반장을 만나 좀더 자세하게 알아보라고. 걔네들 지금 심기가 별로일 테니까, 너무 쑤셔대진 말고. 알았지?"

대답할 시간도 주지 않고 부장은 전화를 끊었다.

중국인이 죽었든 러시아인이 죽었든 이소정으로서는 어차피 관심 밖의 일이었다. 적당히 다른 신문사 기사만큼만 써서 넘기면 그녀가 할 일은 다한 셈이었다. 무슨 007영화 같은 스파이 전쟁이 숨어있을 것도 아니고, 죽은 연인의 소식을 듣고 원수를 갚기 위해 북경에서 나온 묘령의 낭자가 등장하는 러브 로망이 펼쳐질 리도 만무했다. 한국 땅에서 외국인이 죽어나간 게 대단한 뉴스가 되지 않을 만큼 우리나라도 세계화의 반열에 올라가 있다는 것은 신문 기자인 그녀가 잘 알고 있었다.

어쨌거나 대신문사 부장 나리께서 특별히 전화를 걸어 채근할 정도라면 사소한 건수가 아닐 것은 분명했다. 너무 대충했다가는 피박살이 날 수도 있었다. 원하는 만큼 애무를 해주어야 후환이 없을 것이다.

민중의 안녕을 밤낮 지키는 보루답게 경찰서는 혼잡 그 자체였다. 경찰서가 세상의 축소판이란 부장의 말도 일리가 있는 소리였다.

서부 경찰서를 이소정이 직접 와본 것은 오늘이 처음이었다. 수습 때도 묘하게 일이 꼬여 서부 경찰서만 빠졌고, 사건을 취재하면서도 이쪽 관내의 일은 걸린 적이 없었다. 서부 경찰서는 더욱이 그녀가 공부했던 대학이 관내에 있었다. 선배들이 데모를 하다가 연행되거나 술을 마시고 싸움이 붙어서 잡혀가면 영락없이 이곳으로 끌려갔다. 그런데도 그녀는 이곳을 와본 적이 없었다. 새삼스럽게 이 사실을 깨달으면서 그녀는 강력 1반을 찾아 경찰서를 헤맸다.

1층을 뒤지다가 강력 1반이 2층에 있다는 사실을 알고 이소정 은 허탈해졌다. 건물 좌측 층계로 올라갔다가 오른쪽 마지막 방 이라는 사실을 알았을 때는 건물을 폭파해버리고 싶은 충동을 느꼈다. 오늘은 뭔가 일이 잘 안 풀리는 날임에 틀림없었다.

1반으로 들어가기 전에 머리도 식힐 겸 로비 소파에 앉았다. 자판기에서 커피를 뽑아들고 홀짝이면서 이소정은 무심을 가장 한 채 오가는 사람들의 동정을 살폈다. 사람들이 무심결에 흘리 는 달 속에 귀중한 정보가 들어있는 경우를 그녀는 여러 번 당했 다. 형사란 자들의 생리가 별 것도 아닌 일인데도 기자들이 알면 큰일이라도 나는 것처럼 허세를 부리며 감추기 일쑤였다. 이번 살인사건에 대한 뜻밖의 뉴스가 있다면 그들은 일단 입부터 봉 할 것이다. 그러니 그들이 방심했을 때 주고받을 수도 있는 밀담 을 채집하는 것도 요령이라면 요령이었다.

역시나 두 놈이 걸려들었다. 강력 1반의 출입문이 열리더니 사내 둘이 걸어 나왔다. 형사 콜롬보를 연상시키지만 훨씬 강하 고 으람하며 더 비극적으로 보이는 늙수그레한 잠바떼기와 깔끔 하고 단정한 외모가 형사라기보다는 룸살롱 영업부장 같은 인상 을 풍기는 젠틀맨이 자판기를 향해 걸어왔다. 그들은 소파 구석 에 앉아 커피를 홀짝이고 있는 그녀를 잠깐 훑어보더니 곧 자신 들의 이야기로 빠져 들어갔다. 건달 애인을 면회 온 술집 아가씨 쯤으로 여기는 듯한 눈치였다.

두 사람이 흘린 얘기에서 건질 만한 것은 별로 없었다. 경찰은 곧 피살자의 집을 수색할 예정인데, 잠바떼기는 젠틀맨에게 기 숙사를 쥐 잡듯이 뒤져 도움이 될만한 것이라면 놓치지 말라고 주문했다. 중국측의 개입에 대해 꽤 신경을 쓰는 모양이었고, 처음 피살자를 발견한 마 아무갠가 하는 놈이 의심스러우니 동태를 잘 파악하라는 정도였다. 경찰의 혐의 선상에 신고자가 올라가 있다는 것이 새롭다면 새로운 정보였지만, 원래 경찰이란 개미가 지나가도 색안경을 쓰고 보는 치들이니, 새삼스러울 것도 없었다.

커피잔이 어디로 떨어지는지 확인하지도 않고 휴지통을 향해 던지더니 사내 둘은 복도를 따라 멀어졌다. 커피가 남아 있는 종이컵이 쓰레기통으로 날아오는 바람에 하마터면 커피가 이소정의 옷에 튈뻔했다.

'망할 것들. 우리 나라 경찰은 언제나 신사가 되려나.'

이소정은 혀를 끌끌 차면서 사무실 안으로 들어갔다. 건져 올린 정보를 이용해 다른 형사를 추궁할 차례인 것이다.

그러나 애석하게도 방안에는 아무도 없었다. 양동작전으로 정보를 더 캐내려던 계획은 물 건너갔다. 그냥 나갈까 하다가 사무실이 오래 비어있을 것 같지는 않아 그대로 기다려 보기로 했다. 책상에 엉덩이를 걸치고 의자 다리를 툭툭 차고 있는데, 기다리던 먹이감이 제 발로 걸어 들어왔다.

빈방에 처음 보는 여자가 책상을 걸치고 앉아있는 것을 본 그는 경계와 의혹이 뒤섞인 야릇한 표정으로 그녀를 살폈다.

"누ー구ー시ー죠?"

품새를 보아 아직 강력계 물을 먹은 지 얼마 안 된 초년병이었다. 어떻게 요리할까 궁리하다가 미인계 쪽으로 방향을 잡았다.

"어머, 죄송해요. 아무도 안 계시기에 그냥 있었죠, 형사님."

갑자기 호들갑을 떨자 형사는 더욱 난감한 표정을 지었다. 이 여자가 누군지 감이 잡히지 않았던 것이다.

"아, 예. 여기는 외부인이 함부로 들어오면 안 되는 곳입니다. 민원이 있으시면 1층 민원계로 가시지요."

손에는 방금 현상한 듯한 사진들이 들려 있었다. 사건 현장을 찍은 사진일 것이다. 그런 거라면 신문사 사진 기자도 충분히 찍었을 것이니, 군침이 도는 사냥감은 아니었다. 이소정은 일단 신분부터 밝히기로 했다.

"대한일보 사회부 기자 이소정이예요."

신분증을 본 형사는 긴가민가하면서도 자세와 표정부터 바로 잡았다.

"아, 그러시군요. 죄송합니다. 처음 뵙는 분이라서."

"그러시겠죠. 오늘 아침에 일어난 대학교 살인 사건 때문에 들렸어요. 혹시 뭐 새로운 단서라도 나온 게 없나요? 처음 맡은 사건이라 어떻게 해야 할 알 수가 없네요."

굳이 상대편에서 적대적으로 나오지 않는데 발톱을 세울 필요는 없는 일이었다. 막 수습 딱지를 뗀 기자처럼 그녀는 나긋나긋하게 물었다.

"예, 아직은 이렇다 할 게 없습니다. 피살자 거주지를 수색해 보면 뭔가 나오겠죠. 외국인인 데다 대학 안이니 강도에 의한 우발적인 범행인 것 같지는 않고 반장님은 원한 관계 쪽이 아닐까 보시는 것 같습니다."

"그렇겠네요. 들고 계시는 건 뭔가요?"

"이거요? 사건 현장과 피살자를 찍은 사진들입니다. 뭐 현장을 코셨을 테니까 별 도움은 안 될 겁니다."

"그렇겠네요. 아, 그런데 피살자를 발견한 사람이 마 아무개 씨라고 하던데, 어떤 사람인가요?"

북도에서 들은 말이 생각나 물어보았다. 밑져야 본전이었다.

"예. 그 연구실을 쓰는 교수의 운전사랍니다. 이름은 마번지구요. 어떤 교수의 전화를 받고 왔다는데, 진술에 좀 앞뒤가 안 맞는 구석이 있죠. 여기 사진이 있는데, 못 보셨다면 한 번 보시겠습니까?"

꼭 봐야 할 것은 아니었지만, 초년병 형사의 친절을 거절할 마땅한 이유가 떠오르지 않았다.

"그래요. 한 번 볼까요."

사진을 받아들고 주인공의 모습을 흘낏 보던 이소정은 하마터면 들고 있던 취재 수첩을 떨어뜨릴 뻔했다.

사진에는 조금 전 대학 구내 라운지 식당에서 두 자리 건너 혼자 밥을 먹고 있던 남색 남방셔츠 차림의 남자가 아무 생각 없는 표정으로 카메라를 바라보고 있었다.

8
자로, 수사에 나서다

자로는 바깥 편에 있는 학당을 돌아 번지를 끌고 대문 쪽으로 걸어갔다. 죽간을 발견했다는 장소부터 확인할 심산이었다.

"바로 여기였습니다."

번지는 대문을 두고 직각으로 이어지는 담에 붙어 있는, 폭이 좁고 긴 화단 숲을 가리켰다. 자연석으로 이어진 화단에는 노란 국화를 중심으로 키 낮은 잡풀들이 자라고 있었다. 틈틈이 손질을 했는지 지저분해 보이지는 않았다.

자로는 번지가 가리킨 지점을 살폈다. 그리고는 대문을 열고 나가 바깥 쪽 담으로 갔다. 담 너머에서 던졌다면 대단히 정교한 기술을 요하거나 운이 좋아야만 번지가 가리킨 위치에 죽간을 떨어뜨릴 수 있었다. 담 위로 작은 지붕이 이어지기 때문에 담 지붕에 올라와 떨어뜨리지 않는 한 그 위치에 죽간을 두기란 용이하지 않은 일이었다.

"이 죽간을 처음 발견했을 때 상태는 어떠했느냐?"

다시 학당 안으로 들어온 자로가 번지에게 물었다.

"이슬에 젖었는지 아주 축축했습니다. 제가 몇 번이나 옷소매로 닦아냈으니까요."

"그 때가 몇 시쯤이었느냐?"

"얼추 밤 2경이 넘어섰을 때였을 겁니다."

번지는 어젯밤에 두 사람이 나눈 대화를 엿들은 것을 알고 힐난하지나 않을까 가슴이 뜨끔했다.

"흠! 밤 2경쯤이었고, 이슬에 흠뻑 젖어 있을 정도라면 꽤 오래 전에 두고 갔다는 말이로구나."

자로는 두 가지 방향에서 문제에 접근했다. 하나는 누군가 밖에서 죽간을 던졌다고 보는 것이고, 다른 하나는 내부에서 누군가 풀숲에 놓아두었다는 쪽이었다. 전자라면 다행이지만, 후자라면 불길하고 경악할 일이었다. 내부 공모자가 있다는 말이기 때문이었다. 대문은 일부러 기름칠을 하지 않아 여닫을 때 시끄럽도록 만들어 두었다. 누군가 몰래 대문을 열고 들어와 두고 갔다면 밤이라고 해도 학당 안에 있던 제자들의 귀에 들리지 않을리 없었다. 자로는 고개를 번지에게 돌리며 굳게 결심한 듯 무겁게 말을 꺼냈다.

"그래. 잘 알겠다. 이제부터 내가 하는 이야기를 잘 명심해 들어라."

자로는 그를 마구간 옆에 있는 창고로 데리고 들어갔다. 망아지가 무심한 눈망울을 굴리며 두 사람을 훔쳐보았다.

"너는 아직 우리 학당에 입문한 지 얼마 되지 않아 저간의 사정을 잘 모를 것이다. 스승님께서는 오랜 세월 현명하고 어진 군주를 찾아 천하를 주유하시면서 뜻을 펼 기회를 찾아다니셨다. 그러나 천하의 어느 군주도 스승님의 간곡한 마음을 알아주는 이가 없어 그 긴 세월이 결국 헛수고가 되고 말았구나. 그래서 스승님께서는 스스로 천하의 사표가 되겠다는 꿈을 접고 고향 노나라로 돌아오신 게야. 대신 이 학당을 열어 천하의 인재를 모아 가르쳐 후세를 기약하신 것이지. 번지 너를 비롯해 많은 젊은 이들을 한 자리에 모아 도덕과 정치를 강론하는 것으로, 스승님은 일생의 대업을 마무리하시려는 것이다. 이 점은 너도 잘 알고 있을 것이다."

그러면서 자로는 다시 한 번 번지의 얼굴을 꿰뚫을 듯이 바라보았다.

"물론입니다. 그래서 저도 미력하나마 스승님의 가르침을 놓치지 않으려고 최선을 다하고 있습니다."

"그래. 응당 그래야지. 그런데 지난날의 성현들이 그러셨던 것처럼 이런 스승님의 훌륭한 뜻을 시샘하고, 몇 푼어치 되지도 않는 이익을 잃을까봐 노심초사하는 소인 잡배들이 준동하고 있구나. 이 불측한 자들은 자신들의 잘못을 뉘우치고 허물을 바로 잡으려고 하기는 커녕 어떻게 하든 스승님을 모해하고 시해해서 제 이익을 지키려고 발악을 하고 있다. 그 발악이 마침내 우리 학당에까지 미치고 있는 지경이지. 너도 근래 학당 안을 감도는 스산한 분위기는 눈치챘으리라 안다."

번지는 갑자기 온 몸에 기분 나쁜 감정이 퍼지는 것을 느꼈다.

"미욱한 제가 무엇을 알겠습니까만 심상치 않다는 생각은 했습니다. 대체 무슨 일이 일어나고 있는 겁니까?"

"네게 모든 걸 다 말해 주기에는 시간이 너무 없구나. 또 네가 잘 이해할 수 없는 부분도 있겠고. 어쨌든 이 소인배들은 농간을 부리는 차원을 넘어서서 스승님의 목숨까지 넘보고 있는 무엄한 짓도 서슴없이 자행할 족속들이다."

온 몸으로 번졌던 긴장감은 이제 소름으로 바뀌었다. 번지는 침을 꿀꺽 삼켰다.

"드대체 어떤 작자들이 감히 스승님의 목숨을 위협한단 말입니까? 그런 놈이라면 빨리 잡아들여 물고를 내야지요!"

번지는 자신도 모르게 목청이 높아졌다.

"네 말이 옳다만 우리는 아직 그 자들의 정체를 정확하게 파악하지 못하고 있다. 고작 비밀리에 잠입해서 숨통을 조르려고 벼르고 있다는 것만 알 뿐이야. 제길, 이 얼마나 답답한 노릇이냐!"

말을 하는 자로도 속이 뒤집히는지 주먹을 불끈 쥐면서 창고 기둥을 내리쳤다. 서까래가 울릴 만큼 자로의 증오심은 컸다.

"그러니 우리가 할 수 있는 일이란 경계의 끈을 늦추지 않는 것이다. 너는 스승님을 누구보다도 가까운 데서 모시는 큰 중책을 맡고 있지 않느냐. 그러니 더욱 스승님을 안전하게 지킬 책임이 있느니라. 네가 홀어머니와 병든 형님을 모시고 봉양하면서 조금도 배움의 자세를 흐트리지 않고 있다는 것은 스승님을 통해서도 내 들은 바 있다. 참으로 기특하고 갸륵한 일이다. 네게 스승님께서 수레 모는 일을 맡겼다면 그만큼 너의 품성을 높이 평가한 탓이 아니겠느냐. 그래서 너에게 큰 소임을 하나 맡기려고 한다."

자로는 잠시 숨을 고르려는지 말을 멈추었다. 번지는 눈을 반짝이면서 자로의 입이 열리기만 기다렸다.

"제가 해야 할 일이 무엇인지 하교해 주십시오."

"오늘부터 너는 단 한시라도 스승님 곁을 떠나서는 안 될 것이다. 그야말로 그림자처럼 스승님 곁에 붙어 있어야 한다. 산너머 집까지 통학을 한다고 들었는데 내일부터는 이 학당에서 침식을 하도록 하고, 꼭 필요할 때만 집에 다녀오도록 해라. 물론 내가 생계가 끊어지지 않을 정도의 급여는 지급하도록 하마."

번지는 급히 손을 내저었다.

"무슨 천부당만부당한 말씀입니까? 제가 비록 불민하오나 스승님께 예를 배운 놈입니다. 돈을 주시겠단 말을 거둬 주십시오.

제가 없으면 궁해질만한 집안 형편은 아닙니다."

"알겠다. 이것은 너를 위해서가 아니라 스승님을 위해서 지급하는 것이니 너무 언짢게 생각하지 말거라. 그만큼 책임감을 가지고 스승님을 경호하라는 격려의 뜻으로 알면 된다. 그리고 너 검을 쓸 줄 아느냐?"

"검이라시면 칼 같은 무기를 말씀하시는 겁니까?"

"그래. 우리 공문에서는 무예는 가르치지 않는다만, 평소 심신도야를 위해 조금씩 익히고 있는 것으로 아는데?"

"검술이랄 것까진 없습니다만 호신용으로 조금 익혀두긴 했습니다."

"그래. 그럼 좋다. 따라오너라."

자로는 번지를 스승의 처소에 붙어있는 작은 방으로 데려갔다. 그곳에는 묵직한 자물쇠로 굳게 닫힌 나무 상자가 놓여 있었다. 사람 앉은키만한, 박달나무로 만들어진 상자는 도끼로 찍어도 흠 하나 안 생길 것처럼 견고해 보였다. 자로는 자물쇠를 풀더니 잘 장식된 검 한 자루를 꺼냈다.

"스승님을 지키자면 때로 위험한 일이 생길지도 모른다. 물론 내 기우일 수도 있겠지만, 만약을 위해 네게 주는 것이니, 항상 품에 품고 있다가 위급한 경우에 쓰도록 해라."

은으로 장식이 된 참나무 칼집은 가벼우면서도 강인한 느낌을 주었다. 조심스럽게 검을 뽑아보니 검광이 방안을 가득 채우는 것이 한눈에도 보검임을 알 수 있었다. 번지는 손이 떨렸다.

"이런 귀한 물건을 제가 지녀도 될지 두렵습니다. 제게도 검은 있으니 그것을 쓰겠습니다."

'아니다. 귀한 것인 만큼 귀한 일에 쓰이는 게 당연하지 않겠느냐. 스승을 지키는 일이 얼마나 막중한 일인지 잊지 말라는 뜻이니 항상 지니고 다녀야 한다. 그 검은 옛날 내가 젊었을 때 함께 검술을 공부하던 친구의 것이다. 그와 헤어질 때 기념으로 내가 받아둔 것이지. 이제 네가 주인이 된 것이니 칼에 부끄러운 주인이 되지 않도록 연습을 게을리 해서는 안 될 것이다."

"더욱 송구스럽습니다. 친구 분이시라면 역시 검술의 대가이실 텐데 돌려드리는 것이 예가 아닐까 싶습니다."

"아니다. 이젠 그럴 수 없게 됐다. 그는 아주 오랜 전에 어리석은 일을 하다가 세상을 떠났지. 지금은 이 세상 사람이 아니다."

9
이준섭 교수와의 대화

학장의 손에 끌려 들어가고 두어 시간이 지나서야 이준섭 교수는 나를 찾았다. 나는 점심도 먹지 못하고 주변을 서성거리다가 주차장으로 향했다. 경찰은 대부분 철수했고 연구동을 에워싸고 있던 구경꾼들도 사라졌다. 뒤늦게 소식을 듣고 기웃대는 사람도 있었지만, 캠퍼스는 다시 제자리로 돌아온 듯했다.

나는 에쿠스 승용차에 앉아 FM에서 흘러나오는 클래식 음악을 들었다. 브람스의 교향곡 4번 1악장이 울려나왔다. 슈만의 부인 클라라를 사랑했으면서도 끝내 아무 말도 못했고 속을 끓였던 브람스. 칼 뵘은 그의 고뇌를 너무나 잘 재현하고 있었다.

이 교수가 찾을 만도 한데 핸드폰은 울리지 않았다. 그동안 나는 내 나름대로 사건의 개요를 정리해 보았다.

의문의 핵심은 역시 소가죽 가방이었다. 물론 내가 경황 중에 보지 못한 것일 수도 있었다. 가방의 부재가 큰 의미가 없을 수도 있었다. 그런데도 계속 뇌리 속에서는 가방이 맴돌았다. 위천익 선생과 소가죽 가방은 금붕어와 어항처럼 으레 따라다니는 단짝이었다. 그가 언제 연구실에 들어왔다가 살해되었는지는 알 수 없지만, 분명 소가죽 가방도 들고 들어왔을 것이다. 짐짓 구경꾼인 양 연구실 주변을 얼쩡거리면서 살펴보았지만, 가방은 눈에 띄지 않았다. 가방을 가져왔는데 없어진 것이라면 가져간 사람은 범인일 것이 분명했다. 나보다 먼저 시신을 본 사람이라면 범인밖에 더 있겠는가? 한 번 꼬여진 매듭은 좀체 풀리지 않고 나를 괴롭혔다. 그렇지만 생각은 거기서 한 발짝도 더 나가지 못했다.

그런 중에 뒷문이 벌컥 열리면서 이 교수가 몸을 쓱 집어넣었다. 의표를 찔린 사람처럼 나는 화들짝 놀라며 뒤를 돌아보았다.

"왜 그렇게 놀라세요. 귀신이라도 봤나요?"

떠날 때와는 달리 이준섭 교수는 많이 안정을 되찾은 것 같았다. 예전의 새침하고 쌀쌀한 표정으로 되돌아와 있었다.

"그 작자들. 뭘 그리 꼬치꼬치 묻는지 모르겠어요. 내가 죽인 것도 아닌데."

이상할 만큼 이 교수는 위천익의 죽음에 대해 냉담했다. 그가 입출국할 때마다 차까지 보내서 영접하던 친절은 다 어디 갔는가. 아니면 당황스런 속내를 짐짓 감추려는 것인지도 모를 일이었다.

"시신을 치웠으면 됐지. 내 연구실인데 못 들어가게 하는 건 또 뭐지요? 테이프로 문을 칭칭 감아났으니, 당장 어떻게 사용하란 건지 모르겠어요. 언제부터 사용할 수 있는지 대답도 없으니, 원 경찰이란 세상 사람들을 모두 죄인 취급한다니까."

이 교수는 내가 대꾸할 시간도 주지 않고 계속 말을 이었다. 오늘 따라 유독 말이 많아진 느낌이었다. 역시 그에게도 충격적인 사건이었다.

"댁으로 돌아가시겠습니까?"

찜찜한 경험이기는 나도 마찬가지였다. 빨리 이곳을 떠나고 싶었다.

"아니에요. 좀 기다리세요. 김오명 교수를 만나기로 했으니, 연락이 곧 올 겁니다. 경찰을 만나러 갔으니까, 곧 오겠죠. 라디오 볼륨이나 낮춰주세요"

그리고는 이 교수는 침묵에 빠져들었다. 뭔가를 골똘히 생각하는지 팔짱을 낀 채 자는 듯 눈을 감고 있었다. 나 역시 할 말이 없기는 마찬가지였다. 핸들에 손을 올려놓고 낮게 깔리는 음악을 들으면서 차창 밖 풍경을 바라보았다.

그 때 이 교수가 갑자기 눈을 번쩍 뜨더니 입을 열었다.

"마군이 처음 위천익 선생 시신을 발견했을 때 어떤 상태였나요?"

처음에는 이 교수가 무슨 질문을 하는지 잘 알아듣질 못했다. 방심하다가 허를 찔린 사람처럼 나는 잠시 허둥거렸다.

"위천익 선생 죽은 모습이 어땠냐니까요?"

그제야 나는 질문의 요점을 파악했다.

"전 처음엔 김오명 교수님인 줄 알았습니다."

"김오명? 그럴 수도 있겠군요. 김 교수가 전활 했다면서요. 그런데요?"

"불도 켜지 않고 고개를 숙이고 있기에 어깨를 건드렸더니 맥없이 쓰러졌습니다. 목이 졸려 죽어 있더군요. 눈은 반쯤 뜬 채였고요. 어이없이 일격을 당한 것 같았습니다."

"연구실엔 오래 있었나요?"

"아뇨. 바로 달려 나가 경비원을 불러왔습니다. 한번 더 확인하고는 문을 닫아 걸었습니다."

다시 이 교수는 말을 그쳤다. 이번에는 방심하지 않기 위해 백미러로 이 교수의 동정을 살폈다.

"도대체 누가 왜 죽인 거지요? 그 사람이 한국 땅에서 원한을 살 리도 없잖아요? 조용히 공부만 하던 사람인데. 그 사람이 무슨 죄가 있다고."

"저도 모르겠습니다. 워낙 말이 없었던 사람이라 죽었어도 할 말이 많질 않군요."

"어쨌거나 인생은 허망한 것이에요. 젊은 사람이 그렇게 허망하게 인생을 마감하다니. 빨리 범인을 잡아 원한이라도 풀어줘야 할 텐데. 더구나 한국에서 공부하라고 권유한 게 난데, 내가 큰 잘못을 저질렀던 건 아닐까 후회마저 드네요."

"사람 목숨은 하늘에 달렸다는데 어쩌겠습니까? 좋은 세상으로 갔겠죠."

우리는 잠시 고인을 회상하며 생각에 잠겼다.

"경찰 얘기가 마군이 내 연구실로 간 까닭이 김오명 교수가 서류를 받아가라고 부탁해서라던데. 그런 전화를 분명 받았나요?"

"그렇습니다. 저는 김오명 교수님의 목소리로 들었는데, 정작 본인은 그런 전화를 한 적이 없다고 했다더군요. 제가 잘못 들은 모양이지만, 누가 그런 희한한 장난 전활 했는지 모르겠습니다."

"그러게 말입니다. 장난도 아주 고약한 장난이지요. 가서 시체를 발견하라는 전활 하다니, 이게 말이 되나요."

그 말을 들으면서 나는 조금 이상한 생각이 들었다. 누군가 장난 전화를 했다고 쳐도, 그가 어떻게 연구실에 시체가 있는 줄 알았을까? 위천익을 죽인 범인이 아니라면 아무도 모를 사실을 말이다. 내 추리는 전화를 건 사람이 위천익을 죽인 사람일 것이라는 결론을 내리는 것으로 마감되었다.

그 때 김오명 교수가 차문을 열고 들어왔다.

"선생님, 죄송합니다. 좀 늦었습니다. 그 사람들 뭘 그리 꼬치꼬치 캐묻는지, 영 몸을 뺄 수가 있어야지요."

"됐어요. 그럼 어디 가서 얘기 좀 합시다."

나는 자동차에 시동을 걸었다. 행선지를 막 물어보려고 하는데 이 교수의 대답이 먼저 들려왔다.

"마 군은 그냥 학교에서 기다리세요. 오늘은 김 교수 차를 타고 다녀올 테니까. 돌아올 때 연락할 테니 멀리 가진 말고, 학교 안에 있도록 하세요."

두 사람은 김오명 교수의 차를 타고 교정을 빠져나갔고, 이렇게 해서 나는 어정쩡하게 혼자 남게 되었다. 차 안에서 넋 나간 사람처럼 앉아 있기 보다는 때늦은 점심부터 해결하기로 했다. 쾌청한 날씨라 라운지 식당 창 밖으로 초여름의 싱그러운 경치가 한눈에 들어왔다.

혼자 먹는 늦은 점심에 식욕이 그리 나진 않았지만, 이렇게 좋은 날 세상을 하직한 사람도 있다는 생각을 하면서 밥그릇을 비우기에 골몰했다. 음식은 맛은 있었지만 영 끌리지 않았다. 드는 둥 마는 둥 순가락질을 했지만 위천익이 죽은 까닭이며 소가죽 가방의 행방에 대한 궁금증이 떠오르면 식당 천장을 멍하니 올려다보기도 했다. 그러나 다 쓸데없는 망상일 뿐이었다. 나는 망상을 털어 내듯 머리를 절레절레 흔들고는 식사에 집중했다.

점심을 끝내고 교정을 나서니 정말 할 일이 없어졌다.

잠시 교정을 거닐다가 차 안으로 들어와 라디오 볼륨을 조금 높인 다음 쿠션을 뒤로 밀치고 낮잠을 청했다. 배가 불러오자 졸음이 쏟아졌다.

선잠을 자면서 나는 꿈을 꾼 듯했다. 어떤 미인을 만나 평생을 고락을 같이 하다가 가난을 견디지 못하고 헤어지는 복잡한 내용이었다. 혼미한 가운데 나는 하늘을 우러러 보며 하소연을 하고 있었다.

그 때 누군가 내 머리를 쾅쾅 내리치는 듯한 충격을 느꼈다.

눈물에 젖은 눈을 반쯤 뜨고 올려다보니 누군가가 애처로운 표정으로 미소를 가득 머금은 채 나를 바라보고 있었다. 하얀 얼굴에 댕기머리를 묶은 그녀는 그윽한 애원이 담긴 눈빛으로 나를 간절하게 찾았다. 이윽고 그녀의 고운 입술이 반쯤 열리더니 나에게 말을 건넸다.

"마번지씨? 맞죠. 문 좀 열어주세요."

나는 정신이 번쩍 들면서 꿈에서 깨어났다. 입술 사이로는 침이 흘러내리고 있었다. 깜박 든 잠에 혼곤히 취해 있었던 것이다. 입술을 훔쳐내면서 엉거주춤 차창을 열었다. 처음 보는 여자였다.

"누구시죠?"

문을 열자 여자는 조수석으로 냉큼 들어와 앉았다. 하얀 면 블라우스에 검은 색 슈트를 걸치고 있었고, 청바지 차림이었다. 목에 걸친 선글라스가 달랑거렸고, 팔에 꼭 끼는 소매는 그녀의 하얀 손목을 그대로 드러내고 있었다. 그녀는 나를 『산해경』에 나오는 기이한 짐승을 보듯이 아래위를 훑으며 미소를 보냈다. 분명 미인이긴 했지만 무례한 태도가 신경에 거슬렸다.

"마번지씨, 맞죠?"

어디를 뛰어다녔는지 그녀의 얼굴은 발갛게 익어 있었다.

"그렇긴 합니다만, 누구십니까?"

나는 어정쩡한 질문을 다시 던졌다.

"미안해요. 워낙 곤히 주무시기에 깨우고 싶진 않았지만, 그러다간 밤을 샐 것 같아서요. 대한일보 사회부 기자 이소정입니다. 여기 계신 줄도 모르고 온 사방을 다 찾아다녔어요."

그녀는 지갑에서 명함을 꺼내 나에게 주었다. 잠깐 나는 신문사 기자가 나를 만날 일이 무엇이 있을까 의아스러웠다.

"그런데, 무슨 일이시죠?"

"아. 다름이 아니라, 부탁 좀 드릴까 해서요. 오늘 아침에 있었던 살인 사건의 피살자를 처음 발견한 분이시죠? 제가 이 사건을 취재해서 기사를 보내야 하는데 그만 늑장을 부려 오전에 취재를 못하고 말았지 뭐예요. 벌써 경찰도 다 가버리고, 알만한 사람은 없고, 그래서 마번지씨께 사건 정황에 대해 여쭤 보려고요? 시간이 괜찮으시면 잠시만 짬을 좀 내주세요."

나도 남자니 미인에겐 약하다. 꺼림칙한 느낌이 없진 않았지만 굳이 거절할 이유는 없었다. 또 신문기자라면 내가 궁금하게 여기던 문제에 답을 알려줄 수 있을지도 모를 일이었다. 막 입을 열려고 하자 그녀가 손사래를 치며 가로막았다.

"잠깐만, 다 받아 적으려면 제 속필 솜씨가 못 따라가요. 녹음을 해도 괜찮겠죠?"

그녀는 포터블 녹음기를 가방에서 꺼내 들더니 살랑살랑 흔들었다. 이런 여자의 부탁이라면 지옥의 불기둥을 같이 잡자고 해도 마다하기 어려웠다.

"그러십시오."

10
조동찬 형사의 보고

조동찬 형사가 수첩을 뒤적이면서 말했다.

"죽은 위천익의 전공이 서지학이란 건 말씀드렸는데, 구체적으로 들어가면 비교 서지학이랍니다. 그가 주로 다룬 분야는 중국에서 우리나라로 넘어온 일련의 서적에 대한 연구라더군요. 그러니까 통일신라시대부터 고려, 조선시대에 걸쳐 중국에서 어떤 서적이 어떤 경로를 거쳐 이 땅으로 건너왔으며 현 소재지는 어딘가, 뭐 그런 걸 연구하고 있었답니다. 참 괴상한 공부도 다 있지요. 그걸 알아서 어디에 쓰겠다고……."

최 반장은 마지막 말꼬리는 무시했다.

"중국 책이 그렇게 많이 우리나라로 넘어왔대? 연구까지 해야 할 만큼?"

"그런가 봅니다. 왜 우리나라 사람들 외국에 나가서 맘에 드는 걸 보면 잘 하는 버릇이 있지 않습니까?"

"뭐?"

"아, 왜 싹쓸이라는 거 말입니다. 그런데 그 전통이 꽤 유서가 깊더군요. 옛날에 우리나라 관리가 중국 땅으로 사신을 가면 공식적인 조공 외에도 밀무역이 성행했답니다. 주로 사신 일행의 묵인 아래 역관(譯官)들이 벌였던 모양인데, 비단이나 인삼, 종이 이런 것들을 중국 사람들에게 비싼 값에 팔고는 대신 그곳의 값진 물품들을 싹쓸이했다는 겁니다."

"그런데, 그게 책하고 무슨 관계야? 기껏해야 보석이나 도자기루 아니었겠어."

"아니라는데요. 물론 약재나 도자기류도 중요 대상이었지만, 진짜 굵직한 상품은 바로 책이었답니다. 도성 안에 있는 서적상 창고에 가서 내용이나 저자, 품질 따위도 묻지 않고 그냥 도리를 해 왔다네요. 책이 곧 문화고, 책이 많은 곳이 문화가 있는 곳이라는 논리였다나요. 그래서 중국 송나라 때는 중원에 없는 책이면 고려에 가서 찾으라는 말까지 있었답니다. 소식(蘇軾) 같은 사람은 고려 사람들에게 서적을 팔아서는 안 된다는 상소문까지 올렸다니, 얼마나 지독했는지 알 만하죠. 특히 역사책과 병법서는 절대로 안 된다고 했답니다."

"그래 좋아. 그게 뭐 어쨌다는 거야?"

"예. 그런데 위천익에게 그 주제를 준 게 바로 이준섭 교수였다는 겁니다. 그래서 중국 측 자료와 우리 측 문헌들을 뒤지고, 서울이며 지방 할 것 없이 고서적 책방을 돌아다니면서 관련 자료를 모았답니다. 그리고 뭔가 미심쩍은 게 나오면 이 교수한테 연락을 했고, 그러면 이 교수가 내려가 책의 진위나 출처를 따졌답니다. 아마 뭔가 특정한 책을 위천익과 이 교수는 찾아다녔던 모양입니다."

"아니, 대체 무슨 책을 찾았는데?"

"글쎄요. 그건 저도 모릅니다. 이 교수를 슬쩍 떠봤지만 아예 입을 딱 봉하더군요. 그런 일 없다는 겁니다. 어쩝니까. 범죄 행위도 아니니 더 추궁할 수도 없는 노릇이죠."

"그렇긴 하지만, 좀더 조여 보면 뭔가 나올 것도 같군."

"그렇습니다. 그 해답은 엉뚱한 데서 나오더군요. 저번에 중국에서 그 친구 부인이 와서 위천익의 시신을 인수해가지 않았습니까?"

"그랬지!"

그 때 생각을 하자 다시 화가 치밀어 오르는지 최 반장은 담배를 더욱 세게 빨았다.

도대체 상식이라고는 없는 짓이었다. 사건이 있고 이틀 뒤 중국대사관 공보관이라고 하는 작자와 부인이라고 소개된 여자가 다짜고짜 경찰서로 쳐들어왔다. 그리고는 중국 외교부 명의로 된 시신인수요청서를 들이밀었다. 시신과 함께 그가 살고 있던 기숙사에 있는 일체 물건을 즉시 인도해 달라고 우겼다. 열을 잔뜩 받은 최 반장은 요청선지 뭔지 빡빡 찢어버리고 그 놈의 턱이라도 한 대 돌려버리려고 했지만, 서장의 제지로 무산되었다. 최 반장의 강력한 항의는 산 아래 지나가는 비 소리에 불과했다. 위천익의 소지품이라면 빵 부스러기 하나도 남기지 않고 다 실어가 버렸다. 게다가 기껏 수색영장을 발부 받아 찾아간 위천익의 기숙사는 벌써 어떤 놈의 손을 탄 뒤였다. 시간에 쫓겨 마구 뒤진 흔적이 완연했고, 뭘 찾아야 하는지도 몰랐던 수색조는 사진만 잔뜩 찍고는 허탕을 친 채 철수해야 했다.

다 탄 담뱃재의 허리가 뚝 끊어지면서 떨어졌다.

"그 부인이 재미난 얘길 남기고 갔습니다. 그 여잔 그게 중요한 건지 몰랐겠지만 말이죠."

"그게 뭔데?"

"추측컨대 위천익이 이 교수가 원하던 책을 찾아냈던가 봅니다. 한 달 전쯤에 위천익이 북경에 있는 집으로 전화를 해서 자기 서재에 있는 무슨 서류봉투를 한국으로 보내라고 했답니다.

물론 완전히 밀봉해서 밖으로 드러나지 않도록 말이죠. 꽤 두툼했다고 하는데, 뭐가 들었는지는 부인도 모르겠다고 하더군요. 아마 그 물건이 이 교수가 그렇게 찾아 헤매던 책이 아니었을까요?"

'그렇다고 해도 그게 위천익의 죽음하고 무슨 관계가 있다는 거야?'

반장의 눈이 빛나기 시작했다.

'제 생각에는 위천익이 그 책을 담보로 협박이 아니면 거래를 하려고 하지 않았나 싶습니다. 내용을 공개하겠다거나 아니면 거억을 주지 않으면 내놓지 않겠다고 말이죠."

최 반장의 눈은 더욱 커졌다.

"그럴 가능성도 있겠군. 그렇다면 전자일 가능성이 높겠는데. 보아하니 그 양반 돈에는 아쉬움이 없어 보이니 심혈을 기울여 찾던 책이 들어오게 생겼는데, 돈을 아낄 리는 없었겠지. 또 책을 안 내놓는다고 사람을 죽인다는 것도 영 말이 안 되잖아?"

"저도 그리 생각하죠. 문제는 이게 추측일 뿐이라는 겁니다."

"이준섭 교수의 그 날 행적에는 뭐 꼬투리 잡을 게 없던가?"

"문제는 많죠. 우선 살해된 그 날 밤 자기 집 서재에 줄곧 있었다고 하는데, 그걸 증명해 줄 사람은 아무도 없습니다. 물론 없었다고 증명할 사람도 없긴 하지만 말이죠. 이 교수의 부인은 남편의 거동에는 아예 관심이 없어 거의 아래층에서 별거하며 살다시피 하고, 일하는 아주머니도 어지간하면 이층 일은 방해하지 않는답니다. 어쨌든 두 사람 다 이 교수가 서재에 밤새 있었을 거라고 말하긴 하더군요. 그리고 이 교수 말로는 저녁 때 책을 읽다가 잤고, 새벽에 등산을 하러 나갔다 왔다는 겁니다. 그건 사실인 것 같습니다. 이 교수가 꼬박꼬박 들르는 약수터 앞에서 자판을 벌이고 있는 할머니가 그 날 아침에 봤다고 하니까요.

이 교수는 일요일을 제외하고는 거의 매일 새벽 등산을 다닌다고 합니다."

"그러니까 전날 밤 행적이 문제로군."

"예. 더군다나 이 교수의 2층 서재방은 출입문이 밖으로 따로 있어서 굳이 1층으로 내려오지 않는다고 해도 얼마든지 빠져나갈 수 있답니다."

"그러게 우리 인생에서 장담할 수 있는 건 아무 것도 장담할 수 없다는 거지. 좋아. 이 교수 문제는 계속 주시하기로 하고, 죽은 위천익에 대해 살펴보자고."

조동찬은 수첩의 다른 쪽 페이지를 열심히 뒤척이더니 말문을 열었다.

"우선 의심스러운 건 이 친구의 진짜 정쳅니다."

"그건 또 무슨 소리야?"

"표면적으로 한국으로 유학 온 이유는 이 교수의 제안이 있어서라지만, 그가 한국에서 보여준 행적에 수상한 부분이 적지 않습니다. 대학로에 있는 외국인 기숙사를 가 보니, 아시다시피 누군가 먼저 다 털어 갔습니다만, 그만 유일하게 독방을 썼더군요. 기숙사로서는 굉장한 특혜인 모양입니다. 외국인 유학생들 사이에는 이 곳이 인기가 높아 서로 얻으려고 경쟁이 심하다니까요. 숙식비용이 거의 전적으로 정부에서 제공되는 모양입니다. 원래 2인 1실이나 3인 1실이 원칙인데, 그만 유독 3인이 써야 할 방을 혼자 쓰고 있었습니다. 물론 서류상으로는 두 사람이 더 있는데, 실제로는 살지 않았습니다. 이름만 걸어둔 거죠. 둘 다 중국인인데, 따로 하숙을 얻어 나갔답니다. 기숙사 측에서도 이 사실을 알고는 있었지만, 중국대사관 쪽에서 특별히 부탁을 했다더군요. 그만한 배경과 재력이 있는 사람이 왜 굳이 그 곳을 선호했는가 하는 의문이 드는데, 우선 그 곳은 보안에 있어 유리하답니다. 경비가 24시간 외부인의 출입을 철저하게 통제한다는군요. 유학생의 안전보다는 기숙사를 뛰쳐나가 불법 체류자가 될까 감시하기 위한 목적이 컸습니다만, 어쨌거나 위천익은 그 넓은 기숙사 자기 방에서 여러 가지 일을 한 모양입니다."

"여러 가지 일이라니?"

"그게 저도 정확하게 파악하진 못했습니다. 지금까지 분명한 것은 이 교수 일을 도와주거나 학위 논문을 쓰고 하는 일이 그의 주된 일과가 아니었을 가능성이 높다는 정돕니다. 어떤 방식이든 그가 중국 정부 쪽에서 보내온 모종의 지시에 따라 움직였던 것 같습니다."

최 반장은 담배를 비벼 끄면서 눈을 감았다.

"일이 점점 복잡해지는군. 풀리는 건 하나도 없는데 말이야."

깊은 생각에 잠겼는지 한동안 말이 없던 최 반장이 다시 눈을 뜨면서 조동찬에게 물었다.

"마번지, 그 친구에 대해서도 조사해 봤겠지?"

"물론입니다. 전과 기록은 없더군요. 자신이 진술한 것과 대부분 일치했습니다. 어렸을 때 어머니는 가출했고, 아버지는 실종 상탠데 20년이 지났으니 사망 처리되었을 겁니다. 할머니 슬하에서 성장하다가 고등학교 때 할머니마저 세상을 떠난 뒤부터는 고아로 자랐습니다. 주변의 도움으로 근근이 공고를 마치고 자동차 정비소에서 일하다가 해병대에 자원입대 했습니다. 제대한 뒤 이준섭 교수의 차를 몰았는데, 지금까지 이 교수의 집에서 동거하고 있습니다. 대개 전에 보고 드린 것과 큰 차이는 없었습니다. 특별히 혐의를 둘만한 소지는 찾기 어렵던데요."

"그래. 거참, 알 수 없는 것이 그에게 혐의가 없다면 왜 그가 선택된 것이지? 가만히 있었어도 시체는 곧 발견되었을 텐데 말이야. 굳이 전화를 걸어 연구실로 오게 해서 시체를 발견하도록 한 까닭이 뭐냔 말이야. 또 그 놈이 범인이라고 해도 이상하긴 마찬가지야. 일부러 거길 가서 시체를 발견해서 제 발로 호랑이 아가리로 들어갈 필요가 뭐 있겠어. 당연히 자신이 주목받을 텐데 말이야?"

조동찬은 어깨를 으쓱거렸다.

"글쎄 말입니다. 지금으로선 혐의를 둘 만한 사람은 넷입니다. 아무래도 정황이 우발적인 살인은 아닌 것 같고요. 마번지와, 그에게 전화를 했다는 김오명 교수, 그리고 연구실 주인인 이준섭 교수, 아니면 전혀 정체를 알 수 없는 제4의 인물, 이렇습니다. 정확한 살해 동기를 알 수 없으니, 수사가 답보 상태를 벗어나기 어렵겠습니다. 이러다 미제 사건으로 처리되는 거 아닌지 모르겠습니다. 하긴 피살자 시신도 중국 땅으로 날아갔으니 말 다한 거죠."

조동찬 형사는 수첩을 손으로 툭툭 털었다.

"어쨌거나, 다각도로 신경을 써보라고. 왠지 살인이 이번 한 번으로 끝날 것 같지 않다는 예감이 들어. 뭔가 중요한 동기가 있는데, 우리가 그걸 간파하지 못하고 있는 것 같아. 살해 동기가 소멸되지 않았다면 범죄자는 다시 범행을 저지를 수밖에 없는 법이거든."

11
담대멸명의 등장

계강자는 집무실에 들어서자마자 정보 담당 장교부터 호출했다. 하늘은 맑고 쾌청했다. 늦가을치곤 햇살도 제법 따가웠다. 그가 제일 좋아하는 날씨였다. 우중충하거나 비가 온다거나 안개가 낀 날씨라면 딱 질색이었다. 청정하고 분명한 것. 그는 세상의 모든 일도 맑은 날씨처럼 되기를 진심으로 원했다.

아버지 계환자季桓子로부터 정권을 인수받은 지 어느덧 벌써 10여 년이 지났다. 임종의 자리에서 아버지는 권력을 인수할 그를 불러놓고 간곡하게 다짐했다.

"우리 가문은 한때 공자를 노나라에서 영구히 추방해 다시는 이 땅에 발을 붙이지 못하도록 조치했다. 누구든 그를 죽여도 책임을 묻지 않겠다고 선언한 것은 너도 잘 알 것이다. 그가 우리 가문을 위태롭게 만든 것은 사실이지만, 덕과 포부가 큰 사람인 것만은 분명하다. 내가 좀더 마음을 열고 그를 받아들여 등용했더라면 좋았을 것 같다는 아쉬움이 머리를 떠나지 않는구나. 우리 노나라가 이렇게 쇠약해져 강국의 눈치를 보기에 바쁘게 된 것도 다 공자를 쓰지 못한 데서 기인한 것이다. 이제 내가 죽거든 너는 정치를 새롭게 일신하고 구태의연한 작태를 버려라. 양호陽虎의 잔당들이 나라의 국정을 뒤흔들어 내 뜻을 마음대로 펼치지 못했다만, 너는 결코 나와 같은 길을 걸어서는 안 되느니라. 조금만 틈을 보여도 우리 계손씨 가문을 능욕하고 정권을 차지하려는 자들이 있다. 그러니 저들을 견제해야 할 세력이 필요하다. 그런 세력으로, 또 네가 정치에 대해 자문을 구할 만한 사람으로 공자와 그 제자만한 사람들이 없느니라. 그러니 내가 죽거든 반드시 공자를 불러 재상으로 삼도록 해라."

가신家臣들이 호시탐탐 권력 찬탈을 노리는 삼엄한 분위기 속에서 계강자는 권좌에 올랐다. 저들의 말을 잘 듣는 허수아비를 올리기 위해 가신들은 온갖 험담을 퍼뜨리고 계략을 꾸몄지만 아버지 계환자의 의지를 꺾지는 못했다. 비록 단서 조항이 달리긴 했지만 권좌에 오르고서도 한동안은 가신 그룹들의 눈치를 봐야 할 만큼 그들의 세력은 국정 깊은 곳까지 미치고 있었다. 때문에 공자를 바로 귀국시키기도 쉽지 않았다. 기득권 세력의 방해 공작이 만만치 않았다. 물론 계강자가 선뜻 공자를 불러들이지 못한 것에는 그의 마음속에 드리워진 불안감에 기인한 것도 있었다. 어쨌거나 공자는 계손씨가 노나라의 국권을 좌우하는 데 대해 반감이 많은, 비협조적인 인물이었다.

궁리 끝에 계강자는 껄끄러운 공자보다는 제자부터 불러들이는 쪽으로 마음을 굳혔다. 그래서 기용된 사람이 염유였다. 공자는 그를 보내면서 '돌아갈거나. 돌아갈거나.' 라고 탄식을 토했다고 한다. 공자의 마음 한 구석에도 귀국하고픈 소망이 간절하다는 반증이었다. 그는 염유의 도움을 받으면서 공자의 의중을 떠보는 한편 귀국을 위한 준비를 차근차근 갖추어갔다.

권좌에 앉아 있긴 했지만 계강자의 집안도 따지고 보면 정당한 권력은 아니었다. 왕실은 허수아비로 눌러 앉힌 채 권력을 농단한 것이 벌써 여러 대에 걸쳤다. 맹손씨孟孫氏와 숙손씨叔孫氏 가문과 함께 권력을 삼분하기도 했지만, 두 집안의 세력이 약화된 반면 막내인 계손씨 집안만 여전히 권력을 독점해 누구도 넘보지 못할 세력으로 성장했다. 그러나 권불십년이라 했던가. 계손씨의 막강한 권력도 차츰 쇠약의 기미를 보이기 시작했다. 거기에 일조했던 인물이 공자였다. 그 일도 어느덧 십오륙 년 전의 일이다. 아버지 계환자의 기지로 위기를 극복하고 공자를 국외로 추방하긴 했지만, 한 번 삐딱선을 타고 내리막길로 접어들자 어긋난 대세는 좀체 회복되지 않았다. 특히 계손씨의 근거지를 등에 업고 제 주인을 능멸하려드는 가신 세력은 계강자조차도 제어하기 어려운 막강한 영향력으로 노나라 사회 전체를 장악하고 있었다. 게다가 그들은 누구도 쉽게 넘보지 못할 군사력까지 갖추고 있었다. 이들을 제압하고 휘청거리는 계손씨의 권력을 회복하려는 계강자에게 역설적이게도 공자와 그 제자들의 힘이 필요했던 것이다.

계강자는 누구보다 현실적인 인물이었다. 그는 과거의 영광을 돌아보다가 당면한 과제를 그르치는 인물이 아니었다. 또한 아무리 권력이 막강하다고 해도 한 번 실권을 하게 되면 재집권하기 어렵다는 사실도 잘 알았다. 아니 실권이란 목숨을 남의 손에 넘기는 일이나 다름없는 치명적인 것이었다. 가신들과 줄타기를 하면서도 살아남아 권력을 잡은 그는 누구보다 이 사실을 체험으로 터득했다.

계강자에게는 윤리적인 약점도 있었다. 아버지 계환자가 병이 나자 가신 정상正常을 불러 후계 문제를 논의했다. 계환자는 어질면서도 현실을 아는 인물이었다.

"누구도 나를 따라 죽게 하지 말라. 남유자南孺子가 아들을 낳거든, 군주에게 고하여 후계자로 세우고, 딸을 낳거든 비肥를 후계자로 세우라."

비는 계강자의 이름이었다. 계환자가 죽자 일단 그가 후계자 자리에 올랐다. 장례식도 마치고 계강자가 조정에서 정치를 보고 있는데, 남유자가 아들을 낳았다. 정상은 아기를 수레에 싣고 조정으로 가서 계강자에게 고했다.

"돌아가신 계환자께서 저에게 유언하기를, 남유자가 아들을 낳으면 군주와 대부에게 고하고 그를 후계자로 세우라 하셨습니다. 이제 아들을 낳았으니 감히 고하옵니다."

그런 뒤 정상은 위나라로 달아났다. 위기감을 느낀 계강자는 정면 돌파 쪽을 택했다. 군주였던 애공에게 물러나겠다고 청하자, 애공은 공유共劉를 시켜 남유자가 낳은 아이를 살펴보게 했는데, 누군가가 이미 아기를 죽여 버린 뒤였다. 범인을 찾아 처형한 뒤, 달아난 정상에게 돌아오라고 권했지만 그는 끝내 돌아오지 않았다. 일부 사람들은 계강자가 권력에 눈이 멀어 배다른 형제를 죽였다고 수군거렸다.

도덕적인 비난이야 감수하더라도 강대국들 틈에 끼여 눈치 보기 외교에 무심할 수 없었던 현실 속에서 남들처럼 부국강병을 통해 천하를 제패하겠다는 야욕은 애초 계강자에게는 없었다. 그런 태도는 정적들에게 또 한 번 발호의 기회를 줄 수도 있었다. 폭력과 전횡의 폭풍우 속에서 배를 무사히 지키려면 파도를 타는 재주가 필요했다. 그는 그 재주가 공자의 가르침 속에 있다고 믿었다. 때문에 계강자가 공자에게 호의적인 것은 실리적인 선택의 문제였다. 사람을 심복하게 만드는 인품이나 국제적인 덕망, 백성들 사이의 명성과 신망 따위는 부차적인 일이었다. 풍파 세월을 견디고 일가를 이룬 학자의 사고 속에는 분명 배울 만한 통치 이념이 있기 마련이다. 그래서 계강자는 자주 공자를 찾아 가르침을 구하는 한편 문하에서 쓸 만한 제자들이 누가 있는지 염탐했다.

공자의 조언은 현실 정치에서 당장 써먹기에 막연하긴 했지만, 장기적인 대안을 보여주는 책략이 숨어 있었다.

"백성들과 상대할 때 위엄을 갖추면 백성들이 공경할 것이고, 자신이 부모에게 효도하고 백성들을 사랑하면 백성들도 임금에게 충성을 다할 것입니다. 또 유능한 사람을 등용해 그렇지 못한 사람들을 가르쳐 나가면 모두들 힘써 노력할 것입니다."

공자는 상대방의 위세에 눌려 할 말을 숨기는 사람이 아니었다. 그렇기 때문에 약간의 불쾌감만 감수한다면 요긴한 술수가 될 만한 지침을 얻을 수 있었다.

노나라만의 문제는 아니었지만, 정치적인 불평분자에 해당하는 도盜의 무리들이 천하를 횡행하고 있었다. 그들은 무작정 추방한다면 정적을 만드는 셈이었고, 그렇다고 받아들이자니 독물을 입에 물고 다니는 꼴이었다. 이에 대한 대책을 공자에게 물은 적이 있었다.

"진실로 그대가 욕심을 부리지 않는다면, 비록 상을 준다고 해도 사람들이 도적질 따위는 하지 않을 것입니다."

이따금 정치의 원리에 대한 자신의 생각을 떠보기도 했다.

"만일 도가 없는 사람을 죽여 도가 있는 사람을 이끈다면 어떻겠습니까? 좋은 정치가 될런지요?"

공자의 대답은 단호한 것이었다.

"정치를 하겠다면서 어찌 사람 죽이는 일을 써서야 되겠습니까? 그대가 착해지려고 노력하면 백성들도 덩달아 착해질 것입니다. 군자의 덕은 바람과 같고, 소인의 덕은 풀과 같습니다. 풀 위로 바람이 불면 풀은 반드시 쓰러지는 법이지요."

공자가 기나긴 망명 생활을 마치고 노나라로 돌아왔을 때, 계강자를 알현하러 왔었다.

"선생님께서는 앞으로 뭘 하시면서 여생을 보내시려는지요?"

지난날의 정치적 혈기가 남아 있지 않을까 염려한 계강자는 슬쩍 공자의 내심을 떠보는 질문을 던졌다. 공자는 더 이상 정치적 야망으로 충천한 사람이 아니었다.

"지금 우리 노나라의 젊은이들은 광간狂簡한 상태에 머물러 있습니다. 그들은 뜻은 크고 진취적이지만 아직 조잡한 데다 알차지 못합니다. 또 문물제도에 대한 지식은 어느 정도 갖추어져 있지만 이를 제대로 재량해서 활용할 줄 모릅니다. 저는 그들에게 덕과 예를 갖춘 군자의 길을 가르치고자 합니다. 겉모양만 꾸미면서 거짓을 일삼는 향원鄕原의 무리와 섞이도록 두어서는 안 되겠지요."

그래서 계강자는 도성 주변 물 맑고 산 좋은 곳에 자리한 옛 관아 건물을 내주어 제자들을 가르치도록 하는 한편, 노년에 불편이 없도록 배려했다. 차츰 제자들이 늘어 학당이 비좁아지자 새로 널찍하게 학당을 신축해서 당대 최고의 학자가 우수한 인재를 육성하는 데 부족함이 없도록 조치했다. 그리고 자신도 짬이 나는 대로 학당을 찾았다. 주인은 공자였지만, 배후에는 자신의 그림자가 짙게 깔려 있었으니 계강자는 묘한 성취감을 맛보았다.

그런데 이즈음 학당의 분위기가 심상치 않았다. 자로의 전언을 듣고서야 안 사실이긴 했지만, 공자를 해치려는 일단의 무리들이 출몰한다는 것이었다. 공자가 14년의 긴 망명 생활 동안 생명의 위협을 느낄 만큼 절박한 위기에 봉착했던 일이 자주 있었던 것은 그도 잘 아는 사실이었다. 계손씨 일가들도 공자의 죽음에 어떤 이의도 제기하지 않겠다고 선언을 했으니 새삼스러울 것도 없었다. 어떤 부분 부추긴 면도 없지 않았다. 그러나 그것은 공자가 자신들의 권력 유지에 위협이 될 때의 얘기였다. 지금은 사안이 달랐다. 공문은 계강자에게 인재의 공급소였고, 국정 운영에 필수적인 자문기구였다. 그 중심에 서 있는 공자의 신변에 이상이 생긴다면 이는 방치할 수 없는 문제였다. 그래서 정보 담당 장교에게 은밀히 뒷조사를 시켰다.

이런 긴 회고를 하는 동안 정보 담당 장교가 도착했다는 전갈이 왔다.

정보 담당 장교는 계강자가 보기에도 대단히 유능한 사람이었고, 직계는 아니지만 공자의 제자 중 한 사람이었다. 공자의 제자인 자유子游가 무성武城의 읍재로 있을 때 발탁한 사람으로, 이름은 담대멸명澹臺滅明이라고 했다. 자유가 그를 공자에게 추천하면서 했다는 말을 듣고 계강자는 주저 없이 그를 채용했다.

"그 사람은 지름길로 다니지 않고, 공적인 일이 아니면 저희 집을 찾은 적이 없었습니다."

그는 어느 쪽인가 하면 다소 실무형 군인이었다. 한 치의 방종이나 나태함도 용납하지 않는 스타일이었다. 남에게도 엄격했지만 자기 자신에게 더욱 엄격했다.

절도 있는 걸음걸이로 들어온 그는 다부진 어깨를 쫙 펴더니 공손하게 두 손을 그러모으고 섰다. 부드러웠지만 격식은 분명했다. 이런 그의 태도가 계강자로서는 못마땅한 구석도 없진 않았다. 너무 원칙밖에 몰라 융통성이 부족한 그가 자칫 필요 이상의 과욕을 부리지나 않을까 하는 우려 때문이었다. 그러나 뜻밖에도 그는 맡은 일에 빈틈이 없었고 과불급過不及을 정확하게 조절할 줄도 알았다. 시간이 갈수록 그에 대한 신뢰는 높아갔다. 특히 그는 모반 사건과 관련하여 사후 처리에 탁월한 능력을 보여주었다. 그의 손을 거쳐 간 사건치고 의혹이 남거나 무혐의로 마무리된 경우는 없었다.

"그래. 공문의 근황에 대해서는 조사가 끝났는가?"

"예, 일차 조사는 마쳤습니다."

공손하면서도 당당한 자세에 비할 때 그의 얼굴은 너무나 대조적으로 추남이었다. 때문에 그의 절도는 어떤 면에서 진지함보다는 해학을 불러일으켰다. 공자도 그의 외모를 보고 탐탁찮게 여겼다고 했는데, 계강자도 보고를 받을 때면 그에게 경의를 표하기 위해 무척 애를 써야 했다. 목이 거의 안 보일 정도로 어깨에 착 달라붙고 마마를 앓아 얽은 거무칙칙한 얼굴은 아무리 좋게 보아도 흉측했다. 거기에 깔끔한 옷치장과 진지함으로 가득한 표정은 광대의 몸짓을 연상시켰다.

"공문 주변의 기후가 심상치 않은 것은 분명합니다. 수하 몇을 배치해서 감시하도록 했습니다만, 우려할 만한 정황을 구체적으로 포착하지는 못했습니다. 신원 미상의 혐의자가 출몰하지도 않았고, 수상한 단서가 드러나지도 않았습니다. 다만 자로가 보냈다고 하는 협사俠士 두 명이 공문 주변과 공자의 신변에 밀착해서 경호하고 있는 것은 확인했습니다. 이들은 충직하게도 24시간 한 시도 쉬지 않고 경계에 임하고 있었습니다. 저희들 인원까지 합치면 다섯 명이 공자의 신변을 지키고 있는 셈이니, 위해를 가하려는 무리들이 있다고 해도 쉽게 성공하지는 못할 것입니다. 공자도 근래에는 거의 외부 출입을 자제하고 있습니다. 자로의 권유 때문이겠지만 스스로 불안한 탓도 있을 겁니다. 공자는 용기와 믿음이 강하신 분인데, 이렇게까지 삼가는 것으로 보아 허투루 생각할 일은 아닌 듯합니다. 별도 지시가 있을 때까지 계속 경호하겠습니다."

"좋아. 알겠네. 그리고 자로가 말한 염백우의 미심쩍은 죽음에 대해서는 조사해 보았겠지?"

"예. 조사했습니다. 우선 주변 사람들에게 염백우의 평소 건

강에 대해 물어보았습니다. 저 역시 살아있을 때 그를 몇 번 보았습니다만, 다들 건강했다고 증언했습니다. 사람의 목숨이란 게 알 수는 없는 것입니다만 불의의 질병이나 사고가 아니라면 자로의 주장처럼 독살되었을 가능성도 배제할 수는 없겠습니다. 문제는 이를 확인하려면 매장된 시신을 파내 검시를 해야 하는데, 어려운 일은 아닙니다만, 가족들에게 제안하지는 않았습니다. 섣불리 공개했다가는 오해를 살 수도 있고, 만의 하나 불순한 무리가 있다면 낌새를 채고 더욱 신중해질 우려도 있기 때문입니다. 또 굳이 검시할 필요성도 느끼지 않습니다. 공자에 대한 위해가 있다는 것은 이미 공공연한 정보입니다. 실행이 쉽지 않자 경고의 표시로 제자 중 한 사람을 택해 본보기 살인을 저질렀을 수도 있는 거죠. 이 상황에서는 더욱 철저하게 경호하고 배후를 밝히는 조사에 매진하는 것이 최선일 듯합니다."

"나도 그렇다고 생각되는군. 그러면 자로가 가져온 죽간의 출처에 대해서는 확인되었는가?"

"예. 조사 결과 왕실에서 사용하는 최고급 죽간인 것으로 확인되었습니다. 재질이나 제작 방법 등이 왕실 연대기를 기록할 때 사용하는 것과 같았습니다. 문장이 지워져 있긴 하지만 눈으로도 충분히 식별이 가능했습니다."

이 보고에 계강자의 눈빛이 붉게 빛났다.

"그렇다면 왕실이 이번 모의에 개입되었다는 말인가?"

"반드시 그렇게 볼 일은 아닌 것 같습니다. 제 판단에 지금 왕실이 그런 일을 획책할 이유도 없고, 또 능력도 되지 않습니다. 왕실의 존재가 유명무실하다는 것은 주군께서도 잘 알고 계시는 일이고, 더구나 공자는 왕실의 권위를 선양하고, 심지어 정권을 왕실로 귀속해야 한다고까지 주장하지 않았습니까? 그런 우호적인 인물을 해치려고 한다는 것은 상식적으로도 맞지 않습니다."

"그러면 그 죽간은 어떻게 된 거지?"

"현재 왕실용 죽간은 보급창에서 제작해서 공급하고 있습니다. 그러니 왕실과 관련이 있는 사람이거나 고위직 관료라면 구하기 어렵지 않을 것입니다. 실재로 몇몇 가문에서 보급창에 개인용 죽간을 제작해 달라고 요구하는 일도 있습니다. 규격은 동일하고 문장만 바꾸어서 지급하니까 문장이 지워진다면 구분이 어렵습니다."

"그렇다면 권문의 짓일 수도 있겠군?"

"어떤 가능성도 배제할 수 없습니다. 주군의 집권에 불만을 가진 세력이 있는 것은 주군께서도 아시리라 믿습니다. 그들이 주군의 세력을 약화시키기 위해 현재 주군의 자문역을 맡고 있는 공자를 시해하려는 헛된 망상을 품을 수도 있을 것입니다."

"흠!"

계강자는 한동안 깊은 생각에 잠겨 있다가 입을 열었다.

"그 죽간에 쓰인 글귀는 무슨 뜻이었지?"

"부득기사不得其死니, '천수를 누리지 못한다'는 말입니다. 제명에 죽지 못한다는 소리입니다. 염백우가 젊은 나이에 요절했으니 정확한 예언이지요."

"그러면 처음부터 염백우를 염두에 두고 일이 꾸며졌단 말인가?"

"꼭 그렇지는 않을 것입니다. 공문의 제자들은 거의가 다 젊은 층입니다. 자로처럼 연로한 사람도 몇 있지만, 다들 이십대의 팔팔한 청년이거나 3, 40대의 왕성한 활동가들입니다. 그들 중 누구를 해친다고 해도 '부득기사' 하기는 마찬가집니다. 제 판단에 이들이 공자와 그 제자들의 목숨을 노리고 있다면, 목적이 완료될 때까지 공격은 계속될 것입니다. 그리고 지금까지의 행태로 보아 또 경고의 죽간이 날아들 것으로 보입니다. 그런데 문제는 공자에 대한 경호는 용이합니다만 칠십여 명에 달하는 공문의 사람들을 모두 경호하기는 불가능하다는 점입니다. 저들 입장에서는 제자들이 목숨의 위협을 느끼고 공자의 곁을 떠나는 것도 나쁘지 않은 결과일 것입니다. 궁극적으로 공문의 와해가 저들의 목적인 것 같으니까요."

"알겠네. 더 보고할 사항은?"

계강자로서는 여러 가지로 언짢은 소식을 들은 셈이었다. 가벼운 현기증과 함께 피로감이 몰려 왔다.

"오늘 보고는 이것이 전부입니다. 끝으로 드리고 싶은 말씀은 공자에 대한 저들의 위해는 대단히 뿌리가 깊은 곳에서 출발하고 있다는 점입니다. 추측에 불과하지만, 여러 가지 면에서 볼 때 저들의 움직임이 너무 집요합니다. 또 자신들의 정체를 드러내지 않고 장기간 음모를 진행시키는 점에서 유추해 보면 결속력이 강한 집단이 준동하는 것으로 보입니다. 이런 점들은 여러 가지 의미에서 불쾌한 사실입니다. 단순한 복수극 차원이 아니고 정권적인 차원에서 대처해야 할 것으로 판단됩니다."

갈을 마친 담대멸명은 읍하는 자세로 돌아갔다. 명령을 기다린다는 뜻이었다.

"알겠네. 수고가 많았군. 노고를 크게 치하하네. 자네도 알겠지만, 이 문제는 공자 한 분의 목숨이 달린 일이 아니야. 사적으로 자네의 스승이기도 하니 어련히 잘 하겠는가만 우리 계손씨 입장에서도 공자는 대단히 중요한 인물이야. 그 분의 신상에 변동이 생긴다면 그것은 동시에 우리 계손씨에 대한 도전이자 위협이기도 하네. 그런 일이라면 철저하게 조사하고 배후를 캐내 발본색원하지 않으면 반드시 뒷탈을 남기게 되지. 이 점을 엄중 명심하기 바라네."

담대멸명은 다부지게 읍한 두 손을 이마 위로 올려 말했다.

"삼가 명령을 받들겠습니다."

계강자는 한 손을 흔들어 그만 나가도 좋다는 뜻을 보였다.

그러나 담대멸명은 머뭇거리며 방안에 머물렀다. 뭔가 할 말이 남아 있는 듯한 낌새를 알아차린 계강자가 물었다.

"왜? 아직 할 말이 남았는가?"

"그렇습니다."

"뭔가?"

"이번 일은 단순히 개인에 대한 음해라는 방향으로만 보아서는 안 된다고 생각합니다."

"그래서?"

"아직 확정적인 말씀을 올리기는 어렵습니다만, 분명 더욱 깊은 음모가 배후에 도사리고 있는 듯합니다."

"음모?"

"예. 황공하오나 그 음모는 주군님을 향한 것이 아닐까 여겨집니다."

"나를 향한다고!"

계강자는 잠깐 상체를 휘청거렸다. 나를 향한 음모라? 이전에도 그를 없애려는 암살 음모가 없었던 것은 아니었다. 숙손씨와 맹손씨 세력을 견제하면서 계손씨 집안을 중심으로 권력을 재편하고, 귀족 중심의 비효율적인 정치를 탈피해 젊고 유능한 인재를 중심으로 국가를 효율적으로 운영하겠다는 것이 계강자의 복안이었다. 이런 정국 운영 방식은 신선한 만큼 급진적이어서 신진 세력들에게는 지지를 받았지만 기득권 세력의 입장에서는 재앙이나 마찬가지였다. 그들은 강력하게 항의하면서 정책을 철회할 것을 요청했다. 아니 그것은 요청이라기보다는 협박에 가까운 것이었다. 계강자는 단호하게 거절했지만, 그들이 순순히 물러서지 않을 것이라는 것은 이미 짐작한 일이었다.

계강자가 살던 시대는 원칙이나 도덕규범이 전혀 통하지 않던 시기였다. 사치와 낭비라는 것도 상상을 초월한 정도였다. 때문에 공자도 "예는 겉으로 사치하기보다는 차라리 검약해야 하고, 초상을 치를 때에도 절차만 번드르르 화려하기보다는 차라리 슬퍼해야 한다."고 주장했고, "사치하면 폐단이 공손하지 못한 데 이르고, 검소하면 폐단이 고루해지는 데 이른다. 공손하지 않는 것보다는 차라리 고루한 것이 낫겠구나."라고 갈파했던 것이다. 절제가 없는 삶이 이 당시 왕족과 귀족들의 일상적인 생활이었다. 그런 그들로부터 수익을 줄이고 권리를 박탈하겠다면 차라리 죽음을 택할지언정 이를 순순히 받아들일 리 없었다.

"그렇습니다. 좀더 다각적인 수사가 필요하다는 것이 제 판단입니다. 그래서 주군님께 한 가지 청을 드리고자 합니다."

"뭔가?"

이런 경우 계강자로서도 태도를 분명히 해야 했다.

"어쨌거나 이 음모의 뿌리는 공문과 깊은 관련이 있습니다. 때문에 공문의 중요 관계자들을 한 사람씩 심문할 필요가 있습니다. 공자를 비롯해서 선진제자先進弟子라 불리는 자로와 자공, 안회 세 사람에 대한 공식적인 심문을 허락해 주시기 바랍니다."

한참을 담대멸명을 바라보던 계강자가 말했다.

"심문을 한다면 무슨 혐의를 둔다는 뜻인데, 그들에게 무슨 혐의가 있기에 심문을 하겠다는 말인가?"

"혐의가 있다는 말은 아닙니다. 모반 사건과 관련되어 일련의 조사를 펼치는데, 참고인으로서 진술을 요구하는 형식으로 이야기를 나눠보겠습니다. 그들의 진술 속에서 뭔가 시사되는 바가 나올 것이란 판단 때문입니다."

계강자가 노나라의 권력을 장악하고 있다고는 하지만, 공자와 그 문하들을 공공연하게 취조한다는 것은 어느 정도 위험부담도 감수해야 할 일이었다. 뭐라고 해도 공자는 국제적인 명사였다. 그리고 그 제자들은 하나같이 계강자의 수하에서 일하는 사람들이거나 그렇기를 원하는 사람들이었다. 이들을 모반 혐의로 심문한다면 불필요한 구설수에 오를 수도 있고 또 다른 적을 만들 수도 있었다. 공자는 의심도 많지만 빨리 실망하는 사람이었다. 그러나 선택의 여지는 없어 보였다. 적을 만든다고 해도 모반은 있을 수 없는 일이었다.

"알아서 하게. 필요하다면 공식적인 허가서를 발부해 주도록 하지. 그렇지만 그것을 공자에게 제시하지는 말도록 하게."

"감사합니다."

12
궁금증을 털어놓다

"그것 참 희한한 일이네요."

내 이야기를 다 들은 이소정 기자가 꺼낸 첫 소감이었다.

"하지만 저들은 도대체 왜 마번지씨 당신을 이 사건에 개입시킨 거죠? 전혀 이유가 없진 않을 거예요. 뭔가 속셈이 있으니까 당신에게 전화를 한 것 아니겠어요?"

이소정 기자는 범인이나 죽은 피살자에 대해서보다는 피살자를 발견한 나 자신에 대해 더욱 큰 관심을 보였다. 나는 그것이 더 의아했다. 물론 누군가 내게 전화를 걸었기 때문에 시체를 발견하게 된 것은 사실이다. 하지만 그것이 이 사건의 핵심과 무슨 관계가 있을까? 그렇게 한다고 해서 살인이 은폐되지도 않고, 범인이 안전해질 까닭도 없었다.

"그게 왜 중요한지 모르겠군요. 중요한 건 오늘 한 사람이 끔찍하게 살해되었다는 사실입니다. 누가 왜 그를 죽였는지 알아내고, 범인을 잡아 피살자의 원한을 갚는 게 먼저지 않을까요?"

이소정 기자가 갑자기 나를 빤히 쳐다보았다. 마치 내 마음속 생각을 꿰뚫어보려는 듯이 내 눈을 응시했다. 결국 시선을 피한 것은 나였다.

"살인 사건은 세상에서 그렇게 희귀한 일이 아니랍니다. 어쨌든 좋아요. 번지씨가 맨 처음 피살자를 발견했다니까 묻겠는데, 설마 당신이 그를 죽인 건 아니죠?"

그녀의 섬뜩한 질문에 나는 화를 벌컥 냈다.

"뭐요? 무슨 질문이 그렇습니까? 내가 그를 죽이다뇨? 내가 왜 위천익 선생을 죽입니까? 저는 그 사람에 대해 잘 알지도 못합니다. 원한이라면 더욱 없습니다. 도대체 말씀하시는 저의가 뭔지 모르겠군요."

그녀는 뭔가 입을 열 듯 하다가 고개를 젖히더니 말했다.

"제 질문이 너무 단도직입적이었나 보군요. 불쾌했다면 용서하세요. 그럼 방향을 바꿔보죠. 새벽에 김오명 교수로 여겨지는 누군가의 전화를 받고 나가보니 연구실에 시체가 있었다고 했잖아요? 그런데 전화를 한 사람은 그런 적이 없다는 것이구요. 어쨌거나 피살자하고는 면식이 있는 관계고, 중국대사관에서는 교묘하게 수사를 방해하고 있으니, 정황상 미궁에 빠지기 딱 좋은 상황이잖아요. 경찰 입장에서는 당연히 당신부터 의심하기 십상이라 드린 말이었어요. 오해는 마세요. 마번지씨는 어젯밤부터 오늘 새벽까지 어디서 뭘 하고 있었는지 확실하게 알리바이를 증명할 수 있나요?"

이소정 기자의 말에 나는 오해가 풀리기는커녕 기분이 더 나빠졌다. 그녀는 마치 내가 범인인 것처럼 단정하고 알리바이를 추궁하고 있잖는가. 나는 호흡을 가다듬었다.

"좋습니다. 위천익 선생과 안면이 있는 건 사실입니다. 여러 번 그를 태우고 공항과 숙소를 오가기도 했고, 지방 출장 때도 자주 동행했었으니까요. 이준섭 교수님과 함께 타고선 뭔가를 상의하는 모습도 많이 봤습니다. 하지만 나는 살해된 위천익 선생하고 진지한 대화를 나눈 적은 한 번도 없었습니다. 그리고 지금 내 알리바이를 말씀하시는 것 같은데, 저는 엊저녁부터 전화를 받기 전까지는 줄곧 제 방에만 있었습니다. 저녁을 먹으러 본채에 잠깐 들어갔다 나온 것 외에는 한 발짝도 밖으로는 나간 적이 없단 말입니다. 이소정씨, 당신 정말 기자 맞습니까?"

내가 불쾌한 표정으로 되받자 그녀도 짐짓 당황한 것 같았다.

"훗! 극단적인 오해는 마세요. 중요한 점은 마번지씨 당신은 그렇게 주장하지만, 아무도 당신이 방에만 있었다는 걸 증명해 줄 사람이 없다는 거예요. 본인 외에는 말이죠. 그러니까 알리바이가 없는 셈이죠. 김오명 교수 전화건도 그렇죠. 당사자는 결코 전화 한 적이 없다는데 당신은 전화를 받았다고 주장하고. 흠, 저는 지금 객관적인 입장에서 모순점을 말씀드리는 거예요."

나는 그녀와 계속 이야기할 기분이 싹 가시고 말았다. 비슷한 질문을 최 반장인가 뭔가 하는 사람에게도 수없이 받았다.

"말씀은 고맙습니다만, 객관적으로든 주관적으로든 이 문제는 경찰이 따질 사안인 것 같군요. 경찰이 와서 물으면 그 때 대답하겠습니다."

내가 마침표를 찍으며 말을 마치자 그녀도 말문이 막혔는지 내 얼굴만 바라보았다.

"좋아요. 그럼 그 얘긴 그만두죠. 평소 위천익씨 하고 안면이 있었다고 했죠? 그 사람에 대해서는 어느 정도 알고 계시나요?"

"모릅니다. 그 사건 이야긴 그만 하죠. 피곤합니다."

"에이, 이렇게 젊으시면서 피곤하기는……"

정말이지 피곤했다. 내가 퉁명스럽게 취재 거부의사를 밝히자 그녀가 애교작전으로 맞섰다. 그녀는 언제 그랬냐는 듯이 내 어깨를 주물러주는 등 갖은 아양을 떨며 취재를 밀어붙였다. 소인과 여자를 가까이 하지 말라는 공자님의 말씀은 너무 멀리 있었고, 그녀의 고혹적인 육향은 아주 가까이 있었다. 나는 위천익과의 관계를 털어놓으며 그녀와 말을 계속 섞었다.

"위천익 선생과 자주 대면하기는 했지만 서로 정답게 대화를 나눌 사이는 아니었습니다. 더구나 그 사람은 평소 중국말 쓰기를 고집해 우리말은 잘 쓰지 않았고요. 제가 중국말을 모르니 무슨 대화를 나누겠습니까? 중국에서 유학 온 학생이란 것 외에 별반 아는 건 없습니다. 그리고 이준섭 교수님과 함께 무슨 책인지 모르겠지만 열심히 찾아다니는 것 같더군요. 고서인 것은 분명하지만 그 이상은 저도 잘 모릅니다."

"이준섭 교수하고 차안에서 대화를 나누었다고 했는데, 그 때도 위천익 씨는 중국어만 썼나요?"

"이 교수님하고는 중국어로만 대화를 나눕니다. 교수님이 중국어에 능통하시거든요. 아마 제가 있어서 더 그랬을 겁니다."

"위천익 씨가 우리말을 잘 구사한다는 사실은 번지 씨는 어떻게 알았죠?"

"공항이나 숙소에서 만나려면 내가 전화를 해야 했는데, 우리말로 위치를 알려주면 곧잘 찾아오더군요. 그래서 우리말을 알아듣는 줄 알았습니다. 함께 다니다 보면 자연스럽게 알게 되지 않겠습니까? 한 번은 공항에서 비행기 이륙이 지연되는 바람에 길게 이야기를 나눈 적도 있었습니다."

"그 사람의 평소 행동에서 뭐 이상한 점은 발견하지 못했나요? 번지 씨가 본 범위 내에서 말이죠?"

"저는 그 사람에게 그렇게 큰 관심을 두진 않았습니다. 이 교수님께 고서며 서류 뭉치를 들고 와 얘기를 나누니까 곁눈질로 몇 번 보긴 했지만, 으레 그러려니 했지요. 전공이 서지학이니까 고문서를 두고 상의하는 건 당연하지 않습니까?"

"훗, 듣고 보니 그러네요. 헌데 마번지 씨는 모르고 계시겠만, 지금 중국대사관 쪽에서는 피살자의 시신과 소지품 일체를 빠른 시일 내에 돌려달라고 채근한데요. 범인을 잡든 말든 그건 대한민국 경찰의 소관이고 자신들은 시신과 유품의 회수가 우선이라는 식이죠. 이건 꽤 이례적인 반응이거든요. 자국민이 피살되었는데 범인에 대해서는 관심이 없고, 피살자의 신원을 확보하는 데에만 혈안이 되어 있다? 우리 정부가 그렇게 대응했다면 그럴 만하다 하겠지만, 중국 정부의 대응이라면 이례적이다 못해 아주 기이한 일이죠. 이 점은 어떻게 생각하세요?"

듯밖의 소식이었다. 사건이 신고된 것이 고작 여덟 시간 안쪽의 일이었다. 그런데 그새 중국 대사관이 사실을 알고 시신을 인도해 달라고 요청했다니, 죽은 사람의 동태를 주시하고 있지 않고서는 불가능한 일이었다.

"글쎄요. 재주는 곰이 넘고 돈은 되놈이 번다지 않습니까. 무슨 장삿속이 있겠죠 뭐. 궁금하면 곰을 취재해 보시던가. 흠."

보이지 않은 살인자의 조종으로 꼭두각시처럼 춤을 추는 곰 신세란 생각이 들어서 툭 내뱉은 말이었다. 내 말이 이상했는지 이소정 기자는 웃음을 터트렸다.

"훗. 곰을 취재? 좋아요. 기회가 오면 해보죠. 번지 씨, 취재에 친절하게 응해주셔서 고마워요. 제 명함이에요. 혹시 연락하실 일이 있으면 그리로 전화주세요. 괜찮으시면 번지 씨 연락처도 알고 싶은데……."

나는 망설이다 핸드폰 번호를 일러주었다. 번호를 적으면서 그녀는 의례적인 마무리를 했다.

"마번지씨, 다음에 또 봐요."

"예. 그러죠."

그녀가 차문을 여는 순간, 문득 위천익이 분신처럼 지니고 다녔던 소가죽 가방이 떠올랐다. 별일이 아니었지만, 이상하게 체증처럼 마음에 걸렸다. 누군가에게 털어놓아야 체증이 내려갈 것 같았다. 혼자 끙끙 앓으니 차라리 이소정 기자에게 털어버리기로 했다.

"저어, 이 기자님. 사실은 한 가지 이상한 점이 있습니다. 사소한 문제일지도 모르겠지만 의문이 떠나질 않아서요."

"이상한 점이요? 그게 뭔데요?"

기자란 하이에나를 닮았나 보다. 그녀는 내 말이 끝나기가 무섭게 차문을 닫고 나에게 안기기라도 할 것처럼 바짝 다가왔다. 싱그러운 풋사과 같은 체취가 날아왔다. 나도 모르게 몸을 뒤로 물렀다.

"위천익 선생은 항상 소가죽 가방을 들고 다녔습니다. 아주 빛바랜 고동색 가죽 가방인데, 사건 현장에서 그 소가죽 가방이 보이질 않더군요. 당황해서 잘 못 봤는지도 모르겠지만, 그 가방은 위천익 선생의 분신이나 마찬가지였거든요. 사건 해결에 단서가 될지 모르겠지만, 이 기자님이 한 번 확인해 보십시오. 어쩌면 숙소에 두고 왔는지도 모를 일이지만 말이죠."

"그 소가죽 가방이 사라졌단 말이죠?"

"예."

"흠. 알겠어요. 제가 알아보죠. 고마워요.."

그녀는 차 밖에 나가 메모한 수첩을 접어 가방에 넣고 작별인사로 손을 흔들었다. 그녀가 사뿐사뿐 걸어 시야에서 사라질 무렵 휴대폰 벨이 울렸다. 이준섭 교수였다.

13
담대멸명과 공자의 대화록

담대멸명은 먼저 공자부터 만나기로 결심했다. 그는, 호랑이를 잡으려면 호랑이 굴로 들어가라는 직설법적인 격언을 존중하는 사람이었다. 공문의 잔챙이들과 나누는 한담보다는 수장의 진술이 한층 값어치가 있을 터였다. 물론 공자의 입이 쉽게 열리지는 않겠지만, 누구보다 회한이 많은 사람이 공자였다. 가슴에 조금만 불을 질러 주면 어렵잖게 심중에 쌓인 말 보따리를 풀게 할 자신이 있었다.

담대멸명은 공자와의 격의 없는 대화를 나눌 시간을 고심하다가 점심 직후를 택했다. 그 무렵이 가장 방해할 사람이 적을 시간이었다.

공자는 간단한 점심을 마치고 거실에서 쉬고 있었다. 입으로 무언가를 읊조리는 것으로 보아 시詩에 심취해 있는 듯이 보였다. 이미 찾아뵙겠다는 기별을 넣었으므로 담대멸명은 바로 거실로 들어갔다. 그가 읍을 하자 공자도 따라 맞절을 했다. 담대멸명이 만류했지만, 공자는 듣지 않았다.

"계강자의 명령을 받고 온 사람이니 내가 어찌 하대를 하겠소. 본인이 직접 오지는 않았다 해도 직접 대면한 것처럼 맞이하는 것이 예입니다."

이런 공자의 경건하고 사려 깊은 자세는 당시의 경망한 풍조와 좋은 대조를 이루었다. 공자가 사람들에게 존경을 받을 수 있었던 까닭도 이런 태도에 연유하는 바 컸다. 담대멸명도 최대한 예를 차렸다.

"오랜 객지 생활로 고충이 많았다고 들었습니다. 돌아오셨다는 소식을 듣고도 진즉 찾아뵙지 못했으니 결례가 이만저만이 아닙니다. 죄송합니다. 스승님, 너그럽게 용서해 주시기 바랍니다."

그는 일부러 말끝에 '스승'이란 단어를 썼다. 당연히 갖추어야 할 도리이기도 했지만, 사무적인 냄새를 지우기 위해서이기도 했다. 딱딱한 대담 분위기에서는 공자도 속내를 쉽게 드러내지 않을 것이다.

"별 말씀을, 그대의 노고는 자유를 통해서도 많이 듣고 있었소. 청렴하고 강직한 자세는 공직자라면 누구나 반드시 갖추어야 할 덕목이지요. 그대가 이를 몸으로 실천하고 있다니, 너무나 고맙고 반가운 일이오. 계강자께서도 강건하시지요?"

공자도 담대멸명에게 완전히 말을 놓지 못했다. 그만큼 서먹서먹하고 어색한 마음의 앙금이 남아 있었다. 관료에 대한 공자의 태도는 늘 이중적이었다. 공경이 아니면 멸시였다. 명을 받아 백성을 대신해 일하는 자이니 공경했지만, 백성 위에 군림해서 세상을 어지럽히는 자로서 또한 멸시했다. 옛날 대사구까지 지냈던 공자였지만, 오랜 공직 경험이 그에게는 없었다. 항상 벼슬아치가 되어 대업을 이루고 싶다는 그의 소망은 한 번도 뜻대로 이루어지지 않았다. 오매불망 희망했지만, 이루지 못한 자리는 그를 늘 양면적인 시선으로 공경대부를 바라보게 만들었다.

"예. 늘 스승님의 건강을 염려하고 계십니다. 제게 대신 안부 전하라고 하셨습니다."

담대멸명은 잠시 뜸을 들인 뒤 입을 열었다.

"외람되오나 제게도 편하게 대해 주셨으면 좋겠습니다. 제가 비록 문하에서 해타咳唾를 받은 적은 없사오나 늘 마음으로 배우는 자세를 잊은 적이 없습니다. 또한 자유 어른의 스승이시니, 존대는 저를 멀리 두겠다는 말씀에 다름없어 민망하기 그지없습니다."

"헛헛."

담대멸명의 말에 공자는 너털웃음을 터뜨렸다. 유쾌하게 받아들이겠다는 뜻인지 어이가 없다는 뜻인지 분간은 되지 않았지만, 담대멸명은 좋은 쪽으로 해석하기로 했다.

"오늘 제가 스승님을 뵈러 온 것은 세간에 빈발하고 있는 불미한 사건의 진상을 조사하라는 계강자님의 지시 때문입니다. 아시다시피 계강자님은 필요 이상으로 많은 오해와 견제를 받고 계십니다. 이러쿵저러쿵 떠도는 소문은 스승님께서도 들으셨을 줄로 압니다. 무엄한 무리들이 계강자님의 개혁 정책에 노골적으로 불만을 터뜨리면서 권좌에서 몰아내려는 음모를 꾸미고 있는 거지요. 이는 결코 관용으로 이해하고 넘어갈 일이 아닙니다. 철저하게 뿌리를 뽑아 다시는 불충한 무리들이 발을 붙이지 못하도록 해야 한다는 것이 계강자님의 뜻입니다."

담대멸명의 목소리는 부드러웠지만 의지는 강력했다. 공자의 얼굴이 차츰 굳어져 갔다. 겉으로는 우려를 담은 말이었지만 자신을 향한 권력의 경고이기도 했다. 웃음기가 가신 공자의 입가에는 곤혹스런 떨림이 대신 자리했다. 하지만 공자 역시 쉽게 흔들리지 않았다. 어느새 말투가 하대로 바뀌었다.

"나도 그런 소문은 들었네. 계강자님의 인품이야 나도 잘 알고 있지. 그런 분을 모함하고 해치려 든다는 것은 참으로 이 나라의 장래를 위해 불행한 일이 아닐 수 없네."

이내 두 사람의 시선이 얽히더니 주변 공기가 팽팽해졌다. 담대멸명은 자신을 압박해 오는 무언의 기운을 받아내며 담담하게 말을 이어나갔다.

"그렇지요. 개혁의 와중에는 항상 물을 더럽히려는 반역의 무리가 있는 법이지요. 계강자께서는 차제에 이들이 다시는 발호하지 못하도록 엄중한 조치를 취하라고 명을 내리셨습니다. 오늘의 방문도 그런 취지 아래 이루어진 것입니다."

모든 권력은 충돌하기 마련이다. 그 권력이 무력이든 학문이든 선과 악이든. 권력의 유일무이 속성 때문이다. 담대멸명은 그 사실을 누구보다 잘 알고 있다.

"어험. 내가 마치 그런 불령한 무리들과 모종의 연이 닿아 있다는 말처럼 들리는군. 한때 나도 과격한 인물로 지목을 받기도 했고, 그런 언행이 없었던 것도 아니지. 하지만 지금은 한낱 늙은 학자에 불과할 뿐이네. 능력있는 후학을 길러 계강자님의 개혁에 미력이나마 도움을 주겠다는 생각뿐이라네. 이는 계강자께서도 익히 알고 계시는 일이고, 이를 진작시키고자 새롭게 학당까지 건립해 주신 것으로 알고 있는데?"

어투는 부드러웠지만 공자는 말 속에 날카로운 송곳을 감추고 있었다.

소나기가 오면 일단 피하는 게 도리다. 담대멸명이 예禮의 처마 밑으로 조금 물러났다.

"스승님을 의심하다니요! 만부당한 말씀이옵니다. 계강자님은 꿈에서도 그런 생각을 해본 적이 없습니다. 혹여 제 말이 그렇게 들렸다면 거듭 사죄드리겠습니다. 다만 자로 어르신이 공문 주변에서 일어나고 있는 수상한 낌새를 알려왔기에 계강자께서 그 전모를 살펴보라는 지시를 내리셨을 뿐입니다. 하여 제가 여러 모로 살핀 결과, 이 사건은 단순한 공문만을 둘러싼 음모가 아니라는 판단을 내렸습니다. 아주 오래되고 뿌리 깊은 배경이 있을 가능성이 많고, 그들의 움직임이 공문을 넘어서서 계강자 님이게까지 뻗치고 있다는 혐의가 있기에 실마리를 잡고자 찾아 뵌 것입니다. 그러니 불쾌하게 여기지 마시고, 기탄없이 말씀해 주시면 고맙겠습니다."

담대멸명이 꼬리를 내리자 공자의 표정도 부드럽게 변했다.

"허허. 그런가? 나도 이제 늙은이라 노파심이 많아졌나 보네 그려. 계강자께서는 우리 노나라의 등불일세. 그 분에게 위해를 가하려는 무리가 있다면 나부터 나서서 척결할 것이야."

"감사하옵고, 송구스럽습니다. 그럼 지금부터 차근차근 제 궁금증을 여쭙겠습니다."

담대멸명은 품에서 둘둘 말린 비단 폭을 꺼냈다. 거기에는 그가 질문하려는 요점이 적혀 있었다. 담대멸명은 자세를 바로하고 조용히 입을 열었다.

"첫 번째 질문입니다. 스승님께서는 전에 염옹을 두고 군주가 되어도 좋을 사람이란 평가를 하신 적이 있다 들었습니다. 사실이온지요?"

공자의 눈꼬리가 조금 위로 치켜 올라갔다. 그러나 담대멸명의 눈동자 속에서 아무 적의도 발견하지 못하자 접혀진 눈꼬리는 사라졌다.

"그런 말을 한 적이 있다네."

"제가 알기로 염옹은 출신에 문제가 있다고 들었습니다. 스승님께서도 그를 두고 이렇게 말씀하셨다고 들었는데요. '얼룩소의 새끼가 털 색깔이 붉고 또 뿔이 제대로 났다면 비록 제사에 쓰지 않으려 해도 산천의 신령이 그를 그냥 두겠느냐?' 부모에게 다소 문제가 있다 해도 사람만 건실하고 바르다면 인재를 버려두지 않을 거란 취지였다고 생각됩니다만."

"제대로 보았네. 내가 남면南面할만한 사람이라고 해서 오해를 샀던 모양인데, 내 의도는 그런 뜻이 아니었네. 혹시 그 말이 계강자님의 의혹을 불러일으킨 것인가?"

담대멸명은 공자를 벼랑 끝으로 몰아가기로 결심했다. 목적을 달성할 때까지 물러설 수는 없었다. 난세에 권력의 칼날은 성인과 범인을 구별하지 않는 법이다.

"솔직하게 말씀드리면 그렇습니다. 스승님께서 좀더 분명하게 해명해 주셔야 할 사안이라 여겨집니다. 더구나 공식적으로 한 발언이 아닙니까? 충분히 풍파를 일으킬 발언이었습니다."

그러나 칼날은 보이는 사람의 몸은 벨 수 있어도 보이지 않는 마음은 벨 수 없었다. 바람처럼 공자의 말이 담대멸명의 귀를 스치며 어디론가 불어갔다.

"해명이랄 게 뭐 있겠나. 지금 천하의 상황이 어떤지는 그대도 익히 알 것일세. 주 왕조가 낙양으로 천도한 이래 천하는 오랜 세월 혼란과 분쟁의 소용돌이 속에서 벗어나지 못하고 있네. 누구에게나 평등하게 적용되어야 할 예법은 사라졌고, 오로지 권모술수와 패권만이 진리를 대신해 왔지. 그것은 무엇보다 권문세족들이 권력을 독점하면서 위로는 군왕을 업신여기고 아래로는 백성들을 착취하는 패악에서 비롯된 것일세. 군왕은 세습되는 것이니, 항상 어진 군주만 나올 수는 없을 것이야. 참으로 불운하게도 힘없는 백성들은 운명을 하늘의 섭리에 맡겨야 하는 일이네. 그러나 권문세족들은 다르지. 그들이 정당하게 차지한 권력이라면 모두가 복종하겠지. 그러나 부당하게 잡은 권력이라면 그 자체가 벌써 백성들에게는 억압과 질곡이 되는 법이이라네. 백성을 고통스럽게 하는 권력은 결코 하늘의 지지를 받지 못하네. 그런 권력은 당연히 타파해야 할 대상이지. 나는 그 타파의 주체에 대해 말해보고 싶었네. 미구에 등장해야 할 새로운 인간의 모습을 염옹을 통해 구현하고 싶었던 것이지 다른 뜻은 전혀 없었네. 허허허."

담대멸명은 좀더 폭풍 속으로 돌진했다. 그것이 그의 운명이기도 했다.

'그렇다면 스승님께서는 자신이 정당하다면 현실의 모순에 대해 완강하게 비판하고 공격하는 사람이 절실하게 필요하다는 말씀입니까?'

'반드시 그런 것만은 아니네. 나도 한 때는 재상의 지위에 올라 세상의 불합리한 제도와 실상을 바로잡아 본 경험이 있네. 그러나 세상은 순진한 마음으로만 감당하기에는 너무 비대하고, 호락호락하지 않다는 것을 오랜 망명 생활을 겪고서야 깨달았네. 정면 돌파가 어렵다면 우회하는 타협도 한 방법이 된다는 뜻일세. 나는 도전과 타협을 원만하게 이룰 줄 아는 사람을 원하네. 근자의 내 처신을 보았다면, 이를 이해할 걸세. 생각해 보게. 많은 재물과 높은 벼슬은 누구나 원하네. 그러나 그것이 정당한 방법으로 얻은 것이 아니라면 받아들이지 말아야 하네. 또 가난과 천한 일은 누구나 싫어하지. 그러나 그것이 비록 억울하게 얻게 된 것이라 하더라도 버리려고 하지는 말아야 하네. 남의 행위를 근거로 나를 합리화하면 얻는 것은 자멸뿐일세. 군자가 어짊을 버리고서야 어찌 군자란 이름을 얻을 수 있겠는가? 군자는 밥을 먹는 짧은 순간에도 어짊에서 멀어져서는 안 되고, 잠깐 사이라도 반드시 어짊에 마음을 두어야 하네. 또 자빠지고 엎어지는 짧고 위급한 순간일지라도 반드시 어짊에 마음을 두어야 한다네. 나는 그런 군자의 모습을 염옹에게서 발견했던 것뿐일세."

이쯤에서 칼을 집어넣는 게 지혜로울 듯했다. 어쨌거나 공자는 피의자가 아니라 피해자이지 않은가. 그는 자신이 가져온 질문의 수위를 조금 조정하기로 마음먹었다.

"스승님의 좋은 말씀 감사하며, 마음에 깊이 새기겠습니다. 한 가지 더 여쭙겠습니다. 세상에서는 스승님의 출신에 대해 많은 의구심을 가지고 있습니다. 염옹을 하자가 있는 사람으로 언급하시면서도 능력만 있다면 군주가 되어도 무방하다고 하셨는데, 스승님께서는 자신을 하자가 있는 사람으로 생각하시는지요?"

"젊었을 때 나도 신분이 낮은 탓에 미천한 일도 많이 했었네. 내 선친께서는 노나라의 장수로서 많은 공을 세우셨지만, 말년운이 좋지 않으셔서 돌아가신 뒤에는 무덤을 어디에 썼는지도 모를 정도였네. 너무 어릴 때 세상을 떠나셔서 챙기지 못한 탓도 있지만, 그만큼 빈한한 가정이었지. 젊어 과부가 된 홀어머니와 다리가 성치 못한 배다른 형을 부양해야 했으니, 공부고 뭐고 내게는 사치였을 뿐이네. 항간에는 내 어머니를 두고 무녀巫女였니 뭐니 하면서 헐뜯는 자들이 있다고 들었네. 이미 오래 전에 돌아가신 분을 두고 망언을 하는 것은 예가 아니라네. 하늘에 죄를 지으면 빌 곳이 없는 법이지."

마음을 다스리는 종심의 경지에 올랐어도 인간은 인간이었다. 출신성분 문제로 화살이 날아가자 공자의 얼굴에도 자못 붉은 기운이 감돌았다. 공자는 너그러운 사람이었지만, 거칠고 직선적인 기질을 숨기지 못할 때도 있었다.

"스승님, 저 역시 그렇게 생각합니다. 과거나 들추어 내면서 사람을 공박한다면 온전히 견딜 사람이 몇이나 되겠습니까? 또 과거의 허물만 가지고 획을 그어버린다면, 이는 그 사람의 미래를 빼앗는 짓이나 다름없지요. 스승님께서는 지난 십수 년 동안 외국을 떠돌면서 힘든 망명 생활을 하셨습니다. 그 때 당한 고통을 어떻게 말로 다 옮길 수 있겠습니까? 죽을 고비를 넘기신 것이 여러 번이고, 때로 굶주림에 시달리며 탈진한 때도 적지 않았다고 들었습니다. 저도 멀리서 스승님의 그런 소식을 듣고 통분한 마음을 누르지 못했습니다. 그런 신산의 세월을 이겨내고 안정된 생활을 되찾으셨으니 참으로 다행이라 하겠습니다. 더구나 도盜라 불리는 불평분자들의 손에 온갖 곤욕을 치르셨으니, 가슴에 응어리진 통한이 오죽 하셨겠습니까? 다시 기억하고 싶지드 않으시겠지만, 그 때의 심경에 대해 한 말씀해 주시면 고맙겠습니다."

공자는 고개를 끄덕이며 눈을 감고 회상에 잠겼다. 공자도 이젠 어쩔 수 없는 노인이었다. 가슴 속에는 과거의 열정과 뜨거운 염원이 조금도 식지 않았지만, 어쩔 수 없이 자신의 늙음을 자인해야 했다. 공자는 끔찍한 고통 속에서도 자신이 존재하는 이유를 잊지 않는 굳은 의지와, 눈물을 웃음으로 바꾸는 낙천적인 성격을 가지고 있었다. 그런 신념과 낙천성이 아직까지 그를 죽지 않고 살게 만든 원동력일지도 모른다고 담대멸명은 생각했다. 그런 점이 여느 사람들이 공자를 따를 수 없는 장점이었다.

자신의 삶을 회고하는 공자의 술회가 길게 이어졌다. 담대멸명은 조용히 경청했다.

"크게 본다면 나도 한 때 도盜의 무리였다고 말할 수도 있을 것일세. 자기 나라에서 뜻을 얻지 못하고 천하 열국을 배회하는 무리는 두 부류로 나눠지지. 하나는 다른 제후국에서 재기를 모색하면서 권력의 세계로 복귀하려고 꿈꾸는 사람들일세. 이들은 늘 처신과 언행을 조심하는 한편 자신의 의지를 굳건히 다지면서 분명한 입장을 제시하지만 난폭하거나 거칠지는 않네. 그런데 또 한 부류는 아예 본색을 드러낸 축일세. 그들은 체제를 완전히 부정하고, 자기 나름의 제국을 만들어 천하를 횡행하려는 무리들이지. 이런 무리들은 위로 아래로 정도를 조절할 줄 아는 지혜가 없네. 온갖 악행과 우행을 저지르면서도 자신만이 절대적으로 선인인 것처럼 행세하며 호언장담과 비방을 일삼지. 그 대표적인 예가 도척의 무리 아니겠는가. 내가 어느 쪽에 속했는지는 후세에 맡기겠네.

돌이켜보면 그렇게 긴 망명 생활을 했던 것도 원인이 모두 내게 있었네. 군자란 허물이 있으면 이를 고치기를 주저하지 말라고 했네. 좀더 찬찬히 계획을 살펴보고 준비에 차질이 없도록 해야 했는데, 일시적인 성공에 들떠 이를 간과했었네. 그 때문에 아까운 인재들이 귀중한 젊은 시간을 늙은 나를 지키느라고 낭비했으니, 참으로 통탄할 일일세.

14년의 세월 동안 많은 사람들을 만나고 위기를 극복하면서 느꼈던 바가 많았네. 특히 남쪽지방 초楚나라에 갔을 때의 일은 지금도 기억에 생생하네. 그 쪽은 중원 땅과는 기후나 풍습이 완연히 달라서 아주 독특한 생각을 가진 사람들이 많았네. 그들에게서 나는 여러 가지 시사와 교훈을 얻었네. 내 인생의 마지막 길을 어떻게 가야 할 것인가에 대해 많은 깨달음도 얻었고."

공자는 담대멸명의 질문을 피해 나갔다. 담대멸명은 좀더 분명한 대답을 들으려면 구체적인 질문을 던져야겠다고 결심했다.

"스승님께서는 망명을 떠나시기 전에 짧은 기간이긴 했습니다만, 저희 노나라에서 고위 관직을 지내셨습니다. 섭정을 대신하는 대사구라면 누구도 무시할 수 없는 요직이었지요. 스승님께서는 그 때 몇 가지 개혁 정책을 펼쳐 더러 호응을 얻기도 했지만, 결국 일이 여의치 못해 망명을 떠나는 일까지 빚어지고 말았습니다. 그 때 상황에 대해 한 말씀 해 주시지요."

담대멸명은 공자가 노나라의 대사구란 핵심 권력을 장악했을 때 무슨 일이 일어났는지 알아야 했다. 이번 음모의 뿌리가 그

때부터 시작되었다는 것이 그의 추측이었다.

그러나 공자는 교묘하게 핵심을 비껴갔다.

"흠! 그것이 지금 벌어지고 있는 사단과 무슨 관련이 있는지 모르겠군. 당시 문서를 들춰보면 다 알 수 있는 내용이 아니던가? 나는 공직에 있으면서 내가 해야 한다고 생각한 일들을 실행했을 뿐이네. 양심에 저촉되는 일은 없었네. 만약 다시 그런 기회가 온다고 해도 나는 똑같이 행동할 것일세. 그 때 함께 일했던 사람들이 더러 생존해 있으니, 그들의 증언을 듣는 편이 낫지 않을까 싶군."

언급하기를 꺼려하는 부분을 가지고 물고 늘어져 봤자 도움될 것이 없었다. 공자의 말대로 당시 문서나 다른 사람의 증언을 통해 알 수 있는 일이었다.

"알겠습니다. 스승님, 지금 공문의 가장 큰 후원자는 주군이라고 할 수 있습니다. 아직 젊으신 분이라 패기도 넘치시지만, 나이답지 않게 사려도 깊으시고 시비를 가려 볼 줄 아는 안목도 지니신 분이지요. 저희 노나라의 미래를 위해 다행한 일이지요. 스승님께서도 아시다시피 주군께서는 무엇보다 교육의 중요성을 역설하고 계십니다. 인재가 없는 국가는 곡식이 빈 창고와 같다고 하셨습니다. 아무리 크고 화려해도 실속이 없을 뿐더러 흉년이 들면 모두 굶주려 죽고 말지요. 물론 스승님을 존경하는 마음이 앞서겠지만, 이런 취지에서도 공문을 적극 후원하시는 것으로 알고 있습니다."

"내가 남을 칭찬하는 일에 서투르니 이 점을 잘 헤아려 들어 주시게. 늙고 병들어 언제 죽을지도 모르는 풍찬노숙의 망명 생활을 마감시켜 주신 분이 자네 주군이신 계강자일세. 늙은이라고 해서 어찌 은혜를 모르고 감사하는 마음이 없겠는가. 그가 품은 큰 뜻에 도움이 되겠다는 것이 내 생각일세. 내 문하의 학도

들이 그만한 기량이 있는지는 장담하지 못하겠지만, 그 분의 정치적 자문에 언제나 성심을 다해 답변했네. 그러나 인생은 결국 먼지로 돌아가는 것일세. 갈 길은 먼데 벌써 해는 뉘엿뉘엿 지려고 하네. 먼지 속에서 그림자를 거두고 내일 떠오를 태양을 맞이할 든든한 준비를 하는 것, 이것이 내게 남은 마지막 소망일세."

큰 물고기가 깊은 바다로 들어가려 한다. 담대멸명은 그 고기가 잠수하기 전에 마지막 파란을 던진다.

"스승님의 눈은 저와 같은 소인배의 얄팍한 경계를 넘어서 있어 고개가 절로 조아려 집니다. 세월은 정말 무상합니다. 계손씨의 권력이 노나라를 지배한 지도 200여 년, 참으로 오랜 기간이지요. 계우季友로부터 무려 7대에 걸쳐 이어지면서 계환자 정권 때 스승님과는 적대적인 관계에 놓인 적도 있었습니다만, 계손씨 집안이 권문세족인 것만은 분명합니다. 하지만 물이 오래 고여 있으면 썩듯이, 장기 권력은 으레 공과가 있기 마련이지요. 스승님께서는 계손씨 정권에 대해 어떻게 생각하시는지요?"

일생에서 가장 평온한 시기를 맞고 있는 공자가 그 기회를 제공한 계손씨에 대해 비방하는 말은 못할 것이었다. 말은 마음의 뜻을 담는 그릇으로, 알게 모르게 속내가 드러나기 마련이다. 비록 형식적일지라도 현 권력에 대한 공자의 승복은 받아둘 필요가 있었다. 그러나 공자의 대답은 의외였다.

"음. 계손씨 정권의 실체는 군주를 핍박하고 왕권을 억압하는 하극상 그 자체라고 할 수 있지. 지금 비록 계강자께서 유화 정책을 펼쳐 왕실에 우호적이긴 하지만 권력은 군주에게 돌아가야 한다는 내 믿음에는 변함이 없네. 과연 노나라 왕실이 권력을 돌려받았을 때 이를 효과적으로 운영할 수 있는지는 의문이 있겠지. 하지만 아무리 능력으로 판가름하는 세상이라 하더라도 군왕은 군왕으로서, 신하는 신하로서, 아비는 아비로서, 자식은 자식으로서의 본분에 충실해야 하네. 이것이 정명正名이고, 모든 것의 근원일세. 나도 옛날 그 일을 이루기 위해 자로를 움직이기도 했지만, 근본이 바로서지 않고서야 어떻게 가지와 이파리들이 잘 자라겠는가? 그렇지 않은가?"

공자의 역습에 담대멸명은 휘청거렸다. 공자의 말은 논리정연했다. 이 논리에 동의하면 담대멸명 자신이 모순에 빠질 수밖에 없다. 어눌한 것 같아도 공자 역시 논쟁의 대가란 사실을 담대멸명은 인정해야 했다. 이 자리에서 나눈 대화의 전모가 하나도 빠지지 않고 계강자의 귀에까지는 들어가지 않으리라는 것을 공자는 이미 알고 있었다.

"어려운 물음을 제게로 돌리시는군요. 정치권에서 원칙과 현실의 괴리는 저도 뼈저리게 느끼고 있습니다. 분명한 것은 저나 스승님이나 계손씨의 녹을 먹고 있다는 사실 아니겠습니까? 눈은 하늘을 보고 있지만, 다리는 땅에 두고 있어야 하는 것과 같은 이치지요."

곤혹스러워 하는 담대멸명의 모습을 보면서 공자는 보일 듯 말 듯 웃음을 흘렸다. 담대멸명은 멀찍이 물러났다.

"제가 말을 너무 에둘러 한 것 같습니다. 오늘 스승님을 뵈러 온 목적에 대해 여쭙겠습니다. 근자에 정체를 알 수 없는 무리로부터 의심스러운 글이 적힌 죽간이 학당에 날아든다는 사실을 자로 어르신께 들었습니다. 스승님께서도 알고 계신지요?"

공자의 얼굴에서 미소가 가시고 어두운 그림자가 드리워졌다. 자로가 어디까지 사실을 전했는지 알 순 없지만, 사건의 전모를 공자도 알고 있다고 담대멸명은 짐작했다.

"참으로 민망한 일일세. 모두 내가 덕이 없는 탓이야. 아무래도 내게 깊은 원한을 가진 누군가가 나를 음해하려는 간계를 꾸미고 있는 것이 분명하네. 자신의 정체는 숨긴 채 못 된 짓을 저지르니 어떻게 대처해야 할지 솔직히 갈피가 잡히지 않네. 내게 허물이 있다면 나를 상대하면 될 것을 애꿎은 사람들에게까지 올가미를 씌워 괴롭히니, 악하기 그지없는 자들일세."

"스승님께서도 짐작하시겠지만, 이런 발칙한 모해를 행하고 있는 자들은 개인이 아니고 집단인 듯합니다. 조직적으로 움직이지 않고는 불가능한 일들이기 때문이지요. 또 그 뿌리가 옅은 것 같지도 않습니다. 이미 망명 시절부터 저들의 음모가 자행되었다고 들었습니다. 몇 차례 미수에 그쳤던 암살 음모도 저들의 소행일 것입니다. 때문에 저는 이번 일은 단순한 원한보다는 이념상의 분쟁이라고 판단합니다. 누군가 공문을 와해시키려 하고 있고, 그 목표의 정점은 계손씨 정권까지 닿아 있다는 것이지요. 그렇기 때문에 스승님의 안위가 중요합니다. 저들이나 저희들에게나 마찬가지겠지요. 저들은 결단코 스승님을 해치려 들 것이고, 저희들은 악착같이 보호해야 합니다. 스승님은 고개 마루에 서 있는 둥근 바위와 같습니다. 어느 쪽 받침대가 빠지느냐에 따라 바위는 다른 방향으로 굴러갈 것이고, 그 아래 마을은 큰 재앙을 당하겠지요. 혹시 누구의 소행인지 짐작이라도 가는 데가 있으신지요?"

"나도 이 일이 단순히 나만 노리고 자행된 것은 아니라고 생각하네. 나를 해치려고 했던 자들 가운데 환퇴처럼 정체가 드러난 사람도 있지만, 그 역시 하수인에 불과하지. 그 뒤에서 그를 사주했던 집단이 반드시 있을 것이야. 그러나 안타깝게도 우리는 그들이 누군지 전혀 알지 못하고 있네. 증거라고는 죽간 쪽과 비명에 죽은 시신밖에는 없으니, 그자들을 만나 무슨 원한이 그리도 깊은지 속 시원하게 까닭이라도 들었으면 좋겠네. 허허!"

자탄이었다. 담대멸명 역시 민망했다. 조만간 저들의 정체도 드러날 것으로 예측은 되지만, 솔직히 자신할 수는 없었다. 공자를 시해하려는 집단은 생각하는 것보다 훨씬 강고하고 교묘하게 위장되어 있을 수도 있었다. 지금까지 그들이 한 행동 속에는 종교적인 열정 같은 것이 엿보였다. 담대멸명은 그런 열정을 공자와 그 제자들 사이에서도 감지했다. 두 열정끼리 부딪치면 파괴력은 상상할 수 없을 정도로 크고, 그 후유증은 오래 갈 것이다. 그것을 막는 것이 담대멸명의 임무였다.

"저희들이 본분을 다하지 못해 스승님께 큰 심려를 끼쳐 드리고 있으니, 지금 칼을 품고 죽어도 부족한 노릇입니다. 공식적으로 조정에서 거론할 수 없는 일입니다만, 저희들도 백방으로 범인을 색출해서 일망타진하고자 최선을 다하고 있습니다. 머지않아 공문에 드리운 먹구름은 걷히리라 믿습니다. 그러니 스승님께서도 각별히 안위를 조심하시기 바랍니다. 제 부하들이 항상 공문 주변을 지키고는 있습니다만, 적들도 용의주도한 것이 호표虎豹를 능가합니다. 그들의 음모가 어디까지 닿아 있는지 파악할 수 없는 상황에서 조심하는 것만이 최선의 방책일 것으로 사료됩니다."

"고맙네. 역시 소문대로군. 조만간 공문의 벗들이 모여 천렵을 벌이며 술자리를 마련하려고 하네. 자네도 잊지 말고 와서 즐거운 시간을 가졌으면 좋겠네."

공자가 호의를 보이자 담대멸명은 감사를 표했다.

'불러만 주시면 언제든 달려오겠습니다. 마지막으로 한 가지만 켜 여쭙고 물러갈까 하옵니다만."

'꺼릴 게 뭐 있나. 허심탄회하게 물어보시게나."

'외람된 말이오나, 스승님 춘추 이제 고희를 앞두고 있습니다. 사람의 목숨은 하늘에 달려 있는 것이니 함부로 논할 것은 못됩니다만, 스승님 만세 후에 누가 학통을 계승할 것인가가 세인의 큰 관심사입니다. 공문의 제자들은 하나같이 우뚝하여 기량을 가늠하기 어려우니, 누가 함부로 스승님 후계에 대해 감히 언급할 수 있겠습니까? 스승님께서는 공문의 후계 문제를 어떻게 생각하고 계시온지요?"

공자와 그 제자들은 학문과 인격을 도야하는 공문이라는 집단으로 결속해 이미 큰 세력을 형성하고 있었다. 공자 유고시 그 세력을 누가 맡을 것인가는 권력 측에게 예민한 문제였다. 담대멸명은 떠나기 전 그 점을 확인하고 싶었다.

"허허. 그 질문은 내가 답변할 성질이 아니라고 여겨지네. 다만 내가 할 수 있는 말이라면 후생가외後生可畏라 했네. 앞으로 누가 우리보다 나을지 그것을 어떻게 알겠는가? 스스로 일가를 이룬다면 그가 곧 나를 계승한 사람이라고 하겠지. 나는 내 제자 모두가 일가를 이루기를 진심으로 바라네."

"알겠습니다. 지금까지 답변에 주셔서 감사합니다. 혹여 제가 질문 중 스승님께 결례를 범했다면 너그럽게 용서해 주십시오. 소인 이만 물러가겠습니다."

"살펴 가시게나."

이렇게 해서 공자와의 문답은 끝이 났다. 공자는 하얀 학창의 옷깃을 바람에 휘날리면서 그를 문 앞까지 마중 나왔다. 담대멸명은 노구에도 불구하고 눈빛이 형형한 공자의 모습에서 오동나무 숲에 깃든 봉황새와 같은 웅장한 위압감을 느꼈다.

담대멸명은 새로 지어진 학당 뒤로 난 작은 문으로 학당을 빠져나왔다. 조금 더 걸어가자 강이 나왔고, 그 사이는 오솔길이었다. 낙엽이 지기 시작한 숲은 생각보다 시야가 트여 있었다. 그는 계절이 가을인 것이 다행이라고 생각했다. 아무리 날렵한 암행자라 해도 이 숲을 통해 학당으로 잠입하기는 힘들 것 같았다.

공자의 뒤를 이을 사람. 공문의 후계자.

누구도 함부로 거론하지 않지만, 많은 변수들이 이 문제를 중심으로 발생할 수 있었다. 미지의 세력은 공자뿐만 아니라 후계자에게도 칼을 들이밀 것이 분명했다. 그가 누군지 알 수 없지만 그도 보호해야 했다.

'누굴 후계자로 점찍어 놓았는지 공자 자신만 알고 있겠지. 그러나 그는 죽을 때까지 발설하지는 않을 것이다. 후계자가 궁금하기는 불온한 세력도 마찬가지일 터. 어쩌면 저들은 후계자의 물망에 오르는 사람들까지도 제거하려 할 것이다. 이제 그들을 만나야 한다.'

깊이를 알 수 없는 강물만큼이나 담대멸명의 상념도 깊어져 갔다.

14
드러나는 위천익의 정체

중국대사관 공보관에서 나왔다는 일군의 요원들은 간단한 신분 확인 절차를 거친 뒤 위천익의 시신을 거둬가 버렸다. 항의고 저지고 해볼 겨를도 없이 묵인된 사실처럼 일은 일사천리로 진행되었다. 미망인이라고 신분을 밝힌 여자는 시종 눈물을 줄줄 흘리며 통곡했지만 입관이나 운구 과정은 뒷전에 서서 지켜보았다. 심사가 잔뜩 뒤틀린 최 반장은 그럴 필요가 없었음에도 그들과 끝까지 동행했다. 중국인 요원들은 입에서 술 냄새를 풀풀 풍기는 그를 성가신 벌레 보듯 흘겨보았다.

어쨌거나 소지품 하나까지 남김없이 챙겨 가겠다는 그들의 요구 속에는 석연찮은 구석이 많았다. 외국인이 피살된 사건을 몇 번 다뤄본 적이 있는 최 반장이었지만, 이런 희한한 경우는 처음이었다. 대개 대사관측은 강경하게 성의 있는 수사를 요구했고, 범인을 체포할 때까지 항의와 채근이 그치지 않았다. 심할 경우 한국 경찰의 치안이 부실했음을 이유로 금전적인 보상까지 요구하기도 했다. 그런데 아무 것도 필요 없다니, 서둘러 일을 덮어 버리려는 그들의 성급한 태도에는 발원지를 알 수 없는 구린내가 진동했다. 저들이 대처한 속도는 눈부시게 재빠르긴 했지만, 시신과 유품을 살펴볼 시간이 아주 부족하지는 않았다.

최 반장은 위천익의 유품 일체에 대한 목록을 정확하게 작성하도록 지시했다. 책이라면 제목과 저자, 판권 관련 사항을 모두 기재하도록 했고, 문서라면 손으로 쓴 것이든 복사한 것이든, 한 건도 남기지 말고 재복사해 두라고 엄명을 내렸다. 기타 자잘한 소지품들도 먼지 하나 놓치지 말고 촬영해 두라는 지시도 잊지 않았다. 검식과에서는 투덜거렸지만 최 반장의 성질을 잘 아는 터라 아무도 대놓고 항의하지는 못했다. 시간이 없다는 사실을 거듭 강조하면서 부하들을 닦달했다.

밤늦게 조동찬 형사로부터 전화가 왔다.

'컴퓨터는 어떻게 하죠?'

'무슨 소리야, 컴퓨터라니?'

'여기 위천익이 쓰던 컴퓨터가 한 대 있는데요. 사진만 찍어둘까요, 아니면 내용물까지 조사해볼까요?'

최 반장은 내용물은 하나도 빠뜨리지 말고 몽땅 가져오라고 했다. 잠시 후 조 형사한테 다시 전화가 왔다.

'암호를 걸어놨습니다. 열리지 않는데요.'

'뭐야? 그럼, 도끼로 부셔서라도 열어!'

최 반장의 불호령에 조 형사는 해킹 혐의로 붙잡힌 녀석을 협박해 거의 완벽에 가까울 정도로 위천익의 컴퓨터 내용물을 입수해 가져왔다. 최 반장은 조 형사를 대동하고 서장실로 갔다. 최 반장의 보고를 듣는 둥 마는 둥 하던 서장은 서류 하나를 집어 최 반장 눈앞에 흔들며 목소리를 높였다.

'최 반장, 도대체 이 지출 결의서는 뭐야?'

'위천익 수사비라니까요!'

'홧김에 서방질한다더니, 나랏돈을 이런 데 축내도 되는 거야! 되놈 하나 죽은 거 대충 미제 사건으로 처리하면 될 것을 이렇게까지 돈을 펑펑 쓰면서 뭘 얻겠다는 거야? 범인 잡으라고 누가 독촉하는 것도 아닌데."

"서장님, 사건 수사는 제 관할입니다. 시신만 돌려주면 수사는 제 마음대로 하라고 하시지 않았습니까? 맘에 들지 않으면 부서장을 바꾸시던가. 그리고 서장님이 강조하는 과학수사는 맨입으로 합니까. 과학은 침대가 아니라 돈이라니까요. 들고나가 확 찢어버리기 전에 얼른 사인해 주세요."

"쯧. 성질머리하곤……."

최 반장의 평소 오기와 더러운 성질머리를 잘 알고 있던 서장은 수사비 지출서에 서명했다. 뒷따르던 조 형사가 불안한 표정으로 최 반장에게 말했다.

"반장님, 너무 오버하시는 거 아닙니까? 안 그래도 배당된 사건이 많은데, 토끼 한 마리 잡겠다고 사단 병력을 동원할 필요까지는……."

조 형사는 말을 다 마치지 못했다. 반장이 뒷짐을 지고 흐뭇하게 숙소를 둘러보면서 말을 끊었기 때문이다.

"이것 봐. 경찰 밥 오래 먹다 보면 감이란 게 생겨. 물 흐르듯이 수사가 진행되지 않는다면 이건 뒤에 뭔가가 막고 있다는 거야. 아니면 더럽게 구린 게 있던가. 생각해 봐. 중국대사관 자식들 수사엔 아무 관심도 없었어. 오직 위천익 시신과 유품을 남김없이 쓸어 가는 일에만 혈안이잖아. 적당히 하구 관 뚜껑 닫아달라는 말인데……. 이런 개자식들, 한국 경찰을 도대체 뭐로 아는 거야, 쌍!"

최 반장은 자존심에 상처를 입고 있었다. 죽은 위천익이 사용한 실행 프로그램의 대부분은 중국제였다. 파일로 올라가 있는 자료 역시 백화로 쓰여 있었다. 최 반장은 또 한번 억지를 써서 경찰국 통역반 소속 중국어 통역사들을 대거 차출해서 자료를 모두 정리하도록 했다.

난리를 친 효과는 며칠 뒤에 나타났다. 점심을 끝내고 담배를 막 입에 무는데, 조동찬 형사가 헐레벌떡 그의 방으로 달려왔다. 6월로 접어든 계절은 제법 여름 티를 내고 있었다.

"반장님, 위천익 이 친구 성격이 아주 꼼꼼했던 게 틀림없습니다. 모든 문서를 유형별로 폴더를 만들어 착실하게 보관했더군요. 그 중에서 흥미로운 사실 하나를 발견했습니다."

"뭐가? 소설이라도 썼던가?"

"소설이 아니라 한 달에 두 차례씩 꼬박꼬박 보고서 비슷한 걸 썼습니다."

"공부하는 사람이 보고서 쓰는 게 뭐 대수롭다고 그래?"

"학교에 제출할 리포트를 썼다면 물론 그렇죠. 그런데 그 보고서를 제출한 곳이 아주 요상하단 말입니다."

"요상한 곳? 그게 어딘데?"

"위천익이 쓴 문서마다 보고처와 보고 일자, 제목들이 기록되어 있었는데, 수신처가 중국사회과학원 중국변강사지연구중심中國邊疆史地研究中心이라고 하는 부서였습니다."

"중국변강 뭐?"

난생 처음 듣는 말에 최 반장이 더듬거렸다. 그러자 조 형사가 한심하다는 듯 쳐다보며 설명했다.

"반장님, 왜 얼마 전 신문지상에서 떠들썩했던 일 있지 않습니까? '동북공정東北工程'이라고, 우리나라와 중국 사이에 꽤 심각한 외교문제로 비화될 뻔했던 사건 말입니다."

최 반장도 그 법석은 어렴풋이 알고 있었다.

"그것하고 이번 살인사건하고 무슨 상관이야? 중국변강인가 뭔가가?"

"그 동북공정을 주도하는 주무관서가 바로 거기거든요."

조 형사의 말에 최 반장의 눈빛이 빛났다.

"그래? 위천익이 그곳에다 제출했다는 보고서 내용이 뭔데?"

"주된 내용은 우리나라 사학계의 연구 동향이었습니다. 특히 고대사 관련 논문과 저술, 학술회의 등에서 나타난 학자들의 동태와 반응, 문화관광부를 비롯한 외교부 등 관공서의 움직임, 언론 방송 쪽의 보도 상황 등 꽤나 자세하고 광범위한 자료들이 날짜별로 기록되어 있었습니다. 그리고 결론 부분에는 자신의 해석과 평가, 대책과 대안, 예측과 결과 등을 조목조목 정리해 놓았더군요. 대부분 공개된 자료를 대상으로 한 것이긴 하지만, 2년 동안 우리 학계 전반의 흐름이 고스란히 저들 손에 넘어갔다고 해도 무방하겠던데요."

"그럼 그 친구 정체가 뭐야?"

"뭐긴 뭐겠습니까. 간첩, 즉 문화 스파이죠."

"흠. 바로 그거였군. 중국놈들 참 무섭군. 우린 고작 으름장 몇 번 놓고 말았는데, 걔네 벌써 몇 년 전부터 간첩까지 보내 바닥부터 훑고 있었다는 말이잖아. 쌍!"

"반장님, 어떻게 할까요? 상부에 보고해야 하지 않겠습니까?"

최 반장은 잠시 생각을 가다듬었다.

"아냐, 기다려 봐. 상부에서는 이 사실은 꿈에도 모르고 있을 테니, 좀 수사를 진행시켜보자고. 어쨌든 살인 사건이니까. 혹시 그가 피살될 만한 이유를 보여주는 자료는 없던가?"

"글쎄요. 나머지 폴더는 신변잡기를 기록한 사소한 내용들이었고, 자기가 발표한 논문들을 모아 둔 폴더가 하나 더 있었습니다. 학부 졸업 논문부터 석사 논문, 학술지에 발표한 논문들하고 앞으로 쓰려고 구상했던 논문 메모들이 있었습니다. 대개가 한

중간 서적 유통 경로를 연구한 것들인데, 별다른 이상한 점은 찾지 못했습니다. 혹시나 해서 이준섭 교수가 찾고 있다는 괴문선가 뭔가 하는 것과 관련된 내용이 없나 해서 자세히 살펴봤는데, 이렇다 할 용의점은 발견하지 못했습니다."

"그럼 뭐야. 이거 결국 사건은 미궁으로 빠져드는 건가?"

"반장님, 그런데 위천익의 문서를 뒤지다가 재미있는 메모를 하나 발견했습니다. 그 운전수 있잖습니까, 마번진가 하는 친구 말입니다."

"그 덜 떨어진 운짱은 왜?"

"위천익이 그에 대해 몇 마디 적어놓은 내용이었는데요. 호심이 많은 친구니 기회가 오면 한 번 써먹을 수도 있겠다, 뭐 그런 낙서를 해 놓았더라구요."

"다른 내용은 없고?"

"없습니다."

사실 최 반장은 시체를 처음 발견한 그 운전수 녀석을 첫 번째 용의자로 찍었다. 그런데 막상 조사를 해보니 범인치고는 너무 엉성한 구석이 많았다. 마번진가 뭔가 하는 그 녀석은 어리숙한 바보든가, 자신의 눈까지 속일만큼 교활한 지능범이든가 둘 중 하나였다.

"흠. 중요한 단서가 될지도 모르겠군. 그 친구 동태는 감시하고 있겠지?"

"물론이죠. 며칠 동안 미행을 붙였는데, 거의 집에 틀어박혀 있었습니다. 이준섭 교수가 집에서 칩거하고 있으니, 그 친구도 나올 일이 없겠죠."

"아무튼 마번지는 의심스러운 놈이야. 계속 주시하라구."

15
자로와의 만남

    담대멸명은 자로를 만나러 가기 전에 그에 대해 평가한 자료부터 살폈다. 그는 공문의 제자 가운데 가장 이질적인 인물이었다. 한때 노나라의 최고위 관직이라 할 수 있는 계손씨의 가재家宰를 지냈으니, 담대멸명으로서는 대선배 정도가 아니라 원로에 가까웠다. 지금은 그 자리를 역시 공자의 제자인 자공子貢이 잇고 있었다.

    자로라는 인물은 타협이라는 것을 몰랐다. 한번 옳다고 생각한 일이라면 목숨을 걸고 밀어붙였다. 자로의 행동 기준은 오로지 의義였고, 판단이 선 뒤에는 과감하게 밀어붙였다. 그의 지칠 줄 모르는 정면돌파식 성향은 스승인 공자조차도 제어할 필요성을 느끼게 만들 정도였다.

    가재로 재직하고 있을 때에도 자로의 이런 성격은 계환자나 읍재邑宰들과 자주 충돌을 일으켰다. 그는 이 충돌을 뚝심과 성실성으로 무마시켰다.

    자로가 주장한 각종 시책은 성공적으로 마무리되었고, 성과 또한 적지 않았다. 이렇게 되자 빈정거리거나 반발하는 사람도 차츰 줄어들었다. 담대멸명도 갓 행정관으로 입사했을 때 잠시 자로를 직속 상관으로 모신 적이 있었다. 측근들과 상의하기 보다는 독선적인 성향이 강했던 자로는 초년병 시절의 자신을 잘 기억하고 있지는 못했지만, 부하들을 자상하게 감쌀 줄도 아는 의리파이기도 했다.

담대멸명은 공자의 입에서 나온 자료를 바탕으로 자로를 평가했다. 공자의 자로에 대한 태도를 한 마디로 요약하면 비난과 멸시의 연속이라고 해도 좋을 정도였다. 그렇게까지 심했나 싶을 만큼 가혹한 경우도 있었다. 제자를 좀더 엄격하게 훈육하기 위한 방편이었다고 치부하기에는 잔인한 구석이 있었다. 아무리 입문 전 자로의 생애가 공자와는 다른 길을 걸었다고 해도 지금은 누가 뭐래도 그는 공자의 오른팔이었다. 자로가 없는 공자는 상상하기조차 어려웠다. 수어지교水魚之交. 물과 고기의 만남. 이 말만큼 두 사람의 관계를 잘 표현한 말이 있을까? 그들은 사제지간이면서 동료였고, 격의 없는 경쟁자이기도 했다. 어떻게 보면 묘한 알력 관계가 형성되어 있기도 했지만 말이다. 담대멸명은 적어도 그렇게 판단했다.

담대멸명 자신이 그런 수모를 당한다면 공자의 문하에 남아 있진 않았을 것이다. 그러나 자로는 공자의 부당한 대우에도 불평 없이 제 역할을 묵묵히 수행했다. 그는 공자가 죽으라면 죽는 시늉도 할 사람이었다. 담대멸명은 자로의 그런 절대적인 믿음이 결코 가식이 아니란 것을 알고 있었다.

'도대체 자로 저 사람의 뱃속에는 무슨 야심이 숨어 있는 걸까?'

자로 역시 공자만큼이나 의뭉스런 사람이었다. 그 스승에 그 제자라고 해야 할까? 언젠가 그 의뭉스런 자로의 속내를 속속들이 파헤쳐 보리라 담대멸명은 다짐했었다. 드디어 오늘 그 기회가 온 것이다.

몇 가지 예외를 제외하고 공자는 감정을 솔직하게 드러내는 편이었다. 공자가 자로를 좋아하는지 싫어하는지 단언하기는 어려웠다. 그러나 여러 정황을 살펴봤을 때 내심이야 어떻든 공자는 자로를 노골적으로 멀리하는 게 분명했다. 그런데 그 싫어하는 정도가 담대멸명의 눈에는 병적이었다. 단순한 혐오나 질투, 시샘을 넘어서서 증오에 가까운 감정이 실려 있었다.

'도대체 공자는 자로의 어떤 면을 봤기에 그렇게 증오에 가까운 감정을 숨기지도 않는 것일까?

이것 또한 담대멸명이 갖는 의문 가운데 하나였다.

담대멸명이 자로의 집으로 찾아간 것은 꽤 늦은 밤 시간이었다. 공무를 처리하느라 야근을 해서 예상보다 훨씬 시간이 지체되었다. 자로의 부인이 서재 겸 접견실로 사용하는 방으로 그를 안내했다. 괄괄한 자로에 비할 때 그의 부인은 조용하고 단아했다. 나이가 들긴 했어도 고운 자태가 지워지지 않았다. 젊었을 때 자로가 뒷골목에서 주먹다짐으로 세월을 보낼 때 만났다고 들었다. 천하의 파락호를 사람으로 만든 이도 부인이었다는 소문도 있었다. 성격이 다른 남녀가 만나야 잘 산다더니, 어쩌면 두 사람은 하늘이 맺어준 천생배필인지도 몰랐다.

조촐한 주안상이 나오자, 자로가 먼저 말문을 열었다.

"자네 요즘 일이 바쁜가 보군. 늦어지기에 안 오나 했네."

자로는 역시 시원시원했다. 늦게 방문한 것을 사과했더니 술잔부터 따랐다.

"송구하옵니다. 요즘 이래저래 심려가 많으실 텐데 큰 도움이 못 되고 있습니다. 별고 없으신지요?"

"나야 한직에 앉아 있는데 무슨 어려움이 있겠나. 스승님의 일이나 계강자 어른의 일이 다 잘 되기만 바랄 뿐이지. 그래 나랏일은 무탈하겠지?"

"늘 제나라가 골치 꺼리긴 합니다만, 이번에 가재 자공께서 열국을 다니시면서 힘쓴 덕분에 큰 고비를 넘겼습니다. 나라가 바로서려면 최소한 나라를 지키는 힘은 갖추어야 하는데, 그것이 부족해 항상 주군께서도 고심하시고 계십니다."

"그러실 게야. 그래서 약소국이 서러운 거지. 나도 자공의 활약은 전해 들었네. 정말 자공은 이 나라의 보밸세. 노나라 사람이 아니면서도 제 나라 일처럼 동분서주 애를 써주니, 정말 큰 힘이 되네. 이것도 계강자 어른과 스승님의 복덕福德이신 게지."

자공의 현란한 웅변술과 허점을 파고드는 예리한 분석은 과연 열국의 군주들도 혀를 내두를 지경이었다. 국가 간의 손익을 정확하게 파악해서 군주를 설득하는 자공의 정치력은 자타가 공인하는 바였다. 일을 처리하는 방식으로 볼 때 자로와는 성향이 달랐지만, 자공은 천하의 율사律士라 해도 과언이 아니었다.

"어르신이 부탁하신 일들을 차근차근 살펴보았습니다."

자로는 술잔을 단숨에 들이키고 탁, 소리가 나도록 소반 위에 놓더니 담대멸명을 치켜보았다. 자로의 우람한 체격은 담대멸명을 더욱 왜소하게 만들었다. 자로는 눈빛으로 계속 말하라는 신호를 보냈다.

"염백우의 죽음은 현재로선 뭐라 드릴 말이 없습니다. 시신을 꺼내 검안을 해야 하는데, 그렇게 하면 공연히 일만 복잡하게 만들 공산이 큽니다. 어르신 말씀대로 독살로 보고 앞으로의 일을 예의주시하려고 합니다."

"좋아. 나도 동감일세."

"어르신이 보내주신 그 죽간은 왕실용이 맞았습니다. 하지만 귀족들도 공유하는 물건이니, 출처를 정확하게 단정할 순 없겠습니다. 그래도 범위는 훨씬 좁아졌으니, 그런 죽간을 손에 댈만

한 사람들을 중심으로 혐의자를 찾고 있습니다.”

자로는 다시 술을 한 잔 들이키더니, 담대멸명에게 내놓았다. 술잔을 돌리는 것은 예에 어긋나는 일이었지만, 담대멸명은 순순히 받았다. 자로는 자기 방식의 예가 있는 사람이었다.

담대멸명이 바로 잔을 비우고 다시 건네자, 자로는 옆에 있던 탁자에서 무엇인가를 꺼내 그에게 건넸다.

“엊그제 또 날아온 것일세.”

또 하나의 죽간이었다. 담대멸명은 죽간을 유심히 살폈다. 재질이며 형태가 전번 것과 똑 같았고, 쓰여 있는 글귀만 달랐다.

“작용자무후作俑者無後라 쓰여 있군요. 이게 무슨 뜻입니까?”

담대멸명은 알면서도 짐짓 모르는 척 물었다.

“용을 만든 사람은 뒤가 없다는 말이지. 그 때 뒤는 보통 후손을 말하네.”

“또 하나의 살인을 예고하고 있군요.”

“그런다고 봐야지. 음, 또 누구를 죽이려는지……”

“그런데 어르신, 용俑이란 게 뭡니까?”

담대멸명은 용의 의미를 정말 몰랐다. 자로가 용에 대해 자세히 설명하기 시작했다.

“용의 유래를 설명하자면 좀 기네. 옛날에는 산천초목이며 금석화수金石花樹에도 모두 정령이 있어, 이들을 성심껏 섬기지 않으면 하늘이 큰 재앙을 내린다고 생각했네. 모든 걸 농사에 의존해 살아야 했던 시절이니, 가뭄이나 수해 같은 재난이 터지면 내일의 삶을 기약할 수 없었지. 때문에 백성이건 국가건 이런 정령들에게 정성을 다하는 일은 무엇보다 중요한 일이었네. 물론 그 속에는 조상신도 포함되어 있지. 그래서 해마다 봄과 가을이면 이런 정령들에게 제사를 지내는 행사가 성대하게 벌어졌네. 조상신에게 지내는 제사는 사祀라 칭한다네. 특히 군주가 2월에 후사後嗣가 생기기를 비는 제사는 교매라 불렀네. 또 동지 때 하늘에 지내는 제사를 교郊라 하고, 하지 때 땅에 지내는 제사를 사社라고 불렀지. 이런 제사 때는 풍성한 과실과 육고기, 제수들을 정갈하게 올려 성의를 다했네. 그런데 특히 조상신에게 제사를 지낼 때는 우리가 지금 쓰는 신위가 있어야 했네. 바로 조상신의 영혼이 깃들어 있다고 생각하는 신물이지. 신위 속에는 조상의 혼령 들어 있으니 어찌 소홀하게 다루겠는가? 처음 신령이 신위에 담기는 상례부터 이것을 다루는 엄숙함이야 말로 표현할 수 없는 일이었네. 3년상을 치르는 것도 그런 거룩한 일에 대한 후손된 자로서의 효성과 공경을 다하는 일이 아니던가."

자로는 칼로 살아가는 강호인 출신답지 않게 각종 제례의 유래와 진행 과정에 아주 박식했다. 담대멸명은 자로의 말을 들으면서 괄목상대란 말이 이럴 때 두고 쓰는구나, 하고 은근히 감탄했다.

담대멸명이 그런 생각을 하는 동안에도 자로의 설명은 계속 이어졌다.

"그래서 사람들은 신위를 목숨보다 소중하게 여기게 되었던 것이네. 하지만 신위는 옛날부터 있었던 것이 아니고 최근에 고안된 것이지. 그럼 신위가 없던 옛날에는 제사를 지내면서 무엇을 썼을까? 다른 물건이 신위를 대신했는데, 바로 산 사람이었어. 우습게 들릴지 모르지만, 조상의 신령이 와서 깃들 몸으로, 산 사람을 제상에 올려 조상신을 모셨다네. 덩치가 큰 어른은 보기가 안 좋아 어린아이를 제사상 가운데 두고 그를 신령으로 여겨 섬겼던 것이라네."

"그러니까 제사상에 올려진 어린아이를 용俑이라 하는군요."

행정가로 입신한 담대멸명인지라 고사와 의례에는 약했다.

"그건 아닐세. 죽은 혼령을 산 사람으로 대신한다는 게 아무래도 보기에 좋지 않았던 모양이야. 아이의 부모도 마음이 편치 않았을 테고, 때로 혼령이 쓰인 아이가 이상한 행동을 하는 경우도 왕왕 있었네. 제례의 정성도 좋지만, 산 아이를 쓰는 건 너무 잔인하고 비인간적이라는 세간의 여론이 비등했지."

"좀 잔인한 면이 있군요."

목이 마른지 자로는 술을 한 잔 털어 넣고 담대멸명에게도 권했다.

"그래서 대신한 것이 짚으로 만든 사람 인형이었네. 처음에는 대충 형색만 갖추어 만들어 썼는데, 차츰 정교하게 다듬어져 꼭 사람 형상을 한 짚 인형이 그 자리에 앉게 된 거지. 산 사람을 쓰진 않은 건 좋은 생각이었지. 하지만 사람 형상을 빼다 닮은 인형으로 대신 했으니, 잔인하고 비윤리적이기는 마찬가지였네. 그래서 '작용자무후', 즉, 용을 만든 사람은 후손도 없을 거란 저주가 담긴 말이 나오게 된 걸세. 다 지난 옛 이야기지만, 관습은 사라져도 관념은 남아 있어서, 지금도 잘못된 전례를 만드는 것을 작용作俑이라 부른다네."

"그렇군요. 여기서 용은 용을 만든 사람이 아니라 나쁜 전례를 만든 사람을 가리키겠습니다. 용을 만든 사람이야 애당초 죽었을 테지만, 나쁜 전례야 항상 있는 법이니까요."

"나도 그렇게 생각하네."

"누구를 가리키는 말일까요? 혹시 짐작이 가는 사람은 없으십니까?"

자로는 말을 꺼내기가 거북한 듯 잠시 주저하다가 말했다.

"아무래도 스승님 아니겠나."

"스승님이요? 스승님께서 무슨 나쁜 전례를 만드셨다는 겁니까? 제가 기억하는 한 그런 일은 없는데……."

담대멸명은 자기가 아는 공자 주변의 일들을 반추해 보았다.

그러나 그럴 만한 사건이나 언행은 전혀 떠오르지 않았다.

"스승님을 노리고 있는 암중세력은 우리가 생각하는 상식 밖의 일을 말하는 것일 수도 있네."

"상식 밖이라뇨?"

"당사자나 남들이 보면 별 거 아니거나 정당한 일이지만, 그들의 눈으로 보면 나쁜 전례일 수도 있다는 거지. 그러니 그들의 뱃속을 들여다보기 전에는 그게 뭔지 알 수 없다는 말일세."

"흠, 원한 관계일 확률이 높군요."

"원한 관계라……. 풀어 나가기가 쉽지 않겠어. 스승님의 생애를 샅샅이 살펴야 할 일이니."

자로 역시 담대멸명과 비슷한 생각을 하고 있음이 분명했다.

"스승님께 직접 여쭤보시면 어떻겠습니까?"

"스승님께?"

"예. 제가 일전에 찾아뵙고 슬쩍 운을 떠봤습니다만 적당히 피해 가시더군요. 저라면 경계해서 말을 아끼더라도 어르신이라면 스승님도 속내를 털어놓지 않겠습니까? 적어도 나쁜 전례에 대한 단서라도 얻어낼 수 있지 않을까요?"

"조심스러운 일이야. 이런 일로 심기를 불편하게 해드리는 것도 망극한데, 어찌 그런 황망한 질문을 하겠나. 그 전에 해결을 해야지. 내 살면서 이렇게 막막한 경우는 처음 당하네. 거참!"

자로는 연거푸 술잔을 입에 털어 넣었다.

잠시 눈치를 살피던 담대멸명은 그의 감정이 가라앉은 듯이 보이자 다른 문제를 꺼냈다.

"어르신, 지난 번에 보내주신 경위서를 쭉 검토했습니다. 지난 15년여 세월 동안 스승을 둘러싸고 벌어졌던 일들 말입니다. 여러 가지를 종합해 볼 때 내부 공모자의 존재를 부인하기 어렵습니다."

단 칼에 찔러 들어오는 담대멸명의 말에 자로는 미간을 찌푸렸다.

"뭐, 내부 공모자?"

"예, 그렇습니다. 사건마다 시간이 기가 막히게 맞아 떨어졌습니다. 스승이 계실 장소나 시간, 동정 따위를 정확하게 알지 못한다면 결행하기 어려운 시도도 여럿 있었고요. 이런 정보를 누군가가 미리 알려주지 않았다면 어떻게 저들이 그렇게 정확하게 알았겠습니까."

담대멸명의 말에 자로는 고통스러운 듯 눈을 지그시 감았다.

"나도 그 점을 생각해 보았네. 누구보다 스승과 함께 그 위기를 맞고 극복한 사람이 날세. 하지만 망명 시절 때 수행한 제자라야 고작 두세 명이나 네다섯이었네. 많아본들 예닐곱쯤 됐지. 게다가 항상 수행한 제자라면 나와 안연밖에 없었네. 나는 아니라고 하면 안연인데, 도저히 그를 의심할 수는 없지 않은가. 나하고는 다른 방식이지만, 안연 역시 스승님을 부모처럼 섬기는 사람일세. 그가 하는 짓이 달갑지는 않지만, 그렇다고 내부 공모자라니, 가당찮은 일이야."

"공모자가 그렇게 눈에 띄게 정체를 드러내겠습니까? 가장 신임을 받는 사람이 치명적인 공모자일 수도 있습니다. 그런 예를 몇 번 보기도 했습니다. 예로부터 군주를 시해한 사람이 항상 최측근 신하였던 경우를 어른께서도 모르시진 않을 겁니다."

"그렇게 막무가내로 비교할 일이 아니네. 어쨌든 가능성만 남겨 두고 넘어가세."

이후 대화는 뜸해졌다. 자로는 연신 술잔을 들이켰고, 담대멸명 역시 대꾸 없이 술잔을 받았다.

담대멸명은 술잔을 넘기면서도 자로의 존재에 대해 생각을 곱씹었다. 그란 존재는 공문에서 아주 특이했다. 그의 과거 전력을 아는 사람도 없었을 뿐더러 스스로 자신에 대해 그렇게 내색을 하지도 않았다. 나서기를 좋아한다는 꾸지람을 공자로부터 자주 들었지만, 스스로 그런 상황을 도발하는 경우도 있었다.

그러나 그 모든 가식을 인정한다고 해도, 그가 공자에게 보이는 충성심은 그야말로 전무후무한 것이었다. 공자나 자로 자신도 느끼지 못할 만큼 진한 충성심과 신뢰였다. 오랜 동안 함께 사냥을 한 친구들이 밤길에 눈빛이나 손가락 끝의 움직임만 감지하고도 일사불란하게 움직여 사냥감을 포획하는, 그런 기민함과 교감이 두 사람 사이에 흐르고 있었다. 공자를 위해서라면 목숨드 서슴없이 버릴 사람이 자로였다. 또 공자의 강령을 가장 충실하고도 필사적으로 추종하는 사람 역시 그였다. 그러면서도 공자가 자로에게 표면적으로 드러내는 그 다양한 적의는 무슨 의디일까.

자로에게는 순교자의 체취가 가득했다. 예언자 공자의 구령과 향도에 따라 한 치의 흐트러짐 없이 움직이는 순교자 자로, 그만큼 그는 무모했지만 순수했다. 이 때문에 곧잘 공문의 천덕꾸러기로 취급받고 놀림감으로 전락하는 수치를 당하기도 했지만, 공자가 자로에게 보여준 보이지 않은 깊은 신뢰와 우정의 정체가 담대멸명은 궁금했다.

공자가 두려운 존재인 것은 그 자신에게 국한된 것이 아니라는 사실을 담대멸명은 문득 깨달았다. 부모와 자식처럼 공고한 단결력과 절대적인 충성심을 보이고 있는 수많은 유능한 제자들. 실제로 두려운 것은 이들의 세력화였다. 칠십 평생 아무 것도 이룬 것이 없는 공자가 두려운 존재일 수 있는 것은 이들 때문이었다. 그들이 미래에 몰고 올 가공할 파괴력을 아직은 아무도 느끼지 못하고 있지만, 담대멸명은 본능적으로 그 회오리바람을 감지했다. 그 바람은 점점 큰 돌풍이 되고, 언젠가는 거대한 태풍이 되어 역사를 요동치게 할 것이다. 그 태풍이 중원을 휩쓸기 전에 공자는 세상을 떠나겠지만, 그가 정명正名이란 이념으로 길러낸 수많은 제자들이 그 세상을 이어받을 것이다. 그때부터 그들의 세상이 열리는 것이다.

고질적인 세습 정치에 신물을 내고 있는 것은 공자를 중심으로 한 공문만은 아니었다. 많은 사람들이 세상이 바뀌어야 한다고 말한다. 그러나 그 혐오를 관념에서 실천에 옮길 수 있는 세력은 공문을 제외하고 아직은 없었다. 청렴과 도덕으로 무장한 공자의 제자들이 잠재적인 위민爲民 의식을 혁명으로 폭발시켜 마음껏 분출하기를 담대멸명도 은근히 바랐다. 하지만 정작 그는 이런 사태에 대비하고 방지하는 위치에 서 있었다. 담대멸명은 이것을 선지자의 숙명으로 받아들였다. 그렇게 상념의 밤은 깊어만 갔다.

16
몇 가지 의문점들

"이봐, 조 형사. 내가 곰곰이 생각해 봤는데, 이번 중국인 피살 사건은 좀 다른 각도에서 볼 수도 있을 것 같아."

"어떤 각도로 말입니까?"

최 반장의 말에 조 형사는 수첩을 펼치면서 받아 적을 준비를 했다.

"지금까지 우린 혐의자를 크게 세 사람으로 놓고 수사를 했잖나? 운전사 마번지의 청부 살인 쪽하고, 비밀문서를 둘러싸고 벌어진 이준섭 교수의 살인 가능성, 그리고 가능성이 떨어지긴 하지만 마번지에게 전화를 건 김오명 교수 쪽이 그것이지."

"그렇습니다."

"그런데 지금까진 별로 건진 게 없어. 세 사람 다 알리바이를 내세우는데, 이를 깰 만한 결정적인 증거가 나오질 않는단 말이야. 그래서 말인데, 우리가 그동안 살인 혐의자 쪽으로만 집중해서 사건을 봤던 게 아닐까 싶더라고. 누가 왜 죽였고, 어떻게 죽였을까만 봤지 죽은 사람 입장에서 보진 않았단 말이야."

"생각하면 뭘 합니까! 시신도 없는 판에."

"아냐. 저번에 '동북공정' 건도 그렇지만, 피살자인 위천익한테 우리가 알지 못하는 다른 비밀이 있었던 게 아닐까 싶어. 전혀 엉뚱한 이유로 피살자는 살해되었을 수도 있다는 거지. 혐의자들이 살해할 만한 동기를 여러 각도에서 따져봤지만, 모두가 사람을 죽일 만큼 뚜렷한 동기가 없잖아? 사람을 살해하는 때에는 이유가 많지만 대개 원한 관계나 치정 관계일 경우가 많지. 그렇지만 또 하나의 이유가 있는데, 그것은 '사람의 입을 막는' 경우야."

"누군가 비밀을 지키기 위해 위천익을 죽였다?"

"그렇지. 그가 남이 알면 안 되는 비밀을 알고 있었다면, 이것이 폭로될까 두려워 살해했을 수도 있지. 바로 입을 막기 위해서 말이야."

"무슨 비밀을 알고 있어서 남의 연구실까지 불러내 죽였던 걸까요?"

"어쩌면 그곳이 두 사람 사이의 접선 장소였을 수도 있겠지. 남의 눈에 띄지 않게 연구실로 갔다는 건 그만큼 조심했다고 볼 수도 있고."

"그렇다면 이준섭 교수가 가장 의심스럽지 않습니까? 바로 그 사람 연구실이었으니까요?"

"그렇기도 하지만, 제 방에서 사람이 죽으면 가장 먼저 의심을 받을 텐데, 그런 위험한 짓을 자초했겠나?"

"바로 그 허점을 이용했을 수도 있지 않습니까?"

"자네 말도 일리는 있군. 아휴, 정말 복잡하구만. 아무리 짱구를 굴려도 진짜 무슨 일이 있었는지는 모르니. 그러니까 우리의 상상력은 항상 현실보다 빈약한 거야."

"그런 면에서 보면 동북공정도 피살자가 살해된 동기일 수도 있겠습니다. 첩보영화에서도 스파이는 또 다른 스파이에 의해 살해되잖아요."

"자네 말대로라면 중국 정보기관에서 그를 제거한 것일 수도 있겠군. 그러니까 사체며 소지품도 모두 수거해 간 거고?"

"반장님, 패가 딱 맞아떨어지지 않습니까?"

"조 형사, 너무 영화를 많이 봤군. 패가 딱 맞아떨어지는 건 수상하다는 거 몰라? 현실에는 항상 빠진 고리가 있는 법이라고. 그기 없다는 건 각본이 잘 짜여져 있다는 말이지."

"어쨌거나 일이 이렇게 되면, 국가정보원에 알려야 되는 거 아닙니까? 너무 덩치가 커지는 거 아닌가요?"

"왜, 그래서 개망신 당하려고? 아무 증거나 물증도 없이 문화 스파이가 중국 정보기관원에 의해 살해됐다고 하면, 아마 우리 둘 다 경찰복 벗으라고 나올 걸. 더구나 논문 몇 개 요약해서 보낸 걸 갖고 호들갑 떨었다는 걸 알면 우릴 패죽이려고 들 거야."

최 반장의 말에 조 형사는 힘이 빠진다는 듯이 어깨를 축 늘어뜨렸다.

"그렇겠군요. 허참!"

"좌우간 말만 가지곤 안 돼. 증거를 찾아야지. 좀더 다각도로 사건을 분석해야 하는데, 우리 반 인원으론 턱도 없지. 뭔가 실마리를 풀어줄 단서가 나와야 하는데, 우린 완전히 빈손이니, 돌아버리겠군……. 그건 그렇고, 일단 그 이야긴 숙제로 접어두고, 중국 애들의 '동북공정'에 대해 조사해 봤나?"

그 질문에 조 형사는 두툼한 또다른 수첩을 꺼내며 말했다.

"반장님, 제가 요즘은 형사가 아니라 무슨 흥신소 직원 같습니다. 별 걸 다 조사하네요."

"시답잖은 불평은 마누라한테 하고 조사한 거나 말해 봐. 단서를 얻을 수도 있으니까."

조 형사의 수작은 최 반장한테 통하지 않는다. 그는 최 반장주위를 오가며 수첩에 적힌 내용을 장황하게 읽는다.

"동북공정을 한 마디로 말하면 중국 측의 '역사 날조 사업'입니다. 정식 명칭은 '중국동북 변경지역의 역사와 상황에 관한 연구 프로젝트東北邊境歷史與現狀系列硏究工程'인데, 줄여서 '동북공정'이라 부릅니다. 담당 기관은 중국사회과학원 산하의 '중국변강사지연구중심中國邊疆史地硏究中心'이고, 1983년 중국 변방의 역사를 연구할 목적으로 설립되었습니다. 주된 업무는 고구려 역사를 중국사의 일부로 간주하기 위한 학술적 근거를 장기적으로 수집 정리하는 것이었습니다. 걔네들 중화주의가 으레 그랬으니까, 새삼 열 받을 일은 아니죠. 그러다가 북한이 한반도와 중국 만주 일대에 산재한 고구려 고분을 유네스코 세계문화유산으로 등록하려고 하자 상황이 급변합니다. 2002년 2월 28일부터 이 프로젝트를 발족시켜 동북 3성, 즉 요녕성과 길림성, 흑룡강성 지역을 본격적인 연구대상으로 삼기 시작했습니다. 북한의 문화유산 등록을 방해하여 부결시키기 위한 사전 정지 작업을 시작한 것이죠."

"아니, 저런 쳐 죽일 놈들이 있나. 고구려 벽화가 우리나라 문화유산이란 거 천하가 다 아는 사실인데, 이제 와서 새삼스럽게 뭘 어쩌겠다는 거야?"

"반장님, 천하가 다 아는 것은 아니죠. 흥분하지 마세요. 원래 100년 앞을 내다보고 일을 시작하는 게 중국인들의 습성이지 않습니까? 동북공정은 한반도가 머잖은 장래에 통일될 것이란 전제 하에 진행된 계획인 거죠. 만주 지역은 원래 고구려의 영토였지 않습니까? 그리고 어쨌든 고구려의 국명은 고려로 이어졌고, 뒤이어 조선이 개국되고 식민지 시대를 거쳐 남북한이 분단되는 상황이 이어진 거죠. 지금이야 남북한이 적대 관계에 있어 헤게모니 싸움에 신경을 쓰지 못하고 있지만, 통일이 된다면 상황은

180도 바뀌게 됩니다. 어느 쪽 주도로 통일이 되던 민족적 역량이 남북한 군비 경쟁에만 쏟아지던 것이 영토 확장, 즉 옛 영토의 회복으로 번지게 될 게 불 보듯 뻔하죠. 옛날 우리 민족의 영토였던 만주 일대를 반환하라고 득달같이 압력을 넣을 게 분명하지 않겠습니까? 수 틀리면 북한이 개발해 둔 핵무기로 북경을 불바다로 만들겠다고 위협하면서요."

"이봐, 조 형사. 그거 완전히 도둑놈 심보 아냐? 아니, 1,500년이나 중국에서 점유하고 있던 땅을 무슨 근거로 내놓으라고 한단 말이야! 봉이 김선달도 그런 소린 못하겠다."

"어휴, 반장님도 뭘 모르셔. 유태인들도 2,000년 전에 자기 땅이었다고 윽박질러 팔레스타인 사람들 다 내몰고 이스라엘을 세웠잖아요. 주인 땅을 종놈이 뺏은 뒤에 내 거라고 우기는 게 어디 한두 군데입니까? 조상이 나라 팔아 얻은 땅도 돌려받으려는 낯짝 두꺼운 후손들은 어떻고요. 힘센 놈이 우기면 그 놈 거 되는 세상인데. 그리고 1,500년도 아닙니다. 발해가 지배했었으니까 고작 1,000년 안팎인 거죠. 그러니까 발해도 제 나라 지방 정권이라고 빡빡 우기지 않습니까? 중국 애들 계산 빠른 건 알아줘야 한다니까요."

"그래도 그렇지. 중국이 세계 최강대국이란 거야 삼척동자도 아는 사실인데, 우리가 무슨 힘으로 그걸 뺏겠느냐고."

"국제간의 세력 균형이란 게 꼭 그렇지만도 않습니다. 아닌 말르, 통일이 되면 우리나라의 국력이 중국만 못하란 법도 없죠. 그리고 만주 일대를 항상 중국이 점유하고 있었던 것도 아닙니다. 만주가 중국 영토가 된 건 아주 최근의 일이고, 대부분의 기간은 무주공산이었습니다. 청나라 때 만주족이 제 선조의 고향이라 해서 중시했지만, 사실 그곳은 개나 소나 다 살던 황무지였습니다. 조선조 때는 우리나라 사람들도 많이 이주해 만주 일대에서 농사를 짓고 살 정도였으니까요. 그러니 중국이 실지로 점유했던 것은 짧은 기간일 뿐이고, 거시적으로 보면 고구려와 발해의 영토였다고 봐야 하는 거죠. 그러니 고구려를 계승한 우리 민족이 만주의 실질 소유주인 것도 자명하지 않겠습니까? 중국에서 설치는 건 방귀 낀 놈이 성내는 거나 마찬가집니다."

"호! 자네, 애국자 다 됐네. 아주 옷 벗고 독립운동하러 만주로 달려갈 기센데?"

칭찬인지 빈정거림인지 알 수 없는 최 반장의 말투에 조 형사는 잠시 머쓱한 표정으로 머리를 긁었다.

"반장님께서 조사하라고 하셔서 열심히 뒤진 죄밖에는 없습니다. 너무 그러지 마십시오."

"에이, 농담이야. 그런데 만주 땅이 뭐 그렇게 대단한 땅이라고 주네 마네 하는 건가? 자네 말대로 순 황무지일 뿐이잖아? 내가 아는 만주에 대한 지식이라곤 안중근 의사가 하얼빈에서 이등박문을 쏴 죽였다는 것밖에는 없는데."

"반장님, 사학과 출신 맞으세요? 만주 지역, 이게 엄청난 보물창고란 거 아닙니까. 가만, 어디다 적어놨는데……."

조 형사는 다시 수첩을 뒤적거리기 시작했다.

'도대체 저 수첩 안에 적혀 있지 않은 건 뭘까?'

최 반장은 이런 생각을 하며 조 형사를 신기하다는 듯 쳐다봤다. 다시 조 형사의 입이 바빠졌다.

"만주는 사실 이 지역에 대한 정식 명칭도 아닙니다. 일본인들이 20세기 초엽에 이 지역을 점령하면서 붙인 이름일 뿐입니다. 그래서 만주국滿洲國이니 만주사변滿洲事變이니 하는 말이 나온 거죠. 중국에서는 이 지역을 동북東北, 그들 말로는 '똥베이'라 부릅니다. 앞에서 말씀드린 것처럼, 중국 북동부에 위치한 요녕과 길림, 흑룡강 3성으로 이루어진 지방을 말합니다. 이 곳은 면적이 123만㎢이고, 1998년 현재 인구 1억 151만 4,000명으로 추산됩니다. 대흥안령大興安嶺 북부 산지로부터 장백산長白山 산지와 송눈평원松嫩平原까지가 대체적인 경계가 됩니다. 면적이 123만㎢라면, 이것은 남한의 면적이 9만 9538㎢이고 북한이 12만 2,762㎢니까 합해봐야 22만㎢가 조금 넘습니다. 거의 여섯 배가 넘는 엄청난 대평원인 거지요. 그러니까 이 지역이 우리 영토로 편입되면 우리나라의 판도는 거의 일곱 배로 넓혀지는 결과를 가져옵니다. 정말 가슴 벅찬 일 아닙니까? 약소국의 설움도 하루아침에 사요나라지요."

"얼씨구!"

수사토론이 곁길로 빠지자 완전히 역사토론장이 되어 버렸다. 최 반장이 맞장구를 쳐주니 조 형사의 목소리에는 더욱 힘이 넘쳐 흘렀다.

"반장님, 인구로 보면 이 좁은 한반도에 남북한 합쳐 7천만이 살고 있으니 정말 빡빡하죠? 역사적으로 따져 볼 때 중국은 이 지역을 청나라 때부터 동북 3성東北三省으로 불렀더군요. 섭섭한 것은 이 지역에 대한 중국식 이름과 일본식 이름은 있는데, 한국식 이름은 없어졌다는 것입니다. 이 지역에 대한 소유권을 주장하자면 역사적으로 설득력을 가진 정식 명칭부터 발굴해야 할 것으로 생각됩니다. 예를 들어 '고구려 고토'라든가 '발해 고토'라든가 말이죠. 그리고 우리나라 헌법도 고칠 필요가 있습니다. 영토를 한반도 및 그 부속 도서라고 하니까 항상 밀리는 거 아닙니까? 당당하게 우리 민족이 점유했던 모든 지역이라고 고치면, 중국놈 뿐만 아니라 쪽발이들도 벌떼처럼 일어나 지랄들 칠 겁니다. 걔네들 천황이 백제계 유민의 후손이란 건 공공연한 비밀 아닙니까? 그러니 뒷날 무슨 일이 일어나도 일본 열도를 우리가 점유할 법적 역사적 근거가 생기는 거죠.

거두절미하고 이 지역의 가치는 광활함에만 있는 건 아닙니다. 평원에서 생산되는 엄청난 농작물은 부가가치를 따질 수 없을 정도고요. 그뿐입니까. 동부와 북부산지에는 자연림의 입목 축적량이 많아 중국 전체 목재생산량의 70%를 차지하고 있습니다. 보르네오에서 원목을 수입할 이유가 전혀 없어지지요. 게다가 철이며 석탄, 유모혈암, 석유를 비롯해서 구리와 납, 금은, 보크사이트 등 지하자원이 풍부하게 매장되어 있어 중국 최대의 공업기지 형성의 바탕이 되고 있습니다. 수력 자원도 풍부해 무공해 전력을 얼마든지 개발할 수 있다는 장점도 있습니다. 그러니 중국에서 기를 쓰고 이 지역의 수호를 위해 날뛰는 것도 무리는 아니죠."

"험! 자네 말을 듣고 보니 정말 알토란 같은 땅이군."

"그렇지요. 이 지역이 얼마나 천연자원과 농축산 자원의 보고인지는 일제가 만주사변을 일으켜 괴뢰정권 만주국을 세운 뒤 설립한 만철滿鐵만 보더라도 알 수 있습니다. '만철'은 만주철도주식회사滿洲鐵道株式會社의 약자인데, 만주 일대를 철로로 거미줄처럼 연결하면서 대륙 침략의 교두보로 삼았던 회사죠. 한때 '만선'은 일본 최대의 기업체였다고 하니 그 규모를 짐작할 수 있지 않습니까? 특히 만철 산하의 경제조사부는 규모와 범위에 있어 최고 최대의 시설을 자랑해 수집한 자료가 엄청났다고 합니다. 일본이 패전한 뒤에 경제 재건을 위한 기본 자료와 정책으로 이것을 사용했을 정도니까요. 모두 만주를 날로 회쳐먹기 위한 수작이었으니 칭찬할 건 없지만, 만주의 중요성을 알 수 있는 한 예인 것이죠. 만주는 지정학적으로도 중국 대륙을 침략할 수 있는 발판이 될 뿐만 아니라, 북으로 시베리아와 태평양 연안 일대를 장악할 수 있는 지렛대 역할을 하기도 합니다. 결론적으로 모든 면에서 만주는 동아시아 삼국의 사활을 건 한 판 승부처라고 할 수 있습니다. 단지 감상적이고 국수적인 문제만이 아니라 국익 차원에서도 결코 양보할 수 없는 땅이 바로 만주인 것입니다. 조국의 명운을 걸고 건곤일척乾坤一擲 쟁취할 가치가 충분하다 못해 넘쳐흐르는 곳이죠."

조동찬의 보고는 거의 웅변조로 변해 가고 있었다. 최 반장은 한 손으로 턱을 괴고 앉아 그의 말을 경청했다.

"브라보. 자넨 정말 유능한 경찰이야. 도저히 인정하지 않을 수 없구먼. 이런 강력계 주임으로 썩기엔 너무나 아까워. FBI에서 일해도 되겠어."

"반장님, 감사합니다. 하지만 제가 가장 존경하는 수사관은 여전히 반장님이십니다."

"혈! 아부 솜씨도 끝내주네. 계속하게."

"예. 대국 중국답게 그 프로젝트 규모부터 남다릅니다. 고구려가 중국역사의 일부임을 증명하기 위해 만주 전체를 갈아엎을 심산인 듯하더군요. 크게 보면 동북공정은 유적 복원과 학술적 연구, 선전선동 세 분야로 나눠져 진행되고 있습니다. 고구려의 수도였던 국내성 성벽을 복원한다든가, 광개토대왕비를 보수한다든가 하는 일이 유적 복원의 대표적인 옙니다. 북한에서 세계문화유산으로 등재시키려 하자 맞불 작전으로 나온 거죠. 중국 정부는 집안시集安市와 함께 외국인, 특히 한국인의 출입을 엄격히 통제한 가운데 광개토태왕비와 장수왕릉, 국내성 유적 등 고구려 유물을 유네스코 세계문화유산으로 등재하기 위한 사전 작업을 병행하고 있습니다. 그래서 그들은 2004년 7월 1일에 집안의 광개토대왕비 등 43곳을 '고구려의 수도와 왕릉, 그리고 귀족의 무덤'이란 제목으로 등재를 확정짓고, 그 해 7월 3일 일반인에게 공개했습니다. 또 막대한 예산을 들여 고구려는 물론 고조선과 부여, 발해 등 동북 3성 지역의 역사 연구에 박차를 가하고 있습니다. 자기들 홈페이지에 말도 안 되는 논조로 고구려를 중국의 지역 정권으로 호도한 글을 올렸다가 물의를 일으킨 경우는 선전선동 정책의 일환이라고 볼 수 있습니다."

"중국놈들, 정말 치밀하고 빈틈이 없군."

최 반장은 등골이 오싹했다.

"반장님, 동북공정이 거기서 끝난 것도 아닙니다. 중화주의로 무장한 빨갱이 나라답게 정신 교화 작업, 즉 세뇌 교육에도 열을 올리고 있습니다. 특히 동북 3성에 거주하고 있는 우리 동포들을 대상으로 삼관교육三觀教育이라 해서 조선인으로의 정신을 말살하려는 가증스런 음모까지 꾸미고 있습니다."

"삼관교육이란 건 또 뭐야?"

"조국관과 민족관, 역사관을 뭉뚱그려 말하는 것입니다. 중국 정부가 동북공정과 관련지어 향후에 일어날 국제정세를 분석한 결과를 이용한 정책이죠. 남북한이 통일되었을 경우 동북 3성의 재중동포在中同胞, 조선족들을 중국문화권 안으로 회유시키려는 고도의 정치적인 술책이라고 할 수 있습니다."

"아니, 그런데 우리 정부는 이 사태에 대해 어떻게 대응하고 있는 거야? 그냥 손놓고 보고만 있나?"

조 형사의 웅변이 엉뚱한 곳으로 불똥이 튀었다. 최 반장의 값싼 애국심에 다시 조 형사가 불을 붙였다.

"반장님, 원래 대한민국 관료란 것들이 맞아야 우는 놈들 아닙니까? 더구나 맞으면 울다가도 어르면 생글거리면서 다 잊어버리는 족속이죠. 그러니 무슨 대책 나부랭이가 있겠습니까? 언론에서 떠드니까 파르르 날뛰다가 지금은 물 건너간 옛 전설쯤으로 치부하고 있는 형편이죠. 그러니 허구한 날 주변국에 당하고만 사는 거죠. 아휴, 이 나라 백성들이 불쌍합니다."

"암암. 우리 같은 힘없는 백성들만 불쌍하지. 자넨 정말 위대한 우국지사야. 그래도 무슨 대책이 있겠지."

"민간 차원에서는 몇몇 연구 단체들이 활동하고 있지만 계란으로 바위 치기죠. 천하의 계란을 다 던진들 바위가 끄덕이나 하겠습니까? 정부에서 무슨 복안을 가지고 대처하고 있는지 알 수 없지만, 무대책일 공산이 큽니다. 국회 차원에서 논의가 이루어진 것은 2003년 12월 12일자로 발의된 중국의 고구려 역사 왜곡 및 중국 역사 편입시도 중단 촉구결의안이 다라고 할 수 있죠. 한 번 그 전문을 보시겠습니까? 이 사태와 관련된 전반적인 개요도 잘 요약되어 있어 참고할 만합니다."

즈동찬은 수첩 사이에 끼어 있던 서류 한 장을 내밀었다. 거기에는 결의안 전문이 비분강개한 어조로 절절히 적혀 있었다.

긴 결의안을 읽어 본 최 반장은 길게 한숨을 쉬었다.

"정말 결연하군. 이 분위기였다면 국회에서 대 중국 선전포고라도 할 기세였겠어."

"하지만 정치하는 사람들 대가리가 그렇지 않죠. 외교적 분쟁은 피해야 한다느니, 향후 대 중국 수출 전선에 이상이 생길 거라느니, 어쩌고 하면서 궤변을 늘어놓고는 슬그머니 덮어버렸습니다. 외교도 좋고, 수출도 좋다 이겁니다. 남들 눈에 드러나게 해서 문제가 생기면 살짝 감추고 하면 되죠. 장기적이고 조직적으로 국가 예산을 투자해서 연구 인력을 양성하고, 대안이 될 모델을 고안한다면 얼마든지 효과적으로 대처할 수 있죠. 그러나 지금은 '동북공정'이란 말 자체를 기억하는 국회의원도 몇 되지 않을 겁니다. 국회에 냉철한 이성을 가진 사람은 없고, 머리가 텅 빈 골빈 투사나 이지고잉easy going하려는 보신족들만 득실대니, 산적이나 오렌지족 소굴이지 무슨 민의의 전당입니까?"

"이봐, 조 형사. 너무 흥분하지 말라고. 검사도 대통령한테 막말하는 세상이지만 형사가 국회의원에게 막말해서야 되겠나."

"대통령도 한심하면 욕 먹어야죠. 옛날엔 임금도 시원찮으면 내쫓았습니다. 그게 반정反正 아닙니까?"

이 말을 듣더니 최 반장의 얼굴이 뜨악하게 변했다.

"자네, 반장도 시원찮으면 갈아 치우자고 나올 기센데?"

조 형사의 얼굴에서 핏기가 싹 가셨다.

"그럴 리가요! 어쨌든 몇 년 뒤 고조선이나 고구려, 발해가 중국사의 일부로 세계적인 인정을 받을 때 또 한번 입만 산 날파리들이 모여 역사수호 궐기대회를 열겠죠. 머리띠 두르고 구호 외친다고 사라진 역사가 되돌아옵니까. 우리 역사에서 만주의 역사는 영원히 사라지고 말았는데!"

우국충절에 불타는 조 형사에게 음료수를 건네며 최 반장이 수습에 나섰다.

"자, 이거 마시고 열 좀 식히게. 역사타령이 범인을 잡아주지는 않잖아. 그 문제는 그 정도로 정리하고, 그러니까 죽은 위천익이 동북공정 사업에 깊이 관여하고 있었던 것은 분명한데, 그가 맡은 역할이 단지 한국 측 논문 자료를 요약해서 보내고 동정을 살피는 수준이었을까 의심스럽군. 그리고 그를 불러들인 사람이 이준섭 교수잖아? 이준섭 교수하고 위천익과의 관계를 좀 더 철저하게 조사해 볼 필요가 있을 것 같아. 두 사람이 어떻게 만났고, 이 교수는 무슨 이유로 북경대학엘 갔는지 알아보라고. 혹시 그 사람 재산에 중국 측 자금이 유입되었을 가능성도 있을 테니까 그 쪽도 살펴보고. 그밖에 관련된 사람들 신원도 확인해 보고, 출입국 상황도 빼놓지 말고 알아 봐. 필요하면 수색 영장을 발부 받는 것도 고려해 보고."

낭만적 역사학도에서 냉정한 형사 직분으로 돌아온 조 형사는 최 반장의 지시를 재빨리 메모해 나갔다. 그 사이 최 반장은 점퍼를 걸치고 형사계를 빠져 나갔다.

17
안연과의 만남

　담대멸명은 안연의 눈을 똑바로 본 적이 없었다. 자주 만난 적도 없지만, 어쩌다 마주칠 기회가 있어도 그의 눈은 항상 감겨 있거나 먼 곳을 향하고 있기 일쑤였다. 남의 시선을 회피하거나 깊은 명상에 잠겨 사색의 세계를 노닐던 안연은 이미 이승의 바깥쪽을 딛고 있는 사람처럼 보였다. 원인도 실상도 분명하지 않은 그의 명상이 가식으로 포장된 것인지 수양으로 이룬 높은 경지인지 담대멸명은 가늠하기 어려웠다. 묘한 설렘이 가슴에서 솟아올랐다.

　나는 과연 그의 눈 속에서 무엇을 볼 수 있을까?

　안연은 담대멸명보다 열 살이나 연하였다. 나이로 보면 갓 입문한 제자 또래였지만, 그는 자로나 염유 등과 함께 고제高弟의 반열에 오른 사람이었다. 더구나 안연은 공자의 총애를 가장 많이 받고 있는 제자였다. 그는 언제나 경건하게 다소곳이 입을 다물었고, 가끔 뜻 모를 미소를 지으며 자아의 세계로 깊이 침잠했다. 그런 안연의 내심에 무엇이 들어있는지 알고 싶어 하는 사람은 비단 담대멸명만은 아니었다.

안연은 대부분의 시간을 학당에서 보냈다. 이것은 물론 안연에게만 허락된 특권은 아니었다. 누구나 원하면 학당의 기숙사를 이용할 수 있었다. 따로 비용을 내는 것도 아니니, 고학을 하거나 집이 먼 제자들이 즐겼다. 다만 안연은 이용 방법이 유별났다. 보름 정도를 꼼짝 않고 기숙하다가 보름 정도는 아예 나타나지도 않았다. 정기 강학 시간에 결석하는 경우는 없었지만, 다음 강학 때까지 얼굴 한 번 내비치지 않은 적도 많았다.

안연이 장기간 학당을 비워도 공자는 전혀 나무라지 않았다. 그 점이 특혜였다. 안연은 또 기숙사에서도 독방을 사용하고 있었다. 공자는 틈이 나면 학당에 들러 제자들과 문답을 주고받곤 했다. 기억력이 비상한 공자는 자리를 비운 제자는 금방 기억했다. 자주 자리를 비우면 따끔하게 꾸짖었는데 유독 안연만은 예외였다. 깊은 신뢰의 표시였다.

공자의 안연에 대한 애정은 각별했다. 어떤 제자도 그것이 과분하다고 불평하지 않았다. 안연에 대한 비난은 학당에서는 금기 가운데 하나였다.

공자는 그를 두고 이렇게 평했다.

"안연은 마음속에서 석 달 동안 어짊에서 벗어나지 않는구나. 다른 제자들은 고작 하루나 한 달에 한 번 정도 그럴까 말까 하는데."

한 번 어짊에 이르면 석 달을 떠나지 않는 안연의 성실함은 인고의 고행에 익숙한 사람이 아니면 도달하기 어려운 경지였다. 항상 진지하기만 한 사람은 인간적인 매력이 없다. 안연의 고독은 거기서 연유할 것이다.

공자의 안연에 대한 칭송은 여기서 그치지 않았다.

"놀랍구나. 나는 안연이 앞으로 나아가는 것만 보았지, 도중에 멈추는 것은 보지 못했다."

분명 그런 치열함은 다른 제자에게서는 좀체 찾아보기 어려운 미덕이었다. 자로의 성급함이나 결연함과는 다른, 정적이면서도 역동적인 움직임이 안연에게는 있었다. 그렇기 때문에 그는 과묵했고, 이 또한 스승의 칭송을 받는 이유가 되었다.

하지만 안연의 생애를 자세히 살펴보면 밝지만은 않았다. 안연은 가난한 사람이었다. 삼순구식三旬九食, 한 달에 아홉 끼만 챙겨먹는 빈한한 살림의 표본이 바로 안연이었다. 굶기를 밥 먹듯 하는 극빈의 생활은 안연의 정신을 더욱 명징하게 만들었는지 모르지만 그의 육체를 야금야금 갉아먹었다. 굶주림과 허기에 대한 오기였을까? 안연은 빈한에서 벗어나기보다는 즐기는 쪽으로 몰입했다. 공자는 안연의 이런 자기파괴적이고 위험스러운 행동을 극찬했다.

"훌륭하구나, 안연이여! 한 그릇 밥과 한 바가지 물만 마시면서 지저분한 뒷골목에 산다면, 아무도 괴로움을 견디지 못할 것이다. 그런데도 안연은 그것을 즐거워 하니 참으로 훌륭하구나."

누추한 곳에서 낡은 대나무 밥그릇 하나로 연명하는 단표누항 單瓢陋巷의 삶을 살아야 한다는 공자의 언급은 담대멸명이 보기에 칭찬이 아니라 잔인한 요구였다. '사흘 굶어 담 안 넘어가는 사람 없다'는 속담은 천하의 백성 모두에게 적용될 당연한 이치인 것을 공자는 모르고 있는 것일까. 공자는 왜 안연의 궁기를 상찬하기만 하고 거기에서 벗어나게 해주는 배려는 못하는 것일까. 과연 공자는 안연을 진정으로 사랑하는 것인지, 아니면 다른 저의를 숨기고 있는 것인지 담대멸명은 분간하기 어려웠다.

담대멸명이 안연을 만난 것은 해가 뉘엿뉘엿 넘어가는 저녁 무렵이었다. 황혼이 아름다웠다. 담대멸명은 잠시 멈춰서 서녘 하늘 전체를 붉게 물들이며 하루의 마지막 불꽃을 태우는 장엄한 자연의 진혼곡을 바라보았다. 내일 비가 오려는가.

안연은 마루에 앉아 있었다. 그러나 평상시 안연의 모습은 아니었다. 연신 상체를 움직이면서 손수건으로 땀을 훔치며 한동안 허둥댔다. 그러다 진정이 되었는지 평소대로 서간을 무릎에 펼치고 읽기 시작했다.

'내 기별을 못 받은 것일까?'

아침에 부관을 보내 미리 약속을 잡았고, 안연 역시 흔쾌하게 응했다. 그런데 왜 초조해 할까. 안연은 항시 하얀 무명 손수건을 가지고 다녔다. 땀을 많이 흘렸기 때문이다. 빈곤에 시달린 데다 타고난 약골인 그에게는 식은땀이 떠나지 않았다. 그의 발한發汗은 계절을 가리지도 않았다. 담대멸명은 헛기침을 하며 안연에게 다가섰다.

"제가 독서를 방해했나 봅니다."

담대멸명이 인사를 하자 안연은 옷깃을 여미며 허리를 펴더니 몸을 일으켜 영접했다.

"어서 오시지요."

엷은 미소를 보이는 안연의 얼굴은 저녁 어스름 때문인지 더욱 여위어 보였다.

"참으로 황혼이 아름답습니다. 늦가을 저녁 날씨치곤 따뜻합니다."

담대멸명은 인사치레로 말문을 열었다. 워낙 말이 없는 안연인지라 어떻게 해야 할지 사실 막막했다.

"그렇습니다. 참으로 적막하고 서늘합니다."

안연은 멀리 가을 하늘로 시선을 돌리며 요령부득의 말로 맞받았다.

학당에는 다른 제자들은 없는 것처럼 보였다. 담대멸명은 정공법으로 나가기로 했다. 어차피 허점이 있을 사람도 아니었고, 자기의 본심을 드러낼 사람도 아니었다.

"요즘 공문에 이상한 바람이 불고 있습니다. 느끼셨겠지요?"

열 살이나 어린 사람임에도 불구하고 담대멸명은 말을 놓지 않았다. 공문의 고제에 대한 예의를 염두에 둔 포석이었다.

담대멸명의 말에 안연은 짐짓 아무 것도 모른다는 듯이 의아한 눈빛을 보냈다.

"이상한 바람이라면…… 무엇을 뜻하는지?"

"안 대인께서는 누구보다 오래 스승이신 공자님을 모셨고, 여러 번 생사의 고비를 넘긴 것으로 알고 있습니다. 자로 어른과 함께 공자님의 신상에 대해서라면 가장 잘 아는 사람으로 생각했는데요?"

담대멸명은 에두르며 말끝을 흐렸다.

"물론이지요. 자로와 나는 누구보다 가까이서 스승님을 모셨지요."

30년 연상임에도 불구하고 안연은 자로를 동기생쯤으로 치부했다. 공문에 입문한 시기로 따지면 안연이 앞섰다. 안연의 말은 계속 이어졌다.

"스승은 군자십니다. 불의한 세상에서 군자의 삶이란 곤욕스럽기 짝이 없지요. 그런 세상에서 군자가 편안하다면 어찌 군자라 하겠습니까? 스승님께서 그간 많은 고충을 겪은 것이 바로 스승님이 군자란 증거겠지요."

"그렇겠습니다. 그렇다고는 해도 공자님이 받은 핍박은 도가 지나친 것이지요. 장년기 때 혈기를 이기지 못해 저지른 허물이야 이제 무슨 책 잡을 일이겠습니까만, 쉬지 않고 밀려오는 암살 위협은 참으로 감당하기도 어렵고 위태롭기 그지없습니다. 저는 주군이신 계강자님의 특명으로 공자님의 신변보호와 배후 세력을 척결하라는 임무를 받잡고 있습니다."

담대멸명이 넘겨짚자 안연은 사실을 인정했다.

"아, 그러시군요. 부디 스승님의 마음을 편하게 해주시기 바랍니다. 이렇게 어진 스승님께 위해를 가하려는 불순한 무리가 있다니…… 난세입니다."

담대멸명은 곧바로 핵심에 접근하기로 했다. 품 속에서 죽간을 꺼내 안연에게 건네며 물었다..

"안 대인, 혹시 이런 죽간을 본 적이 있습니까?"

안연이 죽간을 찬찬히 살피며 말했다.

"아주 고급스런 죽간인 것 같습니다."

안연의 표정은 조금도 흐트러지지 않았다.

"그렇습니다만, 그 죽간에 써 있는 글귀는 그리 고급스럽지가 않습니다. 공자님을 해치려는 불순한 무리들이 친절하게도 자신들의 음모를 알려주는 협박이 적혀 있지요."

안연의 눈가에 일순 짙은 그림자가 드리웠다.

"무슨 글귀가요? 아! 그러고 보니 기억이 납니다. 아주 오래전 스승님께서 천하를 주유하실 때 종종 이런 죽간이 떨어져 있곤 했지요. 짧은 글귀가 적혀 있었는데, 자로도 그것이 스승에 대한 협박문이라고 했습니다. 그러면 이것이 다시 나타난 겁니까?"

안연이 담대멸명을 쳐다보며 물었다. 눈을 마주친 담대멸명은 순간적으로 섬광이 뿜어져 나오는 것 같은 착각에 빠졌다. 안연은 눈이 크진 않았지만, 눈매가 날카로웠다. 미간이 좁고 눈썹도 끝이 날렵해서, 학자풍의 느낌을 주지는 않았다. 가느다란 수염도 인품의 무게를 다소 떨어뜨렸다.

"예, 제가 알기로 두 번쨉니다."

새로운 죽간이 던져졌다는 것을 자로는 안연에게 알리지 않은 모양이었다.

"허! 큰일이군요. 그것 때문에 많은 곤욕을 치렀는데. 또 나타나다니. 이미 연로하신 분이 뭘 더 어쩌겠다고, 이젠 그만 둘 때도 되었건만. 그 자들이 언제나 정신을 차리려는지…….”

안연은 눈을 감더니 입을 굳게 닫았다. 수양이 깊은 탓일까? 안연의 말에는 걱정이 담겨 있지 않았다. 담대멸명은 안연의 표정이 어떻게 변하는지 계속 살폈지만, 잠시 흔들리는가 싶었던 동요는 금방 사라졌다.

어색한 침묵이 흘렀다. 분위기 전환을 위해 담대멸명이 먼저 말을 꺼냈다.

“대인, 이렇게 오랜 시간을 두고 스승님의 목숨을 노리는 것으로 봐서 저자들은 아주 깊은 원한을 품고 있는 듯합니다. 천하를 주유하는 곳곳마다 출몰해서 위협을 가했다면 세력이 어느 한 지역에만 국한된 것도 아니라는 뜻이지요. 혹시 짚이는 일이 없습니까? 스승님께서 그렇게 깊은 원한을 살만한 일을 한 적이 있었습니까? 대인께서는 누구보다 스승님을 지근거리에서 오랫동안 모시지 않았습니까?”

안연의 다시 떠진 눈은 영리하게 빛났지만 말은 흐렸다.

“글쎄요. 스승님께서 어디 원한을 살 분이신가요. 뭔가 큰 오해가 있는 모양입니다.”

“물론 저도 그렇게 믿습니다. 하지만 그것을 알아야 배후를 추적할 수 있습니다. 지금까지 저들은 새가 허공을 가르듯 흔적 하나 남겨놓지 않았습니다. 아주 기민한 놈들이지요. 어디서부터 손을 써야 할지 막막한 상황입니다. 현재로선 작은 단서 하나라드 아쉽습니다.”

“음, 저로서는 당장 떠오르는 것이 없습니다. 차라리 스승님께 직접 여쭤보시지요. 당사자가 가장 잘 알지 않겠습니까?”

“이미 여쭤봤습니다. 그러나 공자께서는 묵묵부답이십니다.”

“자로는요? 그도 누구보다 측근에서 모셨는데? 다혈질이긴 해도 명민한 사람이지요.."

"자로 어르신 역시 감을 못 잡고 있습니다. 세 분이 다 모른다면…… . 그렇지만 제 느낌에는 분명 뭔가가 있습니다. 이 죽간과 얼마 전에 죽은 염백우의 시신이 그 증거지요."

안연은 입으로 가져가던 찻잔을 멈추었다. 그 겨를에 찻물이 후루룩 무릎으로 떨어졌다. 꽤 뜨거웠을 텐데 안연은 꿈쩍도 하지 않았다.

"염백우의 시신이라뇨? 그럼 그가 나병으로 죽은 게 아니란 말씀입니까? 다들 그렇게 알고 있는데?"

안연에게 약간의 정보를 누설해도 괜찮을 것이라는 판단 아래 담대멸명은 비밀을 공개하기로 결심했다.

"자로 어르신이 손을 써서 세상 사람들이 모르게 한 것입니다. 사실, 염백우는 누군가에게 독살되었습니다."

안연의 손이 부들부들 떨렸다. 엄청난 충격을 받은 듯했다.

"맙소사! 이런 참변이, 이런 참변이…… . 그 고귀한 인품을 가진 사람이 독살을 당하다니!"

안연은 말도 제대로 잇지 못했다. 담대멸명은 갑자기 불길한 예감이 들었다. 내부 공모자의 존재를 그는 깜박 잊고 있었다. 안연도 혐의자의 한 사람에서 예외일 수는 없었다. 안연이 공문의 제자들에게 소문을 내면 일이 복잡해 질 수 있었다. 담대멸명은 재빨리 확신을 불확신으로 바꿨다.

"대인, 너무 놀라지 마십시오. 사실 염백우의 사인은 확실한 것은 아닙니다. 이미 매장되었으니 확인할 수는 없는 일이지요. 다만 자로 어른과 의원이 목격하고 증언한 사실이니 가능성이 높지요. 이것은 공문에서도 몇몇 사람만 알고 있는 비밀이니 유념해 주셨으면 합니다."

담대멸명의 말뜻을 이해했는지 안연은 다시 차분한 자세로 돌아왔다.

"알겠소. 스승님을 해치려다가 안 되니까 이제는 제자들에게
까지 마수를 뻗치는군요. 하나하나 제거해서 우리 공문을 송두
리째 날리려는 속셈인가."

의외로 안연의 판단력은 뛰어났다.

"바로 보셨습니다. 그렇기 때문에 더욱 위험한 상황입니다.
실낱같은 꼬리라도 잡아야 저들의 만행을 막을 수 있습니다. 잔
혹하기 그지없는 놈들이지요."

"그렇군요. 그렇군요. 막아야지요."

안연의 입술로 가는 경련이 지나갔다.

찻물이 식었다. 황혼도 기력을 다했는지 고즈넉하고 우묵한
어둠이 차곡차곡 쌓여가기 시작했다. 담대멸명은 자리에서 일어
나야 한다고 생각했다.

"대인께서도 부디 몸조심하십시오. 이만 물러갈까 합니다."

안연과 헤어져 나오면서 담대멸명은 여러 가지 상념이 떠올랐
다. 별로 성과가 없는 방문이었지만, 안연을 가까이서 살펴볼 수
있는 좋은 기회이기도 했다.

공자 의중에 후계자에 대한 구도가 있다면 그것은 안연일 터
였다. 드러내진 않았지만 자타가 공인하는 공개된 비밀이었다.

담대멸명은 밤길을 걸으면서 안연이 공문의 후계자가 된다면
어떤 일이 벌어질지 곰곰이 헤아려 보았다. 길게 예측할 필요도
없이 공문은 지리멸렬해질 것이다. 안연의 존재는 스승 공자의
등둘이 있기에 빛났다. 그가 보기에 안연은 스스로 타오르는 별
이 아니었다. 지도력이나 친화력이 없는 안연이 제자들을 통솔
하고 공문의 미래를 개척하는 모습은 좀체 상상하기 어려웠다.
공자가 죽고 나면 공문의 제자들 가운데 누가 안연의 향도를 따
르려 하겠는가? 지금은 공자라는 큰 스승의 그늘 아래 있어 복종

하고 있지만, 그가 보기에 안연의 미래는 거미줄 위에 지어 놓은 집이었다.

공자는 자로를 동지라기보다는 적으로 간주했다. 매사에 적극적이고 좌중을 휘어잡는 선동가적 기질이 다분한 자로를 보며 공자는 자신이 사망한 뒤 후계 구도에 먹구름이 끼는 것을 느꼈을 것이다. 공자의 입장에서 후계자는 당연히, 자식보다 더 귀한 제자 안연일 것이다. 논리적으로 위험한 선택이지만, 그것은 논리에 앞선 무조건적인 당위였다. 안연이 아닌 제3자가 후계자 자리를 꿰찬다는 것을 공자는 꿈에도 생각해보지 않았을 것이다.

공자는 왜 그토록 안연에 집착하는 것일까? 안연은 과연 공자가 절대적인 지지를 보낼 만큼 뛰어난 인물일까? 험악한 세상을 살았던 만큼 공자에게도 사람 보는 눈이 있을 것이다. 그 많은 제자의 개성과 성격을 바늘로 찌르듯이 정곡을 짚어내는 공자가 그런 안목이 없다면 말이 되지 않았다.

담대멸명이 보기에 안연은 가난한 선비고, 안빈낙도를 천직처럼 여기는 인물인지는 모르지만, 현실을 타개하고 개척하는 능력은 없었다. 이 점은 안연의 언설을 조금만 살펴봐도 금방 드러났다. 상대, 특히 스승인 공자가 듣기 좋아하는 말을 금 쟁반에 옥구슬 굴러가듯 살뜰하게 표현할 줄 알았던 이가 안연이었다.

'스승인 공자가 듣고 싶어 하는 말을 골라 할 줄 아는 안연이 과연 어진 사람의 표본일까? 후계자가 될 만큼 유능한 인물일까? 공자가 그렇게 경멸한, 일급의 '말재주만 좋은 놈[佞者]'인데 말이다. 사람 눈에 귀신이 쓰이면 여우도 소처럼 보인다더니, 공자와 안연을 보니 실감나는군.'

담대멸명은 씁쓸한 독백을 남기고 어둠 속으로 몸을 숨겼다.

18
이준섭 교수 주변 인물의 동태

"똑똑, 반장님, 들어가도 되겠습니까?"

의자에 다리를 올려놓고 곤한 낮잠에 빠져 있던 최 반장은 노크 소리에 잠이 깼다. 어젯밤 폭음의 여파가 아직 가시지 않았다. 사우나에서 땀도 빼고, 각성에 좋다는 컨디션도 세 병이나 마셨지만, 숙취는 여전했다. 아령이 한 개 들어간 듯이 아픈 머리를 흔들면서 그는 조 형사에게 들어오라는 손짓을 했다. 그리고 아스피린 세 알을 입에 털어 넣었다.

"그래, 무슨 일이야? 보고가 시원찮으면 머리 깨질 줄 알아."

조 형사는 조심스럽게 들어와 문을 닫았다. 그리고 수첩으로 손바닥을 탁탁 치며 혀를 찼다.

"반장님, 이준섭 교수와 주변 인물들의 관계를 알아봤는데요. 거 대학이란 동네도 까뒤집어 보니까 꽤나 지저분하더군요. 비리, 파벌, 암투, 중상모략이 조폭들 뺨 쳐요. 최고 지식인이라고 그럴 듯한 폼을 잡고 있지만, 썩은 내가 만만치 않던데요."

"이 사람이 뱀 대가릴 보았나. 서론이 참 길구먼. 핵심만 정리하라고."

최 반장의 호통에 조동찬 형사는 정색을 하고 형사 수첩을 펼쳤다.

　"우선 피살자 위천익과 이준섭 교수가 처음 만난 것은 이 교수가 북경대학에 교환교수로 갔을 때였던 것 같습니다. 서로 전공은 달랐지만, 중국 고서의 한국 반입이라는 공통 관심사 때문에 자연스럽게 가까워졌던 모양입니다. 이 교수가 중국에 갔던 것은 5년 전으로, 2년 동안 중국에 체류했습니다. 이 교수는 꼭 철학 관계 서적만이 아니고 동양고대사 전반에 걸친 연구에 관심이 많았습니다. 고대사 해명에 중요한 단서가 될 만한 고문헌들을 발굴 소개해서 한 때 언론의 집중조명을 받은 적도 있었습니다. 국내 학계에서 약간의 논란도 있었던 모양인데, 그 때 위천익이 그를 많이 도왔던 모양입니다. 그에 대한 보답으로 귀국하면서 이 교수는 자기 대학 박사과정에 위천익을 입학시켰던 것이죠. 명목상으로 자비 유학이었지만, 중국 사회과학원이든 이 교수든 학비와 체재비에 대한 지원이 끊어지지 않았더군요. 계좌 추적을 해보니, 이 교수가 매달 정기적으로 일정액을 위천익에게 송금하고 있었습니다."

　"흠! 돈까지 줘가면서 불러올 정도면 순순한 학문적 애정 때문만은 아닐 것 같군. 뭔가 요긴하게 부려먹을 데가 있었단 뜻이겠지?"

　"그렇죠. 이준섭 교수, 결코 손해 볼 일은 할 사람은 아니죠. 그만한 현금을 쥐어주었다면 그 이상의 보상을 반드시 받았을 겁니다."

　"조 형사, 그 반대급부가 과연 뭐였을까?"

　"그거야 아직 모르죠. 위천익이 유학을 온 것은 이 교수가 귀국하고 1년이 지난 뒤였습니다. 그러니까 2년 전에 입국한 셈이죠. 그런데 계좌 송금은 이미 3년 전부터 했습니다. 무슨 꿍꿍이

속인지 모르겠지만, 두 사람 사이에는 어떤 방식이든 물밑 거래가 있었던 게 분명합니다."

"그래. 분명 수상쩍은 구석이 있어. 귀국한 뒤 이 교수의 행적은 어땠나?"

"먼저 눈에 띠는 게 그 대학 총장 선거에 출마한 일입니다. 몇 몇 측근들의 말만 믿고 나선 모양인데, 이 사람 이 방면엔 젬병이었던 모양입니다. 돈만 왕창 날리고 고배를 마셨더군요."

"돈을 얼마나 썼기에? 아직도 그런 짓거리를 하나, 그것도 대학 선거에서?"

"반장님, 놀라지 마세요. 자그마치 10억입니다. 이 교수가 워낙 재력가여서 타격이 크진 않았다고 합니다만, 소문에는 그 자금이 선거전에 들어가지 않고 누군가 횡령했다는 말도 떠돕니다. 제대로 썼으면 그렇게 호락호락 패하지는 않았을 거라고 지금도 쑥덕거리고 있던데요."

"횡령? 그게 누군데?"

"거명되는 사람이 여럿이라 사실 여부를 가리긴 어렵습니다만, 반장님, 왜 사건 당일 날 아침에 마번지에게 전화를 해서 연구실로 와달라고 했다던 김오명 교수 있잖습니까?"

"음. 있었지. 이미 일차 조사 했잖아?"

"이 사람도 총장 선거전에 이준섭 교수 참모로 뛰었던 모양입니다. 당연히 의심 일순위죠. 전임이라 투표권도 없는 그가 개발에 땀나듯 괜히 뛰었겠어요?"

"같은 과 교수니 당선시키려고 뛰어다닐 수도 있지 뭐."

"사실 김오명 교수는 이준섭 교수가 강하게 밀어 전임이 되었다고 합니다. 그것 때문에 학교가 좀 시끄러웠데요."

"왜? 피박 쓴 사람이 있었나?"

"혁! 반장님은 점쟁이. 그 피박을 쓴 사람이 한병준이란 강산데요. 유능하고 성실한 데다 연구실적도 대단해서 그 방면의 두뇌라는 평을 듣고 있었답니다. 다만 이 친구 처신이 세련되지 못하고, 입바른 소리를 잘 하는 게 흠이라더군요. 이준섭 교수가 학계와 교내 세력을 등에 업고 무슨 사업을 벌이려고 했던 모양인데, 눈치 없이 한병준이 이것을 대놓고 반대했답니다. 그 대가는 당연히 미운 털이죠. 이 사회에서 미운 털은 피박 아닙니까."

"흠! 그런 유력한 사람을 제칠 정도였다면 김오명 이 친구 어지간히도 이준섭 교수 똥구멍을 핥았던 모양이군."

"맞습니다, 충견. 이 교수가 죽으라면 죽는 시늉도 할 정도였답니다. 또 공부는 뒷전인 채 학교 이곳저곳을 돌아다니며 안면 익히기에만 골몰하는 형이랍니다. 대개 그런 족속들의 특징이지만, 허세를 부리고 꼬리는 감추면서 일을 꾸미는 재주는 뛰어나잖아요. 게기다 결정적으로 판세가 기울어진 건 같은 과 교수로 있던 계국충桂國忠이란 작자의 막후 공작 때문이었답니다. 이 사람은 김오명 교수와는 동향인데, 교활한 협잡꾼으로 악명이 지독하더군요. 초록은 동색이라고 둘이 붙어서 재단이며, 총장의 암묵적인 동의까지 얻어냈답니다."

최 반장이 의아하다는 듯 조 형사를 바라보면서 물었다.

"그래? 그럼 그 교수도 이번 사건과 무슨 연관이 있는 거 아닐까?"

"저도 뭔가 가닥이 하나 드러날까 싶어 귀가 솔깃했는데, 벌써 죽었다잖아요. 반 년 전에."

"왜? 암이라도 걸렸나?"

"그게 아니고, 사고사였답니다. 큰아들과 차를 몰고 가다가 트럭하고 받았는데, 두 사람 다 갈갈이 찢겨서 즉사했다더군요. 추돌한 뒤 화재가 나 새카맣게 타버린 뼈다귀만 건졌답니다. 사람이 욕심에 눈이 멀어 남 못 살게 굴면 말년이 비참한 법이죠."

"그건 또 무슨 소리야?"

"그 사람도 꽤 소문난 알부자였다네요. 젊었을 때 여고 교사로 있으면서 고액 과외로 떼돈을 모았답니다. 그걸 잘 굴려 돈을 불렸고요. 압구정동에 빌딩만도 몇 채가 있다더군요."

"재테크는 나쁜 게 아냐. 자네도 배워, 배 아파하지 말고."

"반장님도 참! 과외로 번 게 무슨 재테큡니까? 아무튼, 그 사람 교수가 된 뒤의 행적은 더욱 지독했습니다. 이전에 있던 다른 대학에서도 보직 교수로 있다가 인사 문제로 잡음이 일어 부랴부랴 대학을 옮겼다더군요. 제 버릇 개 못준 거죠. 또 제 이익을 챙기는 데는 귀신이라, 대학원생이며 학부생들을 악랄하게 부려먹었던 모양입니다. 한동안 연구소 소장을 지냈는데, 볼펜 한 자루 휴지 한 장 사는 것도 연구소 공금으로 사서 썼답니다. 연구소 프로젝트로 들어온 연구비를 착복한 건 다반사고, 총장한텐 온갖 아부를 떨어 신임을 얻었답니다. 그걸 밑천으로 해서 김오명을 밀어붙인 것이죠."

"짜식, 보기 드문 악질이군."

"그 사람 별명이 독사禿蛇였답니다. 대머리 독자에 뱀 사자를 써서 말이죠. 대머리라 그런 별명이 붙은 모양인데, 사람이 얼마나 교활했는지 알 쪼가 아닙니까? 강사들이 신년 인사 가면 선물은 다 받아 처먹고 달랑 요구르트 한 병씩 돌렸답니다. 욕도 나오지만 부럽기도 합니다."

"아니, 그런 인간이 어떻게 떨려나지도 않고 붙어 있지?"

"세상이 바뀌면서 가면도 잘 바꾸는 인간들 있지 않습니까? 정권이 바뀌니까 지가 무슨 반정부 투쟁의 열사였던 것처럼 과거 정권 비판에 열을 올리면서 현 정부 학술 기관의 위원장 자리 하나를 건졌답니다. 그것도 권력이라고. 그걸 방패막이 삼아 쥐새끼처럼 빠져나갔던 거죠. 근래에 착복한 연구비만도 몇 억은

될 거라고 하더군요."

"자네가 지금 하고 있는 말, 사실이야?"

"그럼요. 그 과 대학원생들 사이에서는 모르는 사람이 없던 걸요. 한병준이 한 때 연구소 연구원으로 있었다는데, 아마 그가 그 비리의 증거물을 다 쥐고 있을 거라고 하더군요."

"처세에 젬병인 한병준, 이래저래 골칫거리였겠군."

그 때 조동찬 형사가 생각났다는 듯이 머리를 치면서 말했다.

"아, 반장님, 재밌는 사실 하나를 발견했습니다. 출입국관리국에 피살자의 신원을 조사하다가 알았는데요, 피살자인 위천익의 체류 비자가 6월 15일자로 만료될 겁니다. 그런데 피살자는 연장 신청을 하지 않았더군요."

"그게 무슨 소리야? 비자 연장 신청을 않다니? 그럼 중국으로 가겠다는 얘기잖아?"

"위천익은 6월 5일 오전 북경행 KAL기 표를 예매했답니다. 그것도 편도로요. 왕복표를 사면 할인도 되는데, 굳이 편도로 끊은 것은 다신 안 오겠다는 뜻이지 않겠습니까?"

"그렇군. 북경이야 가까우니까 편도만 샀을 수도 있겠지만 이상하긴 해. 어쨌거나 위천익 그 사람, 이 나라를 떠나기 며칠 앞두고 북경이 아니라 저 세상으로 간 거군. 좋아, 그것도 이 사건을 해결하는 데 중요한 단서가 될 수 있겠어. 그건 그렇고, 조 형사, 김오명 쪽은 조사해 보지 않았나? 그렇게 이 교수의 신임이 컸었다면, 이 교수 일에도 깊이 관여했을 텐데?"

"빛 좋은 개살구란 말 있지 않습니까? 딱 김오명 교수를 두고 만든 속담입니다. 김오명 교수는 근본적으로 무능한 사람이더군요. 실력으로 교수가 못 된 사람이니 뭔들 제대로 하겠습니까? 임용되자마자 이준섭 교수 속깨나 썩인 모양입니다. 그런다고 어쩌겠습니까? 원래 교수 자리야 철밥통 아닙니까? 나이 차기 전에야 쫓아낼 수 없는 게 교수 자리죠."

"그러게 사람은 잘 뽑아야 하는 거야. 조직 속에 시원찮은 인간이 하나 들어오면, 이건 꼭 이빨에 낀 오물 같아요. 잘 빠지지도 않고, 성가시긴 오죽 성가신가. 그렇다고 때려죽일 수도 없고 말이야."

"그런데 반장님, 수상한 점은 그것만이 아니었습니다. 김오명이 사람, 교수가 되기 전에 1년 정도 북경대학에 가서 공부를 했었습니다. 그 쪽 외국어교육원에서 한국어를 가르치면서 자기공부도 한 모양인데요. 재미있는 게 그 때 기숙사에서 한 방을 썼던 사람이 죽은 위천익이랍니다."

"그래? 두 사람이 어떻게 알고?"

"이준섭 교수가 소개했겠지요. 1년을 함께 생활하다가 6개 월 차이로 귀국했고, 그 해 김오명 교수는 박사학위논문을 제출해서 통과했다더군요. 학위를 받자마자 곧 임용되고요."

"그럴 수도 있는 거지. 그게 뭐가 수상하다는 거야?"

"그렇죠. 그렇다면야 수상할 게 없죠. 그런데 김오명 교수가 중국에 가기 전에 박사학위 논문을 한 번 제출한 적이 있었답니다. 그런데 본 심사에는 올리지도 못하고 취소했답니다."

"왜?"

"왜긴요. 논문이 부실했기 때문이죠. 박사 학위 논문을 내고 도중에 취소한 경우는 그 학교 대학원 역사상 초유의 일이었다더군요."

"한심의 극치로군. 그런 무능한 작자가 중국에 갔다 오더니 1년 만에 논문을 마무리 지어 통과하고 교수가 되었다는 거야? 중국 물이 좋긴 좋군."

"결론적으로 말하면, 이준섭 교수와 김오명, 위천익 세 사람은 묘한 끈으로 얽혀있었던 것이 분명합니다. 다만 그 끈의 정체가 이것이 다인지 아니면 모종의 협약이 더 있는지는 아직 불투명합니다. 동북공정도 관련이 있을 법하고, 이준섭 교수가 찾고 있다는 희귀본 고서 문제가 개입되었을 것도 같고, 아니면 엉뚱한 제3의 동기가 있을지도 모르고요. 반장님, 사건이 갈수록 흥미진진해지는데요?"

"자넨 흥미진진해서 좋겠다! 난 머리 아파 죽겠구만."

최 반장은 다리를 꼬면서 조 형사의 긴 보고를 머릿속으로 빠르게 정리하기 시작했다.

19
자공을 만나 암시를 받다

자공은 역시 정보력과 추진력에서는 타의 추종을 불허했다. 그는 담대멸명의 연락을 기다리지 않았다. 아침에 공무실에 나와 하루 일정을 정리하고 있는데, 자공으로부터 만나자는 연락이 왔다.

자공은 그윽한 향기가 감도는 차를 대접했다. 남쪽 지방에서 나는 품질 좋은 약초에서 뽑아낸 진액을 물로 희석한 것이었다. 씁쓸한 첫 맛이 가시자 곧 따뜻하고 부드러우면서 상쾌한 뒷맛이 입안을 감돌았다. 자공은 얼마 전 공자의 지시에 따라 다섯 제후국을 돌면서 전쟁위기를 변론과 설득으로 말끔히 걷어냈다.

"담대멸명 자네, 벌써 스승님과 자로, 안연을 만났더군?"

"예. 마지막으로 가재 어른을 뵐 생각이었습니다."

"음. 한동안 외교 문제로 나라밖에 있어서 무슨 일이 있었는지는 잘 모르겠지만, 근래 우리 공문에 음울한 기운이 감돌고 있다는 것은 알고 있네. 안 그런가?"

"그렇습니다. 가재 어른의 예리한 눈은 피할 수 없군요."

담대멸명이 보기에 자공은 당대 최고의 군자형 인물이었다.

재색겸비라는 말이 그만큼 잘 어울리는 사람도 드물었다. 자공은 훤칠한 키, 선이 뚜렷한 시원한 얼굴, 검술로 다져진 다부진 몸매가 일품이었다. 지적인 측면도 나무랄 데 없어, 상대의 허를 찌르는 예리하고 적절한 논리와 온화한 화술로 사람들의 마음을 휘어잡았다. 50대 나이에 어울리는 품위와 풍부한 경험으로 다져진 경륜은 무엇보다 큰 자공의 자산이었다. 그를 만난 사람이면 누구나 호감을 가졌다.

게다가 자공은 외교관으로서의 명망만큼이나 사업가로서의 기질도 타고났다. 그는 시세를 살펴 알맞은 시기에 물건을 매매하여 정당하면서도 막대한 이익을 챙겼다. 또 시기를 놓치지 않고 그때그때 재화를 처분해서 천하에 열 손가락 안에 드는 재력가로 명성이 자자했다. 공자가 말년에 학당을 열 수 있었던 것도 계강자와 함께 자공의 아낌없는 후원 덕분이었다. 자공의 삶은 지극히 세속적이면서도 이상적이었다.

자공이 공자를 처음 만난 것은 위나라에서 망명생활을 할 때였다. 그는 겸양의 예를 올린 다음 공자에게 물었다.

"사람이 가난해도 아첨하지 않고, 부유해도 교만하지 않다면 어떻겠습니까?"

부유함이라면 누구도 부럽지 않은 그가 던질 만한 질문이었다. 공자는 자공의 질문에 이렇게 대답했다.

"그것도 괜찮다만, 가난하면서도 도를 즐기고, 부유하면서도 예를 좋아하는 것만은 못하겠구나."

그러자 자공이 공손히 말했다.

"『시』에 보면 '끊는 듯, 가는 듯, 쪼는 듯, 가는 듯하다'는 절차탁마切磋琢磨라는 구절이 있습니다. 바로 이것을 두고 한 말입니까?"

공자는 감탄을 아끼지 않았다.

"허허. 지나간 일을 일러주니 앞으로 올 일을 아는구나."

자공은 공자가 감탄할 정도로 교양과 양식을 두루 갖추고 있었고, 배운 것을 적절하게 이용해서 자신을 표현하고 남을 높여주어 자신의 가치를 올리는 방법을 터득한 지혜로운 사람이었다. 자로가 기상이 높은 사람이라면, 자공은 심성이 조화를 이룬 사람이었다. 그런 자공도 공문에서는 안연 다음의 2인자였다.

언젠가 공자가 자공에게 이런 질문을 했다고 한다.

'너와 안연을 비교한다면 누가 더 낫다고 생각하느냐?'

영리한 자공이 공자가 질문한 저의를 모를 리 없었고, 주저하지 않고 대답했다고 한다.

"스승님. 제가 어찌 안연을 바라볼 수나 있겠습니까? 안연은 하나를 들으면 열을 알지만, 저는 하나를 들으면 고작 둘밖에 모르옵니다."

자공의 대답에 공자는 빙긋 웃으며 고개를 끄덕였다고 한다.

"그래, 솔직하구나. 너는 안연만 못하다. 네가 안연에 미치지 못하다는 것을 나도 인정하느니라."

듣기에 따라서는 참으로 민망한 말이었다. 자공과 안연은 나이로 보더라도 20년 차였다. 세간의 명성이나 이룩한 업적을 보더라도 안연이 자공보다 낫다고 할 사람은 많지 않았다. 어쩌면 공자만이 그렇게 생각하는 유일한 사람일지도 모를 일이다. 그런데도 자공은 자신의 허리를 굽혀 낮추고 안연을 높이 추켜세웠다.

물론 자공은 까닭 없이 머리를 숙이는 사람은 아니었다. 자공은 공자에게서 많은 지혜를 얻었다. 그리고 누구보다 공자를 존경했다. 자공은 공자 같은 사람이 세상의 인정을 못 받고 경륜을 풀어내지 못하는 현실을 늘 안타까워했다. 공자가 기나긴 방랑 생활을 접고 고향으로 돌아올 수 있었던 것도 자공의 막후 공작

덕분이었다.

언제가 자공은 정치에 대해 공자와 대화를 나눈 적이 있었다.

"스승님, 이상적인 정치란 무엇인지요?"

"먹을 것이 풍족하고, 군대가 강하고, 백성들이 정치하는 사람을 믿는 것이니라."

"스승님, 어쩔 수 없어서 하나를 버려야 한다면 셋 가운데 무엇을 버려야 합니까?"

"군대를 버려야지."

"어쩔 수 없어서 또 하나를 버려야 한다면 둘 가운데 무엇을 버려야 하겠습니까?"

"먹을 것을 버려야 한다. 사람은 언젠가는 모두 죽는다. 그러나 백성들의 믿음이 없다면 나라는 유지될 수 없느니라."

공자와의 이 문답에서 자공은 크게 깨달아 신뢰를 정책의 기본으로 삼았다. 그는 한 순간의 정치적 곤경에서 벗어나기 위해서 일시적인 미봉책을 쓰지 않았다.

자공에게도 물론 단점도 있었다. 그는 남의 장점을 드러내주기를 좋아했다. 하지만 남의 허물이나 잘못을 숨겨주지는 못했다. 담대멸명이 보기에 자공은 매몰찰 정도로 시是와 비非를 분명히 했다.

"여보게, 멸명. 차가 다 식었군. 뭘 그리 골똘히 생각하는가?"

자공의 말에 담대멸명은 긴 상념에서 퍼뜩 깨어났다. 자공은 화로에서 끓는 음료를 받아 주발에 넣어 열기를 식히고 있었다. 이른바 거열去熱이었다. 아무리 품질이 좋은 차라 해도 알맞은 온도에서 우러내야 제 맛이 나는 법이다. 자공은 차를 우려내는 기술뿐만 아니라 천하의 맛을 우려낼 줄도 알았다. 담대멸명은 차를 마시면서 칭찬의 말을 건넸다.

"어르신, 송구하옵니다. 제가 결례를 범했습니다. 차 맛이 정말 그윽하군요. 근래에 보기 드문 진품을 만났습니다."

"허허, 그런가? 공무실로 한 통 보내도록 하겠네."

자공은 항상 여유가 있었다. 남들이 원한다면 아낌없이 베풀었다. 사족上族들이 그를 지지하는 것도 무리는 아니었다.

"그래. 세 사람을 만나 얻은 수확은 무엇인가? 물론 공식적으로 밝힐 수는 없는 일일 테지만. 어차피 나에게도 보고가 올라올 것으로 생각하는데?"

"당연하지요. 다만 이번 일은 비공식적인 임무입니다. 계강자 어른께 먼저 보고를 해야 하는 것이 제 책무이기도 하지요."

"음, 그렇다면 굳이 캐묻지는 않겠네. 사건의 내용은 나도 자로 어른께 들어 대강은 알고 있네. 새로 발견된 죽간은 자네가 가지고 있나?"

"아닙니다. 자로 어르신이 보관하고 계십니다."

"좋아. '작용자무후'라 새겨져 있었다지?"

"그렇습니다."

"누굴까? 작용한 사람이?"

"글쎄요. 감을 잡기 어렵습니다. 후손이 없을 것이라고 한 점으로 봐선, 젊은 사람을 지칭할 수도 있겠습니다."

"우리 공문에 자녀가 없는 사람은 한둘이 아니지. 젊은 층들은 대개 혼전이지 않나?"

"그렇게 다수를 지목한 것은 아닌 듯합니다. 이제까지 죽간에 드러난 공격 대상은 공자 한 분에 국한되었고, 실제 희생자는 염백우 한 사람뿐이었으니까요."

"그래. 하지만 저들이 갑자기 전략을 바꿨을 수도 있지."

"집단적으로 움직인다면 반란이 될 것입니다. 그러나 그 반란의 선포를 공문에 하는 것은 우스운 일이지요. 왕실이나 계강자 어른에게로 향해야 이치에 합당하지 않겠습니까?"

"내가 보기에 저들이 궁극적으로 노리는 건 계손씨 정권의 붕괴야. 먼 곳을 쳐서 가까운 곳을 약화시키는 암수일 수 있겠지."

자공은 확실히 수가 앞섰다.

"저도 고려하지 않은 바는 아닙니다만, 그 정도 규모의 반란이 꾸며지고 있다면 저희들의 첩보망에 걸려들지 않을 리가 없습니다. 저희들도 거동 수상자들에 대해 철저한 정보 수집을 하고 있는데, 그런 조짐은 발견되지 않았습니다."

"멸명. 모든 가능성에 대해 문을 열어두어야 해. 계강자 어른은 스승님의 학당에 대해 관심도 크실 뿐만 아니라 기대도 많다네. 변화의 시대에 꼭 필요한 인재를 공급하는 곳으로 우리 학당을 염두에 두고 있는 건 자네도 잘 아는 일이지 않나?"

"그야 물론 저도 잘 알고 있습니다. 그러나 공문에 대한 계강자님의 경계심도 적진 않습니다. 오래 전이긴 하지만, 공자님께서 계손씨 정권에 도전한 사례도 있지 않습니까?"

"그렇긴 하지. 그러나 다 옛 일일세. 이제 스승은 기력도 없고 그럴 의사도 없으시네."

"천리마가 늙어 말구유 속에 있어도 마음은 항상 광활한 들판에 가 있는 법입니다. 저도 공자님을 의심하진 않습니다만, 모든 사람을 의심하는 일이 저의 소임인 것을 헤아려 주십시오."

스승인 공자까지도 의심한다는 말에 자공은 잔을 든 채 멸명을 응시했다. 담대멸명은 자공의 시선을 피하지 않았다. 공자의 역모 사건이 있었을 때 그나 자공이나 현장에 있지 않았다. 자공은 위나라에서 하급 관료로 막 출신出身한 때였고, 담대멸명 자신은 비록 노나라에 있었지만 벼슬이 아직은 미미한 존재였을 때였다.

"흠! 자네의 그런 강직함 때문에 계강자 어른께서 신임하는 것이지. 좋은 미덕이야."

자공은 시선을 거둬 창 밖으로 돌렸다. 담대멸명의 시선도 따라갔다.

자공의 관저는 제후의 저택에 못지 않은 웅장한 규모였다. 제후국 군주로부터 선물이나 뇌물로 받은 진귀한 보배가 저택을 온통 장식하고 있었다. 작은 호수에 아담한 동산이 감싸고 있고 야트막한 언덕을 돌아가면 폭포가 나왔다. 인공과 자연을 적절하게 가미한 그야말로 천하의 기관을 갖추고 있었다. 담대멸명은 사람들이 자공의 저택을 왜 금도金㙯라 부르는지 이해가 갔다. 자공은 금으로 담을 둘러친 저택에 살고 있었다.

계강자가 자공에게 호화로운 저택을 허락한 것은 그의 능력을 인정한 결과이기도 하지만, 문서상 이 집은 계강자 소유였다. 자공은 결코 남의 질시를 살 만큼 졸부 같은 행동은 하지 않았다. 그가 노나라에서 가재 벼슬을 그만두고 위나라로 돌아갈 때, 이 저택은 계강자에게 주고 나귀 한 마리에 종자 한 사람만 이끌고 떠날 계획이었다. 고향에도 버금가는 저택을 소유하고 있었지만, 마음만 먹으면 언제나 다시 돌아와 이 저택에서 살 수 있다는 자신감 때문이었다.

"어떤가? 오랜만에 왔으니 저녁이라도 들고 가시게. 세상 돌아가는 일에 대해 자네도 궁금한 게 많을 텐데."

난세에 영웅을 꿈꾸지 않는 사람이 누가 있을까. 담대멸명 역시 야망을 품은 사람이었다. 언제까지나 남의 뒷조사나 하며 이 풍진 세월을 보낼 생각은 추호도 없었다. 자공처럼 천하를 휘어잡는 호걸이 되고 싶었고, 그 준비를 지금 하고 있는 중이었다. 그러나 지금은 몸을 가능한 낮춰야 했다.

"가재 어른, 호의는 감사합니다만, 저는 일개 말단 관료일 뿐입니다. 관심이 없다면 거짓말이겠지만 매일 보고서를 작성하는 일도 힘에 부칩니다. 나중에 좀더 편안한 때에 찾아 뵙고 어르신의 고귀한 세상 경륜을 경청하겠습니다."

담대멸명은 자공과 어쩔 수 없이 등을 서로 돌리고 서 있어야 했다. 뒷날 어깨를 나란히 할 때가 올지는 모르겠지만, 지금은 아니었다. 분별력은 그에게 가장 필요한 능력이었다.

"그래. 바쁘겠군. 언제 한가한 날에 만나 음풍농월하며 술이나 한 잔 하세 그려."

담대멸명은 자리를 뜨기 전에 마지막 질문을 했다.

"어르신, 저는 공문 내에 적들과 내통하는 공모자가 있다고 보는데, 어떻게 생각하시는지요?"

담대멸명이 직설적으로 나가자, 자공은 옥으로 다듬은 잔을 쥐고 즉각 대꾸하지 않았다. 잔을 바라보는 그의 눈동자에는 아무런 의미나 의사도 담겨 있지 않았다. 표정을 함부로 드러내지 않는 것도 자공의 장점이었다. 한참 후에 자공은 무겁게 입을 열었다.

"음. 나도 오래 전부터 공문에 배신자가 있으리라 의심은 했었네. 그 자를 색출하려고 경계를 늦추지 않았지만, 도무지 꼬리가 잡히지 않더군. 어쩌면 그런 의혹은 저들의 이간질일 수도 있다는 노파심도 들었네. 그러니 무조건 의심만 할 수도 없었지. 그렇지만 일련의 정황들을 따져보면 개연성은 충분하다네. 내통자가 없다면 어떻게 스승님의 일거수일투족을 족집게 집듯이 알아낼 수 있었겠나. 우리도 만약을 대비해 감쪽같은 연막을 피웠는데 말이야. 그러나 나도 그 문제는 두 손을 들고 말았네."

과연 두 손을 든 것인지, 속내를 감춘 것인지 담대멸명으로서는 감을 잡기 어려웠다. 천하가 인정하는 최고의 책사策士이자 정보통인 자공이 공모자의 정체를 모른다는 것이 선뜻 믿기지는 않았다. 그는 천하를 손바닥 위에 올려놓고 손금 보듯 하는 사람이었다. 공문 내에서 벌어지고 있는 일이라면 그의 손바닥 안에 있는 것이나 마찬가지다. 자로나 안연은 간파하지 못했다고 해도 자공의 눈을 벗어났다고 믿기는 어려웠다.

어쩌면 자공은 사실을 애써 회피하고 있는지도 몰랐다. 손에 피를 묻히고 싶지는 않다는 무언의 의사 표시일 수도 있었다. 동문을 고발한 배신자로 낙인 찍히고 싶은 사람은 그리 많지 않다. 자공 역시 공자 사후 공문의 후계 자리를 노리는 사람이 아닌가.

그때, 자공이 뜻밖의 정보를 흘렸다.

"멸명, 내가 자네에게 해줄 수 있는 말이 하나 있네. 지난 14년 동안 스승께서는 망명 생활을 하며 많은 고초를 겪으셨네. 그 일에 대한 자세한 전말은 이미 계강자 어른께도 보고 되었지. 거기에는 내가 쓴 보고서도 있고, 스승께서 직접 쓰신 자술서도 있고, 자로와 안연이 쓴 것도 있네. 그것들을 한번 자세히 검토해보시게. 공실의 문서 수장고를 뒤지면 찾을 수 있을 걸세. 분명 네 사람의 진술에 모순되는 부분이 있을 거야. 그 것을 추적의 시발점으로 삼아도 나쁘지 않을 걸세."

말을 마친 자공은 다시 옥잔에 차를 따랐다.

권유인지 암시인지 알 수 없는 충고를 곱씹으면서 담대멸명은 자공의 관저를 나섰다. 말을 할 때 자공이 뭔가 주저했다는 인상을 지울 수 없었다. 전후 상황을 가리면서 말하는 버릇 때문이었겠지만, 개운치 않은 기분이었다.

그 때 갑자기 소낙비가 쏟아졌다. 미처 우장을 챙기지 못했던 담대멸명은 길을 서둘렀다. 사적인 일로 여겨 수레를 타고 오지 않은 것을 후회했지만, 이미 비는 펑펑 쏟아지고 있었다.

질퍽대는 흙탕길을 달리면서 천하의 형세도 이 꼴이 아닐까 하는 생각이 문득 뇌리를 스치고 지나갔다. 천하는 지금 어디를 향해 달려가고 있는 걸까? 비가 그치면 맑은 하늘이 열리고 무지개가 걸리는 법인데…….

20
이준섭 교수, 내면의 고민을 토로하다

　이준섭 교수는 사건이 있은 이후 한동안 바깥출입을 삼가고 있었다. 말 그대로 두문불출. 김오명 교수를 만나 무슨 이야기를 주고받았는지 알 수 없었지만, 이후 방향타를 잃은 범선처럼 극도로 혼란한 모습을 감추지 못했다. 한번 연구실을 다녀온 뒤론 그 좋아하던 아침 등산도 포기한 채 서재에 묻혀 살았다. 이따금 화를 누르기 위해 피우던 담배가 갑자기 줄담배로 바뀌었다.

　그 사이 김오명 교수가 두어 번 찾아왔지만, 그 때마다 이준섭 교수의 심기는 더욱 불편해 보였다. 식사를 하러 본채로 들어갔다가 심한 언쟁을 벌이는 듯 계단을 타고 들려오는 쟁쟁거리는 소리가 들리기도 했다. 나는 실업자처럼 무료하게 지냈다. 며칠 전부터는 아예 차고에 딸린 부엌에서 아침 저녁을 지어먹으며 마냥 시간이 흐르기만 기다렸다.

　그 사이 이소정 기자로부터 몇 번 연락이 왔다. 위천익 사건에 대해 궁금해 하기는 그녀나 나나 마찬가지였다. 그녀의 전언에 의하면, 경찰 관계자도 일절 함구로 일관하고 있다는 것이었다. 그러면서 소가죽 가방이 사라진 것은 아직 아무도 모르는 것 같다고 했다. 문득, 주인이 죽은 마당에 그깟 소가죽 가방이 무슨 대수랴 하는 생각도 들었다.

그러던 어느 날 이준섭 교수가 나를 호출했다. 이른 새벽이었다. 잠에서 덜 깬 나는 눈을 비비며 그의 서재로 올라갔다.

"마군, 등산을 가야겠어요. 준비하세요."

집을 나서 주택가를 조금 지나면 개활지가 나오고, 거기서 다시 동쪽으로 낮은 언덕을 오르면 제법 높은 야산이 있었다. 먼 산행을 할 여유가 없을 때 이준섭 교수가 자주 가는 행선지였다. 산 어귀에 약수터가 하나 있었다.

이준섭 교수는 등산을 가면서 차를 타고 간 적은 없었다. 때문에 무슨 일인가 싶어 물었다.

"차를 대기시켜 놓을까요?"

"아니에요. 걸어갈 거예요."

나와 동행을 하겠다는 것이었는데, 의외의 일이었다. 내가 이 교수의 등산에 처음 동행한 것은 작년 겨울이었다. 북한산에서 있었던 그 등반 경험이 다시 기억에 되살아났다. 그 날도 아무 예고 없이 이 교수는 내게 동행을 요구했다.

"등산화가 없는데요?"

이 교수는 노련한 산악인이었다. 젊은 시절부터 그는 즐겨 산을 탔고, 산을 소재로 한 수필도 꽤 많이 발표했다. 해외 원정을 나서는 전문 등반인은 아니었지만, 산악계에서 이 교수의 이름을 모르면 애송이 취급을 당할 정도였다. 장비를 갖추지 않은 등산을 구두를 신고 축구를 하는 사람만큼이나 혐오하는 그였기에, 나는 조심스럽게 곤혹한 심정을 내비쳤다.

"아니, 젊은 사람이 등산화도 하나 없어요?"

그는 핀잔인 듯 짜증인 듯 말을 꼬았다. 그러나 없는 것은 없는 것이었다.

"쯧쯧. 알았어요. 북한산 아래 등산화 잘 만드는 친구가 있으니, 가서 하나 고르도록 해요. 발에 맞는 게 있는지 모르겠군요."

가던 날이 장날이라고 친구라는 분은 가게 문을 열지 않았다. 이 교수는 더욱 부아를 냈다. 나는 공연히 억울한 화풀이를 당하면서 운동화 차림으로 눈 덮인 북한산을 오르는 끔찍한 경험을 해야만 했다.

그때의 기억을 떠올리며 나는 마음을 단단히 다졌다. 운동화에 조금 두꺼운 셔츠를 걸치고, 골덴 바지를 입었다. 등산모에 등산복, 등산화, 등산용 단장까지 갖춘 이 교수의 모습과 대비할 때 내 행색은 초라했다. 나는 식당 아주머니가 싸준 도시락을 들고 이 교수 뒤를 따랐다.

육십을 넘긴 노인네의 걸음걸이라고 생각하기 어려울 정도로 그의 발길은 여전히 당당하고 힘이 넘쳤다. 오랜만에 걷는 새벽 산길은 상쾌했지만, 그는 아무 말도 없이 묵묵히 산행에 열중했다. 나란 존재는 없는 듯했다. 그는 오가는 등산객들이 인사를 해도 외면했다.

야트막한 골짜기를 도니 약수터가 나왔다. 이 교수는 약수 물 대신 보온병에서 커피를 따라 마셨다. 진한 블랙 커피였다. 한약처럼 쌉쌀한 뜨거운 커피를 나는 사양하지 못하고 마셨다.

바위에 앉아 시내를 바라보던 이 교수가 서성거리고 있던 나를 보더니 입을 열었다.

"마군은 위천익군을 여러 번 공항까지 태워다 주었지요?"

예상치 못한 질문에 나는 말을 조금 더듬거렸다.

"네."

"그 친구, 내가 원하는 책을 찾으러 꽤나 열심히 중국을 오갔었지요. 그다지 좋은 성과는 없었지만……."

이 교수는 말을 다 맺지 못하고 커피를 삼켰다.

"참 성실한 사람이었어요. 내 심한 등쌀도 잘 참아줬고. 어쩌다 그런 봉변을 당했는지, 아직 젊은 사람이 할 일도 많았을 텐데……."

역시 또 말을 삼켰다. 그러면서 대화는 자연히 끊겼다. 나는 수심에 찬 이 교수의 마음을 풀어줄 재치 있는 대답을 궁리하며 바닥에 박힌 돌을 찼다.

"내가 왜 마군을 기사로 채용했는지 압니까?"

그는 뜬금없는 질문을 던졌다.

"모릅니다. 하지만 항상 감사하게 생각하고 있습니다."

"공치사를 받자는 건 아니에요. 내가 마군을 채용한 건 특이한 이름 때문이었어요."

나는 무슨 말이냐는 표정으로 그를 쳐다보았다.

"마군은 번지라는 이름이 혹시 누군지 아나요?"

"번지란 이름을 가진 사람이 저 말고 또 있습니까? 누군지 몰라드 그 사람 꽤나 괴로웠겠어요. 사실 이름 때문에 자라면서 놀림을 많이 당했습니다. 이름을 말하면 깔깔거리면서 '너네 집 문방그 하냐? 이름이 마분지게'라고 놀려댔거든요."

나는 이 교수의 표정을 살피며 어색한 분위기를 풀어보려 했다. 하지만 효과는 없었다.

"이 세상에 번지란 이름을 가진 사람은 마군뿐일 겁니다."

"아, 네."

"하지만 지금으로부터 2,500년 전에 마군과 똑같은 이름을 가진 사람이 한 명 있었지요."

"2,500년 전에요? 누군데요?"

이 교수 표정을 보니, 농담은 아니었다.

"마군은 모르겠지만, 공자의 제자 중에 번지란 사람이 있었지요. 그가 한 일은 공자님의 수레를 모는 일이었습니다."

지금은 습관이 돼서 괜찮지만, 처음에는 이준섭 교수의 예의 바른 말투가 영 신경에 거슬리는 게 아니었다. 가식처럼 느껴지기도 했고, 자가용 기사 직분에 충실하라는 경계의 의미로 받아들였기 때문이다. 나는 다시 분위기 반전을 시도했다.

　　"공자님의 수레를 모는 마부요? 그거 참 신기합니다. 저도 교수님 차를 모니 마분데, 그럼 교수님은 공자님이시네요. 하하."

　　내가 웃자 이 교수도 빙그레 미소를 지었다.

　　"허허. 말이라도 고맙군요. 그래요. 나도 공자가 되고 싶습니다. 그래서 좋은 제자도 많이 키우고, 미래를 열 지혜를 담은 책도 내고 말입니다. 공자는 칠십밖에 못 살았지만, 아직도 천하를 호령하지 않습니까? 한창 때는 나도 공자님의 부활을 꿈꾸며 강연에 열을 올리기도 했어요. 몸은 늙어도 열망은 죽지 않아요, 열망을 실천할 몸이 죽어서 문제지. 인간이 처한 슬픈 현실인 거지요."

　　그의 말에는 삶을 고뇌하는 학자의 비애가 묻어났다. 나는 밝은 목소리로 위로했다.

　　"교수님은 아직 건강하십니다. 저는 벌써 지쳤는데, 교수님은 아직도 체력이 넘치시잖아요."

　　"마군 보기에 그런가요? 흠, 체력엔 자신이 있다고 여겼는데, 생각보다 시련이 많았어요. 체력이 모든 근심을 없애주지는 않습니다. 젊었을 때는 공부하느라 걱정이었고, 공부를 마치니 취직 때문에 걱정, 취직이 되니 뜻을 이뤄야겠는데 사람이 없어 걱정, 인생은 걱정의 연속이지요."

　　"교수님, 힘내십시오. 이번 일로 너무 상심하신 것 같습니다."

　　"마군이 곁에 있어 많이 위로가 됩니다. 어쨌거나 번지는 공자의 수레를 몰면서 스승과 관련된 여러 일들을 알게 되었습니다. 『논어』란 책을 보면, 번지 얘기가 여러 군데 나옵니다. 재능은 좀 떨어졌지만 성실한 사람이었죠. 모르면 열심히 물어 공자를 어지간히 성가시게 하기도 했어요."

나는 예전에 읽었던 『논어』의 기억을 떠올려 보았다. 아무리 기억해도 번지란 이름은 없었다.

"그렇군요."

"공자님을 그림자처럼 수행했던 번지는 우직했던 만큼 자기가 모르는 일이거나 새로 듣고 본 일이 있으면 열심히 적어두었을 겁니다."

"아, 네. 메모가 최고죠."

이 교수는 잠시 안개 낀 동네를 내려보더니 화제를 돌렸다.

"마군은 모르겠지만, 사실 난 평생을 책 한 권 찾으며 살아왔습니다."

"교수님은 학자시니 당연하죠. 그렇게 귀중한 책이 있습니까?"

"귀중하죠. 그게 있는지 없는지 모르겠지만, 어쨌거나 나는 있다고 확신해요."

"무슨 책인지 여쭤 봐도 될까요?"

내 질문이 분수에 맞지 않다고 생각했는지 이 교수는 피식 선웃음을 흘렸다.

"내가 평생을 찾고 있는 책은 바로 공자님의 마부가 쓴 일기입니다."

"일기라고요?"

"그래요. 나는 반평생을 2,500년 전 번지가 썼을지도 모르는 일기를 찾아 다녔던 거예요."

"그 사람이 일기를 썼었나요? 썼다고 해도 그게 지금까지 남아 있을까요?"

"모르지요. 아무도 본 사람이 없고, 나도 추측일 뿐이니까."

"외람된 말이지만, 2,500년이나 된 책을 아무도 보지 못했다면 없을 확률이 더 높지 않겠습니까?"

내가 정곡을 찔렀는지, 이 교수의 얼굴 위로 일순 허탈감이 스쳐 지나갔다. 엉겁결에 말을 실수했다는 생각이 들었다. 나는 입장을 재빨리 바꿨다.

"교수님, 워낙 옛날 책이라 너무 희귀해서 아직 발견되지 않았을 수도 있습니다. 포기하지 마세요."

내가 격려하자 이 교수의 표정이 밝아졌다.

"그래요. 중국 송나라 때 그 책이 고려로 넘어와 필사되어 몇몇 사람들의 손에 들어갔던 것 같아요. 그러다가 언제부턴지 사라져버리고 만 것이죠. 그리곤 다신 나타나진 않고 있습니다."

"그럼, 중국에는 있지 않겠습니까? 중국 책인데."

"여러 번 가서 뒤져봤지요. 그런데 없더군요. 그런 책이 존재한다는 사실조차 중국학자들은 부인하고 있는데, 어떻게 책을 찾겠습니까? 나를 반 미친 사람 취급하더군요."

"그 책의 내용이 뭐기에 그렇게 찾으시는 겁니까? 기껏해야 마부의 일기일 뿐인데."

"마부가 보통 마부입니까? 공자님의 마부였어요. 공자님의 언행 하나하나를 바로 곁에서 지켜본 사람의 일기지요."

"공자의 언행이야 『논어』에 다 나오지 않습니까?"

그는 다시 나를 주시했다.

"마군, 이제 보니 『논어』에 대해 좀 아나 봅니다."

"저를 너무 무시하시면 섭섭합니다. 전에 읽어 본 적은 있습니다. 다시 한 번 『논어』를 꼼꼼하게 읽어봐야 겠습니다. 거기에 번지가 나오는지는 오늘에야 알았습니다. 어처구니없죠."

"내가 마군을 너무 무시했던 모양이군요. 하여간 처음 마군을 기사로 추천 받았을 때 이름을 보고서 무조건 써야겠다고 결심했지요. 번지의 일기를 찾고 있던 차에 마번지라는 사람이 기사로 오겠다는 데 왠지 예감이 좋았습니다. 더구나 마군 아버님 함자는 마멸명馬滅明이라고 하지 않았습니까?"

"그것과도 무슨 상관이 있습니까?"

"공자님의 제자 중에 담대멸명이라는 사람이 있어요. 아주 강직하고 원칙에 목숨을 걸었던 사람입니다. 『논어』에는 딱 한 번 등장하지만, 이상하게 그 사람에게 흥미가 끌렸습니다. 그런데 부친 함자가 멸명이라니, 우연치고는 기이하지 않아요?"

좀 기이한 우연이긴 했다. 하지만 세상에는 동명이인이 수없이 많다. 공자의 마부 이름과 같다고 해서, 지금은 어디 있는지도 모를 아버지의 이름이 『논어』란 책에 나온데서 크게 달라질 것은 없었다. 『논어』를 열심히 읽은 어떤 작명가가 우리 부자 사주팔자 고치라고 지어준 이름일 수도 있었다. 어떻든 이름 때문에 기사로 취직하지 않았는가.

"저도 이름 때문에 곤욕을 많이 치렀습니다. 항상 놀림감이었죠."

"물론 담대멸명과 번지는 부자지간은 아니었습니다. 그런데 21세기에 『논어』에 등장하는 사람의 이름을 딴 부자가 있다니, 우연치고는 아주 절묘한 우연이잖아요?"

"그 우연이 교수님을 그렇게 즐겁게 만든 것 같지 않은데요?"

"그랬나요? 그럼 미안하군요."

"고수님 말씀 들으니 영광이네요. 어쨌거나 빨리 그 번지 일기를 찾아야겠습니다."

"서두를 건 없어요. 진짜 없는 책일지도 모르니까."

이 교수는 등산복 주머니에서 담배를 꺼내더니 한 개비를 입에 물었다. 라이터를 찾는 모양인지 손이 주머니를 들락거렸다. 나는 주머니에서 라이터를 꺼내 불을 붙여주었다. 이 교수는 맛있게 한 모금 빨아들이며 말했다.

"그 책이 만에 하나 발견되면 많은 의혹이 풀릴 거예요. 『논어』는 기술 방식으로 보면 지극히 단순한 책입니다. 지나칠 정도예요. 그래서 어떤 구절은 무슨 뜻인지 잘 알 수 없는 경우도 많아요. 세상의 이치가 음양陰陽이라면, 이렇게 간략한 『논어』와는 다른 상세한 『논어』가 있어야 합니다. 그래야 우리는 온전한 『논어』를 갖게 되는 거지요. 만약 번지가 쓴 그 책이 발견되면 우리는 공자의 사생활을 속속들이 알게 될 겁니다. 현존하는 『논어』에서처럼 툭툭 던져진 그런 화두가 아니라, 생생하게 살아 있는 공자의 육성과 실체를 말이죠. 그러면 우리가 오해하고 잘못 본 공자의 참된 모습을 찾을 수 있을 겁니다. 그렇게 되면 우리 시대에 공자는 다시 살아나는 거죠. 내 손을 통해서 말입니다."

이 교수는 마치 그 책을 입수하기라도 한 듯 득의의 웃음을 지었다.

"그 책 찾는 일을 위천익 선생이 도왔던 거군요."

"그래요. 워낙 서지에 밝고 눈썰미가 대단한 사람인지라, 내가 찾지 못한 책도 귀신 같이 가져다주더군요. 그래서 데리고 온 거지요."

이 교수는 잠시 말을 끊더니 다시 이었다.

"『논어』에는 20여 명에 달하는 제자들이 등장합니다. 하나하나가 기라성 같은 인물이고, 그 언행들이 바로 눈앞에 보듯이 생생하게 전해지고 있습니다. 다만 안타까운 것은 유독 수제자격인 안연에 대한 기록만 부실하다는 거예요. 그가 요절하긴 했어도 자로와 함께 가장 오래 공자를 섬긴 사람입니다. 또 공자가 항상 자신의 뒤를 이을 재목감으로 듬직하게 여겼지요. 그런데도 『논어』에는 안연에 대한 기록이 거의 없어요. 있어도 아주 단편적입니다. 그의 사상이나 학문, 인간 됨됨이를 알 수 있는 자료가 그렇게 부실하다니, 납득할 수 없어요. 안연이 후세에 두고 두고 학덕과 인격이 높다고 칭찬을 받았다면 그만한 이유가 있을 겁니다. 나는 그에 대한 자세한 기록이 번지의 일기 속에 반드시 있을 것에요. 그렇게 된다면 공자의 사상과 그 후계자의 사상이 일목요연하게 정리될 수 있습니다. 지금 학계에서는 맹자를 철학사의 공식 후계자로 인정하고 있지만, 맹자와 공자는 시간도 100년 정도 차이가 날 뿐더러 전면적이지도 않습니다. 맹자 자신도 공자를 조술祖述한다고 자부했지만, 미흡해요. 그래서 더욱 안연과 그 제자들의 계보가 중요한 거지요. 위천익 군도 이런 내 취지에 동감해서 발 벗고 나선 것이지요."

그는 다시 담배를 한 모금 빨았다.

"그런데 이렇게 허무하게 가다니, 참 미안하게 됐어요. 모든 게 다 내 부덕의 소치지요."

"교수님, 너무 자탄하지 마십시오. 경찰이 수사를 하고 있으니, 범인은 곧 잡힐 겁니다."

이 교수는 담배를 비벼 끄더니 쓰레기통에 넣었다. 그리고 매점에 들어가 막걸리 한 통을 샀다. 탁배기 잔에 담아 나에게 몇 잔 권하더니 마지막 잔은 자신이 벌컥거리며 마셨다. 그러면서 그는 누굴 향해서인지도 모를 말을 주문처럼 뇌까렸다.

"이제 와서 돌이켜 보면 내가 인생을 잘못 살았다는 후회도 들어요. 그 땐 그게 최선이었는데, 결국 어리석은 선택을 한지도 몰라요. 인간은 그렇게 어리석은 겁니다. 그렇다고 이제 와 되돌려 놓을 수도 없게 되었으니. 어쩌겠습니까. 그냥 밀고 나가는 수밖에. 사람을 그렇게 믿는 게 아니었는데……."

술에 취했는지, 이 교수는 몸과 마음이 비틀거렸다. 건강하긴 했어도 노년에 새벽 술은 무리였던 모양이었다. 나는 중심을 잃고 비틀거리는 이 교수를 부축하고 산을 내려왔다.

21
위천익이 보낸 소포

이 교수를 서재에 눕혀 놓고 아래층으로 내려왔더니 집안일을 하는 아주머니가 소포를 전해주었다. 배달된 지 며칠 되었는데 한동안 안 보여서 가져간 줄 알았다고 했다. 출입문 신발장을 정리하다가 발견해서 이제야 전한다는 것이었다.

두툼한 봉투는 엷은 황색 테이프로 밀봉되어 있었다. 발신자 이름이 씌어 있었지만 생소했다. 그러나 발신지는 이 교수가 재직하고 있는 대학교 구내 우체국이었다. 소포를 보낼 만한 사람은 아무도 없는데 누굴까 의아해 하며 소포를 뜯었다.

작은 봉투 세 개가 들어있었다. 두 개는 얇았고, 나머지 하나는 두툼했다. 봉투마다 번호가 써 있었고, 1번부터 뜯어보라는 발신자의 전언이 적혀 있었다.

나는 발신자의 희망에 따르기로 했다.

편지는 한글로 쳐서 프린트한 A4지 대여섯 장 분량이었다. 첫 줄을 읽으면서 나는 숨이 막혔다. 살해된 위천익 선생이 보낸 편지였다. 나는 믿기지 않아 이름을 거듭 확인했다.

재빨리 소포 봉투 앞면을 되살펴 보았다. 우체국 봉인에는 바로 그가 시체로 발견되기 하루 전 소인이 찍혀 있었다. 죽기 전날 코낸 것이었다. 나는 떨리는 가슴을 진정시키며 호흡을 가다듬고 편지를 읽기 시작했다.

마 선생.
이 글을 읽는 순간 당신은 아주 당혹스러울 것입니다. 서로 인사 한 번 변변히 나눠본 적이 없는 사람이 무슨 이유로 편지와 소포를 보낸 걸까 수상쩍게 여기겠지요. 사실은 나도 이 편지를 쓰면서 놀라고 있습니다. 오늘 아침까지만 해도 이런 글과 물건을 당신에게 보내리라는 것은 꿈도 꾸지 못했으니까요.
마 선생.
당신은 나에 대해 어떻게 생각할지 모르겠지만, 나를 기숙사에서 공항으로, 공항에서 기숙사로 태워주었을 때 차안에서 이준섭 교수님과 상의할 때 당신을 주의 깊게 관찰했었습니다. 특히 지방으로 함께 여행을 갔을 때에는 더욱 당신을 잘 살필 수 있었습니다. 물론 처음부터 관심을 둔 것은 아니지만, 우연한 기회에 당신은 내 관심사 안으로 들어왔습니다. 당신은 평소 말이 없는 사람이었습니다. 그런 점도 맘에 들었습니다.
당신과의 기묘한 인연이 또 있습니다. 당신이 이준섭 교수님의 운전사로 추천을 받았을 때 우연찮게 나는 곁에 있었습니다. 당신이 이름을 '마번지'라고 소개하자 이 교수님은 무척 놀라셨습니다. 아니 반가웠다고나 할까요. 교수님과 나는 지난 몇 년 동안 중국과 한국, 일본 등지에서 어떤 책을 찾아 헤매고 다녔습니다. 그 결과 그 책은 한국에 있을 수밖에 없다는 결론을 내렸습니다. 이 교수님은 그 책의 저자가 번지일 것이 틀림없다고 확신하고 계셨습니다. 그런데 느닷없이 마번지 당신이 나타난 것입니다. 참으로 놀라운 우연이었지요. 마치 공자가 당신을 보낸 것처럼, 이 교수님은 만족해 하셨습니다. 그러면서 나도 당신이 어떤 사람일까 몹시 궁금했습니다.

또 당신은 꽤 흥미 있는 이력을 지니고 있더군요. 당신은 고아고 해병대 출신이었습니다. 변변찮지만 대학도 졸업했더군요. 나는 당의 특혜로 군 입대 대신 다른 부서에서 복무했었습니다만, 해병대는 대한민국의 최정예 부대로 알고 있습니다. 그런 사람이 왜 운전기사나 하려는지 의구심까지 들었습니다. 실제로 당신을 만나본 결과 당신이 무관심과 무표정, 무사고라는 삼무三無를 가진 것을 보고, 이 직업을 택한 이유를 납득할 수 있었습니다. 어떤 면에서 당신은 세상과 조금 멀리 떨어진 곳에서 살고 싶었지 않나 여겼지요.

서두가 길었습니다. 이런 이야기를 하려고 편지를 쓰는 것은 아닙니다.

내가 이 편지를 쓰게 된 직접적인 동기는 당신이 중국 고전에 많은 흥미를 가지고 있기 때문입니다. 당신은 기억할지 모르겠지만, 우리는 한번 공항에서 비교적 긴 대화를 나눈 적이 있었습니다. 그 때 당신은 『명심보감』이란 책에 대해 이것저것 물어왔었습니다. 원저자와 편자 사이에 시간상 불일치가 있다는 것과, 왜 중국에서는 그 책이 그렇게 빨리 사라졌는지 등에 관한 질문이었습니다. 그래서 나는 당신이 동양 고전에 대한 관심이 상당히 깊다는 사실을 직접 확인할 수 있었습니다. 그 때 얘기가 나오지 않았지만 나도 개인적으로는 어떻게 그렇게 빨리 범립본의 원저가 조선으로 건너가 축약본으로 나올 수 있었는지 궁금하던 참이었습니다. 그 당시의 서적 유통 경로를 고려할 때 『명심보감』의 조선 진출과 축약본의 등장은 다소 경이로운 일이라고 할 수 있습니다.

사실 나는 이전부터 당신을 관심 있게 관찰하고 있었습니다.

그런 관심 때문에 나는 이 소포와 편지를 당신에게 보내고 있습니다. 적어도 한국에 대한 내 부채를 탕감할 기회를 당신에게 줄 수 있다고 여기기 때문입니다.

마 선생도 대강 짐작하겠지만, 나는 이준섭 교수의 권유에 따라 북경대학교에서 이곳으로 유학을 왔습니다. 그러면서 이 교수님이 원하는 책을 찾는 일을 도우면서 박사과정을 이수하고 있습니다. 그 책이 과연 찾아질지는 의문이지만, 이 교수님의 열정은 어쨌거나 본받을 점이 있다고 생각합니다. 열정이 지나쳐 집착이 되면 위험하지만 말입니다. 마 선생도 많이 도와주길 바랍니다.

지금부터 아주 중요한 얘길 하나 하려고 합니다. 나는 북경대학교 대학원에서 서지학 전공으로 석사반을 마쳤습니다. 박사반 입학을 위해 공부하던 중 김오명 선생이 우리 대학으로 유학을 왔습니다. 거처가 마땅찮던 그는 이 교수님의 권유로 나와 같은 기숙사 방을 쓰게 되었습니다. 첫 눈에 그는 좀 잰 체하는 사람이었습니다. 실제로 무슨 일을 하기보다는 하는 척하거나 한다고 떠벌리기를 좋아하는 스타일이었습니다. 그러나 이 교수님이 특별히 아끼는 제자고, 나이가 한참 연상이라 성심껏 도와주었습니다.

그러던 어느 날 그는 내게 긴요한 부탁이 있다면서 자료를 찾아달라는 요청을 해왔습니다. 자기가 쓰려고 하는 논문의 주제가 '명청시대 유가서儒家書의 한중 교류 양상에 관한 연구'인데, 중국 측 사료나 문집 속에 나오는 관련 문헌과 그 내용을 찾아 요약해 달라는 것이었습니다. 나는 양도 버거울 뿐더러 실제 그 자료를 찾아 시간대 별로 정리하면 그것이 곧 논문이 되는지라 정중하게 거절했습니다. 그랬더니 그는 이 일은 자신의 일이 아니라 한국에 계신 이준섭 교수님께서 부탁하는 일이니, 거절하지 말아 달라고 했습니다. 수고한 대가는 지불하겠다는 것이었습니다. 대개 한국인들은 인심이 후해 일을 맡기면 충분한 대가를 지불했지만, 이번 경우는 그 정도가 과한 것이었습니다. 저는 여러 번 사양하다가 결국 이 교수님의 간청이라는 말에 어쩔 수 없이 일을 도와주었습니다. 그 일은 무려 석 달이나 걸려서야 마무리 지을 수 있었는데, 김오명 교수–그 때는 교수가 아니었지만–는 번역과 요약까지 다시 요청하는 것이었습니다. 약속했던 수고비도 다 주지도 않으면서 일일이 한국어로 번역까지 해 달라니, 아무리 후안무치하다고 해도 지나친 요구였습니다.

　저는 이번에는 단호하게 거절했습니다. 그러자 그는 이 교수님께서 한국으로의 유학도 주선하고 있고, 충분한 생활비도 보장되는 장학금까지 알아보고 계신데, 이 정도 일을 도와주지 않는다면 은덕을 모르는 행위라며 타박을 놓았습니다. 어이가 없었지만, 나 또한 한국에 꼭 가야할 일이 있었고, 좋은 기회였기 때문에 마지못해 일을 맡았습니다. 내 일은 완전히 손을 놓고 거의 한 학기를 그 일에 매달렸습니다.

　방학이 되자 그는 또 나를 찾아왔습니다. 시기별로 분류해 놓은 자료를 주더니 교류 양상과 흐름의 성격 등을 일별해서 정리해 달라는 것이었습니다. 더 이상 논쟁하기도 싫어 그 일까지 다 매듭을 지어 주었습니다. 나는 김오명 교수에게도 화가 났지만, 이 교수님에게도 마음이 언짢아졌습니다. 전에 북경에 오셨을 때에는 이런 과한 부탁은 하신 적이 없는데, 왜 이렇게 태도가 돌변했는지 이해가 가지 않았습니다. 어쨌거나 나에게도 필요한 자료였기 때문에 원본은 디스켓에 잘 담아두고 프린트를 해서 그에게 건네주었습니다. 이후 이 교수님으로부터 몇 번 유학 관계로 연락이 왔지만, 저번 일에 대해 아무런 치하나 감사의 말씀이 없어 마음은 더욱 심란해졌습니다. 적지 않은 돈을 받긴 했지만, 금전의 문제가 아니란 생각도 들었습니다. 그 뒤 그 자료와 내 해석을 가지고 무엇을 했는지 답장도 없었고, 다시 한 학기가 지난 뒤 김오명 교수도 귀국해 버려 뒷일은 전혀 알 수 없었습니다. 그리고 얼마 후 나도 유학과 장학금 문제가 해결되어 한국에 들어왔습니다. 이후의 일은 마 선생도 어느 정도 알 것입니다.

한국에 와보니 김오명 교수는 학위를 받고, 전임으로 임용되었습니다. 그런데 얼마 전의 일이었습니다. 나는 뜻밖의 사실을 알게 되었습니다. 우연히 대학원 스터디 교실을 들어갔는데, 들어보니 명청 시대 유학사에 대해 토론을 벌이고 있었습니다. 무슨 논문을 보면서 조선시대 사신들이 북경의 큰 서점인 유리창에서 구입한 서적 목록과 유통 경로 따위가 거론되는데, 들어보니 전에 내가 수집 정리했던 그 내용이 그대로 나오는 것이었습니다. 한국 측에서도 누가 그런 연구를 했나 싶어 논문을 살폈더니, 놀랍게도 김오명 교수의 박사 학위 논문이었습니다. 시간이 좀 지난 때라 정확하게 기억이 나지 않지만, 제목에서 목차에 이르기까지 내가 정리해준 그대로 수록되어 있었습니다. 나는 그 논문을 빌려 복사를 한 뒤 중국에 있는 아내에게 전화를 걸었습니다. 즉시 내 서재 컴퓨터에서 관련 자료를 찾아 보내라고 했습니다. 내가 직접 손으로 쓴 기록까지 빠짐없이 보내라고 했습니다. 내가 쓴 글과 비교해 보니 몇몇 부분에 손질이 가해져 있었지만, 그것은 이 교수님이 부탁한 그 자료를 그대로 논문이란 이름으로 바꿔놓은 것에 불과했습니다. 더구나 그는 그 논문으로 전임에 임용되었고, 그 때문에 한병준이라고 하는 적임자가 탈락하고 말았다는 것이었습니다.

나는 어이가 없다기보다는 분노가 치밀었습니다. 나도 부족한 학자지만, 부족하다면 노력과 성실로 극복해야지 남의 힘을 도용하는 짓은 학자적 양심으로 있을 수 없다는 생각이 들었습니다. 며칠을 고민하다가 나는 김오명 교수를 찾아갔습니다. 그의 논문을 보여주면서 이것이 어떻게 된 일이냐며 경위를 밝히라고 따졌습니다.

그는 몹시 당황해 하더니 마침 자기 논문 주제와 비슷한 것이어서 이용한 것이지 표절할 의도는 전혀 없었다고 발뺌했습니다. 나는 내가 대조한 도표를 보여주면서, 올바로 해명하지 않으면 학교 당국에 알리겠다고 말했습니다. 더구나 이런 논문으로 전임에 임용되었다면 반드시 시정해야 할 일이라고 밝혔습니다.

나의 주장을 듣던 그는 나를 금품으로 회유하려고 했습니다. 얼마면 눈감아주겠느냐는 말에 나는 말문이 막혔습니다. 그의 인격이 이 정도인 줄은 상상도 못했고, 이런 사람을 신임하는 이 교수님에 대해서도 실망하지 않을 수 없었습니다.

나는 분명하게 선언했습니다. 보름의 여유를 주겠다. 이 모든 사실을 솔직하게 밝히고 교수직을 사임하라. 그렇지 않으면 모든 사실을 폭로하겠다고 말입니다.

한동안 연락이 없더니 어제 아침에 연락이 왔습니다. 나의 뜻은 충분히 알아들었다. 마지막으로 한 번 만나자. 이준섭 교수에게도 다 사실대로 실토했고, 그 분 역시 몹시 역정을 내더라. 오늘 저녁 이 교수님도 같이 오실 것이니, 연구실에서 만나면 입장을 분명히 밝히겠다. 그리고 이 교수님 말씀이 그 원본이라는 자료를 확인하고 싶으니 가져오라는 것이었습니다. 김오명 교수는 문제가 생기면 남의 등 뒤에 숨어 모면하려는 비열한 성향이 있었습니다. 이번에도 또 이 교수님을 들먹이면서 위기를 벗어나려는 것입니다. 어쨌든 오늘밤에 조용히 연구실에서 만나 마지막 담판을 짓자고 했으니, 내일이면 잘못된 부분은 바로잡혀질 것입니다.

다만 걱정스러운 것은 만에 하나 이 교수님이 그 자리에 참석하시고, 그 분마저 이런 저런 이유로 나를 설득하려 들면 친분 상 거절하기가 어려워질 것이라는 점입니다. 그래서 나는 고심 끝에 원본과 그 때 받았던 영수증과 계약서 등을 따로 믿을 만한 사람에게 맡겨두기로 했습니다. 내일 저녁 나는 복사본을 들고 갈 것입니다.

마 선생.

사실, 이 원본과 서류들을 누구에게 맡길까 무척 고민을 많이 했습니다. 나는 이 나라에 아는 사람이 많지 않습니다. 이래저래 아는 사람이 없진 않지만, 이런 일을 부탁할 만큼 신의가 두텁지 는 않습니다. 그래서 그 동안 눈여겨 본 당신에게 이 짐을 맡기 려고 결심했습니다. 이것을 당신에게 보낸 사실은 아무도 모를 것이고, 뒷날 김오명 교수가 사임을 하거나 진실을 밝히면 소각 해도 좋습니다. 정 어렵다면 이준섭 교수님께 돌려드려도 괜찮 을 겁니다. 귀찮은 일을 맡겨 미안합니다만, 좋은 일을 한다고 여기시고 잘 처리해 주기 바랍니다.

마 선생.

나는 다음 주면 한국을 떠납니다. 아직 대학원 과정이 끝나진 않았지만, 원래 내가 한국에 왔을 때 맡았던 임무를 무사히 마쳤 기 때문에 더 이상 체류할 이유가 없어졌습니다. 모자란 학업은 북경으로 돌아가 계속하면 될 것이고, 이 교수님의 후의도 그동 안의 도움으로 충분히 보답했다고 생각됩니다.

나는 중국인이고 한족이니, 중국의 이익에 따라 움직이는 것 이 부끄러울 건 없습니다. 그러나 지난 2년 간 한국에서 내가 한 일 가운데 한국과 한국인에게 조금 미안한 것도 있습니다. 그 미 안함을 이번 일을 바로잡음으로써 다소 씻어졌으면 좋겠습니다.

두터운 봉투는 바로 그 원본과 서류들이 들어 있으니 확인하 시기 바랍니다. 그리고 또 한 봉투는 이 땅을 떠나면서 당신에게 주는 작은 선물입니다. 당신에게 준다기보다는 당신이 대표로 받는다고 생각하십시오. 그러나 그냥 드리면 일이 밋밋할 듯하여 문제를 덧붙였습니다. 답을 찾아내면 뜻밖의 선물을 손에 넣을 수 있을 것입니다. 일종의 게임과 같은 것이죠. 곰곰이 궁리해보면 답을 찾는 데 큰 어려움은 없을 겁니다. 한 편의 설화와 두 편의 한시漢詩, 그리고 일곱 개의 단어구, 이것들이 당신을 선물이 있는 곳으로 안내할 열쇠 꾸러미입니다. 다시 만날 일은 없겠지만, 건강하게 잘 지내시길 빕니다.

다만 그 열쇠를 찾았다고 해도 곧바로 선물을 받지는 못할 것입니다. 또 한 번의 시험이 기다리고 있으니, 분투하시기 바랍니다. 첫 번째 열쇠를 풀었다면 아마 쉽게 해결할 것으로 믿습니다.

안녕히 계십시오.

위천익 사례謝禮.

장문의 편지를 다 읽은 나는 위천익 선생의 의도는 무엇이고, 이를 어떻게 받아들여야 할지 갈피를 잡을 수 없었다. 도대체 이게 무슨 뜻일까? 건강하게 지내라고 인사를 하고 소포를 보내놓고 자신은 죽어버렸다.

나는 떨리는 손을 진정시키며 두 번째 봉투를 뜯었다. 그의 말처럼 속에는 관련 자료들이 고스란히 들어 있었다.

그는 이 소포를 나에게 부치고 목이 졸려 살해당했던 것이다. 맙소사! 죽은 사람으로부터 받은 소포라니! 갑자기 등에 소름이 돋고 온몸으로 경련이 퍼져나갔다. 굵은 모래를 털어 넣은 것처럼 목구멍에서는 찌르는 듯한 고통이 느껴졌다.

'그럼 위천익 선생을 죽인 사람이 김오명 교수란 말인가? 원본을 내놓으라고 협박을 해도 듣질 않자 목을 졸라 죽였구나! 그

리그는 내게 전화를 걸어 새벽에 오라고 해서 시체를 발견하게 하다니! 세상에 이런 황당한 경우가 있나?'

그런 생각이 들자 머리가 아찔해졌다. 나는 세 번째 봉투를 흘 끗 쳐다보았다. 유독 누런 빛깔이 진하게 보였다. 위천익 선생은 저 속에 무엇을 담아 놓은 것일까? 어쨌거나 내 혼자의 힘으로 감당하기 버거운 문제였다. 나도 모르게 핸드폰을 꺼내 이소정 기자의 번호를 눌렀다.

22
노나라의 문서 수장고

공무실로 돌아온 담대멸명은 자공이 내놓은 제안에 대해 심사숙고했다.

자공의 언질은 사실 막연했다. 공자 등 네 사람이 쓴 보고서에 공모자의 정체를 암시하는 부분이 있다는 말일까. 미심쩍은 구석이 없진 않았지만, 허튼 말은 하지 않은 자공이었다. 담대멸명은 자공의 정보를 일단 진지하게 검토해 보기로 했다.

'좋아, 그렇다면 문서 수장고를 한 번 뒤져보기로 하자.'

노나라의 문서 수장고는 어떤 제후국의 그것보다 진귀한 기록들을 많이 보관하고 있었다. 상商나라가 망한 뒤 은허殷墟에 있던 기록들이 고스란히 노나라로 옮겨졌다. 누구보다 역사와 기록의 중요성을 알고 있었던 노나라는 각지에 흩어져 있던 천하의 문서들을 수장고에 쌓아 두었다. 위대한 박물학자 공자가 노나라에서 배출된 것도 우연한 일은 아니었다.

담대멸명은 계강자에게 사흘간의 휴가와 1급 문서를 열람할 수 있는 승인서를 신청했다. 수장고를 뒤지고, 네 사람의 기록을 검토할 시간이 필요했다. 담대멸명의 설명을 들은 계강자는 흔쾌히 승인했다.

노나라 정부의 공식 문서 수장고는 규모에서부터 사람을 압도했다. 권신들이 던져주는 기부금에 의존해서 근근이 버티는 왕실에 그런 공사비가 있을 리 없었다. 계강자가 주동이 되어 맹손씨와 숙손씨로부터 자금과 인력을 지원 받아 완공한 건물이었다. 쭉쭉 뻗은 아름드리 소나무를 기둥으로 세우고, 회벽칠을 해서 건물 전체를 감쌌다. 건물의 지붕 아래쪽으로는 통풍과 제습을 위한 바람구멍을 일정한 간격을 두고 뚫었다. 길이가 12칸이고 폭이 6칸인 외형은 단일 건물로서는 천하의 어디에 내놔도 손색이 없다고 자부할 만했다. 부속 건물까지 둘러친 높고 튼튼한 외벽은 거대한 지식의 보고에 어울리는 든든한 울타리였다. 왕실 뒤편 언덕에 자리하여 노나라를 한눈에 바라보고 있었고, 문서 운송용 수레가 다닐 만한 널찍한 도로가 닿아 있었다. 특별히 문서 정리실과 필사실, 경비실이 단독 건물로 구비되어 있었다. 경비 역시 여느 공관 못지않게 삼엄했다.

담대멸명이 계강자 명의의 승인서를 관리 책임자에게 보여주자 이미 연락을 받았는지 본관 안에 열람실을 한 칸 내주었다. 수장고의 문서는 죽간竹簡으로 묶인 자료와 비단이나 무명 따위의 천으로 된 자료로 나눠져 있었다. 죽간은 주로 주나라의 초기 사료와 사관들이 정리한 노나라 관련 사료들, 개인 저작물이나 보고서가 중심을 이루고 있었다. 천으로 된 서류는 중요한 임명장이나 위임장, 공문서 등이 주축을 이루었다. 천하의 지혜와 정보가 모두 이곳에 모여 있었다.

열람실 옆은 초벌로 쓰인 문서들을 정서하는 필경사들의 작업실이었다. 1급의 문서들은 왕실에서만 쓰는 최고급 전용 죽간에 기톡되어 보관되고, 기타 일정 기간 보관을 요하는 문서들은 축으로 말려 수장고로 들어갔다. 초벌 기록물들은 정서가 끝나면 대조 작업을 거친 뒤 서도書刀로 마멸 과정을 거쳐 각 관서로 반납되었다.

담대멸명은 기왕 1급 문서를 열독할 수 있는 기회를 얻었으니, 그간 궁금했던 극비서도 열람할 작정이었다. 이 극비서에는 주나라 왕실과 제후국 사이에 벌어진 비사들이 일목요연하게 정리되어 있었다. 천하의 지식인이라면 노나라의 수장고를 방문하는 일이 평생의 염원이었다. 노나라는 소국에 속했지만, 주공의 후광과 혈통을 이어받은 나라답게 문화의 보존이나 전승에는 일급의 제후국에 뒤지지 않았다. 제나라나 진晉나라, 초나라 같은 대국의 관료들도 때로 자료를 구하기 위해 이곳을 찾아올 정도였다. 특히 이 수장고의 명목상 총책임자는 공자였다. 공자의 허가만 있다면 일부 자료를 제외한 문서는 얼마든지 열람이 가능했다. 문서 등급의 결정은 계강자 휘하 비서실의 소관이었지만, 그들 역시 공자로부터 훈도를 받은 인물들이 태반이었다. 공자의 학당과 문서 수장고는 또 하나의 제국이었다. 해마다 자료는 늘어나 조만간 수장고를 한 채 더 지어야 할 판이었다. 제후들이 천하 제패를 꿈꾸며 병사를 키우고, 역량 있는 책사와 날래고 용감한 무장들을 초빙하기에 급급했던 당시 권모술수와 병법의 정리는 강대국이 되는 발판이었다.

담대멸명 자신은 엄격하게 말하자면 유가儒家에 속하지 않았다. 그는 노련한 전략가가 되어 언젠가 제후들의 환대를 받으며 재상의 반열에 오를 날을 기다리는 사람이었다. 전략가가 되어 인정을 받자면 병법의 습득이 필수였다.

병법의 정리는 그의 오랜 숙원이었고, 그러기 위해서 노나라 문서 수장고는 황금알을 낳는 거위였다. 당시 어디에서도 구할 수 없는 최신 정보와 자료가 가득 차 있는 유일한 장소였다. 사흘 동안에 얼마나 많은 자료를 읽고 검토할 수 있을지 몰랐지만,

두 번 만나기 어려운 기회였다.

담대멸명은 노나라의 역사부터 읽어 나갔다. 그런 뒤 요순堯舜 임금과 우禹임금의 치적, 하나라와 상나라의 역사를 독파했다. 수천 년 흥망의 역사가 만화경처럼 그의 앞에서 전개되었다.

왕실이든 공실이든 패망의 역사는 한 마디로 요녀의 역사였다. 하나라의 마지막 임금 걸桀에게는 말희라는 요부가 있었고, 상나라의 마지막 임금 주紂에게는 달기가 있었으며, 주나라에는 포사가 있었고, 최근 망한 오나라의 부차는 월나라가 보낸 미인 서시西施의 미모에 눈이 멀어 나라를 망치고 말았다. 공자가 아녀자와 소인배는 멀리해서도 안 되고 가까이 해서도 안 된다고 한 말의 의미가 무엇인지 알 것도 같았다.

'여자들이란 가깝게 대해 주면 불손해지고, 멀리하면 원망을 한다.'

이들 네 여자의 공통점은 하나같이 적국에서 보내준 미인이었는데, 전형적인 미인계의 희생양들이었다. 하긴 어떤 영웅이 미인을 싫어하겠는가! 담대멸명은 오나라 부차왕을 파멸로 이끈 서시 관련 기록 죽간을 펼치며 난세를 살아가는 미인의 삶이란 얼마나 허망하고 위태로운가를 깨닫게 되었다.

서시는 미인계에 등장하는 전형적인 미인이었다. 남방의 강국이었던 오吳나라와 월越나라는 말 그대로 견원지간이었다. 서로 남방의 패자를 꿈꾸던 두 나라 사이에는 전쟁이 끊이질 않았고, 왕실뿐만 아니라 백성들까지도 서로를 원수 대하듯 했다. 오월동주니 와신상담이니 하는 말은 모두 이 두 나라 사이의 알력에서 나온 말이다.

월나라 임금 구천은 재상 범려의 말을 무시하고 오나라를 공격했다가 대패하고 인질로 잡히는 치욕을 겪었다. 오나라 부차의 대변까지 맛보는 곤욕을 치르고서야 그는 고국으로 돌아올 수 있었다. 원한을 갚기 위해 군대를 키웠지만, 힘으로는 대적할 상대가 아니었다. 범려는 미인계를 구상했고, 그에 알맞은 미인이 필요했다. 미인계는 백발백중 성공 확률이 높은 계책이었지만, 반드시 미인을 써야 한다는 어려움이 있었다. 자칫 미인의 품질이 신통치 않으면 더 무서운 보복을 당할 수도 있었다.

원래 월나라는 예로부터 미인의 고장이었다. 그러나 이 계책에는 그야말로 경국지색, 최고의 미인이 있어야 했다. 범려가 월나라 전역을 다니면서 발굴한 미인이 바로 서시였다. 개천에서 빨래를 하고 있던 그녀를 왕궁으로 데려와 교육을 시킨 뒤 부차에게 보냈다.

막강한 군대를 거느리고 천하를 호령하던 부차도 역시 사내였다. 첫 눈에 반한 부차는 서시와 단꿈을 즐기는 데 빠져 정치를 등한시했고, 오나라의 질서는 삽시간에 무너졌다. 그 틈을 이용해 진군한 구천과 범려는 오나라를 무너뜨리고 옛 치욕을 설욕했다. 그 사이에 활약한 자공의 외교담은 오나라의 멸망에 쐐기를 박는 구실을 했다.

승전에 최고 공을 세운 서시도 귀국했다. 그녀는 어떻게 되었는가? 근래의 일이라 담대멸명도 소식은 전해 듣고 있었다.

구천의 어머니가 특별히 그녀를 불렀다고 한다. 소문대로 절세의 미인이었다. 그녀를 만난 대비는 문득 두려움에 사로잡혔다. 부차가 빠진 미모라면 제 아들 구천인들 빠지지 않을까? 자칫 오나라만 망치는 게 아니라 월나라도 위험할 수 있다는 예감이 스쳐 지나갔다. 화근은 싹부터 자르는 게 최선이었다.

그렇지만 큰 공을 세운 그녀를 어찌 죽인단 말인가? 이 또한 사람이 할 짓이 못 되었다. 그러나 대비는 냉철했다. 서시를 부른 대비는 그녀의 공을 치하한 뒤 후한 상을 내렸다. 순금 열 덩어리를 상자에 넣어 지고 고향으로 돌아가게 했다. 조건이 있었으니, 반드시 직접 져야 하고, 고향까지 곧바로 가야한다는 것이었다. 남에게 지우거나 우회해서 간다면, 대비의 명령을 어긴 죄로 처형하겠다는 것이었다.

세요細腰의 미녀 서시가 열 덩어리 황금이 든 상자를 짊어지자 허리는 휘청거렸다. 혼신의 힘으로 고향을 향해 가는데, 강이 나왔다. 그러나 다리는 끊겨 있었다. 대비가 미리 손을 써서 다리를 끊어버렸던 것이다. 우회하면 시퍼렇게 날이 선 창을 든 병사의 손에 죽게 될 것이고, 그대로 가면 강물에 빠져 죽는다. 진퇴양난. 주저하는 그녀를 향해 병사는 창날을 허리에 찌르며 걸음을 재촉했다. 결국 강물로 들어간 서시는 발목에 차고 허리에 차고 목까지 찬 뒤 물고기 밥으로 사라졌다. 같은 여인으로서 대비는 그녀의 죽음을 듣고 통곡을 했다고 한다. 그러나 여인의 목숨보다는 나라의 운명이 소중한 것이다. 서시. 그녀 또한 천하 열국의 쟁탈전 속에 희생된 제물에 불과했다.

담대멸명은 진위는 알 수 없지만 서시에 대한 다른 얘기도 들은 게 있었다. 오나라를 멸망시킨 뒤 최고의 수훈을 세운 범려도 사라져 버렸다.

"구천은 어려움은 같이 해도 즐거움을 같이 할 사람은 아니다. 공을 이루었으니 나는 그만 떠나간다."

이것이 범려가 남긴 마지막 말이라고 한다.

그가 몰래 길을 떠나면서 서시를 데리고 갔다는 소문도 떠돌았다.

"너는 내가 세상에 내놓은 미인이니, 마지막도 내가 책임질 일이다."

두 사람이 사라진 뒤 구천은 사방에 군사를 놓아 찾았지만 끝내 찾지 못하고 포기했다고 한다.

'역사의 이런 죄악들이 과연 폭군과 요부의 것만일까?'

서시 관련 죽간을 다 살핀 담대멸명은 문득 이런 회한에 사로잡혔다.

승리자에 의해 쓰인 역사니, 죄악은 모두 패배자의 몫일 수밖에 없다. 그게 패배자의 숙명이다. 사내들의 욕망의 전투장에서 애꿎게 노리개로 쓰이다가 비명에 죽은 여인들은 이제 누구도 거들떠보지 않는다. 그녀를 위한 사당 하나 세상에는 남아 있지 않았다.

'역사란 그렇게 비정한 것이구나.'

아직까지 눈이 멀 정도의 미인을 본 적이 없는 담대멸명은 폭군의 행동이 치기로밖에 보이지 않았지만, 살아 생전 그런 미인을 한 번이라도 보았으면 좋겠다는 욕망은 어쩔 수 없었다.

오래 전 일이지만, 공자가 계환자 밑에서 공직에 몸담고 있을 때 이를 두려워 한 제나라에서 미녀와 악사를 노나라에 보내는 미인계를 쓴 적이 있었다. 계환자가 그들을 받아들여 사흘 동안 조회를 열지 않자 공자는 공직을 깨끗이 단념하고 떠났었다. 그만큼 미인계는 무서운 계책이었다. 이 미인계에 걸려들어 쓰러지지 않을 장사가 없었다.

담대멸명은 잠시 깜박거리는 등불을 바라보다가 자리에서 일어났다. 이미 퇴청할 시간이 한참을 지나 있었다. 그는 입김을 날려 촛불을 껐다. 곧 사방은 어둠으로 뒤덮였다.

23
위천익이 남긴 수수께끼

사건의 전모를 들은 이소정 기자는 놀라기보다 의심부터 드는 듯했다.

"과연 이 편지와 소포가 위천익 자신이 보낸 걸까요?"

나는 뜨악한 눈으로 그녀를 바라보았다.

"안 그러면 누가 보냈겠습니까? 우체국 소인은 분명 그가 죽던 날 오후로 찍혀 있어요. 그가 말한 사실의 전모를 다 알고 있던 사람이라면 위천익 선생과 김오명 교수 둘밖에는 없지 않습니까? 김오명 교수는 증거를 없애려고 혈안이 된 사람인데, 이걸 내기 발송하는 미친 짓을 할 리는 없잖습니까?"

"마번지 씨, 편지를 보면 이준섭 교수도 알고 있는 것처럼 되어 있잖아요?"

"그건 김오명 교수의 말일 뿐이죠. 위천익 선생을 불러내기 위한 미끼였을 거예요. 이 교수님이 사전에 알았다면 분명 김오명을 가만 두지 않았을 겁니다. 제가 이 교수님을 잘못 보지 않았다면 말이죠."

나는 이 교수를 변호했다. 이소정 기자도 지지 않았다.

"세상일은 모르는 거예요."

나는 오늘 새벽 등산길에서 보여준 이 교수의 석연치 않은 태도를 떠올리며 이소정의 말이 맞을 수도 있다는 막연한 불안감도 들었다. 그러나 그런 일 때문에 이준섭 교수가 사람을 죽이고 소포를 보냈다는 것은 말이 되지 않았다.

"그리고, 이 편지에는 위천익이 썼다고 확증할 만한 서명이나 자필이 전혀 없잖아요?"

"그 점은 인정하지만, 그렇다고 제3자가 썼다고 단언할 수도 없잖습니까?"

"좋아요. 일단 위천익 본인이 보낸 걸로 하죠. 참 무서운 세상이네요. 이 사람은 살해당할 줄도 모르고, 제 발로 호랑이 굴로 들어간 꼴이에요. 더구나 그릇된 일을 바로잡으려는 마음밖엔 없었는데……."

이소정 기자는 말을 미처 끝맺지 못했다. 나 역시 착잡한 심정이었다.

큰 봉투에 든 내용물을 살펴보고 나서 이소정 기자가 말했다.

"확실히 표절한 것이 맞네. 이 쪽 방면엔 문외한이지만 한 눈에 봐도 확실해요. 이게 알려지면 김오명 교수는 그대로 생매장이죠. 살해할 동기로 이보다 더한 게 어디 있겠어요. 이걸 어떻게 기사화한다지?"

그녀의 기자 기질이 발동하는 것 같았다. 그녀를 말렸다.

"이 기자님, 이걸 신문에 내겠다는 겁니까, 아니면 경찰에 가져가겠다는 말입니까?"

"아뇨. 아직은 시기상조인 것 같아요. 이 편지에는 또 다른 비밀이 있잖아요. 그걸 통째로 경찰에 넘길 수는 없죠. 사건이 감쪽같이 마무리되었다고 김오명은 생각할 테니 도주하진 않을 거고. 언제라도 그 자는 옭아매 넣을 수 있어요. 이건 아주 좋은 카드예요."

나는 그녀가 무슨 패를 들고 카드 운운하는지 알 수 없었다.

"편지 내용이 사실이라면, 위천익은 우리나라에서 뭔가 찜찜한 일을 했던 것 같아요. 중국을 위한 일이지만 한국에는 미안하다고 했잖아요. 그게 뭘까요?"

죽은 사람을 앞에 두고 민망하긴 했지만, 나 역시 그 점에 대해서는 오리무중이었다.

"글쎄요. 우리나라에서 장학금을 받고 공부를 했으니, 그 말 아닐까요?"

그것이 고작 내가 할 수 있는 답변이었다.

"그럴지도 모르죠. 그나저나 마지막 봉투는 어디 있죠? 가져왔나요?"

나는 속주머니에 넣어둔 봉투를 꺼냈다. 반으로 접기에도 두터운 물건이었다.

"번지 씨, 이 속에 뭔가 굉장한 선물이 있다 그 말이죠? 중국인 제비가 과연 무슨 박씨를 두고 간 걸까요?"

막상 말은 편하게 하면서도 이소정 기자는 선뜻 뜯어보기는 두려워했다. 나는 해병대 출신답게 그녀를 대신해 봉투를 뜯었다. 내용물을 본 우리는 놀랐다기보다는 맥이 빠졌다. 거기에는 달랑 A4지 한 장이 들어 있었다.

"이게 뭐예요?"

내가 묻고 싶은 말을 이소정이 먼저 꺼냈다.

종이에는 위천익이 직접 손으로 쓴 듯한 글과 한시漢詩 두 수, 그리고 뜻을 알 수 없는 일곱 개의 단어구가 적혀 있었다.

※아래 글과 시가 당신을 선물이 있는 곳으로 인도할 것입니다.

射琴匣

枝分柳塞北 葉暗楡關東 垂條逐絮轉 落蕊散花叢 池蓮照曉月
幔錦拂朝風 低吹雜綸羽 薄粉艶妝紅 離情隔遠道 嘆結深閨中

中閨深結嘆 道遠隔情離 紅妝艶粉薄 羽綸雜吹低 風朝拂錦幔
月曉照蓮池 叢花散蕊落 轉絮逐條垂 東關楡暗葉 北塞柳分枝

※아래 단어구들은 모두 공자와 관련된 것입니다. 단어구 속에 숨겨져 있는 숫자를 찾아내기 바랍니다. 숫자의 의미를 풀어보시죠. 나와 당신은 주로 어떤 방법으로 만났습니까?

南容
思無邪
瑚璉
麒麟
夔
八佾舞
己所不欲 勿施於人

추신 : 마번지 씨에게 많은 시간을 줄 수는 없습니다. 이 소포를 보낸 날짜로부터 한 달 동안의 말미밖에는 드릴 수 없는 사정이 이해하시기 바랍니다. 한 달 이내에 확인하여 찾지 못하면 그 선물은 영원히 사라집니다.

첫 번째에 등장한 한자는 '사금갑'이었다. 그러나 한시는 나나 그녀나 까막눈이었다. 오언고시인 것은 분명했지만, 내용까지 이해하자면 상당한 공력을 들여야 할 것 같았다.

"뭐라고 읽는 거죠. 난 반도 못 읽겠는데…… 어휴 눈이 다 어지럽네요."

나는 더듬거리며 독음을 달아 읽었다. 그러나 이어서 나온 단어구에 대해서는 누구도 설명을 달지 못했다.

"사금갑과 한시는 그렇다 치고, 이 단어구들은 뭘까요? 숨겨져 있는 숫자라니, 이게 무슨 소리죠?"

"글쎄요. 저도 모르긴 마찬가집니다. 단어인 것만은 분명한데 거기에 숫자가 숨겨져 있다니, 전혀 모르겠는데요. 그래도 당신은 눈치 빠른 기잔데, 집히는 게 없습니까?"

"고등학교 때 배운 한문 실력으로 이걸 어떻게 풀겠어요. 대학 때 교양 과목으로 한문을 들은 게 고작인데요. 큰일이네요. 한 달 안에 이 문제를 풀라니. 어쩌면 좋죠?"

그녀와 나는 서로 얼굴을 마주보며 어쩔 줄 몰라 했다. 우리는 선물이 무엇인지도 모르면서 가슴부터 설레는 아이들처럼 머리를 쥐어짰다.

단어구들이 어디서 본 듯한 것도 있었다. 기린麒麟이란 단어는 알겠지만, 동물원 기린을 말하는 것 같진 않았다. 게다가 숨겨진 숫자라니, 더욱 종잡을 수 없는 수수께끼였다.

'좋아요. 우선 아래 있는 일곱 개의 단어구는 접어두고 먼저 사금갑과 한시부터 읽어보도록 하죠. 번지 씨, '사금갑'이 무슨 뜻이죠?"

그녀는 눈을 동그랗게 뜨고 나를 바라보았다. 어릴 때 우리 집에는 고서들이 많았다. 돌아가신 할머니는 그게 행방불명된 아버지의 유품이라고 했다. 친구가 많지도 않았고, 고등학교 때 할머니가 돌아가신 뒤 고아 아닌 고아가 된 나는 방에 틀어박혀 지내면서 그 고서들을 벗삼아 뒤적거렸다. 그 때부터 옥편도 뒤적거리고, 고전 경서들도 읽으면서 한문의 세계에 꽤 큰 흥미를 느꼈다. 야간대학 국문학과에 적을 두긴 했지만, 한문의 세계와는 전혀 다른 길을 걸어왔던 나인지라 수준 높은 한문 교양을 갖출 시간은 전혀 없었다. 그러나 이가 없으면 잇몸이라고, 나는 보잘것 없는 실력을 밑천 삼아 주섬주섬 그 뜻을 풀었다.

"말 그대로 풀면 '거문고 집을 쏘다' 는 뜻입니다."

"그게 무슨 뜻일까요?"

"뜻으로 풀면 그렇지만 그 이상은 나도 모르겠군요."

그녀는 나름대로 궁리를 하기 시작했다.

"거문고라? 거문고는 보통 줄이 6개죠. 가야금은 12개고, 그렇죠?"

"그렇게 알고 있습니다. 숫자가 감춰져 있다고 했으니, 6에서 시작해야 할까요?"

"6이라. 너무 막연해요. 선물이 있는 곳을 안내한다고 해놓고 달랑 숫자 하나만 지시한다면 아래 단어구와 다를 게 없잖아요. 어떤 행위를 말하는 것 같긴 한데……. 뭐 떠오르는 게 없나요?"

"뜻까지 풀려면 시간이 걸리겠는데요. 전문가에게 물어보는 게 상책이겠습니다."

"다음에 나오는 시는 무슨 내용이죠?"

나는 앞의 몇 줄을 읽어보려고 시도했다. 그러나 확실히 무리였다. 나는 포기하고 눈을 들었다.

"이건 아무래도 시간이 필요하겠습니다. 큰 사전을 참고하지 않고는 불가능하겠는데요."

그녀의 얼굴에는 실망보다는 어쩔 수 없지 않느냐는 표정이 떠올랐다.

우리는 잠시 대화를 끊고 각자의 생각에 몰두했다. 첫 행의 '사금갑'은 뭔가 잡힐 듯도 했지만, 시나 단어구에 이르면 막막했다.

침묵을 깬 사람은 이소정 기자였다.

"아무래도 첫 문장부터 풀어야 할 것 같아요. 이 글과 시가 선물이 있는 곳으로 안내할 것이라고 했잖아요. 아래 숨겨져 있다는 숫자는 디테일한 부분일 게 분명해요. 그리고 내 생각에 '사금갑'부터 써 놓은 건 최소한 당신이 이게 무슨 뜻인지 알 수 있기 때문일 거예요. 당신한테 주는 선물인데, 당신도 모르는 글로 방향을 흐리지는 않았을 거잖아요. 분명히 첫 번째 글은 당신이 알고 있는 힌트일 거예요. 잘 생각해 보세요. 왜 그 사람이 이 말로 편지의 첫 구절을 시작했을까요?"

나는 시원하게 풀어놓아 그녀에게 뭔가 보여주고 싶은 마음을 간절했지만, 아무 것도 떠오르지 않았다. 결국 머리 좋은 이소정이 츠리를 계속했다.

"좋아요. 이게 한자말이니 고서에 나오는 말일 가능성이 높아요. 그냥 지어낸 게 아니라 유명한 책이나 글의 한 구절을 따온 걸지도 모르죠. 당신이 그 정도는 알고 있다고 위천익은 생각했을 테고, 때문에 이 구절이 가이드라인이 된다고 본 거죠. 그러니까 당신이 기억하지 못하는 것이지, 이 구절을 당신이 알고 있을 게 틀림없어요. 그러니까 머리를 짜내 봐요."

그 말을 듣자 어디선가 본 듯하다는 느낌이 뇌리를 스치며 지나갔다.

"그래요. 이 문구를 어디선가 본 듯하군요. 어디더라?"

"잘 생각해 봐요. 당신은 분명 알 거예요."

차 안에서 짬이 날 때마다 책을 읽었던 기억이 났다. 주로 동양 고전들이었다. 읽지 않을 때는 조수석이나 뒷좌석에 꽂아두었으니, 위천익 선생이 봤을 여지는 충분했다. 그가 내가 읽었던 책 가운데 하나를 단서로 제공한 것일까? 그럼 무슨 책이고, 어느 부분을 가리킨 것일까? 이 구절이 책의 일부분이라면 내용보다는 소제목일 가능성이 높았다. 한 번 독서로, 그것도 번역본을 읽은 사람에게 원문을 들이밀지는 않았을 것이다. 나는 내가 그동안 읽었던 책들의 목록을 머리 속으로 떠올려 보았다.

『논어』 20편의 제목에는 없는 게 확실하다. 『공자가어』도 아닌 것 같고, 『사기열전』은 당연히 아니고, 『산해경』은 더더욱 아닌데, 『장자』에서도 본 기억은 없다. 그러면 남은 건 『맹자』와 『삼국유사』인데? 『삼국유사』에 오자 나는 머리가 환하게 열리는 기분을 맛보았다.

"맞아요! 삼국유삽니다. 『삼국유사』에 이 제목이 있었어요!"

나는 대발견이라도 한 듯이 쾌재를 불렀다. 그녀는 미심쩍게 나를 흘겨보았다.

우리는 당장 서점으로 향했다.

『삼국유사』를 뽑아든 나는 목차부터 넘겼다.

"여길 봐요. 제1편 기이편紀異篇에 이 제목이 나오잖아요."

우리는 얼굴을 맞대고 그 구절을 읽었다.

제21대 비처왕毗處王이 즉위한 10년 무진년戊辰年, 488년에 왕이 천천정天泉亭에 납시었더니 때마침 까마귀와 쥐가 와서 울었다. 쥐가 사람의 말을 하면서 '이 까마귀가 가는 곳을 찾아가라' 하였다. 혹은 신덕왕이 흥륜사에 불공드리러 가다가 노상에서 쥐떼들이 꼬리를 물고 가는 것을 보고 이상히 여겨 돌아와 점을 치니 내일 맨 먼저 우는 까마귀를 따라가라 하였다 하지만 그것은 잘못이다

왕이 마부를 시켜 따라가게 했더니 남쪽으로 피촌避村까지

가서 돼지 두 마리가 싸우는 것을 보다가 까마귀가 있는 곳을 잃었다. 길가에서 배회하니 때마침 어떤 노인이 연못에서 나와 편지를 주는데, 겉에 이렇게 쓰여 있었다.

"떼어 보면 두 사람이 죽고 떼어 보지 않으면 한 사람이 죽는다."

사신이 돌아와서 왕께 바치니 왕이 말했다.

"두 사람이 죽는 것보다는 떼어 보지 말고 한 사람이 죽는 것이 낫다."

그러자 점치는 관원이 아뢰었다.

"두 사람이란 평민이고 한 사람은 왕입니다."

왕도 그렇게 여겨 떼어 보았더니 속에 이렇게 쓰여 있었다.

"거문고 집을 쏘아라."

왕이 내궁으로 들어가서 거문고 집을 쏘았더니 내전의 분수승焚修僧이 궁주宮主와 은밀히 간통하고 있었다. 두 사람은 사형을 받았다.

이로부터 세속에서 매년 첫 해일亥日과 자일子日, 오일午日 등에는 온갖 일을 꺼리며 조심하여 감히 움직이지 않았다. 15일에는 까마귀의 제삿날이라 하여 찰밥으로 제사하여 지금껏 행한다. 방언으로 달도라 하니, 서글피 근심되어 온갖 일을 꺼린다는 말이다. 그 연못을 서출지書出池라 하였다.

"이 글이 어떻게 당신을 선물이 있는 곳으로 인도한다는 것일까요?"

그녀는 매번 내가 먼저 묻고 싶은 말을 가로챘다.

"동감입니다."

"위천익은 죽고 나서도 사람 골치를 썩이네요. 선물을 주고 싶으면 그냥 속 시원하게 있는 곳을 밝히면 되잖아요."

나는 물끄러미 그녀의 투정을 바라보았다. 이소정은 자기 말이 심했던 것을 깨달았는지 말꼬리를 내렸다.

"미안해요. 고인에 대한 예의가 아닌데. 길을 열어주는 게 아니라 오히려 더 깜깜하게 닫아버리는 것 같아 해본 소리예요. 나쁘게 생각진 마세요."

"어쨌거나 아무 단서도 없는 것보다는 낫지 않습니까? 문제가 어려운 걸 봐서는 굉장한 선물인 모양인데, 잘 궁리해 봅시다."

이소정 기자는 체념한 듯 두 손을 들어올렸다. 우리는 문장 전체를 반복해서 읽었다. 이번에는 내가 기지를 발휘할 차례였다.

"이 글을 보니 지명이 세 군데 나오네요. 천천정과 피촌, 서출지요. 신라 때 임금이 납시었다는 걸 보면 아마 경주 인근에 있는 지명일 가능성이 높겠죠. 옛날 지명이니 지금도 그대로 쓰이진 않겠지만, 그래도 흔적은 남아 있을 겁니다. 우선 거기에서 출발할 수 있지 않을까요?"

그녀는 눈을 동그랗게 뜨더니 말했다.

"우리가 경주로 가야 한다는 말인가요?"

"꼭 그래야 한다는 말은 아닙니다. 그냥 추측이 그렇다는 거죠. 나도 경주까지 내려갈 만큼 한가하진 못 합니다. 어쨌든 이게 단서는 될 수 있다는 말을 하려는 겁니다. 그리고 이 글에는 동물도 셋 나옵니다. 까마귀와 쥐, 돼지죠. 그리고 날짜도 셋이 나옵니다. 해일과 자일, 오일이죠. 우연의 일치일까요? 그리고 정월 15일에 까마귀 제사를 지낸다고 했습니다. 오늘날에는 정월 대보름인 날이죠. 부럼을 깨무는 날인데, 무슨 상관이 있을까요?"

"그렇지만 이상해요. 다른 건 맞지만 '오일'은 말의 날이에요. 까마귀의 날은 아닌데, 왜 오일이라 했을까요?"

조금 생각해보니 곧 까닭을 알 수 있었다.

"12지支에 까마귀는 없습니다. 하지만 까마귀는 한자로 오烏니까, 음이 같은 오일을 택했던 게 아닐까요?"

이소정이 감탄하며 말했다.

"그럴 듯해요. 제법인데요."

"대단한 수확이랄 것은 없습니다. 진전된 것은 없으니까요."

"어쨌거나 경주 일대의 지도부터 한 장 구해야겠군요."

"옛날 지명도 나올까요?"

"안 나오겠지만, 지금으로선 다른 방법이 없잖아요. 그나저나 선물이 뭔지 정말 궁금하네요. 이렇게 어려운 수수께끼로 사람을 괴롭히는 것으로 보면 꽤 값비싼 물건일 것 같은데. 안 그래요? 다이아몬드나 금괴 같은 걸까요?"

그녀는 내게 동의라도 구할 듯 음흉스럽게 눈을 깜박거렸다.

"글쎄요. 보석류일 것 같진 않습니다. 내가 그에게 베푼 친절이라곤 고작 공항에 몇 번 태워다 준 것뿐인데, 금 덩어리를 기대하는 건 지나친 욕심이 아닐까요?"

"그럼 뭘까요?"

"모르죠. 저로서는 그가 선물을 준다는 것 자체가 굉장히 이상하게 여겨집니다. 불쾌하기도 하고요. 논문 표절 문제야 백 번 양보해서 그렇다고 쳐도 이것은 좀 이상해요. 평소의 그답지 않은 행동이죠."

"그건 무슨 뜻이죠? 그를 잘 모른다고 했잖아요?"

"뭐라고 당장 설명하기 어렵지만, 그의 선물이란 게 내겐 영 내키질 않습니다. 선물을 남기려면 이 교수님께 남겨야지 왜 나한테 남기냐는 겁니다. 그 동안 돌봐주고 장학금도 마련해주고, 모든 편의를 다 제공했는데 말이죠."

"마지막에 가서 사이가 틀어진 게 아닐까요?"

"그럴 이유가 없지 않습니까? 그건 제가 잘 알죠."

"아니면 봐서는 안 될 선물일 수도 있잖아요. 생각해 봐요. 이 물증이란 것도 순리대로라면 이 교수에게 보여주는 게 정상일 거예요. 그런데 그를 피하고 당신을 택한 것은 이 교수가 미덥지 못했기 때문일 수도 있잖아요."

"내가 본 이 교수님은 그렇게 못 믿을 분은 아니었습니다. 괴팍하긴 하지만 친절하고 공평한 분이죠. 우월감이나 과대망상이 없는 건 아니지만, 그 정도는 누구나 다 있습니다. 정말 알 수 없는 일입니다."

"어쩌면 우리가 모르는 두 사람 사이에 장벽이나 트러블이 있는지도 모르죠. 일종의 적과의 동침이라고나 할까요? 동침은 하지만 적은 적이죠."

"뭐가 적이고, 뭐가 동침이라는 거죠?"

이소정은 취재 수첩을 덮으면서 말했다.

"그게 우리가 지금부터 알아내야 하는 거예요. 어쨌든 오늘 큰 숙제를 받아 가는 기분이군요. 하지만 풀어볼 가치가 있는 문제예요."

24
송벽을 체포하여 심문하다

서시의 기록을 본 다음 날 아침이었다. 담대멸명이 문서 수장고로 가려는데 전령이 달려와 뜻밖의 소식을 전했다. 공자의 학당에서 잠복근무를 하던 병사가 거동 수상자를 체포해 심문한 결과 의심점이 많아 수감시켰다는 것이었다. 공자를 둘러싼 음모가 급박하게 전개되고 있었기 때문에 취조는 불가피했고, 그 일은 전적으로 담대멸명의 몫이었다.

감옥은 음습하고 눅눅했다. 곰팡이로 얼룩진 벽은 멀쩡한 사람이 갇혀도 병들 만큼 불결하고 더러웠다. 안에서는 끊임없이 매캐한 장기가 뿜어져 나왔다. 누구나 마찬가지겠지만, 담대멸명은 항상 죽음의 냄새로 가득한 이 곳을 싫어했다. 수없이 벌어졌던 모반의 괴수들과 그 떨거지들이 이 곳에서 죽어나갔다. 곱게 죽은 사람은 하나도 없었다. 모진 혹형을 당하고, 자백 아닌 자백을 강요받은 뒤 잔인하게 죽음을 당했다. 그나마 자결할 기회를 얻은 사람은 운이 좋은 편이었다.

집권자의 정적이 된 것이 죄라면 죄였다. 모반 혐의로 잡혀온 사람들은 때로 결연하게 자신의 처지를 받아들이기도 했지만,

대부분은 이미 혼이 반쯤 빠져나간 상태였다. 그들은 살아서는 이 곳을 빠져나갈 수 없다는 것을 잘 알고 있었다.

그들에게 가해지는 가혹한 체형과 무참한 죽음을 보면서 담대멸명은 자신이 살아가는 방식에 대해 환멸을 느끼곤 했다. 다시는 이 곳에 오지 않게 해달라고 빌기도 했다. 그러나 운명은 그를 이곳에서 쉽게 빠져나가게 해주지 않았다. 오히려 그의 뜻과는 어긋나게 담대멸명은 유능한 심문관으로 명성이 높아갔다.

체포된 자는 예상한 대로 당당했다.

담대멸명은 잡범 따위 죄수는 심문하지 않았다. 그런 자들을 다스리는 관서는 따로 있었다. 이른바 국사범國事犯이 그의 소관이었다. 왕실을 음해하려는 세력, 또는 계손씨를 비롯한 삼가三家를 타도하려는 음모를 꾸미거나 반역을 획책한 혐의자들을 주로 다루었다. 대개 이들은 확신범들이 많았다. 어차피 모반을 일으키려다가 체포되었다면 살아날 희망은 거의 없었다. 그런 일을 꾸밀 자들이라면 평민 계급도 아니었다. 그에게 있어 죄수들의 당당한 모습은 일상적인 것이었다.

체포된 자는 취조실로 끌려나와 대나무 의자에 결박되어 있었다. 삼십 대를 조금 넘겼을까, 머리에 상투를 튼 그는 젊은 사내였지만, 한 눈에 보아도 무인武人은 아니었다. 기상은 강해 보였지만, 약골에 샌님이었다. 태산에 제를 지내러 간다는 말이 사실일 수도 있었다. 제기와 신위를 모시는 함, 제례 순서를 적어놓은 무명 천 등, 그에게서 나온 소지품이 증거였다.

담대멸명은 심문을 시작했다.

"너는 누구냐?"

상대는 의외로 심문에 순순히 응했다.

"나는 이웃 송나라 왕실의 인척이 되는 사람이요. 이름은 송벽宋璧이고, 자는 백옥伯玉이외다. 왜 나를 체포해서 심문하는지 그 이유를 알고 싶습니다. 나는 의심받을 일을 한 적도 없을 뿐더러 송나라와 노나라는 지금 화친의 관계가 아닙니까?"

송나라 왕실의 인척이라? 담대멸명은 피식 웃음부터 나왔다. 송나라 사람하면 속되게 말해 '쪼다'의 대명사였다.

송나라도 명색은 제후국의 하나였다. 그러나 그들은 망한 은殷나라의 후손들에게 봉해진 나라였다. 주공周公이 무경武庚의 반란을 진압한 뒤 주왕紂王의 서형庶兄 미자계微子啓를 은나라의 옛 도읍지 상구商邱 주변의 영주로 봉하여 은나라의 유민을 다스리게 한 데서 유래했다. 한때 중원의 대국으로 번성하여 옛 영화를 되찾는가 싶기도 했다. 특히 양공襄公 때에는 제후들과 회맹하여 패자의 꿈을 키우기도 했었다. 그러나 초楚나라와의 홍수전투泓水戰鬪(기원전638년)에서 대패한 뒤로 쇠퇴의 기미를 보이더니 지금은 약소국에서도 약소국이라, 미약한 노나라의 침략을 당해 곤욕을 치르기도 했다. 망국의 한을 품은 백성이면서도, 그들은 천하의 천덕꾸러기 신세를 면하지 못했다.

송나라 사람들과 연관되어 전해지는 이야기들은 하나같이 우스꽝스럽고 어리석은 것이었다. 송나라에 성질이 급한 늙은 농부가 살고 있었는데, 어느 봄날, 부지런했던 그 농부는 한 해 농사를 잘 짓기 위해 아침 일찍부터 집을 나와서 매일 거름과 물을 주며 싹이 잘 자라기를 기원하였다. 그런데 매일 밭에 나와 살펴도 도무지 싹이 자라날 기미를 보이지 않았다. 곡식이 너무 더디게 자란다고 생각한 그는 묘책을 떠올렸다. 다음날 밭으로 달려간 그는 싹을 한 포기 한 포기씩 잡아당겨 주었다. 하루 종일 그렇게 했더니, 확실히 곡식은 키가 껑충 커 보였다.

집에 돌아온 그는 자랑스럽게 집안 식구들에게 이 사실을 늘어놓았다. 깜짝 놀란 아들이 밭으로 달려가 보니 온 밭의 곡식은 다 말라죽어 있었다. 그 해 수확이 없었던 일가족은 겨울을 넘기지 못하고 굶어 죽었다. 사람들은 송나라 농부의 이 어리석은 행동을 두고 알묘조장揠苗助長이라 하며 놀렸다.

"네 신상에 대해서는 조사해 보면 나올 것이다. 무슨 일로 공자의 학당 주변을 배회했느냐?"

"배회한 것이 아니라 길을 잃고 잠시 헤맸던 것이요. 인적이 뜸한 곳이라 분간이 서지 않았는데, 마침 불빛이 보이기에 그 쪽으로 간 것뿐입니다. 나는 길을 물어보려던 죄밖에는 없소."

학당은 좌우 측면이 산으로 둘러싸여 있고, 후면은 강가로 이어지는 곳에 위치했다. 정면 쪽만 조금 트여있어 자칫 길을 잃을 수도 있는 형세이긴 했다.

"아무리 길이 서툴기로서니 그 늦은 밤에 인적이 드문 곳을 서성거렸다니, 범상한 일이라 볼 수 없다. 더구나 남의 나라에 들어왔을 때는, 그 나라의 금기를 먼저 알아보는 것이 예의다. 요즘 노나라의 분위기를 몰랐다면 누가 그 말을 믿겠느냐. 바른 대로 밝혀라."

"정녕 무슨 소린지 하나도 알아들을 수 없습니다. 내게 무슨 죄가 있는지 밝히지 않는다면 취조에 응하지 않겠습니다."

송벽이란 사내는 고집스럽게 말하고 입을 다물어 버렸다.

난감해진 것은 담대멸명이었다. 그는 담대멸명의 약점을 잘 알고 있는 듯했다. 자초지종을 일일이 설명하면서 혐의점을 물을 수도 없는 노릇이었다. 하지만 이것은 분명했다. 혐의를 강하게 부정하는 놈일수록 숨겨진 비밀도 충격적이다.

체면이고 절차고 가릴 계제가 아니었다. 담대멸명은 태도를 바꾸었다.

"잘 들어라. 네 놈이 객客의 신분을 이용해 나를 능멸하려 드는구나. 이곳은 여느 경범죄인을 가두어두는 곳이 아니다. 국사범을 취조하는 곳이란 말이다. 이곳을 두 발로 걸어온 놈들은 많앉지만 걸어 나간 놈은 하나도 없었다. 너는 노나라가 극도로 경계하는 지역을 겁도 없이 잠입해 들어왔다. 그것 자체가 벌써 큰 혐의다. 여러 겹으로 삼엄한 경계를 펼치고 있었는데, 그 곳을 지나오면서 검문검색 한 번 받지 않았다면, 그 자체가 의심스러운 일이다. 꼭 흉측한 꼴을 당해야만 자복하겠느냐?"

"그것은 내 알 바 아니요. 추궁을 한다면 경계를 잘못 선 병사들을 나무랄 일이지 무고한 여행객을 족칠 일은 아니라고 생각됩니다."

역시 만만치 않은 놈이었다.

"좋은 말로 해서는 안 되겠구나. 네 주변을 둘러 보거라. 벽마다 걸려있는 것이 고문 도구다. 이것들이 네 몸뚱이를 한 차례 훑고 지나가면 뼈마디 중에 온전한 곳이 없을 것이다. 손에 피칠을 하고서야 주둥이를 열겠느냐?"

주나라에서의 대표적인 형벌은 오형五刑으로 묶여져 3천 가지나 되었다. 가장 원시적인 방법이 한 쪽 눈을 찔러 애꾸로 만드는 것이었는데, 자할이라 했다. 적국의 포로에게서 전투력을 상실시키려고 고안한 방법이었다. 그러다가 차츰 사라지고, 대신 정착된 것이 오형이었다. 얼굴에 죄명을 먹물로 새기는 자묵刺墨의 형이 1천 가지고, 코를 베는 할비割鼻의 형이 1천 가지였으며, 다리를 절단하는 단각斷脚의 형이 5백 가지, 불알을 까는 거세去勢의 형이 3백 가지, 죽이는 사형死刑이 2백 가지였다. 각 제후국마다 이 기본 형벌을 조금씩 변형해 시행하고 있었다.

묵형을 위해 쓰는 신辛은 이곳에서는 장식품에 불과했다. 발꿈치를 자르고 다리를 절단하는 데 쓰는 도끼와 작두가 음흉한 눈빛으로 죄인들을 노려보고 있었고, 코를 베는 데 쓰는 꼬부랑칼 수십 자루가 가지런히 걸려 있었다. 목을 베는 데 쓰는 월도鉞刀도 삼엄한 칼날을 자랑하며 도열해 있었다. 그밖에도 온갖 고문 기구와 살해 도구들이 즐비했다. 손발톱을 빼고 짓이기는 깍지 격자쇠며, 넓적다리를 으스러뜨리는 자물쇠는 보기에도 오금을 저리게 만들었다. 자백을 받아낼 수 있는 도구는 수없이 많았다. 때문에 죄인이 토설을 하지 않으면 다음 죄인에 대한 본보기로 잔혹하게 체형을 가해 죽이는 일도 다반사였다.

핏자국이 채 지워지지 않은 흉기들을 보더니 그 사내는 악을 쓰기 시작했다.

"억울합니다. 나는 결단코 모르는 일입니다. 그곳이 공자의 학당이었다는 것도 오늘에야 알았습니다."

"이 놈이 송나라 놈이 아니랄까봐 정말 가소롭게 나오는구나. 네가 명색이 제례와 글공부를 본업으로 하는 자라면 어찌 노나라의 공문을 모르고 그 학당을 모르겠더냐? 알고서 찾아온 것이 자명하고, 그렇다면 목적이 있을 터인데 끝까지 잡아떼려고 들어? 어떤 놈과 접선을 시도하려 했으며, 또 목적이 무엇인지 당장 토설해라!"

"접선이라니, 누구와 접선을 한다는 말입니까? 생사람 잡을 소리는 하지도 마시오."

"좋다. 후회는 하지 말거라."

어쩔 수 없이 형리를 동원해야 했다. 그로서는 가장 하기 싫은 일이었지만, 가혹한 폭력만이 죄수의 닫힌 입을 열게 만들었다.

정오 무렵부터 시작된 고문은 해가 질 즈음이 되어서도 끝나지 않았다. 참으로 질긴 놈이었다. 사지가 찢기고, 사타구니에서 흐른 피가 바닥을 흥건히 적셨는데도 단서가 될 만한 말은 한 마디도 열지 않았다. 담대멸명은 적잖이 당황스러웠다.

그가 말한 신원을 조사하자면 시간이 걸렸다. 또 사실이라고 해도 석방할 수는 없었다. 송나라와 외교적인 문제가 발생할 것이니 차라리 실종되는 것만 못했다.

'내가 지나쳤나? 정말 지나가던 행인을 잡아 족친 건가?'

사내의 신음 소리는 여리게 이어졌다 끊겼다. 자백을 받아내지 못한다면 오늘밤 내로 이 자를 처리해야 했다. 행여 이 자에 대한 소문이 밖으로라도 새나간다면 곤란했다. 무고한 사람을 끌고 와 혹형을 가했다는 사실이 알려지면 계강자의 입장도 난처해질 것이었다. 맹손씨와 숙손씨는 형식적으로는 동맹 관계였지만, 실상은 정적이었다. 그들에게 계강자를 힐난할 빌미를 줄 수는 없었다.

이 자를 처리해야 한다는 현실에 직면하면서 담대멸명은 확고한 결심을 세울 수 없었다. 자신의 이력에 오점을 남긴다는 점도 걸렸지만, 한 사람의 억울한 생명을 빼앗고 존재마저 없애야 한다는 게 고통스러웠다. 이 사내와 자신은 아무런 이해관계도 없었다. 다만 더러운 상황에서 만났을 뿐이었다.

담대멸명은 무릎을 꿇고 그의 머리에 손을 얹었다.

'들어라. 너는 이미 황천에 발 한 짝을 들여놓은 거나 마찬가지다. 네가 진짜 무죄인지는 나도 알 수 없다. 그러나 너를 살려둘 수는 없다. 그러니 나를 원망 말거라. 죄라면 네가 물정도 모르고 야밤에 그곳을 기웃거린 데 있다. 마지막 기회를 주마. 네가 실정을 토설하면 목숨을 내가 보장하겠다."

사내는 이미 죽음을 각오했는지 아무 대꾸도 없었다. 대꾸할 기력도 없는 듯이 보였다. 담대멸명은 일어섰다. 바지자락에 피가 묻어 흘렀다. 일진이 나쁜 날인가? 피를 묻히다니. 하긴 이 놈보다 더 일진이 나쁠 놈이 또 있겠는가?

형리에게 눈짓으로 죽이라는 명령을 내리고 취조실을 나오려는데, 사내의 가녀린 목소리가 들려왔다.

"나리. 살려주시오."

담대멸명은 고개를 돌려 그 사내를 쳐다보았다. 처참한 몰골을 보자니 측은한 마음이 일었다.

"그럼 실토하겠다는 말이냐?"

"나는 정녕 아무 것도 모릅니다. 나를 믿어 주시오."

기대가 실망으로 바뀌었다.

"내게는 그럴 능력이 없다. 죽음에 고통은 없을 것이다."

"살려만 주신다면 아무 말도 않겠소."

누구나 하는 말이었다. 세상에 목숨 앞에 무슨 말인들 못할까.

"구차하게 구걸 따위는 하지 말거라. 이제부터 나는 너를 모른다."

"억울하오."

"세상에 억울하지 않은 죽음은 없다."

죽음을 앞에 둔 사람의 마지막 불꽃일까. 사내의 얼굴에 조금 생기가 도는 듯했다.

"죽어서 억울하다는 게 아니요. 스승의 원수를 갚지 못하고 떠나 억울하다는 게요."

담대멸명은 잡았던 문고리에서 손을 뗐다.

"스승의 원수라고?"

송벽은 피가 흘러내리는 입술을 비틀면서 냉소적으로 웃었다.

"흐흐! 나를 죽인다고 모든 일이 끝났다고 생각하면 오산이오. 또 다른 송벽이 당신들을 찾아올 것이오. 등을 조심하시구려. 그 자는 훨씬 잔인하고 원한에 차 있을 것이요."

"헛소리 닥쳐라. 네 스승이 누구더냐?"

"어서 죽이시구려."

사내는 흘흘 웃음을 흘리더니, 두 눈을 꾹 감고 입을 다물었다. 혹형을 당하면서도 떼지 않았던 바로 그 입이었다. 그 웃음은 죽음을 맞이할 준비를 다 갖춘 사람의 결연함이 배어 나온 것이었다.

담대멸명은 송벽이란 사내의 굳게 닫힌 입은 결코 열리지 않으리라는 것을 직감했다.

'조용히 처리하고, 정중하게 매장해라.'

형리에게 마지막 말을 남기고 담대멸명은 문을 닫았다. 잠시 후 도끼 찍는 소리가 둔탁하게 들려왔다. 앞으로도 저 소리는 몇 번 더 날 것이다.

25
두 번째 살인

이른 새벽이었다. 해도 뜨지 않아서 사위는 어두웠고, 골짜기 사이로 이내가 흘러 내려가고 있는 것이 겨우 희끄무레하게 보였다. 등산로에서도 떨어진 외진 곳이라 인적 하나 느껴지지 않았다.

왜 이 시각에 이 곳에서 B가 보자는 것인지 김오명 교수는 이해할 수 없었다. 그러나 칼자루는 B에게서 그에게로 넘어와 있었다. 이 문서만 있다면 B는 옴짝달싹 할 수 없을 것이다.

배신에 대한 두려움도 있었지만, 연약한 짐승을 포획한 사냥꾼이나 느낄 승리감에 그는 도취되어 있었다. 그는 두 손을 바지 주머니에 넣고 B가 나타나길 기다렸다. B가 과연 무슨 조건을 들고 나올지 자못 궁금했다.

이윽고 B가 나타났다. B는 양손에 커피가 든 종이컵을 들고 왔다.

"우선 한 잔 마시게. 쌀쌀한데."

아닌 게 아니라 추웠다. B 앞에 서면 그는 항상 추웠다. 그러나 그 일도 오늘이 마지막일 것이다. 그는 커피를 받아 한 모금 홀짝였다.

B 역시 커피를 마셨다. 맛을 음미하듯이 혀끝이 입안에서 입천장을 훑고 있었다.

"그 문서로 나를 옭아맬 수 있다고 생각하는가?"

"그건 모르죠. 그러나 적어도 당신의 손아귀에서 벗어날 순 있다고 생각하는데요?"

그는 교활한 눈빛으로 B를 바라보았다.

B는 딱하다는 표정으로 응수했다.

"시간낭빌세. 그냥 내게 그 문서를 돌려주는 게 어떻겠나? 그러면 더 이상 문제 삼지 않겠네. 내가 그동안 자네에게 해준 일도 생각해야지."

"날 위해서일까요? 당신 자신을 위해서 한 일이지."

그는 점점 대담해졌다.

"고집을 부리면 좋지 않아."

"고집이 아닙니다. 이건 거래일 뿐이죠."

"거래? 뭐에 대한 거랜가?"

"나를 자유롭게 해주는 것에 대한 거래죠. 당신도 수치를 면할 수 있을 테고."

목이 탔는지 김오명 교수는 다시 커피를 한 모금 더 마셨다. 새벽 기운 때문일까. 오늘따라 커피는 더욱 맛있었다. 그를 말없이 지켜보던 B도 한 모금 마셨다.

"마지막으로 물어보겠네. 그 문서를 돌려줄 용의가 없는가?"

"물론 돌려줍니다. 그러나 지금은 아니죠. 1년 뒤에 돌려주겠습니다. 내가 당신으로부터 안전하다는 것을 확인한 뒤에 말이죠. 서툰 짓은 하지 마시오. 무방비로 이곳에 온 건 아니니까."

"방비가 무슨 소용이겠나. 그걸 가지고 있으면 자넨 항상 안전하지 못해. 그러니 내게 맡기게."

"더 이상 나눌 대화는 없는 것 같군요."

그는 빈 종이컵을 숲을 향해 던졌다. 발걸음을 돌리려는 그를 B가 붙잡았다.

"그럼 할 수 없지. 잘 가게."

"잘 갈 테니 당신이나 조심하시지요."

그러나 비웃음은 오래 가지 못했다.

콧수염이 바르르 떨리면서 김오명 교수의 입술이 심하게 비틀렸다.

26
한시 두 편을 해석하다

　의천익 선생이 남긴 암호문에 대해 각자 연구하기로 약속하고 나는 이소정과 헤어져 집으로 돌아왔다. 해가 많이 길어졌다. 일곱 시가 다 되가는데도 으스름은 산비탈에 걸려 있었다.

　이준섭 교수는 아침부터 서재에서 한 발짝도 나오지 않았다고 했다. 노년의 나이에 닥친 제자의 갑작스런 죽음은 견디기 어려운 충격이었을 것이다. 새벽바람에 마신 막걸리에 탈이 심하게 난 것은 아닐까 걱정스러웠지만, 워낙 강골인 사람이라 별 일은 없으리라 여겼다. 하루를 푹 쉬면 내일 거뜬하게 일어날 것이다.

　늦은 저녁을 먹고 숙소로 내려온 나는 위천익 선생의 편지를 꺼내들었다.

　암호를 풀기에 내 지식은 너무 짧았다. 『삼국유사』의 내용만 머리에서 뱅뱅 돌 뿐 조금도 진척이 없었다. 한시라도 풀어보려고 두꺼운 옥편과 심지어 한한대사전까지 펼쳐놓고 시름을 했지만, 단단한 철옹성처럼 쉽게 길을 내주지 않았다. 길고 긴 시행착오 끝에 어설프게나마 번역은 했지만, 제대로 된 번역인지도 자신이 서지 않았고, 그 번역이나마 구체적으로 보여주는 것은 별로 없었다. 하릴없이 편지를 아래 위로 돌려가면서 감을 잡아 보려는 시도도 헛수고였다.

위천익 선생은 도대체 나를 얼마나 대단한 사람으로 여겼기에 이런 기상천외한 수수께끼 문제를 던지고 간 걸까. 높이 평가해 주어서 고맙다기보다는 사람을 쥐고 흔드는 악취미에 울화가 치밀었다.

그 때 문득 이런 생각이 떠올랐다.

'위천익 선생은 자기가 그 날 죽을 줄 몰랐어. 김오명 교수를 만나 여하튼 문제가 해결되고 자신은 며칠 뒤 중국으로 떠날 줄 알았겠지. 그런데 느닷없이 죽음이 다가온 거야. 진지한 사람이긴 하지만 이 편지를 쓸 때는 약간의 장난기도 발동했겠지. 그러니까 이 암호문도 오랜 시간 고민해서 만든 것은 아닐 게 분명해. 의외로 쉬운 문제를 너무 어렵게 보고 있는 건 아닐까? 사금갑도 『삼국유사』에 있는 내용이고, 한시도 창작했다기보단 어디선가 본 걸 적은 거겠지. 단어구도 기억에 있는 걸 잠시 빌려온 것이고. 아무래도 그럴 가능성이 높아. 그렇긴 하겠는데, 이 모든 것에 숨겨진 진실은 뭐지?'

두서없는 추리를 해 봤지만 소득은 없었다.

또 이런 생각도 들었다.

'위천익 선생이 언제 경주엘 갔다 왔을까? 그곳에 선물을 두려면 적어도 그 곳엘 가야 하지 않은가?'

아무리 기억을 더듬어 보아도, 이 교수와 내가 그와 함께 경주나 그 일대를 다녀온 적은 없었다. 물론 그가 항상 우리와 함께 붙어 있었던 것은 아니니까 우리를 따돌리고 몰래 방문했을 수도 있었다. 그러나 이 가능성은 곧 지워졌다.

'그가 내게 편지를 쓰고 선물 운운한 것은 오래 전부터 계획된 일은 아니었어. 기껏 해봤자 당일 아니면 빨라도 며칠 전이었겠지. 그 사이에 경주까지 다녀오면서 선물을 감추고 하는 수선을 떨 여유가 있었을까? 그렇다면 그는 어떻게 선물을 경주에 숨긴 것일까? 내가 너무 경주에 매달리고 있는 걸까? 정작 숲은 안 보고 나무만 보고 있는 것은 아닐까? 편지 어디에도 선물이 경주에 있다는 말은 없잖아?

나는 다시 편지를 읽어보았다. 그는 한시와 단어구가 선물이 있는 곳으로 인도한다고 했지, 선물의 소재지를 밝히지는 않았다. 생각하면 할수록 묘안보다는 미궁 쪽으로 가까이 갔다. 어쨌거나 그는 자신이 예상치도 못했던 난제를 남기고 죽은 것이다. 그의 영혼이 있다면 꿈에서라도 나타나 해답을 알려주길 바라는 수밖엔 없었다.

9시 뉴스를 보고 있는데, 이소정 기자로부터 전화가 왔다.

나는 뭔가 단서라도 잡았나 싶어 반갑게 받았다. 하지만 그녀도 나와 똑같은 기대를 가진 걸 확인했을 뿐이었다.

"한시는 풀어봤나요?"

그녀의 질문에 나는 기대를 무너뜨리는 대답밖에 준비하지 못했다.

"대충 풀었습니다만, 자신은 없습니다."

"그럼 이 메일로 보내주세요."

"한시 안에 선물 있는 곳으로 가는 약도라도 있을까봐 그러십니까?"

"지금 기댈 수 있는 건 그것밖에 없잖아요. 함부로 누구한테 물어볼 수도 없고, 비빌 수 있는 언덕이 있다면 일단 비벼 봐야죠."

"파일로 만들어 보내드리죠."

니가 어설픈 실력으로 번역한 시의 내용은 아래와 같았다.

枝分柳塞北　가지가 갈린 버드나무는 북녘을 덮었고
葉暗楡關東　잎은 무성하여 느릅나무는 동녘을 닫았구나.
垂條逐絮轉　드리운 가지는 솜을 좇아 흔들리고
落蕊散花叢　떨어진 꽃술은 꽃밭 위로 흩어지네.
池蓮照曉月　연못의 연꽃에는 새벽 달빛이 어렸고
幔錦拂朝風　비단 휘장에는 아침 바람에 나부낀다.
低吹雜綸羽　낮게 불어서 줄과 깃털이 뒤섞이는데
薄粉艶妝紅　엷은 분가루로 곱고도 붉게 단장하는구나.
離情隔遠道　이별의 정한은 먼 길 따라 끊어졌고
嘆結深閨中　탄식 소리는 규방에서 깊어만 가네.

中閨深結嘆　규방에서는 깊이 탄식 맺히는데
道遠隔情離　길은 멀어 정도 갈라져 떨어지네.
紅妝艶粉薄　붉게 단장하여 분가루 엷게 어여쁘고
羽綸雜吹低　깃털과 줄은 뒤섞여 낮게 날린다.
風朝拂錦幔　바람 부는 아침에 비단 장막은 휘날리고
月曉照蓮池　달빛은 새벽에 연꽃 연못을 비추는구나.
叢花散蕊落　무리진 꽃밭에는 꽃술이 날려 떨어지고
轉絮逐條垂　뒹구는 솜털은 가지 좇아 드리웠네.
東關楡暗葉　동쪽 관문에는 느릅나무 잎이 무성해 어둡고
北塞柳分枝　북쪽 변방에는 버드나무 가지가 갈려 있네.

봄날의 풍경과 한 여성의 안타까운 심경을 읊은 시일 뿐 달리
단서가 될 만한 구절은 찾기 어려웠다. 번역 자체도 제대로 되었
는지 자신이 서지 않았다.

잠시 후 이소정으로부터 다시 전화가 왔다.

"이게 무슨 내용이죠?"

"글쎄요. 무슨 연애시 같지 않습니까?"

"연애시요?"

"예. 연애시. 두 편 다 분위기가 비슷하잖아요. 여자가 쓴 것 같군요."

"위천익이 연애시를 당신에게 왜 보낸 걸까요?"

"저도 알았으면 좋겠습니다."

아무리 대화를 해봐도 스무고개 이상을 넘어서지 못했다. 누구드 답을 알고 있지 못했으니 변죽만 울리다가 결국 말문이 막혔다. 전화를 끊고 얼마 안 지나 그녀에게 다시 전화가 왔다.

"이준섭 교수가 평생 동안 『논어』와 관련된 무슨 일기를 찾아다녔다고 했잖아요?"

그녀의 호기심이 방향을 바꾼 모양이었다.

"그렇다고 들었습니다."

"지금 이 교수님은 뭘 하시죠?"

"서재에서 주무시고 계시겠죠."

"그 일기란 게 도대체 무슨 내용일까요?"

"그걸 어떻게 알겠습니까? 본 사람이 아무도 없다는데."

"왜 그런 추측을 하게 된 걸까요? 공자나 『논어』에 대해 아는 건 별로 없지만, 관련된 논문이나 저서, 번역은 많이 나왔잖아요?"

"『논어』는 아주 짧은 한문 구절들이 수백 개 모여 있는 책이죠. 긴 글도 있지만, 대개는 스무 자 안팎의 문답체가 많답니다. 게다가 『논어』에는 우리가 일상적으로 쓰는 명구가 무수히 많습니다."

"그래요?"

"그러니까 『논어』는 사실 우리들의 마음속에 녹아 있다고 봐도 좋을 겁니다."

"알겠어요. 저도 한 번 정독해 봐야겠군요. 그런데 『논어』에 뭐가 문제가 있어서 그 일기를 찾는단 말인가요?"

"전들 교수님 머리 속을 들어가 본 것이 아니니 알 수 없죠. 하지만 『논어』는 구절이 너무 짧아 맥락을 알기 어려운 것은 사실입니다. 그래서 많은 주석서가 나온 거죠. 내가 듣기엔 문제가 있어서라기보다는 공자 제자들의 행적을 상세하게 확인하려는 목적인 것 같습니다. 특히 안연에 관심이 많으신 것 같더군요."

"자료를 뒤져봤지만, 설명은 대동소이하더군요. 한 번 이 교수님을 취재해 봐야겠어요. 기자라고 하면 꾸벅 죽는 교수들이 많으니까, 뭔가 얻을 게 있을 거예요."

"그것도 괜찮은 방법이겠네요."

"살인사건 취재 나왔다가 이상한 일에 휘말려드는 기분이네요. 어쨌든 나쁘진 않아요. 내일은 최 반장을 만나 그 쪽 사정을 한번 떠봐야겠어요. 뭔가 수사에 진척이 있었겠죠."

전화를 끊으면서 이소정이 마지막으로 남긴 말이었다.

27
시체를 발견하다

전화를 받은 것은 영락없이 새벽녘이었다. 핸드폰이 울렸고, 부지런한 이소정이 다시 전화를 걸었나 생각하면서 비몽사몽간에 전화를 받았다. 이런저런 생각에 밤잠을 설친 뒤였다.

들려온 목소리는 뜻밖에도 김오명 교수였다.

"내가 너무 일찍 전화를 걸었나 보군?"

그의 목소리에는 긴장감이 묻어나왔다.

"꼭두새벽에 무슨 일이십니까?"

살인범과의 통화는 유쾌한 일은 아니었다. 전번 일도 있고 해서 나는 뜨악하게 전화를 받았다.

"자네와 할 말이 있는데, 만날 수 없을까?"

"저와요? 무슨 일로······?"

말꼬리를 흐리자, 그의 목소리는 단호해졌다.

"자네가 본 물건 때문일세."

순간적으로 수화기를 잡은 손에 식은땀이 흘렀다. 잠이 확 달아났다.

어떻게 그 사실을 안 것일까? 소포를 받은 건 어제였고, 알고 있는 사람은 나와 이소정밖에는 없는데? 이소정이 나를 제쳐두고 벌써 김오명 교수를 찔러본 것일까? 오만 가지 생각이 다 스치고 지나갔다.

"무슨 말씀인지 모르겠습니다."

"시치미 뗄 건 없네. 얘기가 그리 길지는 않을 테니, 일단 만나기로 하지."

나는 결심했다.

"언제 말입니까?"

"지금 당장. 학교로 나오면 되네."

막상 결심은 했지만, 어떻게 대답해야 할지 갈피가 서지 않았다. 그는 살인자였다. 사람 하나를 죽인 자가 또 죽이지 말란 법이 없었다. 살인도 습관이라는, 어느 책에서 읽었던 구절이 떠올랐다.

하지만 완력이라면 그보다 내가 유리했다. 강단은 있어 보였지만, 조심한다면 해병대 특공 무술로 단련된 나를 당하지는 못할 것이다. 그깟 콧수염 하나쯤 충분히 다룰 자신은 있었다. 더구나 그곳은 교내였다. 나는 호랑이 굴로 들어가기로 결심했다.

"어디서죠?"

"학교 뒷산 좌측 등산로를 따라가다 보면 샛길이 나오지. 그 끝 벤치 앞에서 보세."

옷을 챙겨 입으면서 나는 호신용으로 쓸만한 물건이 없나 살펴보았다. 제대할 때 받은 스위스제 만능 칼이 손에 잡혔다. 주머니에 집어넣고 활동하기에 편한 가죽 재킷을 걸쳤다.

차고로 내려가면서 이층 이 교수의 서재를 흘낏 올려다보았다. 불은 꺼져 있었다. 갑자기 이 교수에 대해 연민의 정이 흘렀다. 아직도 자고 있는 모양이군. 굳이 깨울 필요는 없을 것 같았다. 길게 설명할 시간도 없었고, 차라리 모르고 있다면 계속 모르는 것도 나쁘지는 않으리란 생각도 들었다.

서둘렀음에도 출근 시간에 걸려 차가 많이 밀렸다. 조금 늦어서야 학교에 도착할 수 있었다.

차를 주차시키고 등산로로 길을 잡았다. 시간도 이르고 기말시험이 닥친 탓인지 뒷산은 인적이 거의 없었다.

다행인지 불행인지 김오명 교수는 약속 장소에 아직 와있지 않았다. 그는 약속을 잘 지키지 않는 사람으로도 유명했다. 학술회의 때조차도 발표를 잡아놓고 불참하거나 뒤늦게 나타나 알량한 변명을 늘어놓는 경우가 여러 번이었다.

등산로에서 비껴난 곳에 있는 이곳은 주말에도 인적이 드문 곳이었다. 그런데 지금은 평일이고 새벽 산보객이 다니기에는 조금 늦은 시각이었다. 여전히 김오명 교수는 보이지 않았다.

'이 사람이 또 나를 물 먹이려는 건가?'

이런 생각을 하면서 담배를 피워 물었다. 골짜기 사이로 마지막 새벽안개가 빠져나가고 있었다. 습기를 머금은 공기는 축축하다 못해 뻑뻑했다. 도심에선 벗어났다지만 이젠 서울의 어느 곳도 공해로부터 자유로운 곳은 없었다. 희뿌연 안개는 매연인지 이내인지 구분이 가지 않았다. 그를 기다리면서 나는 김오명 교수가 과연 대필 사실을 숨기기 위해 대담하게 살인을 저질렀을까 곰곰이 되씹어 보았다.

살인이란 그렇게 쉬운 일이 아니다. 더구나 그는 위선자였고, 교활했다. 교활한 사람은 제 손으로 위험을 자초하지는 않는 법이다. 표절 문제야 얼마든지 빠져나갈 구멍이 있었을텐데 살인이라는 극단적인 행동까지 취할 만큼 그에게 배짱이 있었을까.

'모르지. 인간이란 극한 상황에 몰리면 못할 짓이 없는 법이니까.'

이소정 기자에게 연락이라도 하고 나올 걸 그랬다는 후회도 들었다. 황급하게 나오느라고 핸드폰도 집에 두고 나왔다.

꺼져 가는 담배꽁초를 손가락으로 비벼 끄고 숲 속으로 던졌다. 손질이 거의 안 된 벤치 화단은 뱀이 지나가도 모를 정도로 잡초가 우거져 있었다. 그런데 그 때 벤치와 화단 사이 틈에서 검은 물체 하나가 내던져져 있는 모습이 보였다. 편의점에서 물건을 살 때 주는 검은 비밀 봉지 같은 것이 반짝거리며 펄럭였다. 육감적으로 불길한 생각이 스치고 지나갔다. 나도 모르게 온몸의 근육에 힘이 들어갔다. 주변에는 아무도 없었다.

나는 침을 삼키면서 주먹을 불끈 쥐고 벤치 앞으로 걸어갔다. 고작 5미터밖에 되지 않을 그 길은 이승에서 저승으로 가는 길처럼 멀고 아득하게만 느껴졌다.

이윽고 벤치에 가려져 있던 부분이 드러났고, 나는 얼굴을 찡그리면서 깊은 신음을 토해내고 말았다.

"이런, 빌어먹을!"

28
공자의 아들 공리

자로의 밀명을 받은 이후 번지는 스승의 주변에서 경계를 늦추지 않았다. 자로가 준 검은 휴대하기에 불편했다. 그래서 언제나 쓸 수 있는 곳에 잘 갈무리해 두었다. 자로가 충분히 설명을 해주지는 않았지만, 스승의 신변에 큰 위험이 도사리고 있는 것만은 분명했다. 그것이 사실이라면 번지가 목숨을 걸고라도 반드시 물리쳐야 할 일이었다. 번지는 이 일에 소명의식 같은 것을 느꼈다. 선비가 되어 신명을 바칠 수 있는 기회가 많이 오는 것은 아니었다. 공을 세워 포상을 받겠다는 공명심보다, 의로운 일에 나섬으로써 역사에 이름을 남기겠다는 열정이 번지의 가슴을 뜨겁게 달구었다.

언젠가 스승께서도 그렇게 말씀하셨다.

'큰 뜻을 품은 선비와 어진 사람은 제 목숨에 연연해서 어진 품성을 해치지 않는다. 선비는 자신을 죽여서라도 어짊을 이루는데, 이것을 살신성인殺身成仁이라 하느니라.'

번지는 스승이 말씀한 바를 실천할 때가 왔다고 생각했다. 그는 당분간 집에 가지 않고 학당에 머물면서 동정을 살피기로 결심했다. 자로는 다른 제자들의 눈에 띌 정도로 호들갑스럽게 경계를 서는 것은 좋은 방법이 아니라고 생각했다. 경계라면 숫자는 충분했다. 담대멸명이 보낸 경호원들은 무예를 몸에 익힌 달인들이었다. 가정이 있어 출퇴근을 해야 하는 자로가 스승을 밀착 경호하는 데는 한계가 있었고, 스승의 아들인 공리는 나이가 너무 많았다.

자로는 번지의 숙소를 공자의 처소 건넌방 사랑채에 마련해주었다. 마루를 사이에 두고 있는 방이니, 촛불 끄는 소리도 들릴 만한 거리였다. 평소에도 기숙하던 제자들이 번갈아 가며 불침번을 섰으니, 번지와 짝을 이룬다면 매일 두 사람이 학당 내부의 밤을 지키는 셈이었다. 어차피 스승이 바깥출입을 거의 삼가고 있으니, 밤을 샌 번지는 아침에 눈을 붙여도 무리가 될 것은 없었다. 학당 내부를 한 바퀴 도는 시간을 제외하고 번지는 사랑채에서 촛불을 켠 채 서책을 읽으면서 동정을 살폈다. 스승도 지키고 학업에도 몰두할 수 있는 좋은 기회였다.

며칠 뒤 스승의 아드님이신 공리가 아예 이사를 왔다. 당분간이라는 단서가 붙긴 했지만, 학당 안에 한 사람이라도 더 있는게 안전하다는 자로의 배려였다. 또 밤시중 들 사람도 필요했다. 처음 며칠 동안 중미재의 사랑채에서 번지와 동숙했는데, 서로 불편하기도 했고 공리가 따로 할 일이 있다고 해서 충덕전에 딸린 기숙사로 거처를 옮겼다.

공리는 부인과 이혼한 홀아비였다. 아들 공급孔伋은 이제 네 살로 아직 핏덩어리였다. 현숙한 여인으로 알려진 공리의 부인이 무슨 까닭으로 출모出母의 치욕까지 당했는지 알 수 없지만, 출모는 공자 집안의 내력이었다.

공자도 본부인 병관씨幷官氏와 이혼했는데, 그녀는 공리를 낳은 생모였다. 가풍에 대해 엄격했던 공자는 남에게는 관대했지만, 자신과 가족에 대해서는 작은 허물도 용서하지 않았다. 부인이 한 번 실수를 저지르자 가차 없이 내쫓았다. 부부야 갈라서면 남이지만, 하지만 모자 관계는 그게 아니었다. 홀로 수절하며 살던 병관씨가 남편인 공자의 용서를 받지 못한 채 그만 세상을 뜨고 말았는데, 이 소식을 들은 아들 공리는 너무나 슬퍼 일 년 내내 사당에 들어가 눈물로 세월을 보냈다. 쫓겨난 여인이니 장례며 제사도 공씨 집안의 소관이 아니었다. 이 꼴을 본 공자는 눈살을 찌푸리며 아들 공리에게 호통을 쳤다.

"남의 집 딸자식이 죽었다고 내 집 사당에서 어찌 곡성이 나온단 말이냐. 너는 사사로운 정보다는 가례가家禮가 엄한 것을 모른단 말이냐!"

공리는 더 이상 곡도 못하고 울음을 그쳤다. 어머니의 죽음마저 슬퍼할 수 없었던 공리는 마음에 큰 상처를 받았다.

그런데 정작 공리 자신도 아내를 버렸다. 공자라는 엄한 시아버지를 모신 게 모진 팔자였다. 자의반 타의반으로 공리는 아내를 내보내지 않을 수 없었다. 이혼을 당한 공리의 부인은 위衛나라로 가서 서씨庶氏와 재혼했다. 그리고 얼마 뒤 갑자기 죽었다. 공씨 집 며느리들은 제 명대로 못산다는 소문이 돌만큼 느닷없는 죽음이었다.

몸이 멀어지면 마음도 멀어진다고 했던가. 매정하기로는 아비 공자나 아들 공리가 별반 차이가 없었다. 애도의 정을 표할 만도 한데 공리는 소식을 듣고도 일언반구의 언급도 하지 않았다. 마을 사람들은 공자 집안을 가리켜 이대출모二代出母의 독한 집안이라며 공자의 손자인 공급은 나중에 어떨지 모르겠다며 수군거렸다.

번지는 해시亥時(밤 9시-11시) 초에 혼자 학당 주변을 한 바퀴 순찰했고, 자정子正에는 기숙사에 있는 제자와 둘이서 학당 안팎을 두루 순찰했다. 그리고 인시寅時(새벽 3시-5시) 무렵 다시 혼자 스승의 처소 일대를 경계하는 것이 일과였다. 부지런한 번지는 날마다 순찰일지를 적었다가 자로에게 보고했다.

어느덧 11월이 되었다. 밤이나 새벽이면 제법 한기가 매서웠다. 낮에도 햇볕이 들 때는 나았지만 조금이라도 날씨가 음습해지면 가는 소름이 돋았다. 든든한 가죽옷을 마련한 번지는 방마다 군불도 지피면서 한밤의 순찰을 빈틈없이 꾸려나갔다. 스승도 새벽잠이 줄었는지 일찍 일어났다. 스승은 시간이 되면 어김없이 학당을 순찰하는 번지가 기특했는지 때로 새벽에 번지를 불러 격려하며 이런저런 문답을 주고받기도 했다. 제자들 가운데 아무도 못 누리는 특권을 누리게 된 번지는 자랑스러웠고, 이런 경우 항상 자세히 기록했다.

번지가 특히 관심을 가지고 있는 문제는 어짊과 지혜였다. 늘자신이 이 두 가지가 부족하다고 느꼈기 때문이다. 부지런함이야 따를 자가 많지 않다고 자부했지만, 어짊과 지혜는 난공불락이었다. 그래서 기회날 때마다 어짊에 대해 여쭈었다. 스승의 설명은 항상 친절했다.

"어짊은 사람을 사랑하는 일이니라〔愛人〕."

지혜에 대해서는 이렇게 말씀하셨다.

"지혜란 사람 됨됨이를 아는 것이니라〔知人〕."

총기가 부족했던 번지는 그 말뜻을 바로 깨닫지 못했다. 스승은 다시 설명을 덧붙였다.

"곧고 바른 사람을 추천하여 굽은 사람 위에 두면, 굽은 사람을 바르게 만들 수 있지 않겠느냐."

번지는 얼마 뒤 자하를 만났을 때 스승의 말을 전했다.

"지난번에 스승님을 뵙고 지혜에 대해 여쭈었는데, '곧고 바른 사람을 추천하여 굽은 사람 위에 두면 굽은 사람을 바르게 만들 수 있다'고 하셨네. 그게 무슨 뜻인가?"

자하는 그보다 후배였지만, 스승께 문학으로 인정을 받은 제자였다. 번지는 후배라고 해서 물어보는 것을 부끄럽게 여기지는 않았다.

이 말을 들은 자하가 손뼉을 치며 말했다.

"정말 대단한 말씀입니다! 순임금께서 천하를 가졌을 때 고요
皐陶를 등용했더니, 어질지 못한 사람들은 멀리 떠나지 않았습니까. 또 탕湯 임금께서 천하를 다스렸을 때 이윤伊尹을 등용했더니 어질지 못한 사람들이 멀리 떠나갔습니다."

이 말로 번지는 스승의 의중을 파악할 수 있었다.

번지는 피와 살이 되는 생생한 육성의 가르침을 받을 수 있게 된 것에 희열감을 느꼈다. 천하의 누구도 누릴 수 없는 기회가 그에게만 허락된 것이다. 어머니께 변명 삼아 한 말이 빈말이 아니었음을 스스로 깨닫게 되었다. 혹시라도 좋은 말을 잊어버릴까 듣는 대로 바로 적어두었다. 그 동안 적어둔 죽간 쪽이 궤짝에 제법 쌓였다. 여러 가지 사정으로 공자의 곁을 떠날 수 없었던 그는 공자의 언행을 가까이서 목도할 수 있었다. 관료들도 빈번하게 스승을 찾았고, 제자들은 무람없이 찾아와 궁금증을 물었다. 문답을 귀담아들은 번지는 말 하나라도 놓칠까 항상 기록했다. 번지는 짬이 날 때 그것을 꺼내 읽으면서 심지를 더욱 단단히 다졌다.

스승은 근래 들어 밤잠이 많이 줄었다. 번지는 당번을 서면서 스승의 처소 앞을 지나가면, 불은 꺼져 있었어도 이부자리를 뒤척이는 소리를 종종 들을 수 있었다. 애써 잠을 청하고 있음이 역력했다.

충덕전 기숙사로 거처를 옮긴 공리 역시 늦게까지 잠들지 않았다. 번지와는 달리 고민이나 근심보다는 학업 때문이었다. 공리 역시 면학의 선비였다. 처신도 조신했고, 옆구리에서 서권이 빠지지 않았다. 아이는 행랑어멈에게 맡겨 두고 밤이 되면 등불을 돋워놓고 독서에 몰두했다. ˙

학당 내에서 공리에 대한 평은 호의적이지 않았다. 그렇다고 대놓고 적대적인 것도 아니었지만, 공자 이후 공문의 후계구도에서 일찌감치 제외된 상태였다. 스승인 공자가 그런 의중을 드러내놓고 말한 적은 없지만, 아들이 자신의 뒤를 이을 그릇이 못된다는 것은 인정하고 있었다. 공자는 학문의 세계에서도 선양禪讓이 있어야 한다고 짬이 날 때마다 이야기했다.

공리의 기량이나 학문은 학당의 어지간한 제자만도 못했다. 자식을 감싸고도는 공자는 아니었지만 눈에 차지 않는 자식을 보는 부모의 심경은 성인이라 한들 다르지 않았다. 스승은 기대에 못 미치는 자식을 위해 뭔가 특별한 조치를 취할 수도 있었다. 그래서 자식을 위해서는 좀더 남다른 공부를 시킬 것이라고 의심한 사람조차 있었는데, 진항陳亢이 바로 그런 사람이었다.

호기심은 많았지만 면학에는 게을렀던 진항은 공리를 보더니 다짜고짜 물었다.

"아버님으로부터 뭔가 색다른 말씀을 듣진 않았습니까?"

공리가 대답했다.

"없는데요. 이런 일은 있었습니다. 아버님께서 홀로 계실 때 종종걸음으로 뜰을 지나가는데, 아버님께서 '시를 배웠느냐' 고 말씀하시더군요. 제가 '아직 배우지 못 했습니다' 했더니 '시를 배우지 않으면 말을 할 수 없느니라' 하시더군요, 그래서 물러나와 시를 배웠습니다.

또 홀로 계실 때 뜰을 지나가자니, '예를 배웠느냐' 고 물으셨습니다. 제가 '아직 배우지 못 했습니다' 했더니 '예를 배우지 않으면 설 수 없다' 고 하시더군요. 그래서 물러나 예를 배웠습니다. 이 두 가지를 들었을 뿐입니다."

공리의 말을 들은 진항이 학당으로 돌아와 기뻐하며 말했다.

"하나를 물었다가 세 가지를 얻었네. 시의 효용에 대해 듣고, 예의 효용에 대해 들었고, 또 군자는 자기 자식을 멀리한다는 사실을 알았어."

스승이 자식인 공리만 두고 한 특별한 말이라면 그런 정도였다. 이처럼 스승은 자식과 제자를 구분하지 않았다. 스승의 교육 원칙은 분명했다. 유교무류有敎無類. 가르치지 않으면 모를까 가르친다면 차별을 두지 않는 것이 스승의 교육 철학이었다. 스승은 어리석은 사람은 가르치지 않았지만, 배우려는 열망과 재능이 있으면 누구도 버리지 않았다.

아버지의 기대에 미치지 못하는 답답한 마음은 누구보다 공리가 더했을 것이다. 그 때문에 항상 학업에 열중했을 테지만 변죽만 울리는 한계는 어쩌지 못했다.

공리의 방에 불이 켜진 것을 본 번지는 동병상련의 심정을 떨치지 못했다. 어제 내린 비 때문에 날씨가 매서워졌다. 방마다 군불을 때 온기를 유지하고 있지만, 자칫 감기 들기 좋은 기후였다. 번지는 밖에서 문후를 여쭈었다.

"공리 어르신. 날씨가 많이 찹니다. 그만 주무시지요."

공리가 창문을 밀며 밖을 내다보더니 번지인 것을 확인하고 치하했다.

"아, 번지로구나. 참으로 고생이 많다. 내 걱정일랑 말고 그만 들어가 쉬게. 날씨가 정말 쌀쌀하군. 처남은 벌써 들어갔는가?"

공리가 말한 처남이란 공야장公冶長을 두고 한 말이다. 스승께서 하나밖에 없는 딸을 그에게 시집보냈다. 그러니까 공야장은 사위이면서 제자였다. 스승은 공야장을 사위로 삼으면서 이런 말씀을 하셨다.

"내 딸을 줄 만한 사람이다. 비록 한때 밧줄에 묶여 감옥에 갇혀 있었지만, 그가 죄를 졌기 때문이 아니었다."

나쁘게 말해 그는 전과자였다. 공야장의 이력을 잘 모르는 번지는 그가 무슨 죄를 져서 옥살이까지 했는지는 모르지만, 스승의 말로 볼 때 억울한 누명이었거나 의도는 좋았지만 결과가 나빠 빚어진 일이었을 것이다.

공야장에게는 재미난 일화가 있는데, 새들의 말을 알아듣는 기묘한 재능 때문에 생긴 일이었다.

공야장이 위衛나라에 갔다가 노나라로 돌아올 때였다. 도중에 이계二界란 곳에서 잠시 쉬는데, 새들이 지껄이는 소리가 귀에 들려 왔다.

"청계淸溪로 죽은 사람 고기를 먹으러 가자."

공야장은 이상한 소리구나 의아해 하며 길을 재촉하는데, 어떤 노파가 길에서 통곡을 하고 있었다. 까닭을 물어보니 노파의 아이가 얼마 전에 외출했는데 아직 돌아오지 않고 있으니, 죽었을 게 틀림없다는 하소연이었다. 어디서 시신을 찾아야 할지도 모르겠다는 것이었다.

공야장은 조금 전에 들은 새소리가 생각나서 청계에 가면 찾을 수 있을 것이라고 일러주었다. 노파가 가보니 아이의 시체가 있는지라 고을 원에게 이 사실을 알렸다. 시신을 확인한 고을 원이 어떻게 알았냐고 물으니 노파가 공야장의 말을 전했다. 공야장을 의심한 고을 원은 그를 당장 체포했다.

"네가 죽이지 않고서야 어찌 시체가 있는 곳을 알았겠느냐?"

공야장은 새들이 하던 말을 듣고 알았다고 설명했지만, 이 말이 먹혀들 리 없었다.

옥에 갇힌 지 두 달쯤 지났다. 옥에 있던 공야장이 참새 소리를 듣더니 빙그레 웃었다. 괴이쩍게 여긴 옥졸이 이 사실을 원에게 알렸다. 원이 그를 불러 물었다.

"참새가 뭐라 했기에 웃었느냐?"

"백련수 아래 수레가 뒤집혀서 곡식이 쏟아졌고, 소들도 뿔이 부러져 꼼짝 못하니, 가서 다 쪼아 먹자고 하더이다."

과연 확인해보니 그런지라 실상을 알고 공야장을 석방했다.

번지는 황당무계한 소문이라 믿지는 않았지만, 공야장이 비범한 사람임은 분명했다.

학당 안을 두루 훑어보고도 번지는 바로 숙소로 들어가지 못했다. 다른 일이 있어서가 아니라 왠지 발걸음이 떨어지지 않았다. 귀는 발갛게 얼어 한기가 돋아 올랐는데도 그는 계속 마당을 서성거리며 배회했다. 보름을 향해 가는 달은 맑은 하늘 한가운데 둥실 떠있었다. 추위에 어떻게 지내는지 갑자기 어머니와 형님이 걱정스러웠다. 자기마저 집을 나와 있으니 변변한 땔감도 없이 이 겨울을 지내고 있을 터였다. 짐을 싸 오기 전에 나무를 몇 짐 해놓고 왔지만 지금쯤은 다 떨어졌을 것이다.

'빨리 이 일이 끝나서 집으로 돌아가야 할 텐데.'

번지는 뒤뜰로 건너갔다. 달빛으로 사위는 밝은데 흔한 귀뚜라미 소리조차 들리지 않았다.

그는 자로에게서 받은 검을 뽑아들었다. 오랜만에 검술 연습을 하면서 흐트러진 마음을 다잡을 생각이었다.

칼날은 밖으로 나오자 달빛도 빨아들일 듯이 차갑게 빛을 발했다. 매섭기 짝이 없는 검광이었다. 그 서슬에 달빛마저 빛을 잃은 듯했다. 문외한인 그가 보아도 명검임을 알 수 있었다.

예로부터 명검이나 명마는 명장과 함께 태어난다고 했다. 이 난세를 바로잡을 사람은, 스승의 말씀으로는 성인의 몫이지만 현실은 그런 희망과는 엇나가고 있었다. 결국 칼날 위에서 평화는 찾아올 것 같았다. 그것은 엄청난 피와 살육이 있고 난 다음에 가능한 평화였다. 스승께서 두려워하는 평화도 그런 평화였다. 칼을 쥐고 있는 번지의 손 사이로 조금씩 땀이 배어 나왔다.

번지가 들고 있는 칼은 간장 막야나 태아 용현과 같은 명검은 아니었다. 그러나 칼날에서는 매서우면서도 엄숙한 기운이 뿜어져 나오고 있었다. 범상한 자의 손길을 거부하는 듯한 기운이 생동했다. 자로는 검을 주면서 죽은 옛 친구가 쓰던 것이라 했다. .

어둠을 향해 칼을 휘두르면서, 번지는 이 칼의 주인이 누구였을까 궁금해졌다. 번지의 칼질은 영 서툴렀다. 무게를 이기기에 너무 묵직했고, 양날을 자유자재로 쓰기엔 번지의 기량이 많이 떨어졌다. 전 주인의 손아귀에서는 검으로써의 역할을 다했을 것을 생각하니 번지는 낯이 화끈거렸다.

'어쨌거나 이것도 인연일 것이다. 전 주인이 이 세상 사람이 아니라면 새 주인을 맞아야지. 내 너와 언젠가는 한 몸이 되어 우리 공문의 위험을 한 칼에 날려 버릴 것이다.'

얼마 운신을 하지 않았는데도 번지의 이마에서는 땀이 솟았다. 그의 입에서 나온 입김과 어울려 마치 온몸이 펄펄 끓는 구리 솥처럼 느껴졌다.

검술 연습을 마친 번지는 수건으로 땀에 흠뻑 젖은 몸을 닦아냈다. 목물을 하기엔 날씨가 너무 찼고, 도와줄 사람도 없었다. 땀을 닦고 미리 가지고 나온 속옷을 갈아입으니, 몸과 마음이 가뜬해졌다. 충만한 힘과 기운은 호랑이와 마주해도 두려울 것이 없을 듯했다.

번지는 강으로 나가는 뒷문을 단속하면서 충덕전 앞을 지나쳤다. 그새 공리는 잠을 청했는지 불이 꺼져 있었다. 만인의 존경을 받는 성현의 자식이란 것. 번지는 비록 아비의 얼굴도 모르는 처지였지만, 공리의 처지도 그리 달가운 일은 아니란 생각이 얼핏 스쳐 지나갔다. 잘해야 본전이고, 못하면 빈축을 감당하기 어려운 자리였다. 공리의 심정을 헤아려 보려고 했지만, 그것도 번지의 몫은 아니었다.

'내 깜냥에 남의 시름을 대신하려 하다니. 분수에 넘치는 짓이야.'

이렇게 다그치며 돌아서 나오려는데, 공리가 자고 있는 숙소의 창문이 조금 열려 있는 것이 보였다. 아까 문안을 했을 때 창문은 분명히 닫혀 있었다.

'그새 문을 열어두시고는 잊으셨나?'

자칫 감기라도 들겠다 싶어 마루로 올라갔다. 손이 닿기에는 창문은 너무 높고 멀었다. 공리의 방은 어두워 아무것도 보이지 않았다. 뭔가 시큼한 냄새가 나면서 어찔했다. 찬바람에 운동을 한 탓에 잠깐 현기증이 온 모양이었다.

공리가 깰 새라 번지는 조용히 창문을 닫았다.

스르륵.

창문은 아주 조용히 닫혔다.

번지는 수건을 목에 걸고 장검을 어깨에 걸친 채 자신의 숙소를 향해 발걸음을 떼었다.

29
빗나간 추리

"반장님, 기브 앤 테이크 아니겠어요?"

최 반장은 이 되바라진 새파란 여 기자의 방실거리는 얼굴을 계속 보고 있어야 할지 한동안 망설였다. 안 그래도 요즘 제대로 일이 안 풀려 심기가 불편한데 아침부터 불 타는 머리 위로 휘발유 붓는 일을 당하고 있는 것이었다.

"뭐가 기브 앤 테이크라는 겁니까? 난 기자님께 줄 것도 없고 받을 것도 없는데?"

최 반장은 한 번 눙쳐 보았지만, 이소정 기자도 만만찮았다.

"굳이 내놓기 싫으시면 그만두세요. 제가 보여드리려는 카드 정도라면 충분히 군침이 돌 텐데, 안타깝네요. 반장님은 꿈에도 알아낼 수 없는 정보를 제가 좀 건졌거든요."

이소정은 바람이 일 듯 재빠르게 몸을 돌렸다.

최 반장은 이소정의 말을 반신반의 했다. 그러나 아쉬운 것은 최 반장 쪽이었다.

"좋습니다. 기자님께서 먼저 카드를 뽑아보시죠. 쓸 만하다면 제 카드도 보여드릴 테니까."

최 반장은 부하를 시켜 커피를 뽑아오도록 시켰다. 그러면서 이 되바라진 여 기자를 어디선가 한번 보긴 봤는데, 도무지 기억이 나지 않았다.

이소정은 최 반장이 건네 준 커피를 맛있게 한 모금 마신 후 넌지시 말했다.

"반장님은 혹시 사건 현장에서 빛바랜 황갈색 소가죽 가방을 보셨나요?"

이건 또 무슨 자다가 봉창 두드리는 소린가? 이소정으로부터 뭔가 큰 카드를 기대했던 최 반장은 맥이 빠졌다.

"소가죽 가방요? 난 금시초문인데……"

이소정은 그런 최 반장의 얼굴을 빤히 보며 말을 이었다.

"흠. 누군가의 증언에 따르면 죽은 위천익은 항상 황갈색 소가죽 가방을 메고 다녔다더군요. 그 사람 표현으로는 마치 분신처럼 몸에서 떼어 놓은 적이 없다는 거예요. 그런데 그가 죽은 이후 어디에서도 그 가방을 보지 못했다는 겁니다. 누구보다 경찰이 그의 소지품이나 유류품을 정리했을 테니, 반장님은 당연히 아시겠죠?"

최 반장은 뒤통수를 한 대 얻어맞은 기분이었다. 그녀의 말에 대해 진위를 가릴 수는 없지만, 아무리 기억을 더듬어 봐도 그런 가방이 있었다는 사실은 떠오르지 않았다. 조 형사를 족치는 건 나중 문제고, 우선은 의뭉스럽게 넘어갈 수밖에 없었다.

"그 소가죽 가방에 뭐가 들어있는데요? 별로 중요한 것도 아닌 것 같은데."

이소정은 커피를 다시 한 잔 마시더니 도도하게 말했다.

"반장님은 뭘 모르셔. 죽은 사람의 분신 같은 가방이라면 큰 게 들어있겠죠. 범행 동기는 무엇이며, 범인은 누구라는 것 말예요. 그 중요한 물증이 사라졌는데, 궁금하지 않으세요?"

최 반장은 돌아버리기 일보 직전이었다. 어린 계집애한테 농락당하고 있는 건 아닐까 싶기도 했다. 그렇지만 자신만만한 이소정의 태도로 보아 허튼 소리는 아니란 생각이 들었다.

이소정은 한 술 더 떠 최 반장을 코너로 몰고 갔다.

"전 그 가방에 대해 취재를 끝냈으니, 기사가 나가면 아마도 우리 경찰의 고질병인 초동수사의 문제점이 집중포화를......"

이소정은 말꼬리를 내리며 최 반장의 표정을 살폈다. 최 반장은 정신을 수습할 수가 없었다. 만약 이소정의 말이 사실이고, 그것이 신문에 대문짝만하게 나오면 그 결과는 생각만 해도 끔찍했다. 최 반장은 자신의 머리 위로 연신 메가톤급 폭탄을 떨어뜨리고 있는 이소정을 한 대 쥐어박고 싶었지만, 입에서는 약자의 비굴한 웃음이 제일 먼저 튀어나왔다.

"기자님. 일단 앉으세요. 기브 엔 테이크! 좋습니다, 대신 차근차근 제가 알아듣게 설명을 해 주셔야지. 그래야 제가 내놓을 카드도 생각해 볼 수 있지 않겠습니까?"

"호호, 그러세요? 그럼 생각은 그만하시고 반장님 카드를 보여 주세요."

이소정은 양 눈썹을 한 곳으로 모으면서 달래듯 말했다. 최 반장은 그녀의 두 손이 자기의 뺨을 토닥이는 듯한 착각에 빠졌다. 이건 성희롱이나 마찬가지야! 이마에 피도 안 마른 계집애가 어른을 놀리고 있어.

최 반장은 그 짧은 순간에도 머리를 굴리며 주판을 튕겼다.

성질 더러운 기자를 건드려 득이 될 것은 없었다. 그녀가 내보인 소가죽 가방 건도 미궁 속으로 빠져 들어가려는 수사에 중요한 단서일 수도 있었다. 손해 보는 장사가 아니란 생각이 들자, 최 반장은 이소정에게 자신의 카드를 내 보였다.

"좋습니다. 아직 공개하지 않은 사항이지만, 저도 한 가지 확인해 드리죠. 다만 오프 더 레코드라는 겁니다. 이거 내가 왕창 손해인데."

"손해긴요, 반장님이 훨씬 더 이득일 걸요."

그녀의 자신감은 조금도 줄어들지 않았다.

"죽은 위천익이 한국에 왔던 데에는 유학에만 뜻이 있었던 것은 아닙니다. 그보다 훨씬 더 중요하고 비밀스런 임무를 띠고 입국했던 것이죠."

최 반장은 목청을 최대한 죽이면서 그녀만 들을 수 있는 소리로 갈했다. 하긴 들을 사람도 없었다. 반장실에는 그녀와 최 반장 둘밖에 없었고, 방음 시설이 잘 되어 있어 바깥에서는 들리지도 않았다. 게다가 출입문도 닫혔고, 브라인드까지 내려져 있었다. 안에서 무슨 짓을 해도 모를 만큼 통제는 잘 되어 있었다.

최 반장의 말에 이소정의 촉수가 예민해졌다.

"중요하고 비밀스런 임무요? 그게 뭐죠?"

이번에는 최 반장이 어깨에 힘을 줄 차례였다.

"험, 제 카드도 여기까지! 다시 기자님 카드를 보여주시죠."

제 꾀에 제가 속아 넘어간 토끼처럼 그녀는 약이 바짝 오른 표정을 감추지 못했다. 그렇지만 이소정은 뭔가 엄청난 특종을 잡을 것 같은 예감이 들었다.

"구체적인 것은 아무 것도 말씀하시지 않았잖아요. 그 사람의 정체가 뭐라는 거죠?"

"채널을 가동시켜 확인중이라 아직 단언을 할 입장은 아닙니다만, 얼마 전에 떠들썩했던 중국의 동북공정과 관련된 모종의 임두에 참여했던 것 같습니다. 쉽게 말해 한국 측 정보를 수집해서 중국사회과학원에 보고하는 것이죠."

"동북공정이라……."

이소정도 그 일에 대해서라면 어느 정도 알고 있었다. 부장은 그녀가 중국의 동북공정에 관심을 보이자 아니꼽다는 듯이 여고 생 실종 사건이 터진 지방 경찰서 취재를 명했다. 그녀는 그 때 부장에게 온갖 저주를 퍼부으면서 고속버스에 몸을 실었다. 그 러나 동북공정 사건의 결말은 너무나 실망스러운 것이었다. 그 녀가 기대했던 것보다 사건의 파장도 크지 않았을 뿐더러 결말 도 국회 차원의 결의문 채택 정도에서 흐지부지 마감되고 말았 다. 정부 차원의 대응은 더욱 실망스러웠다. 뭔가 흑막이 있을 것으로 짐작은 했지만, 최 반장의 입을 통해 진실의 일부가 흘러 나올 줄은 몰랐다.

이소정은 카드가 다소 실망스럽다는 표정을 짓고 취재 가방에 서 서류 봉투를 꺼내 최 반장에게 내밀었다.

"반장님, 이 속에는 위천익이 피살된 대학 철학과 전임강사인 김오명 교수가 박사학위 논문을 표절한 사실에 대한 증거가 들 어 있어요. 위천익의 논문을 표절한 거죠. 아니 표절이라기보다 는 그대로 베꼈다고 해도 좋을 정도예요. 위천익은 그 사실을 밝 히려다가 죽음을 당했던 것 같아요. 꽤 쓸만한 정보죠?"

최 반장의 눈이 커졌다. 이소정의 손에서 서류 봉투를 빼앗듯 이 채가며 말했다.

"그게 사실입니까? 사실이라면 김오명 교수가 핵심 용의자란 얘긴데. 이 기자님은 이걸 어떻게 손에 넣었습니까?"

"굳이 밝히고 싶진 않는데요."

"취재원을 보호하겠다는 뜻이군요."

"반장님, 그렇게 거창한 건 아니에요. 본인의 의사를 물어보 지 않았기 때문이니까, 본인이 괜찮다면 나중에 말씀드리죠. 그 의 신원이 그렇게 중요한 것은 아니잖아요?"

"알겠습니다. 어쨌거나 이것으로 수사는 급물살을 타겠군요. 결국 입막음을 위한 살인극이었군. 이 논문 대필이 언제 이루어진 것인지는 알고 계십니까?"

"제가 듣기로 김오명 교수는 임용되기 전에 중국에 유학 갔었습니다. 그 때 현지에서 있었던 것으로 알고 있습니다."

이소정은 편지의 존재에 대해서는 끝까지 함구하기로 작정했다. 최 반장이 그것을 보면 너무 많은 비밀이 노출될 수 있었다. 게다가 신비스럽게 포장된 위천익의 선물까지도 허공에 뜰 수 있었다.

"아귀가 딱딱 맞아 떨어지는군요. 김오명 교수는 중국 유학 전에 학위 논문을 제출했다가 부실하다는 이유로 제출을 취소한 일이 있었습니다. 그리고는 중국을 다녀와서는 갑자기 그럴 듯한 논문이 나온 것이죠. 어쩐지 석연치 않다고 여겼더니, 그런 내막이 있었군요. 학위 논문마저도 이 지경이니, 말세로군."

"석사 학위 논문 대필이야 더 이상 비밀도 아니잖아요? 대학가를 다녀보면 대필한다는 광고판이 게시판에 버젓이 나붙어 도는 걸요."

"어쨌거나 좋습니다. 저희도 위천익의 동북공정 관련 자료는 이 기자님에게만 제공하겠습니다. 물론 기사화되면 기자님만 독점할 수는 없겠지만, 한중 관계나 우리 학계에 미칠 파장은 장난이 아닐 겁니다."

"기대가 크군요. 기사화되면 잠시 가라앉았던 동북공정 문제도 재인식되는 계기가 될 거예요. 그야말로 누이 좋고 매부 좋은 거죠. 경찰은 범인 잡아 좋고, 우리 신문사는 특종 잡아 좋고."

"이 사람의 논문 대필이나 살인 혐의도 대단히 충격적인 뉴스가 될 겁니다. 기자님은 좋겠습니다. 한꺼번에 특종을 두 개나 올리게 생겼습니다 그려."

"반장님, 아직 샴페인을 터뜨릴 상황은 아니에요. 살인 문제는 증명된 것은 아니니까요. 혐의자가 좁혀진 셈일 뿐이죠. 그건 전적으로 반장님 몫이구요. 그나저나 반장님이 최초의 신고자가 범인일 가능성이 높다는 놀라운 주장이 물거품이 되었으니, 어쩌면 좋죠?"

그 말에 최 반장은 그녀를 어디서 봤는지 떠올랐다. 경찰서 복도에서 조 형사와 커피를 빼 마실 때 의자에 앉아 커피를 홀짝이고 있던 바로 그 여자였다.

최 반장은 어이가 없어서 허탈하게 웃었다.

"허허. 남의 혐의를 풀어주는 게 기자님의 직업 정신인 모양입니다."

최동술 반장의 웃음을 보면서 그녀도 따라 웃었다.

"호호. 범인을 잡기보다 혐의자의 누명을 벗겨주라는 명언도 있잖아요. 그 역할은 경찰만의 몫은 아니죠. 저널리즘의 역할이기도 해요."

전화벨이 울린 것은 바로 그 때였다.

최 반장은 이소정 기자에게 양해를 구하고 웃음을 삼키면서 수화기를 들었다.

"응, 나야. 그래. 김오명 교수? 안 그래도 그 사람이 보고 싶었던 참이지. 확인할 게 있어서 말이야."

부하로부터 온 전화인 모양이었다. 사건을 해결했을 때의 통쾌감과 성취감이 그의 목소리를 한결 윤기 나게 만들고 있었다. 그러나 그의 밝은 표정은 곧 벌레를 씹은 표정으로 일그러졌다.

"뭐야? 어떻게 됐다구? 어디서? 언제? 누가 신고를 했다구! 이런 기가 막힐 노릇이 있나? 지금 어디야? 알았어. 곧 가지."

수화기를 놓는 최 반장의 얼굴에서 희색은 완전히 사라졌다. 밤길을 가다가 뚜껑이 열린 맨홀로 빠져들어 간 사람의 어처구니없어 하는 얼굴이 있다면 바로 그 얼굴이었을 것이다.

이소정은 의구심을 잔뜩 담은 눈으로 최 반장을 쳐다보았다.

수화기를 놓고도 한참이 지났다. 최 반장은 한동안 아무 말도 하지 못했다. 그러더니 이소정을 바라보며 비웃듯이 말했다.

"기자 아가씨, 당신 정보는 쓸모가 없게 됐수다."

최 반장의 떨떨한 소리에 이소정이 황당하다는 듯 물었다.

"반장님, 그게 무슨 말씀이죠?"

"이 기자, 지금 무슨 전화가 온 줄 아십니까?"

"뭔데요?"

그녀는 직감적으로 큰 일이 터졌다는 것을 알아차렸다. 그녀는 갑자기 마번지의 신상에 무슨 일이 생긴 게 아닐까 덜컥 겁이 났다. 김오명 교수가 사태를 눈치 채고 그를 해칠 수도 있었다. 왜 미처 그 생각까지 못했을까!

"흠. 또 시체가 발견되었다는군요. 그 빌어먹을 대학교에서."

"누…누가 죽은 거죠?"

그녀는 더 말을 들으면 쓰러질지도 모른다는 생각이 들었다.

"김오명 교수."

"김오명 교수요? 그럴 리가. 그 사람이 범인인데 왜 그가 죽어요?"

"그걸 낸들 알겠소. 하지만 그건 놀라운 일도 아닙니다."

그녀는 벌어진 입을 다물지도 못한 채 최 반장의 입만 바라보았다.

"그 빌어먹을 시체를 누가 발견했는지 아시오?"

"누구……?"

그녀는 더욱 불길한 예감에 휩싸였다.

"마번지라는군요! 그 운전사. 나 원 참! 빌어먹을!"

무슨 까닭인지 최 반장의 입에선 연신 욕이 쏟아졌다.

"마번지씨가요!"

이번엔 이소정의 커피 잔이 출렁거렸다.

"그렇다네요. 그 친구 전생이 저승사자였나? 어째 가는 곳마다 시체가 널려 있지?"

그러면서 최 반장은 고통스럽게 한 마디 더했다. 그의 표정은 울분에서 절망의 늪을 가로질러 갔다.

"도대체, 어떤 새끼가 장난치는 거야? 니미랄!"

30
또 하나의 죽음

닫대멸명은 그간의 상황을 보고하기 위해 계강자의 관저를 찾았다. 계강자는 간단한 다과를 준비해 놓고 있었다.

"고생이 많네. 제 때 집에는 들어가기나 하는가?"

위로인지 격려인지 모를 치사를 하며 계강자가 닫대멸명을 맞았다.

"저의 즐거움입니다."

닫대멸명은 겸손하게 머리를 조아렸다.

"아니야. 자네를 보면 우임금이 과문불입過門不入했던 고사가 떠오르네. 자네같이 부지런한 사람이 관료로만 있다면 나라도 편안하고 군왕도 근심이 없을 걸세."

공적인 일을 할 때는 사적인 일은 절대 하지 말라는 우임금의 과문불입은 닫대멸명에게는 금과옥조였다. 공직에 몸담은 사람이라면 당연히 그래야 한다고 그는 믿었다. 그런 철저한 공직자 정신이 없다면 백성의 녹을 먹을 자격이 없다고 생각했다. 계강자의 칭찬은 그에게 과분한 것이었지만, 자신이 우임금의 모습에 한 발짝 다가가고 있는 징표로 느껴져 기뻤다.

그의 이런 속내를 읽었는지 계강자는 빙그레 미소를 띠며 말했다.

"너무 무리는 말게. 지금 시대에는 자네의 충심을 알아줄 순 임금은 없으니까."

담대멸명은 의표를 찔린 사람처럼 더욱 몸을 숙였다.

"덕담은 이 정도로 하세. 그래, 나를 찾은 까닭이 있을 텐데?"

"그렇습니다. 하명을 받은 이후 오늘까지 진척된 상황을 보고 드리려는 것입니다."

"흠. 나도 몹시 궁금했던 참일세."

계강자는 그 사이에 많이 진지해지고 느긋해져 있었다. 나라 안팎의 복잡하게 얽혀 골치를 썩였던 현안들이 일단 진정 국면으로 접어든 탓일 것이다. 따뜻한 다향이 은은하게 관저 안을 감돌았다. 향기로 보아 자공이 저번에 그에게 내놓았던 것과 같은 것임을 알 수 있었다.

담대멸명은 사안을 하나씩 집으며 보고를 시작했다.

"먼저 나흘에 걸쳐 공문의 네 사람을 면담했습니다. 공자와 자로, 안연, 자공의 순으로 진행시켰습니다."

"특별한 혐의점은 없었나?"

"예. 다들 이런 위기가 왜 닥쳤는지 당황하고 있었습니다. 물론 계기가 될 만한 과거의 행적에 대해서도 해명하지 못했습니다. 아마도 본인들은 염두에 두고 있지 못하지만 당한 사람들 입장에서는 원한에 사무친 고통이 아닐까 판단됩니다. 아니면 그들도 기억하기를 꺼려하는 일일 수도 있습니다. 아무래도 객관적인 자료를 조사하는 것이 사건의 발단을 확인하는 데 도움이 될 듯합니다."

"그래. 자료는 거짓말을 하지 않으니까, 그 편이 빠를 지도 모르겠군. 또 내부 공모자에 대해서는 어떤 결말이 났는가?"

"아직 단서는 잡지 못했습니다. 벌써 십수 년 전부터 암약한 인물이니 꼬리가 쉽게 잡히진 않을 것 같습니다. 어쩌면 그 자신이디 공문에 동화되어 더 이상 공모자의 역할을 하지 않을지도 모르겠습니다. 첩자로 들어왔다가 그 사람 심복이 되는 경우는 왕왕 있었으니까요."

"그렇다면 색출해내는 것은 불가능하다는 말인데?"

"그렇진 않을 겁니다. 본인은 포기했다고 해도 조직이 그를 가만두지 않을 테니까요. 협박이든 회유든 그를 이용하려고 들 겁니다. 자신의 정체가 드러날까 두려운 공모자는 어쩔 수 없이 그들의 일에 협조할 수밖에 없지요. 아무튼 공개적으로 공문에 적의를 드러내는 사람은 공문 내에서 발견할 수 없었습니다."

"그렇게 쉽게 본색을 드러낼 놈이라면 자공이나 자로가 색출해내지 못할 리가 없었겠지. 좀더 면밀하게 관찰하도록 하게."

담대멸명은 그들도 혐의 선상에서 배제되지 않았다는 말은 차마 꺼내지 못했다. 얼마 전의 활약 때문에 자공에 대한 계강자의 신임은 절대적이었다. 그들에 대한 지지가 깊어질수록 담대명멸의 입지는 좁아졌다. 권력의 예리함을 알고 있는 그로서는 적절한 수위 조절이 필요했다. 담대멸명은 화제를 바꾸었다.

"주군, 며칠 전에 공문의 학당 주변을 배회하는 정체불명의 사내를 체포해서 심문했었습니다."

계강자의 눈빛이 사뭇 달라졌다.

"정체불명의 사내?"

"엄밀하게 말하자면 정체불명은 아닙니다. 본인은 송나라 왕실의 먼 후예로, 이름이 송벽이라고 밝혔습니다."

"송벽이라? 들어보지 못한 사람인데."

"새벽에 학당 인근 숲에서 경호병에 체포되어 압송되었습니다. 제가 직접 심문했습니다."

"그래. 뭐라고 하던가?"

"그는 끝까지 결백을 주장했습니다. 송나라와 노나라 사이의 우호 관계를 내세워 은근히 협박까지 하더군요. 태산에 제사를 지내러 가는 도중에 길을 잃어 헤매고 있었다는 겁니다."

"특별히 달리 의심할 만한 일은 없었나?"

"소지품을 조사했는데, 제기 약간과 제례와 관련된 문서 정도가 나왔습니다. 그밖에는 여행자가 가지고 다니는 옷가지 정도였습니다."

"문초는 엄하게 했겠지?"

"물론입니다. 물 샐 틈 없는 경비를 뚫고 공문 주변까지 접근했다는 것이 가장 의심스러운 일이었습니다. 더구나 새벽이었습니다. 제 짐작에 내부 공모자를 만나고 돌아 나오는 길이었거나, 만나러 들어가는 길에 발각된 것이 아닐까 판단됩니다. 만나고 나오는 길이었다면 분명 뭔가를 그에게 전달했을 겁니다. 혹독하게 심문을 했습니다만, 끝까지 함구로 일관했습니다."

그 말에 계강자는 얼굴을 찡그렸다. 담대멸명의 잔혹한 심문 방법은 그도 잘 알고 있는 터였다. 담대멸명의 심문을 받느니 호랑이 아가리에 머리를 집어넣겠다는 말까지 나돌 정도였다.

"그런데도 자복을 하지 않았다면 진짜 혐의가 없을 수도 있지 않을까?"

담대멸명은 그 말에 난감한 표정을 지었다.

"저도 나중에는 그런 생각이 들었습니다. 그렇다고 해도 이미 엎질러진 물이었습니다. 그를 살려둘 수는 없었습니다. 나중에 문제가 생길 테니까요."

계강자는 심하게 언짢은 표정을 지었다.

"그럼 벌써 처리했다는 말인가?"

처리라는 말속에는 많은 함의가 담겨 있었다. 담대멸명의 처리는 계강자와는 완전히 무관한 일이었다. 계강자도 거론하지 않았고, 담대멸명 역시 보고하지 않았다. 다만 이번 경우는 특별한 사례였다.

'예. 아무도 그가 노나라의 형옥刑獄에서 사라진 것은 모를 겁니다."

"그래. 무고했다고 해도 할 수 없지. 운이 나쁜 탓이었으니까."

"하지만 전혀 혐의가 없는 자는 아니었습니다."

"그건 무슨 뜻인가?"

"죽기 직전에 아주 묘한 말을 남겼습니다."

"무슨 말을?"

"죽는 것은 억울하지 않지만, 스승의 원수를 갚지 못하고 죽는 게 억울하다고 했습니다."

"스승의 원수? 누가 스승이기에?"

"더 이상 입을 열진 않았습니다."

계강자는 잠시 생각에 잠겼다.

"그렇다면 분명 원한을 품은 세력이 있긴 있다는 말이군. 송벽의 행적을 거꾸로 추적해 볼 필요가 있겠는데?"

"이미 조치를 취했습니다. 우리 쪽 사람을 송나라에 파견해 조사를 시켰습니다. 곧 보고서를 올릴 수 있을 것입니다."

"자넨 항상 한 발 앞서 나가는군. 그나저나 송벽이란 자가 죽으면서 쓸데 없는 입을 나불거렸군. 자신들의 정체를 드러냈으니 말이야. 진정한 자객이라면 입이 무거워야 하는 법인데."

죽음을 앞에 두고 송벽은 뭔가 자신의 존재를 남기고 싶었을 것이다. 아무것도 이룬 것 없이 젊은 나이에 죽는다면 너무 인생이 허무한 것이 아닌가? 마지막으로 한 마디를 외치고 죽고 싶었던 송벽의 심정을 담대멸명은 조금은 이해할 수 있었다.

"그가 얼마나 흔적을 남겼고, 상부와 연결이 되었는지 지금으로서는 미지수입니다만, 중요한 단서 하나를 잡은 것은 분명합니다."

"사람은 사라져도 흔적은 사라지지 않는 법이지."

계강자는 잔을 만지작거리면서 다음 이야기가 나오기를 기다리는 눈치였다. 그는 이미 담대멸명이 문서 수장고를 다녀왔고, 그랬다면 기대했던 문서를 읽지 못한 사실은 알고 있을 것이다. 그가 먼저 말을 꺼낼 수밖에 없었다.

"일전에 휴가를 얻어 문서 수장고를 열람할 기회를 가졌었습니다."

"그래. 알고 있네. 내가 허가한 일이 아닌가?"

"예. 수장고를 열람한 까닭은 자공이 공자가 망명했을 때 수행했던 세 사람의 보고서와 공자의 회고록이 보관되어 있다고 들었기 때문이었습니다. 그 글들을 읽어보면 무슨 단서가 나오지 않겠냐고 했습니다."

"그래. 그들이 귀국했을 때 내가 지난 14년 동안 겪었던 일들을 상세히 기록해서 제출하라고 했었지."

"자공은 그 기록들이 문서 수장고에 있을 것이라고 귀띔해 주었습니다."

"그런데?"

"제가 꼼꼼히 찾지 못한 탓이겠습니다만, 어떻게 된 일인지 그런 문서는 수장고에 없었습니다."

"그런가? 그럼 어디 있단 말이지?"

계강자는 짐짓 모르는 척 시치미를 뗐다.

"자공의 말도 있고, 주군께서도 알고 계시는 일이니 분명 문서가 있어야 할 터인데, 정작 수장고에는 없으니 까닭을 알 수 없습니다."

담대멸명은 아주 난감한 표정을 지었다. 대개 계손씨의 치부를 드러낼 만한 내용의 문서는 수장고에 보관해 두지 않았다. 그 관례는 그도 잘 알고 있었다. 기록들이 수장고에 없다면 내용에 뭔가 문제시될 부분이 있어 계손씨가 사저로 옮겼다는 말이 될 것이다. 담대멸명으로서는 그 점을 대놓고 따질 수는 없는 노릇이었다. 계강자가 스스로 내주길 기다리는 수밖에 없었다.

잠시 후 계강자가 말문을 열었다.

"그 문서들을 꼭 봐야 할 이유라도 있는가?"

"공자 학당 주변에서 지금 벌어지는 일련의 사태가 어디서 출발한 것인지 알려면 그 문서들을 반드시 열람해야 합니다. 중요한 단서들이 그 속에 담겨 있을 것으로 추측됩니다. 내용이 무엇이든 외부로 유출되어서는 안 되는 것이라면 당연히 비밀을 지켜야겠지요. 그렇다고 열람을 포기할 수는 없습니다. 그것은 계손씨 가문을 위해서도 바람직하지 않은 일입니다."

담대멸명은 은근히 계강자의 심기를 건드리는 쪽으로 몰고 갔다. 계강자가 굳이 공개하길 꺼린다면 본인은 그 문서를 읽었다는 말이었다. 그러나 이후에 아무 조치가 없었다는 것은 그 기록 속에 숨겨진 진실을 해독하지 못했던가, 아니면 가문의 잊혀진 추문 정도로 치부하고 있다는 뜻이었다. 계강자는 권력자였지 전략가는 아니었다. 스스로 능력의 한계는 알고 있을 만큼 영리한 사람이니 결국 문서를 내줄 것이었다.

"알겠네."

계강자는 결심한 듯이 말했다.

"그 문서들은 내가 개인적으로 보관하고 있네. 글 속에 집안과 관련된 구절이 있어서 수장고에 두기 껄끄러운 점이 있었지. 내일 가져다 놓을 것이니, 와서 받아가게."

"은혜가 참으로 크고 넓습니다."

더 이상 군말은 수다에 불과할 뿐이었다. 담대멸명은 공손히 읍을 한 뒤 물러나려고 했다. 그 때 집무실 밖에서 인기척이 들렸다.

"누구냐?"

계강자가 출입문을 바라보며 물었다.

"지금 막 공문에서 급보가 왔습니다."

두 사람의 눈이 마주쳤다. 밤새 무슨 일이 생긴 것일까?

"들어오너라."

비서장이 성큼성큼 문을 열고 들어왔다. 담대멸명을 흘낏 보더니 계강자 쪽으로 다가가려 했다.

"함께 들어도 괜찮으니 말하라. 무슨 급보인가?"

계강자는 제지하며 보고를 재촉했다.

"오늘 아침, 공문의 가족 한 사람이 죽은 채 발견되었답니다."

"뭣이! 누가?"

계강자와 담대멸명이 거의 동시에 외쳤다.

"공자의 아드님이신, 공리라 하옵니다."

"공리가? 아니 왜?"

"자세한 정황은 알 수 없습니다만, 이부자리에서 숨진 채 발견되었답니다. 의원이 바로 달려갔으니, 곧 보고가 있을 것입니다."

"맙소사! 이게 무슨 일인가?"

계강자는 말도 제대로 잇지 못한 채 혼란한 기색을 감추지 못했다. 담대멸명이 나서서 그를 안정시켰다.

"너무 심려치 마십시오. 지금 당장 공문으로 가보겠습니다."

"빨리 가보라. 이 일도 그 불칙한 자들의 소행인가?"

31
한병준, 용의자로 떠오르다

"부검 결과 독극물에 의해 독살된 것으로 결론이 났습니다."

부검 보고서를 들고 들어온 조동찬 형사가 서류를 손가락으로 툭툭 치면서 말했다. 최 반장은 담배를 입에 물었다. 그는 너무 화가 나 현장에도 직접 나가지 않고 조 형사를 대신 보냈었다. 가장 혐의가 짙었던 김오명 교수의 죽음은 마른 하늘의 날벼락이었다. 최 반장은 믿기지 않는다는 표정으로 부검 보고서를 훑어보고는 소리를 질렀다.

"정신 나간 새끼 같으니라고. 어쩌자고 독약인 줄도 모르고 처마셨다는 거야?"

"이 청산염이란 독극물은 무색무취하답니다. 커피와 함께 마신 모양인데, 마신 뒤 3, 4분 정도 지나야 반응이 나타난답니다. 그러니 피살자는 마실 때 그게 독약인 줄 전혀 몰랐고, 독소가 온 몸으로 퍼진 뒤 깨달았을 때에는 이미 말 한 마디 제대로 꺼내지 못하고 절명했을 거라는군요."

"지독하군. 사망 추정 시간은 언제래?"

"대략 오전 7시에서 7시 반경으로 보고 있더군요. 마번지가 김오명의 시체를 발견한 시간은 8시가 되기 조금 전이었습니다. 발견하자마자 학교로 내려와 신고했답니다."

"그 친구는 도대체 거긴 왜 간 거야?"

"김오명 교수로부터 만나자는 연락을 받았답니다. 약속 장소가 바로 그곳이었고요. 남의 눈도 있으니, 등산로에서 멀찍이 떨어진 곳에서 만나자고 했답니다."

"왜 만나자고 했는데?"

"그 부분은 마번지도 애매하게 말하더군요. 긴히 할 얘기가 있으니까 만나자고 했답니다. 만나보면 알려니 해서 더 이상 캐묻지 않고 나왔답니다."

"이미 마번지는 그가 위천익을 죽인 범인인 것을 알고 있었어. 그 시간에 숲 속에서 만나려고 했다면 분명한 이유가 있었을 거야. 마번지가 뭘 숨기고 있는 것 같진 않던가?"

"글쎄요. 본인이 딱 잡아떼니 더 추궁할 수는 없었습니다."

마번지가 진술한 내용은 사실인 것으로 확인되었다. 그에게 약간의 혐의를 두고 있던 최 반장도 더 이상 그를 범인으로 몰아갈 수 없게 되었다. 아무리 멍청한 범인이라고 해도 두 번씩이나 사람을 죽이고 자신이 발견한 것처럼 신고할 리는 없었다.

"흠. 범인이 준 커피를 전혀 의심하지 않고 마신 걸로 봐서는 면식범의 소행인데……."

"그렇죠. 그나저나 김오명 교수는 무엇 때문에 마번지를 그곳으로 오게 한 걸까요?"

"그러게. 경호를 위해서는 아니었을 테고. 신변의 위험을 느꼈다면 굳이 그런 외진 곳을 약속 장소로 삼지 않은 게 손쉬운 방법이었을 텐데."

"자발적인 의사보다는 강요나 요구 때문에 끌려나왔던 것은 아닐까요?"

"아니면 지나친 자신감일 수도 있겠지."

"자신감이라면?"

"아무도 날 건드릴 수 없다는 확신 같은 것 말이야. 그 친구 겸손한 척하지만 절대로 손해 볼 일에 뛰어들 사람처럼 보이진 않았거든."

최 반장은 지난번 살인 사건 때 김오명을 만났던 기억을 더듬으며 말했다. 계획적으로 위천익에게 접근해 단물을 다 빨아먹은 그였다. 그런 그가 위천익을 살해했다면 그는 또 누구에게 살해당한 것일까?

"사건 현장에서 뭐 찾은 건 없나?"

"별로 의심할 만한 물건은 없었습니다. 커피를 마시긴 한 모양인데, 커피를 담았던 용기는 없었습니다. 종이컵이든 뭐든 분명 있었을 텐데 말입니다."

"범인이 가져갔겠지. 지문이 묻어 있었을 수도 있으니까."

"김오명 교수가 몰고 온 자동차는 교내 주차장에 있었습니다. 자기 연구실에는 들르지 않은 것처럼 보이더군요. 경비원도 그가 연구실로 들어가는 것은 보지 못했답니다."

"그 학교 경비원이야 눈 뜬 장님 아닌가. 바로 코 앞 연구실에서 사람이 목 졸려 죽었는데도 범인은 고사하고 피살자도 못 봤다잖아?"

"경비원이 사람 목숨까지 지키겠습니까. 어쨌든 요즘 그 대학 캠퍼스는 광란의 도가니라고 해도 괜찮겠더군요. 방학인데도 학생부터 교수들, 신문사 기자, 언론사 중계차 등 아주 북새통을 이루고 있었습니다. 무슨 관광 나온 사람들처럼 연구동하고 등산로를 순회하고 다니던데요. 학교 경비원들이 통제하느라고 진땀을 흘린답니다."

"원래 인간이란 게 구경하는 동물이잖아."

"하긴. 그나저나 세상인심이란 게 비정하더군요. 반장님, 지금 그 학교에선 무슨 말이 오가고 있는지 아십니까?"

"무슨 말. 누가 범인이라고 쑥덕거리던가?"

"그렇게 건전한 논의라면 우리 경찰도 해먹을 만하죠. 김오명 교수 후임이 누가 될 건지 그런 말들이 오가고 있답니다. 죽은 놈만 억울한 거죠. 시신에 온기도 가지지 않았는데 묻어버릴 궁리만 하고 있으니, 그러니 누가 뒈지고 싶겠습니까."

"후임이라니, 그게 무슨 소리야?"

조동찬 형사가 의아하다는 듯이 고개를 흔들면서 최 반장을 바라보았다.

"반장님도 대학 물 드셨으면서 그걸 모르세요. 현직 교수가 죽었으니 누가 그 자릴 채워야질 않겠습니까? 정년이야 오려면 멀었고, 정원은 한정되어 있으니, 후배 연구자들이야 선배 교수 죽기만 기다리는 거죠. 그래야 자리 하나가 비니까요."

"그러니까 전임인 김오명 교수가 죽었으니, 대학에 자리가 하나 빈다 이 말이군. 참나, 정말 죽은 놈만 병신 됐네."

"죽은 김오명 교수에 대한 세간의 평도 호의적이진 않았으니 대놓고 다들 말한답니다. 더구나 김오명 교수는 강의보다는 신변잡기로 시간을 때우든가, 이런저런 핑계로 결강이 잦아 학생들 사이에 별명이 '무능도사'였답니다. 강의 시간에 들어와서 한다는 얘기가 고작 자기가 교순데 이제야 겨우 전세를 면했다면서, 교수 월급이 적다고 투덜대는 게 일이었다더군요."

"씨벌. 어떤 놈은 하루 종일 뼈 빠지게 일하고도 박봉에 시달리는데, 정말 배부른 소리하고 있군. 그 놈의 교수 자리 앉아보려고 발버둥치다가 저 세상 구경 간 인간이 한둘인 줄 아나. 천운으로 교수가 됐으면 열심히 연구해서 빛나는 업적을 세울 생각은 않고 잿밥에만 관심이 있으니, 그 딴 싸가지 없는 소리가 나오지."

"오죽 했으며, 논문 쓸 능력이 안 돼 중국까지 가서 훔쳐 왔겠습니까. 결국 세상사는 모두 사필귀정이죠."

"추한 꼴 보이기 전에 어쩌면 잘 돼진 거지."

어느샌가 최 반장은 캐비닛에서 소주병을 꺼내 컵에 채우고 있었다. 한 잔 쭉 들이키더니 트림을 하며 말했다.

"카! 빈속에 한 잔 마시니, 술맛이 절로 나는구나."

그는 통북어를 북 찢어 질겅질겅 씹었다.

"좌우간, 그건 그렇고. 후임자 하마평에 오른 사람은 누구누구야?"

"한 사람으로 쏠리더군요. 전번 채용 때 물먹은 사람 있잖습니까? 한병준이라고요. 다들 쉬쉬하지만, 이 사람이 될 거라는 게 중론이더군요. 그 때도 사실은 이 친구가 되었어야 하는데, 이상하게 김오명이 임용되었다면서요."

"제길 진작 그런 말을 해야지, 대세가 바뀌니까 아부성 발언이 쏟아져 나오는군. 그러니까 김오명이 죽어 재미를 보는 사람은 한병준이군."

"표면상 그렇습니다."

"표면상은 무슨? 그 사람에 대한 평은 어때?"

"성실하고 쾌활한데, 처신이 가볍다고 하더군요. 살면서 하고 싶어도 하지 말아야 할 말들이 있는데, 이 친구는 그걸 너무 쉽게 내뱉는답니다. 그러니 윗사람들 눈에 곱게 보일 리가 없죠. 임용이 결정된 뒤에도 한동안은 충격 때문에 꽤 방황했던 모양입니다. 임용에 비리가 있었을 거라고 공공연하게 떠들고 다닌 모양이더군요. 반드시 밝혀내서 자리를 되찾겠다고 용트림을 하고 다녔던 모양입니다. 대개 한병준에 대해 동정적이었지만, 어쩝니까. 한번 흘러간 강물을 돌이킬 수는 없는 일이죠. 결국은 그도 현실을 인정하고 제 자리로 돌아갔다는군요. 덕분인지 쥐구멍에 볕들 날 있다고, 김오명이 죽었으니 이제 당연히 가야 했을 자리로 가게 되었다는 겁니다."

"미운 털 박힐 짓만 골라 했군. 그 친구 동태는 어때?"

"대학에는 전혀 나오질 않는답니다. 김오명 빈소엔 다녀갔지만 문상만 하고 곧바로 자릴 떴다네요. 김오명 교수의 피살에 대해서도 혐의를 두는 말도 있지만, 그럴 사람은 아니라는 게 중론이더군요."

"사람 속을 어떻게 아나. 살인에는 항상 썩은 내가 풍기기 마련이지. 그래서 경찰이 범인을 잡을 수 있는 거라고. 그 친구 뒷조사를 철저히 해 봐."

32
공리의 주검을 살피다

공문은 슬픈 기운으로 가득 차 있었다. 정신없이 달려온 담대
멸명은 문을 들어서자마자 어수선한 분위기에 걸음을 멈췄다.
무엇을 어떻게 해야 할지 갈피를 잡을 수 없었다. 문 앞을 서성
대고는 있었지만 어디로 가야할지 요량도 서지 않았다. 공문의
제자 몇과 누군지 알 수 없는 사람들이 학당 주변에서 그와 마찬
가지로 방황하고 있었다.

즈문객들이 오기에는 아직 시간이 일렀다. 빈소를 차리고 장
례를 준비하려는 사람들만 분주했다. 담대멸명은 이들을 방해하
지 않기 위해 담 쪽으로 몸을 비켜 걸었다. 그는 한참을 고민하
다가 길을 가로질러 공자의 처소인 중미재로 들어갔다.

닳은 사람이 웅성거리리란 예상과는 달리 공자의 처소는 의외
로 고즈넉했다. 공자의 수레를 모는 번지만 낮게 읍을 한 채 마
당을 근심스럽게 오가고 있었다. 그를 알아본 번지가 조용히 하
라는 듯이 손으로 입을 가리면서 그에게 다가왔다.

"오셨습니까?"

"많이 놀라셨겠지. 도대체 어찌 된 영문인가?"

"오늘 아침에 서고지기가 서권을 찾으러 갔다가 발견했습니다. 며칠 전 서권을 빌려갔는데, 책을 대출하기로 약속이 되어 아침에 받으러 간 모양입니다. 아침 식사 시간에도 뵈질 않기에 이상하다 여겼는데, 저는 어제 늦게까지 서권을 읽으시다가 곤히 주무시는 것으로 알았습니다."

"공리 선생의 거처는 어느 쪽인가?"

"중문을 지나 충덕전에 붙어 있는 숙사입니다."

"왜 그렇게 구석진 곳이지?"

핀잔처럼 담대멸명이 되묻자 번지는 적이 당황한 표정으로 변명을 했다.

"원래는 저와 한 방을 쓰셨습니다. 그런데 불편하다며 잠시 거처를 그 쪽으로 옮기셨습니다. 소인의 불찰입니다. 제가 옮겼어야 했는데……."

"시신을 봤는가?"

번지는 얼굴이 하얗게 되더니 손사래를 쳤다.

"웬걸요. 경황도 없었지만 볼 수가 없었습니다. 자로 어른이 오시더니 아무도 출입을 못하게 했습니다."

"스승님의 상태는 어떠신가?"

"소식을 들으시고는 그대로 혼절하셨습니다. 기력은 곧 회복하셨지만, 한동안 넋이 나간 사람처럼 계셨습니다. 방금 잠이 드셨는데, 자로 어른께서 보살피고 계십니다."

자식의 죽음을 겪고 애통해 하지 않을 부모가 어디 있겠는가? 비록 공문의 뒤를 이을 재목감은 되지 못한 위인이었어도, 공자의 유일한 사내 혈육이었다. 손자 공급이 있긴 했지만 아직 어리니 집안의 대들보가 무너진 형국이었다. 시신부터 살펴야 할 상황이었지만, 자로부터 만나기로 작정했다.

"자로 어르신, 담대멸명입니다."

공자는 가슴까지 이불을 덮은 채 누워 잠들어 있었다. 며칠 전과 비교할 때 얼굴이 반으로 줄어든 것처럼 수척했다. 자로는 묵묵히 무릎을 꿇은 채 스승의 안색을 살피고 있었다. 환갑을 지낸 늙은이였는데도 애통한 모습은 부모를 잃은 자식처럼 보였다.

"멸명, 밖으로 나가세."

자로가 그를 끌고 옆방으로 갔다. 문을 닫고 오열하며 울분에 찬 목소리로 말했다.

"흑흑, 결국 스승님을 위험으로부터 지켜내지 못했네."

담대멸명은 깜짝 놀라 자로의 손을 잡았다.

"어르신, 스승님의 건강에도 문제가 있다는 말씀입니까? 번지 말로는 잠들었다고 하던데요?"

"아닐세. 스승님께서 위해를 당하셨다면 내가 지금 이렇게 살아 있겠는가. 그런 치욕을 견디느니 차라리 깨끗이 죽음으로 속죄했을 거야."

"다행입니다. 스승님께서 충격이 크셨겠습니다."

"어찌 충격이 없으실 수 있겠나. 스승님의 천수도 얼마 남지 않으셨는데, 손자는 젖먹이에 불과하니, 하늘이 무너지고 억장이 내려앉는 일일세."

이런 상황에서 자로를 위로한다는 것은 어폐가 있었다. 담대멸명은 잠시 주저하다가 말을 돌렸다.

"공리 선생의 상태는 어땠습니까? 의심할 일은 없었습니까?"

자로는 냉정을 되찾으려고 애쓰며 대답했다.

"너무 황망해서 자세하게 살피지는 못했네. 정밀한 검시를 해봐야겠지만, 육안으로 봤을 때 큰 이상은 발견하지 못했네. 그냥 잠을 자다가 편안하게 숨진 사람의 모습이었어."

자로의 표정에는 갈피를 잡지 못하는 심정이 그대로 배어 나왔다. 부친보다 먼저 세상을 떴으니 호상好喪은 결코 아니었지만, 타살이 아니라면 다행이었다. 그러나 자로는 공리의 죽음이 평범하다고 생각지 않는 것이 분명했다.

"정황으로 볼 때 심상한 죽음은 아닐세. 죽간에 적혔던 '작용자무후'는 공자의 대가 끊긴다는 의미였던 것 같네. 다음 칼날이 손자인 공리에게로 향할지 어떻게 알겠나."

담대멸명은 의심의 여지가 없는 죽음이라면 사실을 그대로 받아들이는 것이 좋다는 생각이었다. 그러나 지금 그 말을 꺼낼 수는 없었다.

"어르신, 곧 의원이 올 겁니다. 검시를 해보면 확실한 결과가 나올 테지요. 너무 심려하지 마시고 마음을 편하게 가지십시오. 자로 어른은 공문의 중심입니다. 주춧돌이 흔들리면 공문의 기강이 무너질 수도 있습니다."

자로는 담대멸명이 언중에 담은 속뜻을 눈치챘는지 피해갔다.

"공문의 주춧돌이 어찌 나뿐이겠는가? 위로는 계강자님을 비롯해서 스승님께서 계시고, 제자 하나하나가 모두 빛나는 주춧돌이지. 이 혼란한 시대에 우리 공문의 성쇠가 천하의 운명을 쥐고 있는 셈일세. 이에 도전하는 세력이 있다면 결코 용서해서는 안 될 일이지."

자로의 눈에는 갑자기 붉은 핏발이 일어섰다.

두 사람은 잠시 침통한 심정을 억누르면서 말없이 마주보고 앉아 있었다.

잠시 후 밖에서 인기척이 울렸다.

"누구냐?"

자로가 유달리 굵은 목소리로 응대했다.

"번지옵니다. 의원이 당도했습니다."

"나가보세."

말을 듣기 무섭게 자로는 벌떡 일어나 담대멸명을 채근했다.

공리의 시신이 안치된 방은 어두웠다. 사방에 장막을 쳐놓은 탓이었다. 학당 주변은 어느 새 군사들이 둘러싸고 경계를 서고 있었다. 서권 읽는 소리가 울려야 할 자리에 서슬 푸른 칼날이 숲을 이루고 있었다. 이것이 난세에 꽃을 피운 공자와 공문의 숙명인가? 그런 생각이 담대멸명의 뇌리를 스쳐 지나갔다.

의원은 생각보다 젊었다. 나이로 봤을 때 책임있는 지위에 있을 사람이 아니었다. 담대멸명이 의아한 표정을 짓자 자로가 귓속말로 속삭였다.

"노회한 의원이 오면 기밀이 샐 수도 있을 것 같아 일부러 젊고 민활한 사람을 보내라고 미리 기별을 넣었네. 내가 전부터 아는 사람이니, 조용히 일을 마무리하는 데 도움이 될 걸세."

담대멸명은 알았다는 뜻으로 고개를 끄덕였다.

탕안은 시신이 처음 발견된 상태를 그대로 유지하고 있었다. 이불을 덮고 있었는데, 다만 망자에 대한 예로 얼굴을 흰 천으로 시신을 가려 놓았을 뿐이었다.

자로가 담대멸명에게 시신이 발견된 당시의 정황을 간단히 설명했다.

"아침 일찍 학당에 나온 게 다행이었네. 서고지기와 번지가 문 밖에서 벌벌 떨고 있더군. 공리 선생이 돌아가신 것 같다는 거였네. 방에 들어와 보니 선생은 조용히 숨져 있었네. 마치 잠든 것처럼 편안한 모습이었어. 천수를 다한 죽음이길 간절히 바라네만, 너무 자연스러운지라 그게 더 이상할 정도였네."

의원은 손목과 목의 맥을 짚어보고, 깃을 들어 코에 대어 보더니 눈을 감았다.

"돌아가셨습니다. 숨기운이 전혀 잡히지 않는군요."

그리고는 이불을 들어올려 잠옷을 걷더니 팔 다리며 몸 곳곳을 육안으로 살폈다.

"외상은 전혀 없군요. 주무시다가 조용히 숨을 거둔 것으로 보입니다."

이 말에 자로가 다짐이라도 하듯이 말에 날을 세웠다.

"자네도 짐작하겠지만, 죽음의 원인이 한 치의 의심도 없이 밝혀져야 하네. 오진은 결코 용납되지 않을 거야. 그러니 확신이 설 때까지는 말을 최대한 아끼시게."

자로의 서슬에 의원은 몸을 떨었다. 이것이 단순한 검시가 아니며, 자신이 어떤 처지에 놓여있는지 직감했다. 의원의 손놀림이 경직되자 담대멸명이 그를 다독거렸다.

"너무 두려워 할 필요는 없네. 거짓을 말하라는 게 아니니까. 사실을 숨기거나 잘못 판단하진 말라는 뜻이야. 차분하고 신중하게 시신의 상태를 살펴보고 이상한 점이 있으면 숨김없이 말하면 되네."

담대멸명의 말에 의원은 알았다는 듯 고개를 끄덕이고 가방에서 은으로 만든 긴 젓가락을 꺼냈다. 의원이 시신을 꼼꼼히 살피는 동안 자로와 담대멸명은 방안을 수색했다. 혹시라도 범인이 흘리고 갔을지도 모르는 유류품을 챙기기 위해서였다.

이렇다 할 물건은 눈에 띄지 않았다. 홀아비 생활인 데다 대개의 물건은 전에 살던 집에 그대로 두고 왔을 터이니, 옷가지며 문구류 정도밖에 없는 것도 특이한 일이 아니었다. 앉은뱅이 책상은 원래 숙사에 있던 것이었고, 오른 편에 서권이 말려 있었다. 오늘 반납하기로 했던 책인 것 같았다. 담대멸명이 몇 장을 들춰보니 지역마다 달리 쓰이는 방언을 비교해 놓은 것이었다. 바닥에는 무명 천 두 묶음이 놓여 있었는데, 그 중 하나는 휘갈겨 쓴 수고본 시詩였다.

공자는 14년 동안 천하를 떠돌면서 무엇보다 지방마다 불려지는 민요를 모으는 일에 심혈을 기울였다. 바쁘게 쫓기는 와중에도 지방의 촌로를 만나 노래를 듣고, 이를 기록하는 일을 게을리 한 적이 없었다. 십수 년을 거듭한 일이었으니 성과도 대단했다. 초고가 적힌 무명천은 차곡차곡 묶여 제자들이 나누어 짊어지고 다녔다. 정처 없이 떠돌면서도 원고를 잃지 않으려고 버둥거렸던 그 때 일들이 떠올라 자로는 눈을 감았다.

공자는 귀국하면서 자료를 모두 노나라로 싣고 왔다. 그 중 일부를 공리가 정리하고 있었던 모양이었다. 수고본을 간추려 깨끗하게 정서를 해놓은 공리의 필체에는 아직 먹물이 마르지 않은 글자도 있었다. 자로는 시들을 보면서 야릇한 회상에 잠겼다.

"주무시면서 땀을 많이 흘렸던 모양입니다."

공리의 시신을 돌려놓고 살피던 의원이 두 사람을 보면서 말했다.

"무슨 소린가?"

"이부자리를 보십시오. 위쪽으로 이불이 축축하게 젖어 있습니다. 바닥의 온기 때문에 많이 말랐지만, 물기가 그대로 배여 있지 않습니까?"

다닌 게 아니라 공리가 베고 있던 베개와 그 아래 깔린 이불에는 눈으로 보기에도 물기가 완연했다. 무슨 악몽을 꾼 것일까? 식은땀이 이불을 적실 정도였다면, 잠자리가 그다지 편안하지는 않았던 모양이었다. 뛰어난 아버지를 둔 무능한 자식의 고민과 고충이 배여 있는 것 같아 안쓰러웠다. 아버지의 기대에 짓눌린 공리의 노고는 이제 한 줌 땀방울로만 남게 되었다.

"땀치고는 너무 많이 흘린 게 아닙니까? 그것도 어깨부터 얼굴 부위 쪽으로만 젖어 있습니다."

담대멸명은 이불을 거둬내고 아래위를 살피면서 자로에게 말했다.

"음. 그렇군. 상체에서만 땀을 흘리는 사람도 있나?"

검시가 끝났는지 의원은 공리의 시신을 편하게 눕히고는 옷매무새를 간추린 다음 두 사람에게 말했다.

"여기서 할 수 있는 일은 다 마쳤습니다. 우선 독살은 아닌 듯합니다. 의국으로 옮겨 시신을 좀더 정밀하게 살펴야겠습니다."

자로는 의원을 데리고 담대멸명과 함께 학당으로 들어갔다.

텅 빈 학당은 더욱 을씨년스러웠다. 외풍이 들어오는지 썰렁한 한기가 몸을 떨게 만들었다. 자로가 눈짓으로 최종 판단을 묻자 의원이 낮은 목소리로 답변했다.

"어르신, 아무래도 경험이 많은 의원을 불러 한 번 더 살펴보는 것이 좋을 듯합니다. 저로서는 특별한 사인을 발견하지 못했습니다. 외상도 없고, 중독 흔적도 찾을 수 없었습니다. 죄송하오나 저로서는 천수가 다해 돌아가신 것으로밖에는 드릴 말씀이 없습니다."

의원은 여전히 두 사람의 눈치를 살피면서 제 생각을 털어놓았다. 타살임을 증명하지 못한 책임이 마치 자기에게라도 있는 듯한 표정이었다.

"됐네. 시신을 의국으로 옮기는 일은 우리가 판단할 성질이 아닐세. 스승님께서 기력을 회복하시면 다시 의논하기로 하지. 아무래도 혼자 감당할 일이 아닌 것 같구먼. 수고했네."

자로는 무표정하게 말하고 의원을 일단 돌려보냈다.

"어르신, 제가 보기에도 시신에서 혐의점은 찾을 수 없는 것 같습니다."

담대멸명도 조심스럽게 입을 열었다.

"아니야. 어제까지 멀쩡하던 사람이 갑자기 죽었다면, 그 자체가 벌써 이상한 일일세. 나가서 서고지기와 번지부터 만나보도록 하지. 그들이 밤마다 학당을 순찰했으니, 뭔가 본 게 있을지도 모르지."

서고지기로부터는 더 이상을 들어낼 말이 없었다. 어젯밤에 뭔가 수상한 낌새를 느낀 게 없냐는 질문에 번지는 죽을 죄를 진 사람처럼 말을 더듬거렸다.

"어제 밤에 제가 두 번째 순찰을 돌 때까지 공리 선생님은 분명 살아 계셨습니다. 아마 자정 전후였을 겁니다. 저는 전손사顚孫師와 함께 정문부터 후문까지 한 군데도 놓치지 않고 순찰을 돌았습니다. 그 때까지 선생님은 분명 살아 계셨습니다. 제가 직접 그 분과 이야기까지 나누었으니까요."

"직접 이야기를 나누었다고?"

두 사람이 거의 동시에 말이 나왔다.

"예. 등불을 켜놓고 책을 읽고 계셨습니다. 늦은 시각이니 그만 주무시라고까지 말씀을 드렸습니다. 그리고는 저는 물러 나와 창고 옆에서 검술 연습을 했습니다."

"전손사도 함께였더냐?"

"아닙니다. 순찰이 끝나자 전손사는 바로 방으로 들어갔습니다. 저는 왠지 예감이 안 좋아 다시 한 번 학당을 살피고 있었습니다.

'알겠다. 그럼 그 뒤부터는 뵙지 못한 게로구나."

'아닙니다. 뵙지는 못했습니다만, 검술 연습을 마치고 땀을 말리면서 학당을 순찰했었습니다. 그 때 선생님이 주무시는 숙사를 지나려는데 달빛에 선생의 방문이 조금 열려 있는 것을 보았습니다."

"방문이 열려 있었다고? 그게 몇 시쯤이었더냐?"

"정확하게 헤아릴 순 없지만 축시丑時(새벽 1시-3시)가 지난 때였을 겁니다. 주무시면서 창문 닫는 것을 잊었나보다고 생각했지요. 깨울 수도 없고, 그냥 열고 주무시면 감기에 걸릴 것 같아 마루로 올라가 문을 닫고 저는 제 방으로 돌아왔습니다."

"그럼 방안의 기색을 살펴봤겠구나?"

자로가 다그쳐 물었다.

"송구하오나 창문만 닫느라 자세히 보지는 못했습니다. 이불을 덮고 누워있는 모습만 어렴풋하게 보았을 뿐입니다."

"다른 수상한 낌새는 본 것이 없더냐?"

"예. 저도 지금까지 계속 기억을 더듬어 보았습니다만 이상한 점은 없었습니다. 제 불찰입니다. 그 때 방안에 들어가 자세히 살폈어야 하는데, 정말 면목이 없습니다."

자로는 딱하다는 표정을 지었지만, 더 이상 번지를 몰아세우지는 않았다.

"아니다. 그게 어찌 네 잘못이겠느냐. 주무시고 계신데 방안에 들어가는 것도 이상한 일이지. 바깥 동정엔 수상한 점이 없었고? 마당을 지나면서 평소 보지 못했던 일은 없었느냔 말이다."

"창문을 닫으면서 잠깐 어지럼증이 오긴 했습니다. 그밖에는 아무 이상도 없었습니다."

"어지러웠다고? 아니 왜?"

"검술 훈련으로 땀을 많이 흘렸고, 갑자기 한기를 맞아 그런 것이 아닐까 싶었습니다. 곧 괜찮아졌습니다."

"알겠다. 뭔가 또 기억나는 일이 있으면 지체 말고 알리거라."

번지는 풀이 푹 죽어서 학당 쪽으로 걸어갔다.

"변을 당했다면 적어도 자정 이후의 일인 것 같습니다."

자로가 아무 말도 없이 침묵만 지키자 담대멸명이 먼저 운을 뗐다. 그러자 자로가 정신이 돌아온 듯 그를 쳐다보며 말했다.

"그런 것 같군. 왜 창문이 열려 있었을까? 어젯밤 날씨는 꽤 쌀쌀했네. 아니 추웠다고 해야겠지. 그런 날씨에 창문을 열어 좋고 잠들 리는 없을 거야. 냉기 때문에 잠이 오지 않았을 테니까."

"그렇지요. 누군가 잠입해서 창문을 열어놓지 않은 이상에는 말입니다."

"번지가 창문을 닫으러 올라갔을 때 어쩌면 방안에 어떤 놈이 숨어 있었을지도 몰라. 아쉽구나. 번지가 조금만 지각이 있었어도 방안에 들어갔을 텐데."

'아무리 몰래 잠입했다고 해도, 공리 선생이 그렇게 넋 놓고 잠을 잤겠습니까? 더구나 그 놈이 잠자는 모습만 보고 나왔을 리는 없지 않습니까? 아무 외상이나 상처도 없이 어떻게 선생을 해쳤을까요? 이런 상황만 아니라면 아무도 그의 죽음을 타살이라 의심하지 않을 겁니다. 당장 의원만 해도 정상적인 죽음이라고 보지 않습니까?'

"그러게 말일세. 독극물을 썼다면 토한 흔적이든 핏자국이든 뭔가는 분명 남을 수밖에 없는 일인데. 정말 교묘하고 감쪽같이 일을 해치웠어."

"땀을 그렇게 많이 흘린 것도 죽음의 고통 때문일 수도 있겠습니다."

"그렇기도 하지만, 어떻게 공리 선생의 처소를 정확하게 알았는지도 의문이야. 어젯밤에 처음으로 그곳으로 거처를 옮겼다고 하던데. 내부 사람이 동태를 일러주지 않았다면 쉽게 알긴 어려운 일이지 않나?"

"그도 그렇습니다. 여전히 내부 공모자가 있을 가능성을 보여 주는군요."

"여하간, 일단 천수를 다해 돌아가신 것으로 발표하기로 하세. 물증도 없는데 일을 들쑤시면 상황만 더 험악해질 걸세. 무엇보다 스승님께서 충격이 크실 거야. 저 놈들의 감시의 눈길도 늦출 수 있을 테고, 공모자가 있다면 그 놈도 안심시킬 수 있을 걸세. 그 뒤 좀 더 자세히 진상을 파헤치도록 하세."

"제 생각도 같습니다. 정상적으로 장례를 치르고 문상도 받으면서 수사를 하는 것이 좋을 듯합니다.”

“그래. 스승님께서 깨어나셔도 갑자기 돌아가신 걸로만 말씀 드리고 안심을 시켜야지. 어차피 더 깊이 아신다고 위로가 될 리 없으니까. 집안사람들에게도 장례 절차를 밟도록 말해두겠네.”

“계강자 어른께도 기별을 해 놓겠습니다.”

결정을 내린 자로는 허망한 웃음을 피식 흘렸다. 저들은 조금씩 조금씩 목을 조여 오는데 무력하게 손을 놓고 있어야 하는 자신의 처지가 어이없다는 표정이었다. 자로의 눈에서는 분노와 함께 복수를 향한 불길이 활활 치솟았다.

33
한병준과의 만남

김오명 교수의 장례는 학교장으로 치러졌다. 유족 측에서는 피살을 당했으니 학교에 누를 끼치기 싫다며 가족장으로 치르겠다고 거절했지만, 이준섭 교수의 강권에 밀렸다. 경찰 쪽에서는 부검까지 끝난 마당이라 만류할 이유가 없었다. 수사는 계속 진행중이었지만 이렇다 할 진척은 없었다. 위천익을 죽인 유력한 혐의자가 덜컥 피살을 당했으니, 경찰도 끈 떨어진 연이 되어 정처 없이 휘청거리고 있었다.

또다시 피살자의 시신을 발견한 당사자가 되어 버린 나는 경찰의 조사를 받느라고 홍역을 치렀다. 핸드폰에 찍힌 숫자는 전과 마찬가지로 공중전화였고, 공교롭게도 같은 장소였다. 피살자가 그 시간에 그곳에서 전화를 걸고 학교로 갔다가 피살까지 당하기에는 시간이 부족했다. 김오명 교수는 슈퍼맨이 아니었고, 그랬다면 피살되지도 않았을 것이다. 경찰에서는 일단 위천익을 살해한 범인으로 그를 지목하기는 했지만, 내부 정보였을 뿐 공개하지는 않았다. 당사자가 죽었으니 증거를 확보하기도 어려웠고, 자칫 명예훼손으로 유족들로부터 고소를 당하기 십상이었다. 죽은 자에게 속세의 죄를 물을 수는 없었다.

나를 신문한 최동술 반장은 목이 바짝 타올라 죽기 일보직전의 사람처럼 날뛰었다. 여전히 그의 입에서는 술 냄새가 푹푹 났고, 조동찬 형사가 말리지 않았다면 멱살이라도 잡고 나를 개 패듯 할 기세였다.

최 반장이 그렇게 분개한 것도 이해는 갔다. 하지만 정말 어이가 없고 기가 막힌 사람은 나였다. 도대체 어떤 놈이 나를 이런 곤경 속으로 내모는지 알다가도 모를 일이었다. 내게 혐의를 뒤집어씌울 작정으로 한 짓이라면 수법이 너무나 치졸했다. 최 반장이 열을 받은 데에는 내게 더 이상 혐의를 둘 수 없게 되었기 때문이다.

언론사의 취재 열기는 한층 더했다. 단순한 신고자에 불과한 나를 마치 파렴치범을 다루듯이 온갖 추측과 상상으로 아까운 지면을 낭비했다. 이소정 기자가 중간에 서서 의문점을 제시하며 나를 변호하고 나섰지만 역부족이었다. 나는 일이 이 지경에 이르자 억울하거나 부담스럽기보다는 짜증이 났다.

어쨌거나 이소정 기자는 이 일로 인해 일약 언론계의 기린아로 떠올랐다. 최동술 반장은 약속을 지켜 이 사건과 관련된 중요한 정보를 그녀에게만 제공했고, 그런 사실들은 대한일보에 특종으로 보도되었다. 올해의 보도상은 따 놓은 당상이라는 말을 들을 만큼 전국은 다시 충격에 휩싸였다. 살인 사건 배후에 감춰진 추문도 그랬지만, 중국이 동북공정을 추진하는 과정에서 비밀 정보 요원까지 파견해서 수집과 감시를 병행했다는 보도는 전국민의 분노를 불러일으켰다. 형식적이긴 했지만, 한국 주재 중국대사가 외교부로 소환을 당했고, 민간단체에서는 대대적인 성토대회를 개최했다. 여전히 물에 물 탄 듯이 사태를 관망하면서 외교 관례가 어떠니 민간 차원의 문제라느니 양국간의 우호 관계를 해쳐서는 안 된다느니 하면서 헛소리를 해대는 정부 당국단 동네북처럼 질타를 당하고 있었다.

비열한 인간으로 낙인 찍혔던 김오명 교수도 죽고 나니 그간의 야유와 악담은 말끔히 사라졌다. 죽은 사람을 향해 욕하는 것만큼 치졸하고 어리석은 짓은 없었다. 훌륭한 학자였다는 말도 들렸고, 아까운 인재가 횡액을 당해 안타깝다는 한탄도 나왔다.

김오명 교수의 피살로 가장 충격을 받은 사람은 말할 것도 없이 이준섭 교수였다. 비보를 전한 것은 내가 아니고 같은 과 교수였다. 전날 몇 잔 마신 술에 체했는지 하루 낮밤을 꼬박 앓고난 뒤에 겨우 몸을 추스릴 만하던 차에 소식을 들었다. 혼절한 이준섭 교수는 그대로 병원으로 실려 갔다. 불원천리 유학을 온 아끼는 제자가 자기 연구실에서 죽어나가더니, 이번에는 심복같은 교수마저 황천행 새벽열차를 타고 말았다. 멀쩡해서 정신을 잃지 않는 것이 더 이상할 만큼 경악할 소식이었다.

장기적으로 가장 큰 이득을 얻은 사람은 한병준 선생이었지만, 동시에 그는 가장 큰 피해자이기도 했다. 갑작스럽게 급변한 상황에 방향 감각을 잃은 경찰은 한병준의 당일 행적이며 온갖 추문들을 찾아다니느라고 혈안이 되었다. 성급한 여론도 장단을 맞춰 그를 반쯤은 범인으로 몰아가면서 사시를 뜨고 지켜보는 분위기였다. 그는 대학강사의 신분으로서는 감당하기 어려운 관심과 혐의를 동시에 받고 있었다. 그런 상황인데도 한병준이 영결식장에 모습을 드러낸 것은 놀라운 일이었다.

나는 추도사를 낭독하기 위해 영결식장에 온 이준섭 교수를 내려준 뒤 주차장에 차를 세우고 식장으로 향했다. 식장은 교내 광장에 마련되었다. 비가 내리고 있어 야외 행사가 어렵긴 했지만 달리 마땅한 장소도 없었다. 나도 격식에 맞게 검은 양복을 입었다. 남의 시선을 피하려고 검은 선글라스를 꼈지만, 큰 효과는 얻지 못했다.

"아예 마번지라고 명패를 붙이고 다니지 그래요."

소리나는 곳을 보니 이소정 기자가 다가오고 있었다.

그녀는 눈에 잘 띄지 않는 연회색 옷을 입고 나왔다. 허리춤에 꽂은 기자증이 움직일 때마다 찰랑거렸다. 초여름 빗속에서 본 그녀는 한결 청초해 보였다. 장례식의 음울한 분위기를 그녀의 미소가 씻어내고 있었다.

나는 멋쩍게 웃으며 턱을 쓰다듬었다. 선글라스를 벗었다. 세상이 한결 맑게 보였다.

"사람들이 많이 왔군요. 구경꾼 아니면 기사거리나 얻으려는 기자들이겠지만."

그녀는 영결식장을 둘러보면서 말을 돌렸다. 세간의 관심을 반영하듯 많은 사람들이 모여들었다. 아직 영결식은 시작되지 않고 있었다. 총장의 도착이 늦어져 예정보다 늦어진다는 장내 방송이 들려왔다.

"사람의 죽음이란 항상 슬픈 거죠. 잘했던 못했던 더 이상 본인이 개입할 여지가 없어지니까요. 지금도 등산로 벤치에 쓰러져 있던 그의 모습이 눈에 선합니다."

나는 알 수 없는 감회에 젖어들었다. 내 입장에서 김오명 교수의 죽음에 특별한 감정이랄 것은 없었다. 안면이 있었다 뿐이지 여러 겹의 벽으로 가려진 사이였다. 솔직히 나는 그를 좋아하지도 않았다. 다만 그의 최후의 모습을 내가 봤다는 사실이 꺼림칙했다. 꽤 오랫동안 그 앙금이 지워질 것 같지 않았다. 이런 심정을 읽었는지 이소정 기자가 위로의 말을 건넸다.

"자책할 건 없어요. 그가 죽지 않았다고 해도 위천익 살해범으로써 인생은 비참해졌을 거예요."

"이 기자님은 아직도 그가 위천익 선생을 죽인 범인이라고 보십니까?"

나는 의아한 눈빛으로 그녀를 쳐다보았다.

'달리 무슨 답안이 있겠어요? 하긴 공식적으로 보면 그는 살인사건의 피살자지 범인은 아니긴 하지만."

그녀는 빗물을 가리기 위해 올린 모자를 꾹 눌러썼다. 영결식장을 주시하던 그녀가 문득 말을 꺼냈다.

'저기 저 사람, 한병준 씨 아닌가요?"

그녀는 기자답게 사람을 확인하는 솜씨가 예사롭지 않았다. 나는 진작부터 그를 봤지만, 다들 까만 양복에 흰 와이셔츠, 까만 넥타이 차림으로 앉은 외빈석에서 사람을 구별하기란 쉽지 않았다.

"예."

내가 확인해 주었다.

"저 사람도 처신하기가 난처했을 거예요. 참석해도 구설수에 오를 테고 안 나오면 비난을 들을 테니까."

한병준 선생의 행동은 멀리서 봐도 어색한 티가 났다. 다른 사람들과 인사를 나누고 악수를 하면서도 몸에 맞지 않은 옷을 입은 사람처럼 주춤거리는 기색을 감추지 못했다. 죽은 사람만큼이나 자리를 빨리 떠나고 싶었겠지만, 그 또한 눈치가 보이는 일이었다. 먼 산을 보기도 하고 땅바닥을 보며 발을 구르는 등 시선을 한 군데 두지 못하고 있었다. 그러면서도 누구를 찾는지 연신 사방을 두리번거렸다.

영결식이 시작되었다. 묵념에 이어 고인의 약력 낭독, 총장의 조사, 이준섭 교수의 추도사, 학생 대표의 고별사 등이 이어졌다. 빗줄기는 강해지지도 않고 약해지지도 않으면서 쉬지 않고 내렸다. 빗소리에 영결의 목소리는 조금씩 잦아들고 있었다.

고별사가 끝나자 헌화가 이어졌다. 나는 이소정 기자와 나란히 서 한병준 선생의 거동만 주시한 채 식이 진행되는 것을 보았다. 헌화를 마치고 미망인과 잠깐 대화를 나누는 듯하더니 한병준 선생이 우리 쪽으로 걸어왔다. 방향을 정한 걸음은 아니었고, 마땅히 갈 곳이 없어 발길 닿는 대로 걷는 것이 둥지를 찾아 헤매는 길 잃은 새처럼 보였다. 그러다가 우리와 눈이 마주쳤다.

"안녕하세요. 이소정 기자님이시죠?"

한병준 선생이 이소정 기자에게 다가와 인사를 하며 아는 체를 했다. 그녀는 약간 당황한 듯한 목소리로 인사를 받았다.

"그렇습니다만 누구신지……?"

이소정은 짐짓 그를 모른 체 했다.

"저는 한병준이라고 합니다. 이 대학 철학과 강삽니다."

"아. 안녕하세요. 요즘 많이 고달프시겠어요?"

"글쎄, 처지가 여간 딱하게 된 게 아닙니다. 신문이나 경찰이나 저를 무슨 범인이나 되는 것처럼 이상하게 바라보니, 무엇을 어떻게 해야 할지 모르겠군요."

"무슨 대처가 필요하겠어요. 그냥 무시하세요. 털어서 별 게 나오지 않으면 제 풀에 지치는 게 언론이고 경찰이거든요."

이소정은 의외로 친절하고 다정하게 한병준 선생을 대했다. 아무 죄 없는 사람이 억울한 처지에 몰린 심정을 충분히 이해한다는 투였다. 그러자 한병준 선생은 기운을 얻었는지 적극적으로 말을 털어놓기 시작했다. 확실히 그는 경솔한 구석이 있는 사람이었다. 기자에게 제 속마음을 드러내는 것은 굶주린 호랑이 앞에서 알몸을 내놓는 것과 다를 게 없었다. 물려 죽을 뿐더러 사지가 갈가리 찢길 건 눈을 보듯 뻔한 이치였고, 한 번 내뱉은 말도 비밀을 보장받기란 하늘의 별 따기였다.

"이 기자님이 쓴 기사는 잘 읽었습니다. 정말 놀라운 기사더군요. 죽은 위천익 선생이 동북공정과 관련되었을 줄은 짐작조차 못했습니다. 유능한 학자가 우리나라로 유학을 온다기에 의아하게 여기긴 했지만, 그런 음모가 숨어있을 줄이야 상상이나 했겠습니다. 저도 중국철학을 전공하지만, 정말 속을 알 수 없는 게 중국 사람들이죠."

"고마워요. 운이 좋은 덕분이었죠. 어쨌든 고맙습니다."

이소정은 어울리지 않게 겸양을 떨었다. 사실 그녀는 지금 한껏 고양되어 있는 상태였다. 그녀는 이번 특종이 부장의 오만한 얼굴에 주먹을 한 대 날린 거나 마찬가지라며 으쓱했다.

"사실 우리도 통일 이후 동아시아의 판도 변화에 대해 적극적으로 대비를 해야 합니다. 중국이나 일본에서는 민간 차원뿐만 아니라 정부 차원에서도 지도를 그리면서 재빠르게 움직이고 있는 데 우리만 항상 뒷짐을 지고 있죠. 발등에 불이 떨어져야 뜨거운 줄 아니, 정말 걱정스럽습니다. 만주문제 뿐만 아니라 일본과의 영토 분쟁에도 이젠 대비를 해야 할 때입니다."

한병준 선생은 처지에 어울리지도 않게 흥분하며 엉뚱한 문제로 궁변을 늘어놓았다. 이 사람이 지금 통일 이후 문제를 염려할 처지가 아닌데, 뭐 믿는 구석이라도 있나? 나는 이런 생각을 하며 이소정을 쳐다봤다.

이소정도 뜨악한 표정이었다. 그녀는 한병준 선생의 장황설을 끊으며 물었다.

"한병준 선생님, 잠깐만요. 설마 그 말 하려고 저를 찾은 건 아니겠죠?"

그제서야 자신의 처지를 깨달았는지 한병준 선생의 표정이 어두워졌다.

"이 기자님, 죄송합니다. 제 형편이 이런 일로 흥분할 상황이 아닌데. 실은 기자님께 상의를 드리고 싶은 일이 있어서 아까부터 찾고 있었습니다. 오늘 분명 참석하실 것으로 생각했죠."

사십 대 중반의 나이를 향해 가는 그는 이제 이십 대 후반을 갓 지난 그녀에게 꼬박꼬박 존댓말을 했다.

이소정은 계속 비를 맞으며 얘기를 할 순 없으니 자리를 옮기자고 제안했다. 우리 세 사람은 구내 다방으로 들어갔다.

영결식장에서 멀찍이 떨어져 있는 탓인지 구내 다방은 한산했다. 하긴 비까지 추적거리며 내리는데, 이곳까지 찾을 사람이 많지는 않을 것이다. 이소정은 가게 안을 조심스럽게 살펴보더니 나에게 귓속말로 얘기했다.

"마번지씨, 경찰이 하나 따라붙었네요."

가게 구석에 사내 한 사람이 우리 쪽을 주시하고 있었다. 커피를 홀짝이고 있었지만, 대학가에 있을 인상은 아니었다.

주문한 커피가 나오자 이소정은 수첩을 꺼내며 본론으로 들어갔다.

"한병준 선생님, 그래, 의논하시고 싶은 게 뭐죠?"

이소정이 묻자 한병준 선생은 커피를 홀짝 마시더니 작심이라도 한 듯 말을 쏟아냈다.

"이 기자님, 사실 요즘 저에게 쏟아지는 이런저런 관심들이 너무나 부담스럽습니다. 김오명 교수가 죽으니까 후임이 내 자리라는 둥 수군대는 것도 소름끼치는 일이고요. 그를 죽인 범인 취급하는 경찰의 태도는 정말 역겹습니다. 이 모두가 제 의사와는 전혀 관계없는 일들인데 말입니다."

나는 천천히 커피를 마시면서 한병준 선생을 관찰했다. 아무리 봐도 사람을 감쪽같이 살해하고 엉뚱한 음모를 꾸밀 만큼 정교한 사람은 아니었다. 그랬다면 그는 진작 전임 자리를 꿰찼을 것이다. 이상하게 상황이 그에게 유리하게 전개되고는 있지만, 그냥 우연한 사태의 진전일 뿐이었다. 이소정도 나와 비슷한 결론을 내린 듯했다.

"그 심정 충분히 이해합니다. 하지만 피해갈 수 없는 일이죠. 정황도 한 선생한테 불리하구요. 이 점은 알고 계시죠?"

"제가 김오명 교수가 죽던 전날 저녁부터 이튿날 아침까지의 알리바이를 증명할 수 없다는 점은 인정합니다. 하지만 그게 사실인 걸 어쩝니까?"

"정말 집에만 있었나요?"

이소정도 이미 경찰의 발표는 들었을 것이다. 신문사에서는 이번 사건과 관련된 모든 기사를 그녀에게 일임하다시피 하고 있었다.

"창피한 말이지만, 이혼한 뒤 학교 근처 원룸 오피스텔에서 혼자 삽니다. 학교 도서관이나 강의실이 아니면 집에서 지내는 게 일관데, 그 날도 마찬가지였죠. 여느 때라면 밤 10시까지 도서관에서 책을 보다가 귀가했겠지만, 그 날은 몸이 찌뿌드드해서 저녁만 먹고 돌아왔습니다. 보통 때라면 12시 잠들어 새벽에 일어나 학교로 나왔을 텐데, 그 날은 좀 늦잠을 잤습니다. 김오명 교수가 죽은 소식은 10시쯤 학교에 나와서야 들었고요. 그런데 이 사실을 증명해 줄 사람은 아무도 없습니다. 경찰은 솔직히 털어놓든지 아니면 증인을 대라고 하는데, 혼자 있었던 걸 누가 증언해 줄 수 있겠습니까?"

한병준 선생은 답답하다는 듯이 물 한 잔을 다 들이켜 마셨다.

"선생님이 오피스텔에 있는 걸 본 사람도 없나요?"

"오피스텔이라는 게 아파트나 마찬가집니다. 일부러 관심을 갖고 보지 않으면 옆방에 누가 사는 지도 몰라요. 더구나 제가 있는 곳은 말이 오피스텔이지 규모가 조금 큰 연립주택이나 마찬가집니다. 저도 옆집 사람이 누군지 모르는데, 어떻게 알리바이를 대달라고 하겠습니까. 물어보나 마나죠."

"혹시 집에 불이라도 켜 있는 걸 본 사람은 있지 않을까요?"

"제가 그걸 묻고 다닐 수는 없잖습니까? 경찰이 할 일이지."

이소정은 딱하다는 표정으로 그를 보며 말했다.

"이럴 경우 하루 일과가 규칙적이라는 것은 아주 불리한 습관이 됩니다. 그 사실을 증명해줄 사람이 거의 없으니까요. 도서관에 있다가 잠깐 나가 범행을 저지르고 아무 일도 없는 것처럼 다시 자리로 돌아온다면, 아무도 선생님을 의심하지 않을 겁니다. 그렇기 때문에 경찰에서도 오해받기 싫으면 알리바이를 대라고 하는거구요."

"그게 왜 의심을 받을 일이란 겁니까? 도서관 안에 폐쇄 회로가 있으니 제가 그 날 어디에 있었는지 금방 확인이 될 겁니다."

"말씀 잘 하셨네요. 폐쇄 회로에 선생님은 보이지 않았습니다. 아까 그 날은 10시쯤 나왔다고 하셨잖아요. 그러니 어떻게 카메라에 잡혔겠어요? 잡혔다면 차라리 잘 된 거죠. 그 날 새벽의 선생님의 행적은 의혹투성이인 데다가, 김 교수가 죽을 경우 실질적인 이득을 얻는 사람이기도 해요. 동기와 기회를 선생님만큼 모두 갖춘 사람은 없지 않나요?"

이소정의 말에 한병준 선생은 어이가 없다는 듯이 입을 쩍 벌렸다. 듣고 보니 그에게는 살인 동기도 충분했고, 범행을 실행할 기회도 있는 셈이었다. 경찰이 의심하는 것도 무리는 아니었다.

"하지만 내가 왜 김오명 교수를 죽이겠습니까? 그 친구한텐 아무 원한도 없는데."

"원한은 보는 시각에 따라 다르죠. 그가 선생님의 자리를 빼앗지 않았나요? 선생님도 남들에게 그런 말을 했다고 들었는데요. 언젠가 복수를 할 거라고."

이소정의 날카로운 추궁에 한병준 선생의 얼굴은 더욱 하얗게 변해갔다. 분김에 한 말이 이렇게 독화살이 되어 돌아올 줄은 그도 예상치 못했을 것이다.

'그…그건 옛날 일입니다. 그 때는 너무 화도 나고 억울해서 술김에 한 말일 뿐입니다. 아니, 말한 대로 세상 사람들이 일을 저지른다면 살인자 아닐 사람이 몇이나 되겠습니까? 말도 안 되는 김오명 교수의 협잡 때문에 엉덩이를 걷어차였는데, 가만히 있을 사람이 누가 있겠습니까?'

한병준 선생은 식은땀까지 뻘뻘 흘리며 변명을 늘어놓았다.

"한병준 선생님, 저한테 변명하실 필요는 없어요. 전 경찰은 아니니까요. 저는 선생님의 말을 다 믿습니다. 하지만 경찰은 입장이 다르죠. 그들은 어쨌거나 당신을 가장 유력한 용의자로 간주하고 있습니다. 증거를 찾으려고 지금 바쁘게 움직이고 있죠. 어쩌면 곧 체포 영장을 들고 찾아올지도 몰라요."

위협을 하려는 것인지 아니면 조심하라는 경고인지 이소정은 옆에서 듣고 있는 나도 두려워질 만큼 냉담하게 말했다. 마치 초등학생을 겁주는 여교사 같았다.

한병준 선생은 커피 잔을 잡고 있을 힘도 다 빠진 듯했다. 떨고 있는 느낌이 맞은편에 앉은 나에게도 전해졌다. 대개의 학자들처럼 그도 소심한 사람이었다. 한 선생은 고개를 푹 떨구고 사형선고를 받은 사람처럼 풀이 죽었다.

이소정 기자의 태도가 너무 싸늘하고 사무적인 것이 내게는 이상하게 보였다. 그녀는 마치 그를 범인이라고 단정하고, 자백을 추궁하는 형사처럼 발톱을 날카롭게 세우고 있었다.

"한 선생님, 제 말을 오해하지는 마세요. 그렇다고 비관할 필요도 없어요. 결백하다면 곧 밝혀지겠죠. 아무리 경찰이 막 나간다고 해도 없는 죄를 만들려고 물고문하던 시대는 아니잖아요?"

한병준 선생이 이런 말까지 들을 만큼 절박한 상황은 아니라는 게 내 판단이었다. 그녀 말대로 생사람을 잡을 수 없는 시댄데, 경찰도 증거도 자백도 없다면 어쩔 수 없는 것이다. 고작 뒷조사나 하고 형사를 딸려 감시하는 정도 이상의 일을 할 수는 없었다.

이소정의 말을 들은 한병준 선생은 다시 안도의 한숨을 내쉬었다. 말 한 마디에 그는 일희일비를 반복하고 있었다. 하긴 경찰로부터 살인 용의자로 의심을 받고 있다면 나라도 제 정신은 아니었을 것이다.

"상의하시고 싶다는 일이 그게 단가요?"

한병준 선생이 더 이상 말이 없자 이소정이 먼저 말을 꺼냈다.

"아닙니다. 한 가지 더 있습니다. 이런 얘기를 꺼내긴 어색하지만, 이준섭 교수님께서 제게 부탁하신 일이라 안 할 수도 없는데요. 왠지 꺼림칙해서요."

"이준섭 교수가 무슨 일을 부탁했는데요?"

"예. 죽은 김오명 교수의 소장 도서를 학교에 기증하겠다는 겁니다."

그 말에 그녀는 고개를 갸우뚱거렸다.

"김오명 교수의 책을 이준섭 교수가 마음대로 기증을 해도 되는 건가요? 그게 또 선생님과 무슨 상관이죠?"

"물론 결정권은 미망인에게 있습니다. 교수님 말씀으로는 이미 미망인하고는 얘길 마쳤다는군요. 학교에 도서 일체를 기증하겠다고 말입니다."

"아직 고인이 땅에 묻히지도 않았는데, 너무 서두르는 건 아닐까요?"

"미망인도 동의했답니다. 이 교수님이 어떻게 구슬렀는지 모르겠지만, 선뜻 응하더라네요. 그 친구 부인은 공부엔 별 관심이 없었으니까, 그렇게 아깝지도 않았을 겁니다."

"그럼 문제가 될 게 뭐예요. 절차를 밟아 처리하면 될 일 아닌가요?"

"문제가 될 건 아무 것도 없습니다. 김 교수의 도서 정리하는 일을 제게 시키니 문제죠."

"선생님께요?"

"예. 동기 사이였고, 전공도 같으니 도서나 유품을 정리하는 데 적격이라는 겁니다. 그렇지만 저는 그 일을 맡고 싶지 않거든요. 누구라도 꺼림칙할 겁니다. 안 그래도 흉흉한 소문이 도는데, 그런 일까지 맡는다면 오해만 부를 게 뻔합니다. 아니 오해를 받지 않는다고 해도 제가 하기 싫습니다."

"그럼 안 하시면 되잖아요?"

"그럴 수도 없으니 드리는 말씀입니다. 이준섭 교수님 말씀을 거역하기는 어렵습니다. 이유도 마땅치 않은 데다, 그 분 심기를 건드리는 일이 되니까요. 이 기자님께서 좀 도와주실 수는 없겠습니까?"

이소정은 난감한 표정으로 한병준을 바라보았다.

'한 선생님, 그 일과 전 아무 상관이 없는 것 같은데요?'

내가 보기에도 한병준 선생이 오버하고 있었다. 아무리 세상물정에 어두운 시간강사라지만, 바쁜 기자에게 도서정리를 도와달라는 요청은 무례를 넘어 어처구니없었다. 그러나 한 선생은 물러서지 않고 이소정에게 매달렸다.

"이 기자님, 염치없습니다만, 꼭 부탁드립니다. 그 친구 유품들은 학교 연구실과 집 서재 두 군데에 나눠져 있습니다. 이준섭 교수는 조교나 학생에게 맡기지 말고 제가 직접 그 일을 처리하라고 하시는데, 왠지 혼자 하기는 찝찝합니다. 그러니까 김오명 교수의 유품과 도서들을 모교에 기증한다는 식의 취재를 해서 기사화해주시면 어떻겠는가 하는 겁니다. 미담이 될 수도 있겠고, 저도 그렇게 하면 좀 마음이 편할 것 같습니다."

이소정은 한병준 선생의 말을 곰곰이 생각하는 눈치였다.

"글쎄요. 기사거리론 약하지만, 굳이 쓴다면야 어려울 게 없겠죠. 하지만 기자가 그렇게 한가한 직업은 아닙니다. 마냥 연구실이며 서재에 붙어있을 수는 없을 것 같네요."

"계속 함께 계셔 달라는 것은 아닙니다. 어차피 마번지 씨가 저를 도울 겁니다. 교수님께서 벌써 말씀하셨는지 모르겠지만, 어제 전화 통화를 하면서 마번지 씨와 함께 그 일을 하라고 하셨거든요. 아마 내일부터는 당분간 정리나 운반 일을 시작해야 할 겁니다."

의외의 말이었다. 나는 뜨악한 눈길을 그에게 주었다. 아침에 이준섭 교수를 모시고 나올 때까지도 아무런 언급이 없었다. 무슨 속셈인지는 모르겠지만, 시키는 일이라면 안 할 수 없었다.

"아직 말씀을 듣지는 못했습니다만, 도와드려야겠지요."

나는 마지 못해 일을 떠맡은 사람처럼 시큰둥하게 말을 꺼냈다. 김오명 교수와 관련된 일을 한다는 게 마음에 영 내키지 않았다.

이소정은 나와 한 선생을 번갈아 보더니, 이야기가 정리되었다는 듯 수첩을 덮었다. 결심을 굳힌 모양이었다.

"좋아요. 일을 시작하면 연락해 주세요. 취재를 할 테니."

그러면서 이소정은 한 선생에게 자신의 명함을 건넸다.

한병준 선생은 여전히 불안한 속내를 감추지 못한 채 엉거주춤 자리를 떠났다. 이소정은 이준섭 교수와 상의할 일이 있다는 핑계로 한 선생을 먼저 보냈다.

"내 말이 좀 잔인하게 들렸죠?"

한병준 선생이 문밖으로 사라지자 그녀가 나를 보고 말했다.

"평소의 이소정씨 같진 않더군요. 흉악범에게 사형 선고라도 내리는 판사처럼 차고 냉정했습니다. 저 분한테 무슨 유감이라도 있습니까?"

"어머! 말이 심하네요. 그럴 수밖에 없었던 거예요. 한병준 씨는 내게 아쉬운 부탁이 있어서 온 거였어요. 그렇기 때문에 다정하고 친절하게 받아주면 용건을 적당히 숨기려 들어요. 먹물들이 가진 오만함이죠. 그럴 때 권위나 엄포로 밀어붙이면 대개 솔직해지죠. 꼬리를 내리고 머리를 숙이거든요. 기자 생활 오래 하다 보면 사람 다루는 법도 배우게 되요. 슬픈 일이지만 어쩔 수 없이 가면을 쓰고 으르렁거리게 되죠."

나는 그녀의 말을 수긍한다는 듯이 고개를 끄덕거렸지만 납득은 되지 않았다. 기자로서 그녀는 그녀만의 경험과 생각이 있을 것이다. 그 부분에 대해 내가 이렇다 저렇다 할 이유는 없었다.

"어쨌거나 한병준 씨가 어지간히 들볶였던 모양이군요. 저렇게 솔직히 자기 처지를 털어놓는 사람은 많지 않은데 말이에요."

"살인자란 혐의를 받으면 나라도 저렇게 될 것 같은데요."

"그럴지도 모르죠. 그런데 저 사람은 왜 나를 끌어들이려는 걸까요? 죽은 사람의 손때가 묻은 물건을 만지고 싶지 않은 기분은 이해해요. 어차피 별 애정도 없던 사람일 테고. 그렇지만 적당히 학생들을 데려 가서 정리하고, 학교 도서관에 넘기면 그만이잖아요. 취재를 부탁한다느니 하는 구차한 이유까지 대면서 나한테 뭘 보여주고 싶은 걸까요?"

"글쎄요. 순수한 동기를 색안경을 끼고 보지는 맙시다."

"훗. 색안경을 끼면 오히려 사물이 더 선명하게 보일 때도 있어요."

그녀는 알 듯 모를 듯한 말을 여운처럼 남겼다. 나는 더 이상 그 문제에 대해 얘기하고 싶지 않았다. 핸드폰은 울리지 않고 있지만, 이준섭 교수가 나를 찾을 만한 시간이었다.

"이 기자님, 아까 이준섭 교수님께 볼 일이 있다는 건 핑계였습니까?"

"아뇨. 진짜 용건이 있어요. 지금 어디 계실까요?"

이소정은 정색을 하고 말했다.

시간은 정오를 넘어서고 있었다. 이 교수는 소식小食주의자니 점심 식사를 하지 않거나 떡 한 조각으로 간단히 마칠 게 분명했다. 호출도 없는데 굳이 찾고 싶진 않았지만, 한병준 선생의 말도 있고 해서 빨리 만나고 싶은 생각이 들었다.

영결식장은 어느 새 식이 끝나 철거가 시작돼 가설 천막이 걷혀져 앙상한 철근 뼈대가 드러나고 있었다. 나는 육탈肉脫이 끝난 형해를 보는 듯 해 내 인생도 저런 게 아닐까 하는 허망한 생각이 들었다. 한 꺼풀 벗겨보면 그저 뼈마디만 남는 게 인생이었다. 그리고 그 뼈마디마저 흙 속에 묻혀 버리면 인간은 비로소 원래의 상태로 돌아가는 것이다. 위천익도 김오명도 그런 육탈의 과정 속으로 한 걸음 빨리 발을 들여놓은 것일지도 몰랐다.

"마번지 씨, 뭘 그리 골똘히 생각해요. 빨리 이준섭 교수님이나 찾아봐요."

나는 하는 수 없이 핸드폰을 꺼내들었다.

이준섭 교수는 유족들과 함께 장례를 집행한 학교 관계자를 만나고 있었다. 사후 이런저런 문제에 대해 정리할 일들이 남아 있을 것이었다.

"오늘 뵙는 건 좀 어렵겠는데요."

나는 이준섭 교소와 통화를 끝내고 이소정 기자에게 말했다.

"왜? 어디시라는데요?"

"지금 총장님과 면담 중이랍니다. 유가족들을 위로해야 하신다니까, 저녁이나 되어야 시간이 나실 것 같습니다."

"그럼 할 수 없죠. 다음 기회에 찾아뵙고 말씀 드려야지."

"대체 무슨 일이기에 그렇게 뜸을 들입니까? 이것도 사람 길들이긴가요?"

그녀는 생긋 웃더니 취재 가방을 반대쪽으로 둘러맸다.

'사실은 강연회에 이준섭 교수를 초청하려구요. 우리 기자협회에서 일년에 두 번씩 사회 저명인사를 모시고 강연회를 열거든요. 6월 중순경으로 일정이 잡혀 있는데, 기자협회 일을 맡고 있는 선배한테 이준섭 교수 얘길 했더니 좋다는 거예요. 여러 가지로 시의적절하다는 거죠. 그래서 그 일을 부탁드리려는 거예요. 뭐 아직 며칠 여유는 있으니까 급할 건 없어요. 거절하진 않을 테니까요.'

기자란 어차피 현실을 먹고사는 사람들이었다. 살인사건이며 동북공정이 이슈로 시끄러운 지금, 이준섭 교수가 강연회를 연다면 세간의 관심이 집중될 것은 불을 보듯 뻔했다. 나는 이소정의 약삭빠름에 혀를 내두르며 퉁명하게 말했다.

"좋은 아이디어입니다. 저녁 때 교수님께 전활 드려서 약속 시간을 잡으면 되겠습니다."

34
첩자의 실종과 보고서

자로와 함께 공리의 검시를 마치고 돌아왔더니 또 하나의 안 좋은 소식이 담대멸명을 기다리고 있었다. 송나라로 송벽과 관련된 일을 염탐하라고 보낸 오진烏盡이 행방불명되었다는 것이었다. 부관에게 보고를 들은 담대멸명은 미간을 찌푸렸다.

공식적인 사행의 일원으로 파견되었으니, 그 쪽 관청에 소재 파악을 의뢰할 수도 있었다. 하지만 맡은 임무가 임무니만큼 공연히 벌집을 쑤실 필요는 없었다. 계속 나타나지 않는다면 실종으로 처리할 수밖에 없었다. 다행히 그가 마지막으로 접선하면서 넘긴 보고문은 무사히 도착했다. 보고문을 읽으면서 담대멸명은 많은 시사점을 얻을 수 있었다.

고정 첩자는 자객과는 달랐다. 은밀하게 적정을 탐색해야 하는 만큼 억센 완력이 필요하지는 않았다. 그래서 문무를 겸비한 재사才士 가운데 엄선해서 파견하는 것이 원칙이었다. 오진은 무예도 출중했고, 학문이나 천하 형세의 변화에 대한 안목까지 갖춘 인물이었다. 이런 인재가 실종되었다면 큰 손실이었다.

담대멸명은 사무실 의자를 남쪽 창가로 당겨 따뜻한 햇볕을 쬐면서 보고문을 천천히 음미하듯이 읽어나갔다.

합하閤下께 올립니다.

노나라를 출발해 송나라의 도읍 상구商도에 잠입하기까지의 과정은 이미 보고문에 자세히 기재했으니 생략하겠습니다. 명분이 송나라에 대한 정례 사절의 후발대로 도착해 머물고 있는 처지라, 저는 송나라 조정에서 제공한 객관에 머물면서 송벽과 관련된 정보들을 수집했습니다.

합하께서도 궁금하시리라 여겨 먼저 이곳 송나라의 근황부터 전해 드리겠습니다. 송나라는 생각 밖으로 활기에 차 있었습니다. 분위기가 워낙 들떠 있어 가식이 아닐까 여겨질 정도로 그들의 말이나 행동은 거리낌이 없었고, 자유로움으로 가득했습니다. 망국의 한을 품은 사람들이 수치심과 좌절감에 사로잡혀 은둔한 채 절치부심하며 살고 있으리라는 예상과는 전혀 다른 기운이 거리마다 넘쳐 났습니다. 저로서는 놀랐다기보다는 이질감을 느꼈습니다. 무엇이 이들로부터 침울한 기운을 몰아내고, 이토록 밝은 면을 지니게 했는지 적지 않게 궁금했습니다.

물론 이런 정황을 탐색하여 원인을 분석하는 것이 저의 사명이 아닌 것은 잘 압니다. 그러나 저는 객관에 묵으면서 송나라 사람들이 어울려 사는 풍경들을 가까이서 목격할 수 있었습니다. 송벽도 이런 송나라 사람의 일원이었습니다. 그를 알기 위해서는 이 풍경들을 먼저 이해해야 한다는 생각이 들었습니다. 때문에 송벽에 관한 보고에는 이런 점들이 배경으로 깔려 있다는 사실을 유념해 주시기 바랍니다.

송벽은 송나라 사교계에서는 꽤 알려진 인물이었습니다. 공개적으로 그에 대한 정보를 수집할 수는 없어 우회적인 방법을 택했습니다. 송벽 자신이 송나라 왕실의 일족이라 했으니, 방향을 그 쪽으로 잡았습니다. 정례 사절이란 명분이 도움이 되었습니다. 양국 간의 교분을 다진다는 핑계로 정례 사절단은 송나라 왕실 유력자들을 초청해 연회를 성대하게 베푸는 게 관례였습니다. 충분한 자금을 주셨던 만큼 저도 관례대로 화려함과 풍성함을 갖춘 성대한 연회를 베풀었습니다. 멀리 바닷가에서 채집한 진귀한 해산물과 남쪽 지방에서 난다는 열대 과일이 조화를 이룬 잔칫상을 보더니 모두 눈이 휘둥그레져 입맛을 다셨습니다.

이런 연회가 거듭 열리자 송나라 왕실과 관련된 인물치고 한 번 정도 연회에 참석하지 않은 인물이 없었고, 정례화 되면서 친분을 내세워 초청을 청탁하는 사람까지 나오게 되었습니다.

저는 그 동안 연회에 온 사람들의 명단을 적은 방명록을 찬찬히 살펴보았습니다. 거기에는 왕실과의 관련 사항과 이름, 자字, 출신지 등등 신상에 대한 자세한 사항들이 기재되어 있었습니다. 초청장 발송을 위한 방명록으로 속이긴 했지만, 그들은 정말 자세하게 자신들의 이력을 밝히고 있었습니다. 왕실에서의 위치를 돋보이게 하기 위해 기밀에 가까운 일들까지 인심 좋게 적어 두었으니, 송나라 사람들이 어리석다는 풍문도 거짓은 아닌 것 같았습니다.

지나간 방명록을 보니 송벽도 여러번 연회에 참석했었습니다. 노나라에 와서 공문을 염탐한 자이니, 사전에 노나라의 실정을 알기 위해서도 출입이 빈번했을 것은 당연한 일이겠지요. 송나라 왕실과의 관계로 볼 때 송벽은 거의 파락호에 가까운 존재였습니다. 왕위 계승권과 거리가 먼 것은 고사하고 이름자에만 겨우 왕족의 흔적이 남아 있을 뿐이었습니다. 직계에서는 5대조부터 갈려 나왔고, 3대조는 왕실 직계도 아닌 서출이었으니 오죽했겠습니까. 게다가 봉지라고는 손바닥만한 땅 조각만 남아 있어 소작도 주지 못하고 스스로 농사를 지으며 자급자족하는 처지였습니다. 연로한 부모와 동생이 가족의 다였습니다.

유력자라고는 도저히 말할 수 없는 그가 송나라 사교계에서 주목을 받을 수 있었던 것은 그의 학식과 인품 때문이었습니다. 그는 왕실의 중요 교서들이나 제례문들을 도맡아 쓰고 있었습니다. 물론 성명을 밝히지 못한 대필이긴 했지만, 그의 문장력을 알고 있는 사람들은 골치 아픈 문장을 써야 하는 소임을 맡으면 으레 그를 찾았다고 합니다. 좋은 글에 대한 사례는 보잘 것 없었지만 그는 불만없이 주어진 임무를 충실히 수행했습니다. 그는 또 겸손한 사람으로 왕족이란 사실을 내세워 백성들을 학대하거나 멸시하지도 않았습니다. 워낙 한미한 집안인지라 평민을 멀리할 처지도 아니었지만, 이런 일들이 그를 지배층이나 피지배층 모두에게 환영받는 인물로 만들지 않았나 싶습니다.

송벽은 송나라 왕실에서 운영하는 학당에서 학생들을 가르쳤다고 합니다. 보직은 맡지 못하고 일개 강사로 나오는 것이었지만, 그곳에서도 그의 성실성과 학식은 유감없이 발휘되었던 모양입니다. 고위층에게는 부리기 좋은 유능한 일꾼쯤으로 평가되었을지 모르지만, 학생들은 누구보다 그를 지지하고 따랐다고 합니다.

방명록에는 그의 동생 이름도 기재되어 있었습니다. 이름은 송류宋璗였고, 자는 중경仲璥인데, 송벽과는 세 살 터울이었습니다. 그 역시 주경야독하는 선비로, 형만은 못했지만 이곳 학계에서 꽤나 이름이 알려진 사람이었습니다. 송벽이 노나라로 떠나고 귀국이 늦어지자 —이곳에서는 송벽의 근황에 대해서는 전혀 모르고 있는 눈치였습니다.— 그를 대신해 학당에 나가고 있었습니다. 저는 일부러 송벽과 그를 연회의 초청자 명단에 끼워 넣었습니다.

노나라로 갔다가 소식이 끊긴 형의 일이 꺼림직했다면 송류는 연회에 참석하지 않을 줄 알았는데, 그는 서슴없이 나타났습니다. 그리고 태연하게 연회를 즐겼습니다. 연회 중에 저는 기회를 보아, 짐짓 그에게 접근했습니다. 그는 활달한 사람으로 질문에 비교적 솔직하게 답변을 해주었습니다. 그의 말이 어디까지 진실이고 수식인지는 합하께서 판단해 주실 것으로 믿고, 그와 나눈 대담의 전모를 기록했습니다.

– 귀국의 유풍에 대해서는 일찍부터 듣고 있었습니다만, 직접 와서 돌아보니 제왕의 풍기가 여전히 이어지고 있더군요. 공경대부나 백성들에 이르기까지 언행이 모두 밝고 쾌활해서 인상이 깊었습니다. 이처럼 어지러운 시대에 가지기 어려운 자세인데, 비결이 궁금하군요.

– 과찬이십니다. 밖에서는 우리 송나라가 망국의 후손들이 살고 있다 해서 연민의 눈으로 보거나 업신여기고 있습니다만, 벌써 수백 년 전의 일입니다. 저희들은 과거의 영광에 눈이 멀어 현재를 돌아보지 못하는 청맹과니가 아닙니다. 잊을 것은 잊고 바로잡을 것은 바로잡아야지요. 늘 주변을 둘러싼 강대국의 성화와 압력에 위태롭기는 하지만, 주어진 환경을 탓만 할 수 있겠습니까? 현실로 받아들이고 협소한 땅이나마 잘 가꾸고 슬기롭게 극복하자는 항심恒心을 지키고 삽니다. 그런 점이 대인의 눈에 좋게 보인 모양입니다.

– 그것이 어디 쉬운 일이겠습니까? 한 집안도 누대에 걸쳐 비루하면 후손들이 누추해지는 법입니다. 그런데도 나라 전체가 이처럼 활기에 차 있고 착한 본성을 잃지 않았으니, 같은 소국의 처지에 부러운 점이 한두 가지가 아닙니다.

– 무武가 열세면 문文으로 이겨야 한다고 생각합니다. 다행히 군왕부터 공경대부, 평민들까지 문을 숭상하는 마음이 한결같아 외세의 위압에 주눅 들지도 않고 요동시遼東豕처럼 우물 안 개구

리 꼴도 면하고 있는 것이지요. 그런 점은 귀국도 마찬가지가 아닐까 생각합니다.

합하께서도 아시다시피 노나라는 천하의 형세로 보면 약소국입니다만, 더 못한 약소국은 업신여겨 공격과 핍박을 일삼고 있지 않습니까? 송류는 동병상련의 입장인 노나라가 하찮은 힘을 믿고 송나라를 괴롭히는 것을 은근히 비방하고 있었습니다. 그것이 송나라 지식층들의 일반적인 생각인 듯했습니다.

— 몸둘 바를 모르겠습니다. 우리 노나라 역시 천하의 약소국입니다만, 개창주開創主이신 주공의 자비로운 마음을 계승한 나라로 자부심을 가지고 있습니다. 그래서 의리와 명분, 역사와 문화를 소중한 자산으로 삼아 이를 가꾸고 계승하기에 주력하고 있지요. 특히 계강자 어른의 문화에 대한 관심은 넓고도 깊습니다. 은殷나라를 계승한 송나라와 주周나라의 정통이라 자부하는 노나라, 두 나라가 친선 관계를 유지하면서 문화를 발전시켜 나간다면 앞으로 천하의 형세를 개선하는 데 큰 버팀목이 될 것이라 믿습니다.

— 옳으신 지적입니다. 천하가 주먹의 힘만 믿고 서로 반목하고 침공만 일삼는다면 결국 모두 자멸하고 말 것입니다. 강인한 주牡보다는 공손한 읍이 훨씬 사람을 감동시킵니다. 귀국에서도 이런 진리를 당연히 알고 계시리라 생각합니다.

— 아무렴요. 그러나 문화를 잘 지키고 발전시키자면 역량이 뛰어난 인재를 많이 배출해야 합니다. 인재 양성이 없는 구호는 집 잃은 개의 허망한 울음소리가 아니고 뭐겠습니까?

— 그렇습니다. 우리 노나라도 그런 점을 명심해 국정의 최고 지침으로 교육을 으뜸에 두고 있지요. 더구나 공자는 학식과 인품으로 천하 제후들의 존경을 한 몸에 받고 계신 분입니다. 그런 분이 팔을 걷어 부치고 제자들을 가르치고 있으니 좋은 결과가

곧 나타날 것입니다.

공자란 말에 송류의 눈빛이 아주 가볍게 떨리는 것을 읽을 수 있었습니다. 뭔가 마음에 미세한 파동이 일어난 것입니다. 공자에 대한 적개심까지는 아니더라도 두 형제가 모두 공자란 이름이 평정심을 잃게 하는 요소인 것만은 분명합니다. 도대체 그 까닭이 뭔지 궁금했습니다. 공자가 누구로부터 원성을 살 분은 아니지 않습니까?

― 우리 송나라에 그처럼 훌륭한 분이 계시지 않은 것이 안타까운 일이지요. 그 분의 명성을 모르는 사람이 어디에 있겠습니까? 바닷가의 삼척동자도 그 분의 이름을 들으면 무릎을 꿇는다고 들었습니다.

― 설마 그렇기야 하겠습니까? 이곳 송나라에도 인재를 키우기 위해 왕실에서 학당을 열었다고 들었습니다. 그리고 열성도 대단하고요. 막강한 군사력을 믿고 쳐들어가 피를 흘리면서 전쟁에서 이겼다면 가장 하급의 장수로 손가락질 받습니다. 그거야 누구나 할 수 있는 일이지요. 그러나 군사가 한 사람도 다치지 않았는데 적이 성문을 열고 항복해 나오게 한다면 이야말로 가장 뛰어난 장수일 것입니다. 그것이 병법의 아름다운 힘이지요. 그런 병법은 무장武將의 손에서 나오는 것이 아니지 않습니까? 바로 문사文士의 지혜에서 나오는 것입니다. 땅도 비좁고 백성도 적은 나라야말로 반드시 채택해야 할 정책이지요.

― 우리 송나라 사람들은 젖먹이에서 팔순 노인까지 항상 읊조리는 노래가 있지요. 여기서 송류의 표정은 비장하게 바뀌었습니다. 은이 망한 뒤 조선朝鮮에 봉해진 기자箕子께서, 옛 은나라의 도읍지를 지나가다 부른 노래지요. 궁실은 파괴되어 기왓장은 잡초더미 속에 뒹굴고, 황폐한 밭두렁에 거두어들일 이 없는 곡식들이 자라는 것을 보고 감개에 젖어 지었다고 합니다. "보리는

잘 자라 그 끝이 뾰족하고, 벼와 기장은 싹이 올라 파릇하구나. 개구쟁이 어린애야! 나와 사이좋게 지냈으면 좋았을 것을." 〈맥수가麥秀歌〉라는 노랩니다. 어리석은 임금 주왕紂王이 개구쟁이처럼 철없이 놀지만 말고, 어진 신하의 말을 들었다면 나라가 망하는 참상은 없었을 것이란 안타까운 통분을 담고 있습니다. 이미 많은 세월이 지나 역사책에나 나오는 이야깁니다만, 그런 참상을 다시 반복해서야 되겠습니까? 우리 송나라 사람들은 어리석지가 않습니다.

저는 망한 나라의 유민이 아니니 송류가 느끼는 아픔을 이해할 수는 없었습니다. 그러나 그들이 겉으로는 평화와 순천順天을 가장하면서도 속으로는 피눈물을 흘리고 있음을 간파할 수 있었습니다. 송나라는 가볍게 여길 나라가 아니라고 사료됩니다.

– 훌륭한 생각이십니다. 수치스런 과거를 잊는 것도 어리석지만, 거기에 얽매여 괴로워하는 것도 부질없는 짓이지요. 강단 있고 지조 있는 학생을 길러 사직의 미래를 짊어질 도량으로 키운다면 이보다 보람 있는 일은 없을 것입니다.

– 제가 조금 격분한 모양입니다. 초면에 실례가 되었습니다. 나도 모르게 흥분했습니다. 기회가 닿으면 한 번 저희 학당으로 오시지요. 대인께서도 교육에 관심이 많으신 듯한데 안내해 드리고 싶군요. 아직 부족한 점이 많은 학당이라 눈 높은 어른의 지도를 받으면 더할 나위 없는 광영이 될 것입니다.

– 과찬이십니다. 저는 그저 일개 책물림에 지나지 않는 변변찮은 선비일 뿐입니다. 감히 지도라니, 듣기가 참으로 민망합니다. 하지만 대인의 말씀을 들으니 학당을 보고 싶은 마음이 간절해지는 것도 사실입니다. 일람의 기회를 주신다면 저야말로 큰 광영이겠지요.

– 아닙니다. 그나저나 참으로 호화롭고 눈부신 연회입니다.

저번보다 더욱 풍성한 잔치로군요. 노나라의 국풍國風이 화려함을 숭상한다는 풍문은 들었지만, 이 정도일지는 몰랐습니다.

– 잔치가 화려하다고만 해서 좋은 것은 아니지요. 좋은 빈객들과 어울려 감로수보다 귀한 가르침을 들을 때 잔치의 가치가 빛을 발하는 법이지요. 오늘의 연회에서 대인과 같은 대유大儒를 만나게 되었으니, 정말 값진 연회인 것 같습니다. 그런데 형님께서는 바쁘신 모양입니다. 함께 참석하실 줄 알았는데, 고명한 분을 뵐 기회를 놓치니 아쉽군요.

이 부분에서는 송류도 중심을 잃고 당황했습니다. 그러나 곧 평정을 되찾더니 잘도 둘러대더군요.

– 형님께서는 지금 송나라에 계시지 않습니다. 태산에 제를 지내러 제나라로 가셨는데, 아직 소식도 없고 돌아오시지도 않고 계십니다. 하긴 워낙 역마살을 주체 못하시는 분이라 천하 주유에 나섰는지도 모르겠습니다. 형님은 젊은 시절부터 천하를 떠돌며 스승을 찾아 다니셨습니다. 제가 알기엔 한때는 노나라에도 잠시 유숙했던 것으로 들었습니다. 벌써 옛날 일이지요. 대인께서 우리나라에 계시는 중에 돌아오시면 면식의 기회를 갖도록 해보겠습니다. 형님께서도 아주 기뻐하실 겁니다.

– 부디 부탁드립니다.

그 날의 대화는 이렇게 끝났습니다. 망국의 한이 전혀 다른 방향으로 분출되고 있는 것을 느끼셨을 것입니다. 그리고 공자에 대한 숨겨진 증오심도 엿보실 수 있으셨을 겁니다. 그 분출된 열기와 증오심의 정점에 있는 지점이 바로 학당이란 곳이 아닐까 싶습니다.

송나라나 노나라나 무력으로서는 천하에 내세울 게 못 되기는 마찬가집니다. 그러니 문의 힘을 길러 천하를 좌우하겠다는 야심은 현명한 정책이라 하겠습니다. 다만 송나라와 노나라는 서로 어깨를 마주 대고 있는 나라니, 두 나라가 문사文辭를 앞세워 경쟁한다면, 불구양호지세不具兩虎之勢라 아니할 수 없습니다. 이에 더한 대책도 필요할 줄 압니다.

어하간 저는 다음 날 송류에게 인편을 보내 학당이란 곳을 찾아갔습니다. 송류는 제가 머무는 객관까지 찾아와 안내를 자청하는 성의까지 보여주었습니다. 학당은 산 속 으슥한 곳에 자리하고 있었습니다. 분지 속에 숨듯이 있어 밖에서 보면 그런 규모의 학당이 있으리라고 짐작할 수도 없게 되어 있었습니다. 노나라의 공자 학당만큼 크진 않았지만, 짜임새로 보면 오히려 알차다는 생각이 들었습니다. 연혁을 물어보니 소규모이긴 하지만 학당은 이미 십수 년 전부터 운영되어 왔다고 했습니다. 연륜은 공자의 학당보다 앞서는 셈이지요. 외지에서 온 학자 한 사람이 집을 한 채 빌려 시작한 모양인데, 차츰 규모가 커지고 왕실의 지원을 받으면서 지금과 같이 성장했다는 것입니다. 추측컨대 송벽과 송류는 모두 그 시기부터 제자로 입문해서 성장한 사람이 아닐까 싶습니다. 송벽이 스승의 원수를 갚지 못했다는 말의 출처를 알아보려고 몇 마디 떠보았습니다만, 워낙 오래 전의 일이라 그 때의 사정은 잘 모른다는 대답만 들었습니다. 짐짓 피하려는 것인지, 아니면 진짜 모르는 것인지는 분간하기 어려웠습니다.

학당의 규모가 알차다고 말씀드렸는데, 얼핏 보면 노나라의 공자 학당과 아주 비슷한 체제로 짜여져 있는 것을 알 수 있었습니다. 학당 안으로 들어가는 문이 있었는데, 그 이름이 묘했습니다. 귀로문歸魯門이었습니다. 노나라를 본받겠다는 것도 아니고 노나라로 돌아가는 문이라니, 이상하지 않습니까? 노나라에 귀의하겠다는 뜻일까요? 학당의 운영은 왕실에서 파견된 관리가 맡고 있었습니다. 강독을 하는 강사들이 모여 토론을 벌이는 건물이 있었는데, 이름이 스승을 그리워한다 하여 모사전慕師殿이었습니다. 처음 학당을 연 사람을 기념하여 붙인 것이라고 합니다. 서고의 이름은 승진재勝眞齋였고, 강의를 하는 건물은 숭덕당崇德堂이라 했습니다.

학생의 숫자는 많지 않았습니다. 이곳 학당의 운영 방식은 일정 기간의 수학을 마치면 외국으로 학생을 보낸다는 것입니다. 돈짝만한 송나라에 앉아 서권을 들척여 배워봐야 한계가 있다는 뜻이기도 했고, 넓은 세상에 나가 경륜과 학식을 넓히라는 배려도 담겨 있다고 합니다. 아직 송나라가 원하는 경륜과 학식을 갖춘 인재가 돌아와 국정을 맡은 적은 없지만, 송류는 이들의 성장에 큰 기대를 품고 있는 눈치였습니다.

저로서는 학당 안팎을 자세하게 살펴보고 싶었지만, 송류는 더 이상 학당을 공개할 수는 없다며 떠밀어냈습니다. 더구나 학당의 모든 식구들이 모이는 행사가 곧 있을 예정이라 준비로 부산하다는 것이었습니다. 더구나 오늘 저녁 먼 곳으로부터 귀한 손님이 오시기 때문에 잡인은 모두 학당 밖으로 나가야 한다는 것이었습니다. 뿐만 아니라 이 모임은 준비에서 행사 당일까지 전 과정을 외부에 공개하지 않는 것이 관례라면서, 그만 돌아가 줄 것을 부탁했습니다. 어느덧 해도 저물었고, 산 속인 탓에 어스름도 빨리 찾아왔습니다. 오늘밤 온다는 먼 곳의 손님이 누군지 확인하고 싶었지만, 저는 어쩔 수 없이 발길을 돌려야 했습니다. 대신 혼자 귀로에 오르겠다고 배웅을 사양했습니다. 행사 준비로 여념이 없는데 폐를 끼칠 수 없다는 게 핑계였지만, 사실은 학당 안팎의 상황을 제 눈으로 살펴볼 심산이었습니다.

저로서는 며칠 뒤에 있다는 비밀 모임의 정체와 손님이라는 사람의 실체가 궁금했습니다. 그 모임에 어떤 인사들이 참석하며 무슨 이야기가 오가는지를 알면 송벽과 송류, 그리고 학당의 실체를 정확하게 파악할 수 있을 것 같았기 때문입니다. 또 그토록 공자에 대해 깊은 원한을 품은 까닭도 가닥이 잡힐 듯 싶었습니다. 그래서 송류에게 비밀 모임이 있다는 말을 들을 때부터 그 행사에 잠입하기로 마음먹었던 것입니다. 그러기 위해 학당 주변의 지세를 상세하게 파악해 둘 필요가 있었습니다. 삼엄한 경계가 펼쳐질 것이니, 초병의 배치라든가 엄폐물의 유무 따위도 슬쩍 확인해 두면 여러 모로 유용하겠지요.

계곡을 따라 학당을 빠져나오면서 저는 옆길로 새서 언덕을 오르기도 하고, 개울가를 돌며 살얼음 지는 개울물을 떠 마시기도 했습니다. 어두워지면 산세가 어떻게 변하는지 가늠할 목적이었는데, 예상과는 달리 제지하는 사람은 나타나지 않았습니다. 이미 정체를 알고 있으니 도외시한 탓인지 모르겠지만, 철저하기 비밀리에 감시의 눈초리를 번뜩이거나 무방비 상태거나 둘 중의 하나가 아닐까 판단되었습니다.

다음 날, 송나라의 형편을 속속들이 파악하기 위해 저는 그들을 직접 대면하는 방식 말고 다른 길을 찾아냈습니다. 그것은 유곽과 주점을 이용하는 방법이었습니다. 세상의 모든 소문과 추문, 뒷이야기들이 모였다가 흩어지고, 부풀려지거나 축소 변형되는 곳이 바로 술집과 갈보집임은 고금의 진리가 아니겠습니까? 저는 그 날 밤 허리춤에 은괴를 두둑이 차고 송나라에서 가장 크고 화려하다는 유곽을 찾아 나섰습니다.

당연히 제 발길은 매향梅香이라는 퇴기가 운영한다는 원향루遠香樓로 향했습니다. 수소문해 보니, 원향루는 송나라에서 가장 크고 번화하면서 미인이 많기로 손꼽히는 유곽이었습니다. 상대하는 인사들도 조무래기 따위는 행세도 못하고 정재계의 거물부터 난봉꾼, 풍류객, 오입쟁이, 건달들이니, 이런 곳에 나라의 뒷구멍 사정을 캐묻지 않는다면 어디에서 알아내겠습니까? 고귀한 국고를 기녀의 사타구니 속으로 밀어 넣어야 하는 것이 죄스럽긴 했지만, 이 또한 정보를 얻기 위한 방법이니, 합하께서는 너그럽게 양찰하시리라 믿습니다.

거금을 들고 온 노나라의 사신들이 왔다는 소식에 매향이 버선발로 뛰어나왔습니다. 매향은 닳고닳은 여자였지만, 나름대로 품격을 갖춘 늙은 기생이었습니다. 이미 고위층과 연줄이 닿아 있을 그녀를 직접 상대한다는 것은 위험 부담이 있을 듯해, 저는 건성으로 인사를 나누고 술상을 들이라며 호기를 부렸습니다.

귀빈실에 자리를 잡은 저희 일행은 일체 다른 손님은 금하라는 엄명을 내렸습니다. 낯선 손님이 들락거리면 술맛이 나지 않는다는 이유를 붙였는데, 매향은 무슨 염려냐는 듯이 흔쾌히 받아들였습니다.

자시를 넘기면서까지 술자리는 흥청댔고, 저는 세상 물정도 알 만하고 반반한 젊은 계집 하나를 택해 내내 수작을 부리다가 밤 수청을 들도록 손을 써두었습니다. 우리 일행은 모두 계집 하나씩 꿰차고 후원에 마련된 침실로 마지막 향연을 기대하면서 뿔뿔이 흩어졌습니다.

제 방에 든 기생은 이름이 계희桂姬라 했습니다. 화류계를 떠돌기에는 아까운 기풍이 그녀에게 있었는데, 그럴 만한 사연이 있더군요. 그녀의 아버지는 송나라에서도 꽤 명망 있는 정치가였습니다. 그런데 간신배들의 모함으로 역적으로 몰리면서 집안은 풍비박산이 났고, 여자라 겨우 목숨을 건진 그녀는 천신만고 끝에 매향을 만나 청루에 몸을 의탁하게 되었다고 합니다. 으레 있을 법한 사연이라 진실 여부는 의심스러웠습니다만, 여러 모로 살펴보니 허언만은 아닌 듯 보였습니다.

얌전해 보였던 그녀였지만, 이불 속에서 남정네를 녹이는 재주는 탁월했습니다. 앙큼한 요분질에 저는 몇 번이나 생사를 오가는 즐거움을 누렸습니다. 그녀는 세상의 한을 정사의 불꽃으로 사위고 있는 듯이 보였습니다.

몇 차례 더 불꽃을 태운 뒤 저는 본론으로 들어갔습니다. 그때 나누었던 대화를 기록해 두니, 합하의 현명한 판단을 기다리겠습니다.

– 자넨 유곽 생활을 한 지가 얼마나 되었는가?
– 나으리, 노류장화의 이력은 알아서 뭐 하며, 들어서 또 무슨 덕이 되겠사옵니까?
– 전생에 천 번을 만났어야 이승에서 해후한다는 말도 있네. 어찌 그리 섭섭한 소리를 하는가?
– 청루에 들어온 지는 다섯 해 되었고, 머리를 올린 지는 세 해가 조금 넘었습니다.
– 자네 기풍을 보니 기생 팔자로 타고난 천출은 아닌 것 같은데, 무슨 사연이라도 있는가?
– 더러운 년의 과거는 다 땅에 묻고 강에 흘려보냈습니다.

그녀의 이력은 앞에 말씀드렸으니 생략하겠습니다.
– 사실 내가 송나라에 온 까닭은 사행의 막중한 임무도 있지만, 오랜 죽마고우를 찾으려는 심사도 있었네. 이름자 밖에는 아는 게 없어 송나라 사람이란 것만 믿고 왔는데, 종시 만날 수가 없군 그래.
– 어떤 어른이시기에 그리 애타게 찾으십니까?
– 학동 시절부터 노나라에서 만나 동문수학했던 사람이지. 영특한 데다 심지가 굳은 사람이라 형님으로 모셔도 부족할 사람이었네. 한동안 공부하다가 세상 공부 좀 하겠다며 떠났는데, 그

이후 영 소식이 끊겼다네. 그래서 사신이 떠난다기에 그 친구라도 찾아볼까 동참한 것이 아닌가.

– 넓은 천하에서 한번 헤어지면 다시 만나기 어려운 게 인생살이지요. 함자라도 아시면 말씀해 보시지요. 화류계를 떠도는 덕분에 이름자를 알고 있는 분은 많습니다.

– 그런가? 그렇기도 하겠네. 내 기억이 맞는다면 이름이 송벽일 것이야. 자는 백옥이라 한 것 같네. 송나라 왕실과도 먼 친척이 된다고 했네.

– 아니, 농도 심하십니다. 그 분을 모르는 송나라 사람이 누가 있겠습니까? 길가는 동자에게 물어도 누군지 대답해 줄 텐데요.

그 때까지 저는 송벽이 송나라에서 그렇게 유명한 인사인 줄은 몰랐습니다. 그러나 그의 이름이 노나라에서 생소했던 것은 이유가 있었습니다. 그는 이름이나 자보다는 별호로 더 알려져 있었기 때문입니다. 그의 별호는 치국선생治國先生이었습니다. 아마 합하께서도 그 이름은 들어보셨을 것입니다.

– 이런, 내가 공연히 말을 돌렸네. 실은 그와 헤어질 때 좀 언짢은 일로 마음에 앙금을 남겼지 뭔가. 그래 사죄도 하고 화해도 할 겸 온 것일세. 동생이란 사람을 만났는데, 훌쩍 제나라로 길을 떠났다고 하더군. 혹여 머물 동안 돌아오면 좋겠네만, 아무래도 인연이 그렇게 될 것 같지가 않네.

– 저도 그분이 태산에 제를 올리러 갔다는 소문은 들어 알고 있습니다. 근엄하면서도 너그러운 성품을 지닌 분이시지요. 꽤 오래 전에 한번 모신 적도 있습니다. 화류계에 팔려온 저는 더 갈 데도 없다는 절망감에 몸을 함부로 굴리며 살았습니다. 그런데 그분은 제 아버님의 명망을 익히 들었다면서 귀골의 후손이 이런 낭패를 겪은 것에 몹시 침통해 하셨습니다. 그러면서 몸은 수챗구멍에 있어도 아버님의 명예를 생각해서 마음의 정숙함은

잃지 말라고 당부하셨지요. 언젠가 아버님의 누명이 벗겨지면 치욕을 갚을 날이 있을 거라고 하셨습니다. 그 때부터 저도 마음을 다잡고 지냅니다.

– 충분히 그러고도 남을 사람으로 기억되네. 그 사람은 이곳에서 제자를 키우며 살았다고 들었는데?

– 제자를 가르치는 일에 아주 헌신적이었어요. 그 분은 귀천을 가리지 않았고, 남녀도 가리지 않았습니다. 능력과 열의만 있다면 남녀노소를 불문하고 가르쳤습니다. –여자까지도 가르쳤다는 말에는 저도 놀랐습니다.– 배우지 못한 사람은 들판의 잡초단도 못하다면서 배우기를 권하셨지요. 특히 송나라 같은 약소국일수록 배움은 중요하다는 말씀도 곧잘 했지요. 한 달에 한 번씩 도성 사람들을 위해 강연도 열곤 했습니다. 저도 가끔 가서 들었는데, 살면서 깨치지 못한 교훈들을 많이 배웠습니다. 옛날 은나라의 영광스런 역사와 훌륭한 문화에 대한 이야기가 많았지요. 학생수가 많지는 않았지만, 한 명을 가르치더라도 최선을 다하는 분이었지요.

– 보기 드문 스승이로세. 그래 그 사람은 주로 무엇을 가르쳤는가?

– 그 분이 가르친 것은 주로 덕과 어짊이라고 하더군요. 저 같이 천한 것이 뭘 알겠습니까만, 덕과 어짊으로 심신을 수양하고 문무를 겸비해서 천하의 태평성세를 기약하자는 것이 그 분의 정신이라고 했습니다. 물론 그 분의 창의는 아니고, 아주 오래 전어 송나라를 방문했던 학자의 가르침이라고 했습니다. 그 분의 스승은 태산 아래 살면서 천하의 형세와 장래에 도래할 세상에 대해 제자들을 모아놓고 가르쳤다 하더군요. 그런데 무슨 사정인지 그 스승이 비명에 불귀의 객이 되고 말았답니다. 중심을 잃은 제자들이 뿔뿔이 흩어지자 이 나라로 망명을 왔다고 들었

습니다. 그래서 지금도 학당의 제자들은 새벽과 오전에는 무예를 연마하고, 오후와 밤에는 학문을 닦고 있다더군요.

— 그래, 자신을 지키지 못한다면 아무리 천하를 경륜할 지혜를 가지고 있다고 한들 어찌 널리 펼치겠는가. 그렇다면 송벽이 송나라의 학당을 운영하고 있는 강주講主인 모양이군.

— 웬 걸요. 송나라의 학당에는 위계가 없답니다. 학당은 여러 강사들이 서로 협의하고 결의해서 운영됩니다. 학당에는 여덟 명의 지도 강사가 있는데, 이들이 반년마다 돌아가면서 강주를 맡습니다. 치국선생도 그 중 한 분이시지요. 모사전 안에 들어가면 원탁으로 된 탁자가 있는데, 거기에는 아홉 개의 의자가 둥글게 나열되어 있답니다.

— 아니 왜 아홉 갠가, 여덟 명이라면서?

— 한 자리는 옛날 억울하게 세상을 떠난 스승을 기리는 자리랍니다. 책상에는 그 분의 신위가 올려져 있다더군요. 학당의 염원이 실현되는 날 신위를 모시고 태산의 옛 터전으로 옮겨갈 것이라고 말씀해 주셨습니다.

그래서 귀로문이라고 했던 것입니다.

— 그 옛 스승이란 분의 함자가 어떻게 되는데?

— 그것은 아무도 모른답니다. 학당의 제자들도 알지 못하고, 오직 여덟 강사들만 알고 있다지만, 누구에게도 알려주지 않는답니다. 비밀을 누설하면 제명될 뿐만 아니라 본인과 비밀을 들은 사람까지도 죽음을 면치 못한다더군요. 그 얘기를 하려니 갑자기 소름이 돋습니다. 저도 지금 쓸데없이 입을 놀리고 있는 것이 아닐까 두렵습니다.

— 이름 자 하나가 무슨 큰 비밀이라고 그렇게 규율을 엄하게 세웠을꼬?

— 저 같은 천기가 어떻게 알겠습니까? 저도 궁금해서 치국선

생을 모실 때 살짝 여쭸지만, 저더러 목숨이 몇 개기에 그런 것을 궁금해 하느냐며 정색을 하셨습니다. 이후로는 아예 그런 생각은 머리에 담지도 않고 살지요. 제가 말을 너무 많았던 것 같습니다. 몸이나 파는 창기가 입을 놀렸으니, 헛바람이 든 모양입니다. 못 들었다 생각하시고 크게 허물로 삼지 마십시오.

　계희는 이 말을 끝으로 입을 닫았습니다. 자꾸 따지고 들면 의심을 살 듯도 하고 필요한 정보는 다 얻어낸 것 같아 더 이상 채근하지는 않았습니다. 무엇에 달떴는지 그녀는 새벽닭이 울도록 제 몸에 올라앉아 저를 괴롭혔습니다. 그 덕에 곤죽이 되고 말았지만, 제 평생 잊지 못할 방사를 겪어 봤습니다. 다음 날 아침 두둑한 화대와 다시 곧 오겠다는 약조를 남기고 저는 원향루를 나왔습니다.

　객관으로 돌아온 저는 곧 학당에 잠입할 준비를 시작했습니다. 비밀 회합은 매달 보름에 있다고 했는데, 바로 다음 날이었습니다. 보름달이 휘영청 밝을테니 사방 경계를 서기 좋은 날이어서 정한 듯합니다. 만약 내일 밤 무사히 잠입해서 비밀 회합을 염탐할 수 있다면 많은 사실들을 알아낼 수 있을 것입니다. 또 귀한 손님이란 자의 정체도 드러날 것이고, 모사전에 적혀 있다는 옛 스승이란 자의 이름도 알아내겠지요. 제가 첩보 일로 잔뼈가 굵은 지 오래지만, 이렇게 손에 땀이 나고 흥분되기는 처음입니다.

　이제 날이 저물면 곧 학당이 있는 숲으로 숨어들어 갈 것입니다. 다음 보고서에는 합하와 계강자께서 궁금해 하시는 모든 일을 소상하게 아뢸 수 있을 것입니다.

　이만 줄입니다. 항상 강녕하시기를 빕니다.

오진의 보고문을 다 읽은 담대멸명은 길게 한숨을 내쉬었다. 그가 실종되었으니 회답도 소용없게 되었다.

오진은 그 날 밤 학당에 잠입했다가 발각되어 체포되었을 게 틀림 없었다. 간교한 송류란 놈이 쳐놓은 그물 속으로 빨려 들어가버린 것이다. 너무 큰 욕심을 부렸다. 침착하지 못했던 탓에 이름처럼 까마귀가 되어 사라져버린 것이다.

허락도 없이 섣부르게 몸을 움직인 것이 그의 큰 불찰이었다. 명예욕이란 항상 사람을 이렇게 대책 없는 위험 속으로 뛰어들도록 만들기도 하는 것이다. 이제 그를 산 사람으로 간주하기는 어려울 듯했다. 평소의 성품으로 볼 때 노나라의 비밀을 토설할 사람이 아니니 모진 고문을 당하고 살과 뼈가 으스러져 죽임을 당했을 것이다.

담대멸명은 문득 혹형 끝에 참혹하게 죽은 송벽이 떠올랐다. 송벽이나 생사를 알 길 없는 오진이나 모두 협사였다. 협사는 명분과 의리를 위해서는 목숨도 아끼지 않는다. 아니 목숨보다 더한 것조차도 버린다. 보고문이 담대멸명의 손아귀 속에서 억세게 구겨졌다. 그깟 게 무엇이라고 이렇듯 목숨을 하찮게 버린단 말인가!

계희란 창기도 의심스러웠다. 갖은 교태와 교언영색으로 사람을 현혹시켜 애간장을 녹이고 판단력을 흐려 지옥 불 속으로 이끌고 갔다. 얼음처럼 차가운 사람이 어쩌다 창기에게 눈이 멀어 어리석은 수작을 부렸단 말인가.

담대멸명은 오진을 실종자로 처리해 신원을 확인하려 들지 말 것과 원향루의 주인인 매향, 기생 계희에 대해 비밀리에 조사를 하라는 답신을 보냈다. 경거망동하지 말라는 경고와 함께.

35
한병준과 『논어』를 논하다

　김오명 교수의 연구실은 썰물이 빠져나가 버린 바닷가처럼 단출했다. 주인을 잃어버린 풍경은 여름이었음에도 한기가 감돌았다. 경찰이 증거 수집을 위해 다녀간 뒤로 정리의 손길이 닿지 않은 것이 분명했다. 집기며 책들이 을씨년스럽게 제 자리를 잃고 방황하고 있었다. 범죄 현장이 아니었기 때문에 출입이 통제되진 않았지만, 아무도 주변을 얼씬하지 않았는지 옅은 먼지가 쌓여 있었다. 극약을 먹고 죽은 사람의 연구실이니 누구라도 선뜻 접근할 용기는 없을 것이었다. 오래 전부터 사람의 체취가 끊긴 장소처럼 섬뜩한 기운이 방안의 공기를 밀어냈다. 나는 심상찮은 기운을 느끼며 출입문 앞에서 서성거렸다.

　내키진 않지만 끝내야 할 일이라면 서두르는 것이 좋았다. 한동안 폐가처럼 음침한 연구실을 둘러보던 나는 한병준 선생을 도와 도서관에 기증할 만한 서적과 파기해도 좋을 자료들을 분류했다. 일반 집기들은 책상과 의자, 손님용 테이블을 제외하고는 모두 치워져 있었다. 아마도 유족이 수거해 갔을 것이다.

　우리는 먼저 기증할 가치가 있는 책부터 분류했다. 한 선생이 정리하면 나는 연구실 구석으로 옮겼다. 서류는 서류대로 모았고 복사물들도 우선 한 곳에 차곡차곡 쌓아올렸다. 버려도 될 만한 물건은 출입구 앞에 있는 커다란 휴지통 속으로 들어갔다. 경찰이 정리는 허용했지만 외부로의 반출은 일체 불허했기 때문에 먼지 한 톨이라도 밖으로 나가지 않도록 조심스럽게 다루어야 했다. 그런 다음 서적 목록을 만들었다. 한 선생은 노트북을 가지고 와 일일이 서지 사항을 입력했다.

이준섭 교수는 우리가 일을 시작한 첫 날 한 번 다녀갔다. 내가 일찍 집을 나왔기 때문에 그는 승용차 대신 택시를 타고 출근했다.

"내가 김 교수에게 빌려준 책이나 문서들도 있으니 어떤 것도 버리면 안 됩니다."

이준섭 교수는 경찰과 똑같은 말을 반복하고 자기 연구실로 내려갔다.

한병준 선생은 보기와는 달리 꽤 꼼꼼한 편이었다. 내키지 않는 일을 하면서도 그는 어지럽게 널려있는 복사물조차 함부로 다루지 않고 꼬박꼬박 페이지를 넘기며 내용을 확인했다. 일을 다 마쳤을 때는 어느덧 땅거미가 몰려와 있었다.

교문을 빠져나와 헤어지자는 인사를 하려는데 한 선생이 나를 잡았다.

"마 선생, 저녁이나 먹고 갑시다. 먼지 구덩이 속에서 고생했는데."

피곤했지만 마땅히 거절할 이유가 없었다. 그가 나를 끌고 간 곳은 허름한 선술집이었다. 이런 가게는 좀 지저분해도 안주 인심은 넉넉했다. 막노동꾼 같은 사람들이 한 쪽 구석에서 왁자지껄 떠들며 술추렴을 벌이고 있었다.

주인은 주문도 받지 않고 우리가 궁둥이를 붙이자 술과 안주

거리부터 가져왔다. 접시에는 오이와 홍당무가 숭덩숭덩 썰려 있었고, 꼬막과 멍게 같은 해물이 몇 조각씩 놓여 있었다.

내가 소주잔을 채워주자 한 선생은 곧바로 들이키고 오이를 초장에 찍었다. 그리고 권할 틈도 없이 연거푸 서너 잔을 털어 넣었다. 갈증이 좀 해소됐는지, 그는 넋두리를 늘어놓았다.

"글쎄, 김오명, 그 친구. 전임에 임용되었을 때는 그렇게 기고 만장하더니, 결국 이렇게 황천길로 가버리고 말았군요. 그가 사라졌다고 해서 사람들이 섭섭해 하지도 않습니다. 곧 누군가 그 빈자리를 채워줄 테니. 세상인심이란 참 야박한 거지요."

사십대 중반에 접어든 그였지만 나이에 비해 어려 보였다. 그래도 나이는 속일 수 없는지 머리숱도 많이 빠졌고 새치도 군데군데 내려앉아 있었다.

"친구 분이었으니 충격이 크시겠습니다."

나는 진심을 담지 않은 추임새를 넣었다.

"인생무상이지요."

"하지만 죽은 분만 애도하면서 넋 놓고 있을 때는 아닌 것 같습니다. 선생님도 지금 살인 용의자로 지목을 받고 계시니까요. 빨리 혐의를 벗어날 궁리를 해야 하지 않을까요?"

내 말 한 마디에 그의 얼굴 표정이 금방 바뀌었다.

"허참. 나는 결단코 그를 죽이지 않았어요. 아무리 험담과 욕설을 좀 했기로서니, 그 말을 실천에 옮길 만큼 나는 배포가 크지 않습니다. 사람들은 이제 후임은 당연히 나라고 말하는 쑥덕대는 모양인데, 그것하고 이것은 전혀 별개 문제예요. 죽이면 당장 자기에게 혐의가 올 것이 뻔한데, 그런 일을 저지를 멍청한 바또가 어디 있단 말입니까? 그리고 아무리 교수 자리가 좋다 한들 사람 목숨만큼 중한 건 아니죠."

그가 모르고 있는 게 있는데, 안타깝게도 세상에는 바보들이 많다는 사실이다. 욕심에 눈이 멀면 사람들의 눈에 뻔히 보이는 진실도 보이지 않게 된다. 그리고 교수 자리보다 더 하찮은 지위를 차지하려고 사람을 죽이는 일이 어디 한두 건인가?

"한 선생님이 범인이 아닌 것을 증명하고 싶으시다면 빨리 범인을 찾아내셔야 하는 거죠. 그렇지 않다면 경찰은 끝까지 물고 늘어질 게 뻔하니까요."

그는 내 손길도 뿌리치고 소주병을 들더니 술을 부어 마셨다.

"마 선생, 그걸 말이라고 합니까? 범인 잡는 일은 경찰이 해야죠. 그런 일 하라고 세금으로 봉급 주는 거 아닙니까."

"경찰도 항상 유능하진 않습니다. 경찰은 선생님께서 알리바이를 증명할 수 없다는 사실과 범죄의 가장 큰 수혜자라는 점을 잊지 않을 겁니다. 어쩌면 지금쯤 선생님 집에 대한 수색 영장을 발부받고 있을지도 모르죠. 경찰이 쑤실 수 있는 사람이 현재로선 선생님밖엔 없으니까요."

나는 그에게 두서없이 너무 말을 많이 한다는 생각이 들었다. 아니나 다를까, 한병준 선생은 나를 경계에 찬 눈빛으로 쳐다보았다.

"마 선생도 나를 범인이라고 생각하시오?"

"아닙니다. 오해하지 마십시오. 지금 상황에서 제 의견은 전혀 중요하지 않습니다."

그는 눈길을 누그러뜨리더니 멍게를 초장에 묻혀 찍어 먹었다. 맛을 아는지 모르는지 그는 분주하게 손을 움직였다. 복잡한 생각을 마친 듯 그가 입을 열었다.

"좋습니다. 내가 아니라면 누가 그를 죽였을까요? 나도 정말 궁금합니다. 내가 김오명 그 친구를 속속들이 안다고는 못하지만, 살해를 당할 정도로 원한을 살 일을 했을 것 같진 않아요. 어차피 깊이 들어가면 인간은 선량하니까요. 사람을 죽이는 일이

파리 잡는 것과는 다를 테니, 그를 죽였다면 범인에게도 그만한 까닭이 있을 겁니다. 왜 무슨 이유로 그는 김오명을 살해했을까요?"

'경찰은 면식범의 소행으로 추정하고 있더군요. 그런 곳까지 김오명 교수를 끌어낼 사람이라면 평소 친분이 있는 사람이었을 겁니다. 제가 아무리 생각해도 이해할 수 없는 건 왜 저한테 전화를 걸었는가 하는 점이죠."

"내 생각에 마 선생의 역할은 시체를 발견하는 시간을 앞당기기 위해서였던 것 같아요. 저번에 위천익 선생이 피살되었을 때도 그렇고, 살인이 저질러진 직후에 범인은 당신에게 전활 걸었습니다. 그리고 마 선생은 약속 장소에 나가 피살자를 발견하게 되죠. 그냥 두었어도 곧 발견되었을 텐데, 굳이 그 시간에 맞춰 마 선생을 등장시킨 까닭이 뭘까요? 그건 범죄 속으로 마 선생을 끌어들이려는 의도가 숨어있거나, 범인이 원하는 시간에 피살자가 발견되기를 원했기 때문일 겁니다. 너무나 상식적인 소리죠? 하지만 범인이 그랬다면 분명 이유가 있을 겁니다."

'글쎄, 제가 그 시간 ─그러고 보니 두 번 모두 새벽 이른 시간이네요.─ 에 시체를 발견하는 것이 범인에게 무슨 도움이 되는지 모르겠습니다. 두 번씩이나 피살자를 발견하면 경찰도 바보가 아닌 이상 혐의 선상에서 저를 뺄 게 분명한데 말입니다."

'내가 범인이 아닌 게 한이네요. 아니라면 금방 그 대답을 해줄 수 있을 텐데."

한병준 선생은 싱겁게 웃으면서 술을 마셨다. 맞는 말이었다. 범인의 속뜻을 어떻게 알겠는가? 우리는 범인이 한 사람인지 두 사람인지, 또는 그 이상인지도 모르고 있지 않은가.

"참 알 수 없는 수수께끼예요. 하긴 인생 자체가 거대한 수수께끼이기도 하지만."

한 선생은 넋두리처럼 중얼거렸다. 그 말을 들으니 문득 내가 짊어지고 있는 수수께끼가 떠올랐다. 그렇다고 위천익의 편지를 공개할 수는 없었다. 그는 분명 우리가 알고 싶어 하는 분야의 전문가였다. 이런 기회를 놓칠 수는 없었다. 나는 조심스럽게 운을 뗐다.

"선생님께선 혹시 『논어』를 읽어보셨습니까?"

"『논어』요?"

"예."

한 선생은 무슨 속셈인지 모르겠다는 듯 나를 보았다.

"명색이 동양철학을 전공한 사람인데, 설마 『논어』를 안 읽어 봤겠습니까?"

"그럼 공자에 대해서도 잘 아시겠군요?"

그는 더욱 의아한 표정을 지었다.

"잘 아냐고 물으면 자신이야 없지만, 왜 갑자기 그런 뚱딴지 같은 질문을 하시는지?"

"별다른 뜻이 있는 건 아닙니다. 전에 이준섭 교수님께 들으니 오래 전부터 『논어』와 공자의 삶을 알려줄 무슨 책을 찾고 계신다고 해서요. 선생님께서도 혹시 아시는지 궁금해서 여쭤본 겁니다."

그러자 한병준 선생은 무슨 말인지 알겠다는 듯 선웃음을 흘렸다.

"그 얘기군요. 이 교수님은 좀 독특한 생각을 갖고 계시죠. 현전하는 『논어』에는 공자와 그 제자들에 대한 모든 사실들이 담겨 있지 않다는 거예요. 그 말은 맞습니다. 어떻게 책 한 권에 위대한 인간의 사상과 생애를 다 담을 수 있겠습니까? 게다가 논어는 대단히 미숙한 텍스트입니다. 도무지 책에 두서가 없으니까요."

"두서가 없다는 건 무슨 말씀입니까?"

"쉽게 말하면 체계가 전혀 갖추어져 있지 않다는 겁니다. 서론 다음에 본론이 나오고, 논증과 예시를 거쳐 결론이 도출되어야 철학서로서 요건을 갖췄다고 할 수 있는데, 『논어』는 전혀 그렇지가 않아요. 그렇다고 단순한 일화집으로 격하시킬 수도 없는 일이죠. 마 선생은 『논어』를 읽어본 적 있나요?"

한병준 선생은 나에게 질문을 하고 주머니에서 담배를 꺼내 입에 물었다.

'읽어보긴 했습니다. 제 수준에서야 깊은 뜻까지 이해하진 못했지만요. 그저 우리가 살면서 필요한 좋은 말씀이 많이 실린 명언집 정도로 생각하며 읽었습니다."

"맞아요. 아주 훌륭한 명언집이죠. 전체를 고사성어집이라고 해도 좋을 정도니까요. 하지만 이 책은 결코 명언으로 읽히려고 만들어진 책은 아닙니다. 그보다는 훨씬 더 심오한 철학이 담겨 있지요. 아니 있어야 되죠."

"있어야 된다니요?"

"오랜 세월 『논어』는 공자의 생애와 철학을 알려주는 유일한 책으로 신봉되었습니다. 그런데 왜 그래야 하는가 하는 문제로 들어가면 대답이 궁색해집니다. 많은 말들이 있지만 체계라든가 논증이 너무 빈약하기 때문이지요. 같은 말이 반복되어 나오기도 하고, 어떤 경우는 정반대의 논리가 나오기도 합니다. 또 주장의 일관성도 없는 경우도 있고, 심지어 어리석고 유혹에 약한 공자의 속된 모습이 그대로 폭로되고 있기도 하지요."

"『논어』란 책이 그렇게까지 엉성한가요?"

"아뇨. 물론 아닙니다. 『논어』는 엄청난 가치와 잠재력을 가진 책이에요. 물론 잘못 접근하면 착시를 일으킬 수도 있어서 자기 이론에 맞게 견강부회하기도 좋긴 하지만 말이죠. 그런 걸 유연성이라고 한다면 『논어』는 정말 소프트한 책이기도 합니다."

그의 설명은 강의식이라기보다는 대화식이었다. 비교적 문외한인 나도 쉽게 이해할 수 있도록 눈높이를 맞추고 있었다.

"아니, 왜 그렇게 귀중한 책을 소프트하게 만든 겁니까? 잘 팔리기 위한 베스트셀러를 만들려고 했던 것도 아닐 텐데요?"

그는 담배를 입에 물고는 눈을 껌뻑거렸다.

"『논어』는 노자의 『도덕경』, 장주의 『장자』와 더불어 대표적인 난해한 철학서들입니다. 노장 쪽은 바탕 자체가 초논리적이니 차라리 나은데, 『논어』는 사실상 몰논리예요. 이 몰논리가 골치를 썩이는 거죠. 논리가 없으니 풀이를 해야 하고, 풀이로도 부족하니 다시 해석을 해야 하고, 이러다 보니 엄청난 해석들이 축적되었습니다. 결국 『논어』는 사라지고 해석만 남는 우스운 꼴이 되고 만 거죠. 하지만 『논어』가 질서정연하고 논리가 반듯한 철학 논문이었다면, 동양문화 전체에 그처럼 어마어마한 영향을 끼치지는 못했을 겁니다. 『논어』의 잠재력은 바로 그 단순한 체제에서 나온 것이죠."

"이준섭 교수님은 바로 단순성 때문에 불만이신 것 같더군요. 왜 그 훌륭한 지혜들을 친절하게 알려주지 않느냐는 겁니다."

"친절하게 정리된 지혜는 구실도 제한이 됩니다. 장작을 마구잡이로 쌓아 불을 지피면 거대한 화톳불이 되지만, 아궁이에 넣고 차근차근 태우면 고작 방 한 칸 따뜻하게 데우는 것과 같은 이치죠. 오래 가긴 하겠지만 불꽃은 미약합니다. 『논어』는 바로 그런 거대한 화톳불이에요. 이준섭 교수님은 그 이치를 자꾸 외면하려고 하시죠. 논어는 지금 상태로 있는 것이 더 가치가 있습니다. 왜곡은 이전에 충분히 했으니까요."

대화가 어려워지고 있었다. 나는 『논어』란 책에 어떤 깊은 사상이나 가치가 담겨있는지 모른다. 더 솔직히 말하면 그걸 따지고 자시고 할 내 처지가 아니다. 나는 화제를 바꿔야 한다고 생각했다. 이준섭 교수에게 들었던 공자의 마부 이야기를 했다. 그도 이미 이준섭 교수에게 그 마부 이야기를 들었다고 했다. 나는 그것에 대한 한병준 선생의 생각이 궁금했다.

"한 선생님, 이준섭 교수님께서 말씀하시는 공자의 마부가 썼다는 그런 책이 실제로 있을 가능성은 있는 건가요?"

"가능성이야 항상 열려 있죠. 이 술집 주인이 김오명을 살해했을 가능성이 있는 것처럼 말이죠. 문제는 확률인데, 내 생각엔 거의 제로입니다. 있었다면 그런 책이 아직까지 세상에 알려지지 않았겠습니까? 나도 학부 다닐 때 교수님의 『논어』 강의를 들으면서 혹한 적도 있지만, 대안을 제시할 수 없는 의문은 학문의 발전에 도움이 되지 않는다는 사실만 확인했습니다."

"이 교수님께서는 아무 근거도 없이 그런 주장을 하시진 않았을 것 같은데요."

"근거요? 아주 빈약하죠. 그런 문헌이 있다는 구체적인 기록이 어디에도 없으니까요. 다만 이 교수님께서는 『논어』 그 자체에서 근거를 찾습니다."

"『논어』 안에서요? 누가 그런 책을 썼다는 말이 나오는 모양이죠?"

"그렇게 분명하면 누가 토를 달겠습니까? 아마 진작 위서僞書라드 나왔을 겁니다. 물론 공자가어 같은 책이 그런 류의 위서에 가깝긴 하지만, 성격은 전혀 다르죠. 『논어』에 보면 공자의 언행을 제자들이 기록하는 듯한 장면들이 몇 군데 나옵니다. 이 교수님은 그 장면들을 주목한 거죠. 당시에 공자한테 직접 배운 제자들이 스승의 언행을 기록했다면 지금의 『논어』처럼 그렇게 밑도 끝도 없이 간략하게 기록하진 않았을 거란 겁니다. 스승인 공자가 그런 말을 하게 된 정황이나 의도, 결과 따위를 자세하게 기록했을 거라는 거죠. 전혀 터무니없는 추정은 아니지만, 그래서 뭐 어쨌다는 거냐, 하면 할 말이 없어집니다. 자료는 있는 그대로 봐야지요. 있지도 않는 다른 것에 눈독을 돌리면 신기루가 보이게 되는 법입니다."

"한 선생님, 『논어』에 나오는 단서란 게 뭡니까?"

"지금은 기억이 가물가물한데, 음, 두 가지만 들어보죠."

내 질문에 한병준 선생은 머리를 주억거리며 구절을 끄집어내려고 애를 썼다.

"그래요. 이런 구절이 있습니다. 『논어』 14편 헌문편憲問篇 30장에 보면 다음과 같은 공자의 말이 나옵니다. '군자에게는 세 가지 도가 있는데, 나는 잘하는 것이 하나도 없구나. 어진 사람은 근심하지 않고, 지혜로운 사람은 미혹되지 않으며, 용감한 사람은 두려워하지 않느니라.' 여기까지가 공자의 말씀인데, 이어서 뜬금없는 글이 끼어듭니다. 자공의 말인데 '선생님께서 직접 말씀하신 것이다' 라는 거예요. 『논어』의 본문과는 전혀 상관없는 말이죠. 아마 누군가가 공자 생전의 말을 기억해서 이를 구연하면 옆에서 글로 옮겼던 모양인데, 자공이 자신도 그 말을 들었다는 보증을 했다는 뜻일 겁니다. 재미난 자료죠.

또 『논어』 15편 위령공편衛靈公篇 5장에 보면 자장子張(전손사의 자)이 행行의 의미를 묻는 장면이 나옵니다. 이에 대해 공자는 아마 이렇게 대답했을 겁니다. '말이 충실하고 믿음직하며, 행동이 독실하고 경건하면, 비록 야만스런 오랑캐의 나라라 해도 도는 행해질 것이다. 그러나 말이 충성스럽지도 믿음직하지도 않고, 행동도 독실하지도 경건하지도 않으면, 아무리 작은 땅이라 한들 도가 행해지겠느냐? 서 있으면 충실함과 믿음성이 앞에 와있는 듯이 보이고, 수레를 타고 있으면 충실함과 믿음성이 수레 막대에 기댄 듯이 보여야 한다. 대저 그런 다음에야 행할 수 있느니라.' 그리고는 이어서 자장이 공자의 이 말씀을 허리띠에 받아 적었다고 되어 있어요. 쉽게 말해 잊어버릴까봐 메모를 해둔 거죠. 나중에 자공은 집으로 돌아가 이 말씀을 좀더 상세하게 적어 두었을 겁니다.

그런데 만약 지금 『논어』에 남아 있는 기록 그대로만 제자들이 기록했다면, 좀 문제가 생깁니다. 쓰인 내용이 너무 간단해 제자들도 나중에 그 말이 무슨 뜻으로 한 말씀인지 헷갈릴 수 있다는 거예요. 왜, 오래된 메모를 보게 될 때 내가 왜 이런 글을 적었는지 모호한 경우가 있지 않습니까? 그러니까 제자들은 공자의 말씀을 좀더 충실하게 기록했을 개연성은 얼마든지 있는 거죠. 나도 그 점에는 동의합니다. 하지만 지금 그게 없는데 무슨 소용이 있겠습니까. 다 백일몽인 거죠."

나는 한병준 선생이 의외로 정확하게 『논어』의 내용을 암기하고 있는 데 놀랐다. 필요한 구절을 즉석에서 인용할 정도라면 책에 대한 이해가 상당하다는 반증이었다. 다만 이준섭 교수의 주장에 대해 너무 냉소적인 것이 마음에 걸렸다. 어쨌거나 한 선생의 얘기는 계속 이어졌다. 그 역시 한 번 말문이 열리면 스스로 닫지 못하는 성격이었다.

"그리고 『논어』를 읽다보면, 이 대화를 도대체 누가 기록했을지 애매한 경우도 왕왕 있습니다. 예를 하나 들어볼까요. 『논어』 5편 공야장편公冶長篇 25장에 보면, 공자가 안연, 자로와 대화를 나누는 장면이 나옵니다. 공자가 두 사람을 보고 각각 자신의 포부를 말해 보라고 권합니다. 그러니까 성질 급한 자로가 먼저 말을 꺼내죠. '저는 수레와 말, 가벼운 가죽옷을 친구와 함께 써서 다 헤어지더라도 유감이 없기를 원합니다.' 이어 안연도 말합니다. '나의 선행을 남에게 자랑하지 않고, 남에게 내가 그를 위해 수고했다는 것을 과시하는 일은 없기를 바랍니다.' 머쓱해진 자로가 공자를 보고 선생님의 뜻을 어떠냐고 묻습니다. 그러자 공자는 '노인은 편안하게 해주고, 친구들과는 미덥게 지내며, 어린이는 따뜻하게 품어 주겠노라' 고 대답합니다. 이 구절을 두고 주자는 자로의 뜻이 가장 수준이 낮다고 평가하고 있는데, 문제는 이 세 사람의 대화를 누가 들었다가 기록했느냐는 거예요.

정황으로 볼 때 방안에는 세 사람밖에 없었습니다. 그러면 세 사람 중의 한 사람이 기록했을 겁니다. 그럼 한 사람씩 따져보고 나가죠. 우선 제일 먼저 말한 자로. 자로는 원래 글과는 거리가 먼 사람입니다. 그는 글을 쓰고 앉아있느니 그 시간에 달려 나가 실천에 앞장설 위인이죠. 또 상당히 즉흥적인 사람이라 대화를 다 기억하지도 못했을 겁니다. 그러니까 일단 제외시켜야죠.

두 번째는 안연인데, 그 역시 가능성은 별로 없어요. 어떤 사람은 논어의 상당 부분이 안연이 기록한 것으로 보는 사람도 있지만, 그렇게 자신하기에는『논어』에 안연의 육성이나 체취가 너무 빈약합니다. 안연의 언행이란 것도 직접적인 발화보다는 타인의 증언으로 자주 등장하거든요. 일찍 죽어 이렇다 할 제자도 없고, 기록보다는 사색을 즐겼던 그였으니, 이 대화를 기록했다고 보기는 어렵습니다. 솔직히 말하자면『논어』속에서 안연처럼 밋밋하고 재미없는 사람은 드물죠. 도학자의 체취는 그렇다 쳐도 사람 냄새가 전혀 묻어나지 않습니다. 강의를 하다가 학생이 공자의 제자 가운데 안연을 본받겠다고 하면 나는 속으로 비웃습니다. 정답만 입력된 말하는 인형을 본받겠다는 거니까요.

이제 마지막으로 남는 사람은 공자 자신입니다. 평생 저작에는 흥미를 두지 않았던 그가 갑자기 무슨 바람이 불어 이런 기록을 남겼겠습니까? 제자들과의 대화를 일일이 기록할 만큼 공자가 꼼꼼한 사람일 것 같지도 않죠. 하여간 대단한 철학이 담긴 글도 아니고, 이런 정도라면『논어』어디에서나 찾을 수 있습니다. 이런 글들이 모두 공자의 기록이라면 논어는 공자 자신의 저술이라고 해도 무방할 겁니다. 단언컨대 『논어』의 내용 중에 공자가 직접 쓴 것은 없다고 봐도 좋습니다. 이건 이미 의심의 여지 없는 사실로 인정되고 있죠. 그렇게 스승을 존경했던 제자들이 스승의 저술에 대해 대서특필하지 않을 리가 없으니까요.

그렇다면 도대체 누가 쓴 기록이냐? 물론 아무도 모릅니다. 첫 번째 추론할 수 있는 것은 후대 사람의 날조라는 거죠. 아무도 기록했을 것 같지 않은 글이 『논어』에 실려 있다면 후대의 누군가 필사하면서 슬쩍 이야기 한 토막을 만들어 끼어 넣었다고 추측할 수 있는 겁니다. 실제로 『논어』에는 이렇게 후대에 날조되어 끼어 들어온 구절이 많습니다. 날조란 말이 너무 과격하면 보충이란 말로 대체합시다.

두 번째 추정은 이 대화를 전해들은 누군가가 기록했을 것이라는 거죠. 아니면 그 대화의 와중에 또 다른 한 사람이 더 있었을 수도 있습니다. 그럼 누가 전하고 누가 기록했는가? 아니면 듣고 기록했는가? 이준섭 교수님은 공자가 전했고, 마부였던 번지가 기록했을 것으로 간주합니다. 그럼 그런 증거가 있느냐? 직접적인 것은 없지만 방증이 될 만한 자료는 있습니다.

『논어』 2편 위정편爲政篇 5장에 보면 맹의자가 효에 대해 공자에게 묻는 장면이 나옵니다. 그에 대해 공자는 이렇게 대답하죠. '도리에서 어긋나지 말아야 한다.' 그런데 그 말뜻을 맹의자는 제대로 이해하지도 못했으면서 더 묻지도 않고 가버립니다. 답답해진 공자가 얼마 뒤에 이 이야기를 번지한테 합니다. 번지는 공자의 수레를 몰았기 때문에 아무래도 공자와 가장 가깝게 대면할 수밖에 없는 사람이었죠. 그래서 공자가 번지에게 말합니다. '맹손이 나에게 효에 대해서 묻기에, 내가 도리에서 어긋남이 없어야 한다고 대답하였다.' 그런데 번지 역시 그 말뜻을 몰랐습니다. 하지만 우직한 번지는 무슨 뜻인지 바로 물어봅니다.

이에 대해 공자는 '어버이가 살아 계실 때에도 자식으로서 도리를 다해 섬기고, 돌아가셨을 때에도 도리로서 장사지내며, 제사를 지낼 때에도 도리를 갖춰야 하느니라'고 대답합니다.

이를 통해서 공자는 제자들과 문답하는 과정에서 그들이 구체적인 질문을 하지 않으면 번지에게 그 일을 말해 질문을 유도해서 자신의 뜻을 드러냈을 가능성을 상정할 수 있습니다. 이런 사실에서 이 교수님은 지금의 『논어』에는 생략되어 있는 구체적인 정황이 제자들에 의해 기록되었을 것이고, 특히 번지는 공자의 수레를 몰면서 여러 가지 미비한 사실들을 보완했을 것이라는 결론을 내린 거지요."

술의 힘을 빌려 쏟아내는 한병준 선생의 『논어』 설명은 유창했다. 나는 그의 설명을 들으면서 『논어』란 책이 생각보다는 복잡한 역사를 지녔다는 생각을 했다. 이소정 기자도 함께 들었다면 귀가 솔깃해졌을 것을 생각하니, 오늘 그녀가 동석하지 않은 것이 아쉬웠다. 내가 한 선생의 말을 그녀에게 정확하게 전달하기는 불가능할 것이다.

"그래서 번지란 인물에 대해 이준섭 교수님이 그렇게 흥미를 갖고 계셨던 거군요."

"그렇죠. 하지만 그 추측이 사실로 증명되기는 어려울 겁니다. 그런 책이 진짜 발견되면 엄청난 반향을 불러일으키겠지만 말이죠."

"그런데 이 교수님은 왜 그 책을 그렇게 애타게 찾으려는 겁니까?"

내 질문에 한 선생은 딱하다는 표정을 지었다.

"좋게 말하면 학자적 호기심이고, 나쁘게 말하면 망상 때문이 아닐까 싶습니다."

"망상이라고요?"

"물론 의도가 나쁜 건 아닙니다. 이 교수님은 그 책에 쓰인 구체적인 행동 사례와 현재 유통되고 있는 『논어』의 암시적인 어법을 활용해서 새로운 모럴을 제시하고 싶으신 거죠."

"새로운 모럴이라니요? 모럴이라면 윤리倫理를 말하는 겁니까?"

"그렇습니다. 이 교수님은 지금 시대가 공자 시대 못지않게 윤리가 무너지고 도덕적 해이가 극에 다다랐다고 진단합니다. 동양이 서구화의 과정을 거치면서 전통 윤리를 철저하게 버린 게 사실이죠. 여기에서 동양의 정신적 혼란이 기인했다는 겁니다. 서구의 윤리는 우리에게 적절하지 않은 경우도 있고, 또 현실적으로 적용되기도 어려운 게 많은데 다들 거기에만 매달리고 있다는 겁니다. 우리 전통 윤리는 생매장하듯 다 말살하면서 말입니다. 그렇다고 전통적인 가치가 무조건 옳은 것도 아니에요. 시대가 많이 바뀌었으니까요. 그래서 이 교수님은 과거의 윤리와 도덕을 새롭게 재편하면서 서구의 합리주의 윤리학도 원용하는, 그런 윤리의식의 전환이 지금 시대에 필요하다고 보셨던 겁니다. 그러면서 그 대안으로 『논어』 속에서 새로운 윤리가 가야 할 방향을 찾고, 제자들 사이에 다양하게 오갔던 대화들에서 재현의 계기를 마련하려고 하시는 거죠."

"그게 가능한 일일까요?"

"마 선생, 그래서 말했지 않습니까? 의도는 좋지만 망상에 그칠 일이라고요."

한병준 선생은 길게 담배 연기를 내뿜으며 나를 쳐다보았다. 그의 말 속에는 분명 가시가 돋쳐 있었지만, 이준섭 교수의 생각에 무조건 도전하는 것 같지는 않았다.

"제가 잘 모르는 일이라 함부로 말씀드리긴 그렇습니다만, 그래도 『논어』에 담긴 정신만은 유용하지 않을까요? 이 교수님의 우려와 염려도 전혀 근거가 없는 것은 아니지 않습니까?"

그러자 한병준 선생이 나를 물끄러미 바라보다 입을 열었다.

"물론이죠. 내 말의 요지는 이 교수님이 지향하는 계획의 바닥에는 무모함과 단순함이 깔려 있다는 겁니다. 세상을 그렇게 단조롭게 이해하면 분명 문제가 생깁니다. 너무 만만하게 세상을 보면 인간은 교활해집니다. 스스로 선지자라고 생각하면 독선적이기 십상이죠. 아무리 좋은 약이라도 과용하면 환자를 죽이고 말잖습니까. 증세에 알맞게 처방을 내리고 정기적으로 일정량만 투약해야 병세가 호전되는 것이지, 한꺼번에 마구 먹인다고 해서 쓰러진 환자가 벌떡 일어나 걷는 건 아니죠. 또 잘못된 약을 투여해도 마찬가지죠. 그 점에 대해 이 교수님은 좀 무지해요. 아니면 알고 계시면서도 피하시는 건지도 모르지만요. 이 교수님은 옛날 한나라 때의 학자 왕망王莽이 저지른 오류의 전철을 밟고 계신 거예요. 아무리 문제가 있다고 해도 시대를 거슬러 올라갈 수는 없습니다. 결국 성과는 없고 무의미한 정력만 소모될 뿐이죠. 의도는 좋으니 방법을 좀 달리 하면 훨씬 나을 텐데 말입니다."

한병준 선생은 말끝을 흐렸다. 이 교수의 생각 중에 비현실적인 부분도 있을 수 있겠지만, 자신이 알고 있는 지식을 주체하지 못하고 무리하게 상대방을 비난하는 무기로 쓰는 것처럼 보였다. 과연 지금 시대에 공자의 유교 윤리와 사제 사이에 전개되었던 윤리 의식이 말쑥하게 수용될지는 의문이었다. 그러나 그것은 달리 보면 한병준의 말처럼 운용의 묘에 달려 있는 것이기도 했다.

어쨌거나 이처럼 거창한 학술 토론이 한병준 선생에게는 즐겁고 신바람 나는 축제일지 모르지만, 나로서는 이미 용량을 초과한 상태였다. 이야기가 너무 전문적인 쪽으로 흘러갔고 흥미도 반감되기 시작했다. 나의 이런 기분을 아는지 모르는지, 한 선생은 공자와 『논어』에 얽힌 이야기를 이어나갔다.

"『논어』 제17편 양화편陽貨篇 5장에 나오는 장면이죠. 공자 당시 계씨의 가신으로 있던 공산불요公山弗擾가, 양호와 함께 계환자를 사로잡고 비費라는 고을을 근거지로 삼아 반란을 일으킨 적이 있습니다. 그 때 공산불요는 공자를 초청하죠. 권력에 목말랐던 공자는 어찌됐건 초청에 응하려고 했습니다. 그러자 자로가 불쾌해 하면서 말합니다. '갈 곳이 없으면 그만두실 일이지, 어찌 공산씨 따위에게 가려고 하십니까?' 할 말이 없어진 공자는 결국 가는 것을 포기하면서 넋두리처럼 이렇게 말하죠. '나를 부른 사람이 어찌 까닭 없이 불렀겠느냐. 만일 나를 쓰겠다는 사람이 있다면 나는 그곳을 동주처럼 만들 것이다.'

여기에서 동주란 말 그대로 하면 동쪽의 주나라란 뜻인데, 사실 공자의 이 발언은 보다 정밀하게 분석할 여지가 많습니다. 형식상의 천자인 주나라를 뒤집어 엎고 새로운 주나라, 즉 새 왕조를 세우겠다는 혁명 사상이 저변에 깔려 있거든요. 단순히 계승하겠다는 의지의 표현은 아니죠. 공자가 공산불요에게 가려고 했던 데도 그런 의도가 숨겨져 있었던 겁니다.

물론 이것은 굉장히 위험하면서 허점이 많은 발상일 수도 있습니다. 그렇지만 공자는 욕심과 야망이 큰 인물이었습니다. 말년에는 어쩔 수 없이 계강자와 손을 잡긴 했지만, 꿈을 접기 전까지는 지푸라기 같은 희망이라도 놓치지 않으려고 했죠.

이준섭 교수님은 바로 그런 공자의 동주를 2,500년이 지난 지금에도 실현이 가능하다고 보시는 겁니다. 교수님의 지고한 열정에는 저도 머리가 숙여지지만, 논어를 그런 식으로 도구화하는 것은 곤란하죠. 좀더 지혜롭게 우리는 『논어』를 세상에 펼쳐보여야 합니다. 선생님이 취하는 방식은 자칫 공자와 논어를 손가락질의 대상으로 전락시키기 딱 좋아요."

　나는 한병준 선생의 말에 동의도 반론도 제기할 입장은 아니었다. 그러나 오늘 저녁 그의 입을 통해 얻은 지식이 내게 주어진 수수께끼를 푸는 데 적지 않은 힌트가 될 것이란 점을 위안으로 삼았다.

　시간도 많이 지나 어느덧 밤 10시에 가까워지고 있었다. 집으로 돌아갈 시간이었다. 나는 내일 아침 죽은 김오명 교수의 집 앞에서 만나기로 약속하고 한 선생과 헤어졌다.

36
살해 방법을 알아내다

　공리의 장례식은 조촐하면서도 엄숙하게 치러졌다. 제자들은 격식을 벗어나지 않은 범위 안에서 성대하게 치를 것을 주장했지만, 공자의 뜻은 달랐다. 자식을 먼저 저 세상으로 보낸 슬픔을 망명亡明이라고 했지만, 공자는 자식인 공리를 잃은 슬픔을 가슴 안에서 삭혔다. 공자는 내관內棺만 쓰고 외곽外槨을 쓰는 것조차 허락하지 않았다. 당시 제후국의 권력자들이 보여주었던 호화판 제례 의식에 신물을 느끼고 있었던 공자로서는 당연한 일이었다.

　공리는 공자의 부모, 즉 그의 조부모님이 합장된 묘소 아래편에 매장되었다. 자로는 공리의 죽음에 대해 세밀하게 조사하고 싶었지만, 증거도 없었고 스승에게 더 이상의 상처를 주고 싶지도 않아 눈감고 넘어가기로 작정했다. 시신에는 아무 이상이 없는 것으로 확인되었으니, 더 붙잡고 있어봐야 쓸데없는 의혹만 불러일으킬 뿐이었다. 스승의 허락 없이 공리의 주검에 칼을 댈 수는 없었다.

　공자 학당은 한동안 음울한 분위기에서 헤어 나오지 못했다.

공자는 침식도 폐한 채 깊은 침묵의 세계로 들어가 버렸다. 공자가 직접 참여하는 강독도 일시 중단되었다. 제자들은 집으로 돌아가 애도하는 시간을 갖겠다면서 학당에 머물기를 꺼려하는 눈치였다. 아무도 공리의 죽음에 대해 의심하는 사람은 없었지만, 모두 공리의 갑작스런 죽음이 석연치 않다는 점은 육감적으로 느끼고 있었다. 공문은 소리 없는 두려움에 빠져들었다.

자로는 공문의 재앙을 막아내지 못한 죄책감을 떨쳐버리고 어지러워진 머리를 정리할 겸 잠시 집으로 돌아왔다. 공문의 경비는 관군이 파견되어 강화되었으니 걱정할 필요는 없었다. 당장 무슨 일이 일어나지도 않을 것이다. 저들도 숨 고를 시간을 필요할 테니까. 또 승리의 축배도 들어야 할 것이다. 항상 죽간이 온 뒤에 사건은 벌어졌다. 그러니 다음 죽간이 등장하기 전까지는 괜찮을 것이다.

회갑을 넘겼고, 나름대로 사회적인 명성도 얻은 자로는 가정적으로도 화목했다. 청년 시절부터 겪었던 여러 신산의 세월과 영욕이 부침했던 환로宦路를 돌이켜 볼 때 이런 가정의 평화는 그냥 얻어진 것은 아니었다. 자로 자신이 가정의 안녕을 위해 노력한 결과이기도 했지만, 대부분의 칭찬은 그의 아내의 몫으로 돌아갈 일이었다.

자로는 20대의 나이에 결혼을 했다. 이른 혼인은 아니었지만, 건달이나 다름없는 청춘을 보낸 그로서는 뜻밖의 선택이었다. 천하의 호걸과 은자들을 찾아다니면서 유랑했던 그는 방랑벽을 타고난 사람이었다. 방랑의 기질과 정착 생활이 필수적인 결혼 생활은 양립하기 어려운 법인데, 자로는 이 모순을 슬기롭게 극복했다.

그는 가족들이 경제적으로나 사회적으로 불행한 삶을 살도록 내버려 두지 않았다. 어느 정도 경제적으로 안정된 생활이 보장되었을 때 그는 집을 떠났고, 항상 고향의 가족 소식에 귀를 기울였다. 누구보다 의리가 강했던 그의 주변에는 목숨도 희생할 각오가 되어 있는 친구나 동료들이 여럿 있었다. 자로 자신도 또한 그런 인물이었다. 그가 없을 때 친구들은 큰 힘이 되었고, 그 역시 친구의 가족들을 성심을 다해 도와주었다.

자로의 거친 성격을 잘 헤아려 과격한 언동을 삼가도록 유도한 사람은 그의 아내였다. 좋은 집안 출신은 아니었지만, 그녀는 현명하고 사리분별이 분명했다. 또 성격이 차분했고, 두 번 생각한 뒤 한 번 행동하는 것이 현명하다는 진리를 잘 알고 있는, 전형적인 현부인의 미덕을 갖춘 여성이었다.

자로의 집은 부유하지 않았다. 마흔이 넘은 나이에 공자의 문하로 들어와 기질은 강팍하고 거칠었지만, 자로는 일찍부터 가난에 익숙해지기보다는 차라리 빈한을 즐기더라도 거기에 머물러 있지 않으려고 노력했다. 쑥대를 엮어 문으로 삼고 깨진 항아리 조각을 창문으로 삼았을지언정 이를 검약한 선비의 표상으로 여기지는 않았다. 자로가 장년의 나이가 되도록 독신이었다면 전혀 다르게 처신했겠지만, 그는 일찍 가정을 꾸렸고 가장으로서의 역할과 책임을 잊지 않았다. 검술을 익히고 협객들과 만나니에 가까운 행각을 벌이면서도 미름(춘추시대 노나라의 학교. 제사 지낼 미곡을 저장한 데서 나왔다)에 나가 학업을 쌓는 일도 등한시하지 않았다. 세상에서는 그의 이력 때문에 그를 무지몽매한 불한당쯤으로 취급하지만, 자로는 지혜로운 사람이었고 내면적인 수양도 갖춘 사람이었다. 지적인 것과는 거리가 있었지만, 힘만 자랑하는 망나니는 더욱 아니었다.

불의를 보면 참지 못하고 불같이 뛰어드는 성미는 누구보다 자로 자신이 잘 알고 있었다. 그리고 이런 성격이 결국 자신을 제 명에 죽지 못하게 할 것이라는 사실도 예감했다. 어쩌면 그가 지금까지 살아 있다는 자체가 기적이었다. 과격한 성격을 고치려고 자신도 늘 노력하지만 타고난 천성은 되돌리기 어려웠다.

비명에 죽는 일은 두렵지 않았다. 남은 가족들이 굶주림에 허덕이고 헐벗으며 살 일이 두렵고 치욕스런 일이었다. 대의를 위해 죽음도 불사하는 것은 장부로서 떳떳하고 통쾌한 일이지만, 이 때문에 가족이 고통을 받는다면 그것은 명분도 없고 비열한 짓이었다. 그래서 자로는 항상 자신이 죽은 뒤에도 가족들이 최소한 걱정 없이 살 수 있도록 준비하는 일에 게으르지 않았다.

지금 그에게는 식구들이 한 해를 지낼 만한 소출이 나오는 전장田莊이 있었다. 풍족하지는 않아도 자손들이 부지런하기만 하다면 부족하지는 않을 것이다. 자로가 대의를 위한 죽음에 일말의 두려움을 갖지 않은 데에는 이런 준비가 있기 때문이었다. 그런 면에서 그는 원래부터 의협이 될 수 없는 사람이었다.

자로가 보기에 빈곤을 천직처럼 여기고 거기에서 벗어나고자 아무런 노력도 하지 않으면서 자신을 방기하는 안연의 태도는 혐오스러웠다. 아무리 진지하게 도를 즐기고 어짊으로 스승의 인정을 받았다고 해도 안연의 그런 행동은 한갓 도피요 허울일 뿐이었다. 그렇게 뛰어난 인물이라고 평가하면서도 공자는 형님의 사윗감과 자신의 사윗감을 고르면서 안연은 포함시키지 않았다. 안연은 몽환의 세계에서는 위대한 철학자일지 모르지만, 현실 세계로 돌아보면 무능의 표본이었다. 어떤 권력자도 안연은 거들떠보지 않았고, 스승 역시 그를 관료로 추천하지 않았다. 스승인 공자도 안연의 현실적인 무능은 인정하고 있었다. 비록 그 사실을 입에 올리진 않았지만, 스승도 청맹과니는 아니었다. 마누라를 고생시킬 게 뻔한 제자에게 피붙이를 맡길 수는 없는 일이 아닌가!

자로는 아들만 셋을 두었다. 막내가 딸이었지만 어릴 때 병으로 죽고 말았다. 그리고는 더 이상 자식이 들어서지 않았다. 자로는 자신의 팔자에 딸은 없다고 여겼다. 그러나 장성해서 모두 일가를 이룬 아들을 볼 때면 젖먹이 때 죽은 딸의 모습이 눈에 밟혔다. 죽은 딸아이는 무덤도 없었다. 무덤을 쓸 만한 여유도 없어서 살던 동네 뒷산에 묻어버렸다. 격식에 어긋나지 않게 무덤을 썼지만, 세월이 많이 지나 그곳이 어딘지도 기억에 가물가물 했다. 그 딸아이가 죽지 않고 살았다면 지금은 어엿한 숙녀가 되어 그를 기쁘게 했을 것이다.

공자의 문하에 들어와 유학을 배운 뒤부터 자로는 자식들에게도 스승의 학문을 익히도록 이끌었다. 그러나 셋 다 재능이 미치지 못했다. 자로는 굳이 재목감도 못 되는 자식을 억지로 선비로 만들고 싶지는 않았다. 각자 원하는 길로 가도록 내버려두었지만 방관하지도 않았다. 지금 큰놈은 농부였고, 둘째는 군인이 되었다. 막내는 말단이나마 관료가 되어 계강자의 일을 돕고 있었다. 손자들도 건강하게 잘 자라 노후의 자로를 기쁘게 해주었다.

가정적인 성공이 그저 얻어진 게 아님에도 불구하고 사람들은 이를 질시했다. 옛날 계강자의 가재로 있으면서 뇌물을 받았다거나 공금을 횡령했다는 식으로, 그를 비방하고 다니는 사람도 없지 않았다. 그러나 자로의 언행에 대해 사사건건 시비를 걸었던 스승인 공자조차도 청백리로서의 자로의 미덕은 인정했다. 언젠가 공자는 자로를 두고 이렇게 말했다.

"한 마디 짧은 말로도 복잡한 송사를 제대로 처결할 수 있는 사람은 자로일 것이다. 자로는 어떤 일이든 승낙을 했으면 약속을 묵히지 않고 바로 실천에 옮겼느니라."

집에는 손자들이 놀러와 있었다. 밖에서는 강인한 사내였지만 집에서는 자로도 평범한 할아버지였다. 손자들을 보니 우울했던 기분이 봄눈 녹듯이 사라졌다. 할아버지를 본 손자들은 한달음에 뛰어와 업어 달라 안아 달라 보챘다. 그들의 응석을 받아주면서 자로는 잠시 세상의 근심을 잊었다.

피곤이 몰려왔다. 자로는 손자들을 내보내고 문을 닫고 누웠다. 뜨뜻한 방바닥의 열기가 등을 타고 올라왔다. 천장을 바라보면서 이런 저런 생각에 잠겼다. 공리가 살해되었다면 누가 어떤 방법으로 죽였을까? 분명 흔적이 남아 있을 것이다. 이런 생각으로 뒤척이다가 깜박 잠이 들었다.

잠결에 자로는 누군가 문을 열고 살금살금 기어 들어오는 낌새를 느꼈다. 꿈결인지 실제인지 아슴아슴했다. 열기로 온몸이 노곤해진 자로는 눈을 뜨려고 했지만 뜻대로 되지 않았다. 마치 온몸이 밧줄로 꽁꽁 결박당한 느낌이었다. 자로는 머리맡을 더듬거렸다. 늘 두고 있던 칼이 오늘따라 잡히지 않았다. 그제야 공문에서 칼을 두고 온 사실이 떠올랐다.

'낭패로구나. 어떤 놈이 감히 우리 집까지 들어와 행패를 부리는가? 밖에 아무도 없나? 아차, 손자 애들이 있었는데!'

갑자기 머리끝이 쭈뼛 서 올랐다. 그런데도 일어날 기운은 나지 않았다. 몸이 천근에 눌린 듯한 기분이었다. 미동조차 할 수 없었다. 이 무슨 기이한 일인가?

놈은 드디어 자로의 코앞까지 다가왔다. 검은 기운이 그의 얼굴에 드리워졌다. 차가운 기운과 함께 비수보다 날카로운 살기가 얼굴을 찌르는 듯했다.

곧 이어 거대한 먹구름 한 장이 그의 얼굴로 떨어졌다. 자로는 눈을 번쩍 떴다. 그러나 캄캄했다. 마치 암흑 지옥 속에 떨어진 것처럼 사위는 칠흑처럼 어두웠다. 물기를 잔뜩 머금은 거대한 먹구름이 그의 얼굴을 휩싸고 지나갔다. 먹구름은 곧 그의 숨구멍을 막아버렸다. 온몸에서 소름이 돋아 올랐지만, 신음 소리조차 낼 수 없었다. 허우적거릴수록 숨은 더욱 막혔다. 아! 이렇게 죽음이 오는구나. 자로는 무섭다기보다는 어처구니가 없었다. 내가 이렇게 죽다니. 더구나 항거 한 번 못하고 죽다니. 어떤 놈이 내 목숨을 앗아가는지 알지도 못한 채. 눈물이 핑 돌면서 가족들 얼굴이 스쳐 지나갔다.

그 때 손자들의 울음 섞인 목소리가 들렸다.

"할아버지. 일어나세요. 일어나세요."

그 소리에 자로는 번개를 맞은 사람처럼 화들짝 일어났다. 그러나 여전히 세상은 암흑 속이었다.

"어디 있느냐? 애들아, 어디 있느냐?"

그는 애타게 손자들을 찾았다. 방향 없이 흔들리던 손 안으로 손자들이 뛰어들었다.

"여기 있어요. 할아버지."

그제야 세상이 다시 밝아졌다. 목을 조이는 느낌도 사라졌다.

눈을 비비고 바라보니 방안이었다. 아이들이 그를 보면서 소리 내어 울고 있었다.

"무슨 일이냐? 왜 우는 게야?"

"할아버지. 저희들이 잘못했어요."

무슨 소린가 싶어 가슴 춤을 내려보니, 수건 한 장이 떨어져 있었다. 수건은 물을 잔뜩 머금은 채 젖어 있었다. 옷도 물기가 흘러 축축했다.

"이게 뭐냐?"

"할아버지가 주무시길래 놀래켜 드리려고 장난을 쳤어요."

손자가 잠든 자로의 얼굴에 물에 젖은 수건을 덮은 것이었다. 숨을 쉴수록 젖은 수건은 거머리 붙듯이 그의 얼굴에 달라붙었다. 물기에 젖은 수건이 공기의 흐름을 막았고, 이어 목을 조르는 듯한 질식감을 가져왔던 것이다. 애들 장난으로 자칫 초상을 치를 뻔했다.

자로는 화가 났지만, 애들이 자지러지게 울자 우선 달랬다.

"아이구! 얘들아. 할아비는 괜찮다. 어서 울음을 그쳐라, 뚝!"

아이들은 순진무구했다. 그렇게 울다가도 자로가 선웃음으로 어르자, 금방 헤헤거리면서 밖으로 달려 나갔다.

자로는 물에 젖은 수건을 옆으로 치운 다음 옷고름을 풀어헤쳤다. 얼마나 놀랬는지 가슴속까지 식은땀이 배여 있었다.

'그 놈들 참. 할아비 오수까지 망치는구나.'

자로는 손으로 목을 문지르면서 던져둔 수건을 바라보았다. 무명으로 만든 하얀 수건이었다.

그 때 자로의 뇌리를 핑그르르하며 스쳐 지나가는 것이 있었다. 무명천을 물에 적셔 얼굴을 덮으면 꼼짝달싹 못하고 질식을 한다. 더구나 잠결에 그런 봉변을 당한다면 버둥거리다가 숨이 끊어질 것이 분명했다. 게다가 그것이 장난이 아니라 살의를 품고 하는 의도적인 행동이라면 영락없이 죽을 노릇이었다. 짧은 순간 자로는 결론에 도달했다. 의혹 가운데 하나가 풀린 것이다.

'그렇게 해서 공리가 죽은 것이로구나.'

철없는 어린애도 할 수 있는 장난이지만, 치명적이었다. 거기다가 상처 하나 남기지 않으니 의혹을 남길 염려도 없었다.

'그래서 공리의 머리 곁 이불이 젖어 있었던 것이야.'

자로는 벌떡 몸을 일으켜 세웠다. 주저앉아 있을 때가 아니었다. 이것이 사실이라면 공리는 살해당한 것이 확실하고, 범인은 아주 가까운 곳에 있었다. 바로 내부 공모자 자신이 직접 살인을 저질렀던 것이다. 그가 누군지 모르는 상황에서 스승을 무방비 상태로 두는 것은 눈을 가리고 낭떠러지로 이끄는 일이었다.

놀라 눈이 동그라진 아내를 뒤로 두고 자로는 공문을 향해 달려갔다.

37
이소정, 수수께끼 풀이를 제안하다

　김오명 교수의 집으로 가기 전에 이소정 기자를 근처 다방에서 만났다. 단어구 풀이에 무슨 성과가 있었는지 알아보기 위해서였다. 이소정은 눈이 충혈될 정도로 밤을 새며 궁리를 한 모양이었지만, 짧은 독서 지식으로 해결될 문제가 아니었다. 그녀는 논어 안에서 부분적으로 해당 어구가 나오는 구절을 찾아내긴 했지만, 그것이 숨겨진 숫자와 어떻게 연관되는지는 알아내지 못했다. 숫자는 완전히 오리무중이었다.

　나는 그녀에게 어제 한병준 선생과 나눴던 이야기를 자세하게 들려주었다. 그녀는 커피가 다 식도록 내 입에서 눈을 떼지 않고 경청했다. 내 얘기를 다 들은 이소정은 한 마디로 결론 내렸다.

　"한병준 선생은 비서秘書라는 책에 별 흥미가 없는 척하면서도 사실 굉장히 관심이 많은 모양이군요."

　"그게 무슨 말입니까?"

　"아무리 동양철학을 연구한다지만 그렇게 『논어』 구절들을 정확하게 댄다는 게 평소 관심이 없고서야 가능하겠어요?"

　"그렇긴 하네요. 그렇지만 한병준 선생도 이 교수님의 주장

자체에는 동의한다고 했으니, 그 분의 생각을 전혀 무시한 건 아닐 겁니다."

"어쨌거나 참 흥미있는 일이에요. 우리 사회에 도덕적 해이가 만연하고 있는 것은 부정할 수 없는 사실이죠. 그리고 아주 왜곡된 윤리들이 독버섯처럼 퍼지고 있는 것도 분명하고요. 그 대안을 전통 윤리에서 찾아야 한다는 착상은 진부하긴 해도 비난할 일은 아니죠. 지금의 혼란 중 상당 부분은 무턱대고 서양 윤리를 받아들인 우리들의 맹목성에도 책임이 있으니까요. 그렇지만 전통 철학 역시 시효가 지났다는 것도 부인할 순 없죠. 무작정 부활시킨다면 똑같은 부작용만 재생산할 뿐이죠. 이준섭 교수님의 강연이 점점 기다려지는데요."

이소정은 그 사이에 이 교수님과 통화를 한 모양이었다.

"기자협회 초청 강연회에 나오신다고 했습니까?"

"물론이죠. 그런 좋은 자리를 마다할 학자가 어디 있겠어요. 아무나 원한다고 나올 수 있는 자리가 아닌데요. 처음에는 겸양을 떨더니 곧 수락을 하시더군요."

"잘 됐습니다. 무슨 말씀을 하실지 저도 궁금해지네요."

우리는 다시 한병준 선생의 문제로 돌아왔다.

"그래, 술자리를 함께 하면서 한병준 선생을 만나본 소감은 어떤가요?"

"꽤나 직선적인 성격이었습니다. 전부터 알고는 있었지만 전체적으로 인상은 좋았습니다. 자기 생각을 극단적으로 표현해서 불쾌감을 불러일으킬 수도 있겠지만, 정직한 사람인 것만은 분명합니다. 하지만 내가 윗사람이라면 아랫사람으로 부리고 싶지는 않을 것 같습니다. 그게 한 선생의 약점이죠."

"어떤 경우의 약점은 어떤 경우의 장점이 되기도 하죠. 사람은 누구나 다중적이잖아요."

"자기 학문과 논리에 대한 자부심은 대단하더군요. 오만하다는 생각도 들었지만 한편으로 겸손한 구석도 있었습니다."

이소정은 좋은 생각이 떠올랐다는 표정으로 말했다.

"마번지씨, 우리 한 선생한테 이 단어구에 대해 조언을 구해보면 어떨까요?"

나로서는 반대할 이유는 없었지만 주저되는 것도 사실이었다. 어쨌든 그는 김오명 교수를 죽인 살인자일지도 몰랐다.

"좀더 심사숙고할 필요가 있지 않을까요?"

"지금 우리가 손 벌릴 수 있는 사람이 그 사람뿐인 것도 사실이잖아요."

이소정은 마음을 굳힌 것 같았다.

"그 선물이란 게 뭔지도 모르는데, 괜히 웃음거리가 되지 않겠습니까? 또 이걸 알리면 편지 내용까지 공개해야 하는데?"

나는 여전히 조심스러웠다. 한병준 선생이 지식은 해박해도 입이 무거운 사람처럼 보이진 않았다. 잘못해서 소문이 밖으로 퍼진다면 엉뚱한 관심의 대상이 될 수도 있었다. 선물을 포기할지언정 경찰과 세간의 주목은 피하고 싶은 것이 솔직한 심정이었다.

그러나 이소정은 역시 기자였다. 그는 대중의 스포트라이트를 두려워하지 않았고, 오히려 즐겼다.

"질문하는 방식의 문제죠. 다 까발려 놓고 물을 필요는 없어요. 우회적으로 질문하는 방법도 많으니까요. 생각해봐요. 그 선물이란 게 굉장한 거라면 특종 하나 더 건지는 거죠."

결국 그 문제는 이소정에게 일임하기로 했다. 그녀의 수완과 경험이라면 적절하게 수위를 조절하면서 물어볼 것이다.

"그런데, 경찰 수사는 어떻게 되어 간답니까?"

"답보 상태죠. 당신을 비롯해 몇 사람에게 혐의를 두고 수사를 하는 모양인데, 별달리 나온 건 없나 봐요. 한병준 선생의 알리바이가 확실하지 않지만, 그렇다고 섣부르게 연행하기도 힘들죠. 현장에서는 단서가 될만한 물증은 아무 것도 나오지 않았다는군요. 등산로에서 벗어난 산길이니 지문이고 뭐고 수거할 게 없었나 봐요. 지금 최 반장 똥줄 깨나 탈 걸요. 자칫 사건이 미궁에 빠질지도 모르니까요. 하루에 한 번씩 내게 꼬박꼬박 전화를 걸어 알아낸 게 없냐고 추궁할 정도니, 말 다했죠."

나는 아직도 내가 수사 선상에 오르내린다는 게 영 찜찜했다. 두 번이나 시체를 발견했으니 발을 완전히 빼기는 어려웠지만, 등 뒤에 경찰의 눈길을 의식하며 지내는 것은 피곤하기 짝이 없는 일이었다.

"이제 그만 나가요. 한병준 선생이 많이 기다리겠어요."

나는 그녀의 차에 동승했다. 신형 은색 스포티지는 깔끔하고 시원한 외모만큼 승차감도 좋았다.

김오명 교수의 집은 시 외곽 경기도와 접경한 동네에 있었다. 재개발이 한창인지 여기저기 공사판 소음이 끊이지 않았다. 내부 공사를 하는 완공을 앞둔 아파트도 보였고, 기반 조성 공사가 한창인 곳도 있었다. 김오명 교수의 집은 다세대 주택 2층에 자리하고 있었다.

그의 부인이 문을 열어주었다. 미망인의 표정이 침울할 줄 알았는데 짜증이 잔뜩 섞여 있었다. 처음에는 나와 이소정을 보더니 경계하는 눈빛을 띠었는데, 소개를 하자 그제야 마지못한 얼굴로 맞으며 서재로 안내했다.

"꼭 이렇게 부산을 떨며 정리를 해야 하나요? 트럭으로 다 싣고 가면 될 일인데……."

그녀의 몸에서 찬바람이 돌았다.

한병준 선생은 먼저 와서 서재 안을 살피는 중이었다. 그는 벌써 책 몇 묶음을 싸서 한 쪽에 쌓아두고 있었다. 확실히 그는 부지런한 사람이었다.

이소정과 한 선생이 인사를 나누는 사이, 미망인이 음료수를 내왔다. 이소정 기자에 대한 선입견 때문인지 한 선생은 쉽게 말을 꺼내지 않았다. 어색한 분위기를 깬 것은 이소정 기자였다.

"여긴 참 책이 많네요. 전공이 그런지 옛날 책도 보이고. 이런 걸 다 읽어야 하는 모양이지요?"

그녀는 아무나 들으라는 듯이 말을 꺼냈다. 그래도 답변은 한병준 선생의 몫일 터였다.

"책이 있다고 다 읽는 건 아니죠. 참고용 도서도 있으니까요. 사실 이 정도 장서라면 많이 소장했다고 할 정도는 아닙니다."

사실이 그랬다. 이준섭 교수의 서재에 비한다면 양으로 보더라도 단출했다. 이준섭 교수는 원본으로만 다양한 서적들을 두루 갖추고 있었다. 사고전서四庫全書와 사부총간四部叢刊 등은 그야말로 웅장한 거질을 자랑했다. 내가 짬짬이 훑어본 책만으로도 이 교수님이 얼마나 심혈을 기울여 책을 수집했는지 짐작할 수 있었다. 이 교수는 지독한 수집벽의 소유자였지만, 동시에 한번 입수한 물건은 버리지 못하는 성격이었다. 그의 서재에 딸린 방에는 세상의 온갖 잡다한 물건들이 진을 치고 있었다.

"이 기자님, 정직하게 말한다면 김오명 교수의 도서는 도서관에 기증할 만큼 가치가 있는 것은 아닙니다. 귀중 도서가 있는 것도 아니고, 고서가 많은 것도 아니에요. 이 교수님께서 왜 굳이 기증하겠다는 건지 모르겠어요. 물론 그렇다고 이런 책을 그냥 고서점에 넘기기에는 아깝긴 하지만 말이죠."

한병준 선생은 혹시 문 밖으로 말이 새어나갈까 눈치를 보면서 말했다.

"그래도 사모님 입장에서는 남편이 아끼던 책을 기증해야 하니깐 아쉽기도 하겠어요?"

"썩 그렇지도 않은 모양입니다. 부인은 시원하다는 투더군요. 대개 이렇게 기증하면 학교 측에서도 일정 정도는 보상을 해줍니다. 더구나 이 교수님께서는 학교에 영향력이 있으니까 섭섭지 않게 대우해 주셨겠죠."

나는 미망인이 남편의 학문이나 친구에 대해 폄하했었다는 말을 떠올리며 김오명 교수가 그렇게 행복한 가정생활을 했던 것은 아니었다는 생각을 했다. 양지가 있으면 음지가 있는 게 인생이었다. 우리는 가끔 양지만 보면서 음지를 보지 못하는 경우도 있고, 음지 때문에 양지를 놓치는 경우도 있다.

계속 앉아 잡담을 나눌 수는 없었다. 책을 정리하기 전에 우선 이소정 기자가 서가에 꽂힌 장서 사진을 몇 장 찍었다. 이 일이 과연 기사화될지 장담할 수 없다고 차안에서 이소정 기자는 말했다. 당일 날 문화면에 여유가 있으면 실리겠지만 크게 기대할 수는 없다는 것이었다. 대단한 발굴도 아니고 중요한 자료의 기증도 아니니 편집부장의 관심사 밖일 것이 분명했다. 신문사로서는 열 사람이 다친 것보다는 한 사람이 죽은 게 기사로서 더 가치가 있었다. 죽은 물고기라도 큰 놈을 낚으라. 그것이 신문사의 생리였다.

한병준 선생은 그럴 필요도 없는데 책마다 먼지를 털기도 하고 물 티슈로 흠집을 닦아내기도 했다. 그런 자세가 나로서는 보기 좋았다. 어쨌든 그는 책을 무척 아끼는 사람이었다. 설사 그것이 남의 책이라 하더라도 말이다.

이소정 기자는 특별한 일이 없으니 계속 있겠다면서 한병준 선생과 내가 책을 정리하는 것을 지켜보았다. 가끔 서가에서 책을 꺼내 주기도 했지만, 큰 도움은 되지 않았다.

1시가 조금 지나 점심을 먹으려고 밖으로 나왔다. 주택가라

음식점을 찾기 위해 큰길가까지 내려와야 했다. 미망인이 점심을 차리겠다고 했지만, 우리는 극구 사양했다. 그녀도 더 이상 강요하지는 않았다.

한식집에 들어가 불고기 정식을 시켰다. 한병준 선생은 뜻밖에 소주도 한 병 시켰다.

"그래도 노동을 했는데 술 한 잔이 없을 수 없죠."

그는 폭음보다는 음미하는 스타일이었다. 하긴 혼자 사는 처지니 외로운 밤을 책으로만 달랠 수는 없었을 것이다.

이소정은 술 한 잔을 홀짝 들이키더니 한병준 선생을 보며 말했다.

"한 선생님께 여쭤볼 게 있는데, 말해도 괜찮을까요?"

한 선생은 눈짓으로 뭐냐는 표정을 지었다. 이소정은 특유의 눈웃음을 흘리며 애교를 부렸다.

"있잖아요, 선배가 요상한 퀴즈를 냈는데, 도무지 무슨 소린지 알 수가 있어야죠. 못 맞추면 제가 저녁을 사야 하거든요."

한 선생은 단순했다. 그녀의 속셈도 모르고 유쾌하게 받아넘겼다.

"퀴즈라면 저도 어느 정도 자신이 있습니다. 어렸을 때 장학퀴즈를 맞추면서 용돈을 꽤 벌었으니까요. 아버님께서 맞춘 만큼 용돈을 주셨거든요."

"어머, 그러세요? 잘 됐네요."

이소정은 침부터 꿀꺽 삼켰다. 그녀로서도 은근히 긴장이 되는 모양이었다. 한 선생이 비밀을 알아낸다면 첫 단추부터 제대로 풀어내는 셈이었다.

"기린에 숨겨진 숫자가 뭘까요?"

이 말에 한병준 선생의 눈알이 휘둥그레졌다.

"뭐요, 기린이요?"

"네. 기린麒麟이요."

"헐! 기린한테 무슨 숫자가 있습니까? 알록달록 무늬뿐인데."

한병준 선생의 대답은 이소정 기자의 기대를 완전히 꺾어버리는 동문서답이었다. 삽시간에 그녀의 눈 꼬리는 아래로 축 처졌다. 그러나 이소정은 곧 말을 돌렸다.

"아니, 동물원에서 보는 그 기린이 아니라 유교 경전에 기린이 나온다고 하던데요?"

한병준 선생은 그제야 알겠다는 듯이 고개를 끄덕였다.

"아, 그 기린이요. 그건 상상의 동물이죠. 실제론 없어요."

"없는 동물이라고요? 그럼 진짜 기린은 뭐죠?"

"이름만 같을 뿐이지 사실은 별개의 동물이죠. 상상 속의 기린은 아프리카에서 들여온 기린과 모양이 비슷해서 이름을 음차한 거죠. 음과 뜻을 적당히 이용해서 새로운 사물에 이름을 붙인 겁니다."

"그렇군요. 그게 숫자하고 무슨 관계가 있을까요?"

"그건 잘 모르겠습니다. 중국 전설 속의 기린은 보통 일각수로 묘사되죠. 뿔이 하나밖에 없기 때문입니다. 수컷을 기麒라 하고 암컷을 린麟이라 합니다. 뿔이 있긴 하지만, 살덩어리여서 상처를 입히지 않는다고 해서 어진 임금을 상징하기도 합니다. 태평성대가 되면 나타난다고 하는데, 용과 봉황鳳凰, 거북과 함께 사령수四靈獸로 꼽힙니다. 공자가 들판에서 기린이 잡혔다는 소식을 듣고 탄식하면서 『춘추』란 역사서 쓰기를 중단했다는 고사는 아주 유명하죠. 말세가 왔다는 말이니까요."

그의 설명에 나와 이소정은 동시에 손을 불끈 쥐었다.

"기린이 공자하고도 관련이 있단 말인가요?"

한 선생은 흥에 겨워 말을 하다가 놀란 듯이 우리를 의아하게 쳐다보았다. 잠시 머뭇거리던 그는 다시 이야기를 쏟아놓았다.

"관련이라기보다는 그런 설화가 있습니다. 아마 후대에 지어낸 말일 겁니다. 중국인들은 걸핏하면 공자와 결부시키는 버릇이 있으니까요."

"알겠어요. 그 얘긴 나중에 듣고, 기린이 도대체 무슨 숫자와 관련이 있는 걸까요?"

"글쎄요. 일각수니까 1자가 아닐까요."

그는 시큰둥하게 대답했다.

"1자는 아닐 것 같아요. 그건 드러난 숫자잖아요."

곰곰이 생각하던 이소정이 말했다.

이소정이 던진 이의에 한병준 선생도 입을 닫고 고심하는 눈치였다.

주문한 음식은 벌써 나왔지만 우린 모두 먹는 둥 마는 둥 수저질만 했다. 그만큼 퀴즈 놀이에 골몰했다.

그러나 무작정 기린 논쟁으로 시간을 보낼 수는 없었다. 도서 정리는 아직 제대로 시작도 못 한 형편이었고, 이준섭 교수는 우리가 한담으로 노닥거리며 시간을 축내는 것을 얌전히 지켜볼 사람은 아니었다.

음식을 다 비운 뒤 한병준 선생이 젓가락을 놓으면서 결론처럼 말했다. 음식을 먹으면서도 질문에 대해 궁리한 모양이었다.

"신문사 선배란 분이 무슨 의도로 그런 퀴즈를 냈는지 모르겠지만, 1이 아니라면 0이라고 해야겠군요."

"0이요?"

"세상엔 없는 동물이니 무無, 즉 0이 아니겠습니까? 정답인지 아닌지는 선배분에게 물어보시고, 이겼으면 나중에 근사한 저녁이나 사세요."

■2권에 계속